目录 下

第二十章 幽冥阵遇险 249

第二十一章 心动和试探 260

第二十二章 鹅梨帐中香 274

第二十三章 比翼鸟蛮蛮 285

第二十四章 合作布迷局 301

第二十五章 燃香召妖鬼 317

第二十六章 云烟缥缈处 328

第二十七章 好一场大戏 338

【第三卷】天门

第二十八章 吾心甚悦汝 353

第二十九章 西市夜定情 364

第三十章 发过的誓言 378

第三十一章 绝情的新娘 391

第三十二章 崇吾山伏妖 406

第三十三章 太美则近妖 421

第三十四章 他喜欢阿角 432

第三十五章 我定会杀你 445

第三十六章 凡事有因果 457

第三十七章 俯首拜君上 473

第二十章 幽冥阵遇险

　　夜色已深，阑安城已宵禁。虞太倾坐在马车中，楚宪骑马跟在一侧，一路上不时遇到夜巡的禁军，楚宪亮出天枢司的牌子，才得以通行。因着今晚之事，楚宪也心事重重，一路并未多话。马车行至前方岔路口时，虞太倾忽然说道："去天枢司。"

　　楚宪甚觉奇怪，说道："都监，天色已晚，还是先回府歇息吧，牡丹园之案也不急于一时。"

　　虞太倾抬手掀开窗幔，淡声说道："不碍事，去天枢司。"

　　楚宪只得吩咐驾车的枢卫掉转马头，往天枢司而去。

　　虞太倾不经意般问道："那位姜娘子，你可是安置好了？"

　　楚宪这才想起画角，忙回道："卑职依着都监的吩咐，只是将姜娘子带到了烈狱上面的值房。"

　　虞太倾暗中吩咐过楚宪，不要将姜画角当真投入烈狱。直到此时，楚宪还迷惑至极，搞不懂虞都监和姜娘子两人到底怎么了，虞都监居然拿将她关入烈狱闹着玩。马车很快行至天枢司门前，虞太倾下了马车，刚入了天枢司大门，便见两名枢卫急匆匆迎了过来。

两人面色慌张，走到近前却又欲言又止。虞太倾无暇他顾，快步向烈狱方向行去。两名枢卫对视一眼，忙追上虞太倾，抢在他面前跪倒在地，带着哭腔禀告道："虞都监，那位姜……姜娘子，只怕是……是活不成了。"

虞太倾的耳力比常人敏锐，然而此时他却以为自己听错了。什么叫活不成了？活不成了是什么意思？

姜画角是什么人？她是伏妖师，连穷奇都能诛杀，梦貘的噩梦都敢闯，只在烈狱的值房待这么一会儿就活不成了？这不是明摆着胡言乱语吗？虞太倾认定不是枢卫胡诌，便是画角作妖。

他站定身子，冷声问道："你们两人都出来了，烈狱中可还有其他人在看守她？"

两人吓得一缩脖子，跪在地上越发不敢动："没，没有了。"虞太倾目光一寒，疾步向烈狱而去。烈狱位于天枢司后院地面下，乃是一处地牢。传言说烈狱有十八层，堪比地府。其实不然，烈狱只有两层。第一层便是值房和暂时关押囚犯的监牢，这层只关押人。第二层才是真正的烈狱，关押的是妖物。

虞太倾疾步下到第一层，一股阴沉沉凉飕飕的空气便扑面而来。墙壁上挂着油灯，散发出幽淡的光芒。虞太倾目光如电扫过值房，并不见画角的身影，随后跟着进来的枢卫也吃了一惊。

楚宪问道："人呢？人在何处？"

枢卫颤声说道："方才……方才还在值房。"两名枢卫慌忙提上灯笼，在监牢内到处搜索了一遍，并未寻到画角。

楚宪皱眉："虞都监，姜娘子是不是逃走了？"

虞太倾默立在屋内，面上虽不动声色，心中却涌上一股无法言喻的挫败感。他怀疑姜画角是泥鳅转世，滑溜得很，每回都从他指缝中溜走。好在这回他已知晓她的身份，跑得了和尚跑不了庙。

一名枢卫不可置信地说道："莫非她……她是故意装病的？"

虞太倾蹙眉转向枢卫："你们方才为何说她活不成了？"

枢卫禀告道："她原本是躺在那边毯子上歇息，不知怎么……忽然就发病了，浑身发抖，小的起先以为她是故意，后来见她一直不好，她还让小的去找虞都监，说只有都监才能救她。原本我们是不信她的，后来看她气息越来越弱，这才跑……跑出去想去寻虞都监。"

"不对。"虞太倾的脸蓦然变得雪白，"她应当没有逃走。"

枢卫忽然说道："虞都监，已过了子时，幽冥阵启动了。她……她会不会被拘入烈狱幽冥阵了？"另一名枢卫说道："怎么会，幽冥阵只拘妖，她可是人。"

虞太倾闻言，足下一个踉跄，若非楚宪及时扶住他，他大约就平地摔倒了。

楚宪失声问道："都监，你怎么了？"

虞太倾漆眸中闪过一丝恐慌，冷声吩咐："去查看幽冥阵。"楚宪很快便确定，幽冥阵的确有人闯入。烈狱之所以可怕，是因为烈狱中布有许多专门对付妖物的阵法，任你妖力再高强的妖，一旦入了阵中，也会搜魂挫骨，生不如死。幽冥阵便是其中之一，乃是由云沧派弟子们经过九九八十一天炼制成的最凶险之阵，每到夜晚子时，阵法便打开，但凡有妖在左近，必会被拘入阵中。

虽说不知姜娘子为何会入阵，然而，她一介肉体凡胎，一旦入阵，只怕当真是活不成了。纵然勉强死不了，那阵中也不知诛杀过多少妖物，无数妖鬼魂魄聚在阵中，日日哭号，受尽阴寒磋磨，一旦有人入阵，还不将那人撕裂了？

姜画角缓缓睁开眼睛，眼前是一片沉沉的黑，那是从未见过日光的浓稠的黑，让人看不到任何东西。她脑中有些蒙，一时之间弄不清自己置身何地。

虞太倾把她关入了烈狱，但并未将她投入真正的监牢，而是关在值房中的临时关押处。她觉得他或许是还有话要问她，她一直在担忧如何面对他。后来，她身上所中的穷奇凶戾之气便忽然发作了。

其实，这已不是第一次发作，不过先前只是胳膊发寒，去了好几家医馆，郎中们皆束手无策。画角便想着让虞太倾为她诊治，没想到两人见面，她竟根本无暇提起此事，到最后，居然还被下了烈狱。然而，这次，发作得却很猛。起初只是受伤的那个胳膊又冷又疼失去了知觉，随后便是另一只胳膊，再然后便是双腿。她能隐隐察觉到那股凶戾之气正从四肢向她的五脏六腑弥漫过去。

她心中明白，倘若戾气走到心口处，说不定她今晚就要去见阎王了。她让枢卫帮她去寻虞太倾，隐约听他们说起，虞太倾去了宫内，还不曾回来。枢卫过来查看，见她气息微弱，大约是觉得她真的不行了，便跑出去叫人去了。可是，她觉得她等不及了。她记得虞太倾说起过，穷奇的凶戾之气只对人有伤害，对妖却无碍。或许，她吞下妖珠，可以暂缓戾气发作。因此，在失去意识前，她拼力施法，召出收在百宝囊中的妖珠，吞了下去。

隐隐约约间，似乎有一道白光罩住了自己，当时她察觉到了不妙，但却无能为力。没想到再次醒来，居然陷入了一片虚无的黑暗。这是什么地方？莫非，她已经死了？

黑暗之中，忽然亮起了一点妖火，足腕上忽然一凉，有什么东西顺着小腿缠绕而上，阴恻恻冰凉凉。那股凉意很快到了她面前。画角动了动手指，只觉手指似乎已被戾气冻僵了，连捏诀都不能。

那点妖火飘了过来，照亮了面前一张鬼脸，披头散发，眼冒红光，白惨惨的脸上血红的唇蓦然张开，一口獠牙龇出，朝着画角脖颈处咬了过来。

这是一只妖鬼，若是搁在平日里，画角要降伏它自然易如反掌。但对此时的她而言，却有些困难。吞入妖珠后，穷奇的凶戾之气不再蔓延，但她的身子毕竟已被伤到，僵冷至极。

画角微微偏头，妖鬼的獠牙落在画角肩头上，鲜血霎时冒了出来。

剧痛袭来，画角的头脑清醒了些，手指动了动，勉强捏诀，一道白光闪过，妖鬼嚎叫着摔了出去。这声音引起了一阵骚动，画角借着黯淡的妖火，看清周围数只妖鬼朝她围了过来。此起彼伏的妖火亮起，画角终于看清，不单单是她身周，远处，也有影影绰绰的妖鬼在朝这边聚拢。

四周沉沉的虚空中，笼罩着昏沉沉的雾霾。画角有一瞬间感觉自己是在做梦，但肩头上钻心的疼痛却告诉她不是。她是从烈狱忽然来到这里的，还有先前那抹白光，她忽然明白过来这是什么地方了。

烈狱既是关押妖物的，定然会有阵法。她吞下妖珠后，阴差阳错被拘入到阵法中了。

这些妖鬼被拘于阵中，长年累月受阴风侵袭，在无尽的黑暗中沉沦，皆充满了怨气和煞气，是很难对付的。最糟糕的是，她没有带琵琶千结。

静安公主的牡丹宴有天枢司伏妖师巡查，千结又修出了器灵，她唯恐生出不必要的麻烦，因此把琵琶留在了府中。

画角动了动手指，方才被那只妖鬼咬了一口，疼痛似乎削弱了身体僵冷带来的麻木，让她的身子暂时有了一点知觉。她召出了雁翅刀，将刀鞘拄在地上，忍受着戾气侵体的僵痛，颤颤巍巍地站了起来。虚空之中，裙裾被丝丝缕缕的阴风拂动，在她身后猎猎飘展。

她双手拄着雁翅刀，双目微挑，唇角勾起一抹狠绝的笑意。她试了下，似乎还不能顺利驱动术法。今日，怕是要有一场不太轻松的厮杀了。

妖鬼们一个个相貌怪异，目光诡异地望着她，一步步缓慢朝她逼近。包围圈越来越小。蓦然，双方同时发动了攻击。妖鬼围攻而上，画角抬手拔刀，快速一抡，血光喷溅开来。

当年，画角小小年纪之所以能在挑战其他伏妖师时取胜，除了她术法确实精湛外，最重要的是，不论与人作战，还是与妖缠斗，她从来不讲究招式技法。手要快，心要狠，每一招用的都是杀招。为了制敌，她可以不择手段。只求自己能活下来。

此战画角很明白，绝对要速战速决，她不晓得自己的身体还能撑多久，一旦倒下去，可能就再也起不来了。刀影重重，不断有妖鬼倒下，随后又有妖鬼扑来。

画角身上挂了彩，衣衫也被妖鬼的利爪撕得破破烂烂。她提刀朝着妖鬼们横扫而去，冷不防，背后一道重击。画角吃痛跌倒在地，背上火辣辣的痛，一时半会儿，她再没有气力爬起来。

好在，妖鬼们也没有再攻击她，反而齐齐向后退了几步。画角诧异地回首望去，见一只手拿重锤的妖鬼朝她走来。其他妖鬼似乎有些畏惧他，一时都纷纷向旁边退去，为他让出了一条道。

这是一只祸斗，他居高临下走近画角，龇了龇牙，愣愣盯着画角问道："你是蒲衣族之人？"

画角的外祖姜家的确是蒲衣族，是一个神秘的族群。他们隐居在山野，鲜少与世人来往，因此世上知晓蒲衣族的人极少。族人中不乏伏妖高手，但在伏妖界却连个名号都没有。她也曾问过母亲姜氏，母亲说，待她及笄后便会将族中的一切秘密告知她，然而，画角没有等到。这几年，画角在大晋行走，从未听其他人提起过蒲衣族。这一只祸斗竟然知道蒲衣族？

画角眯眼，有些吃惊地问道："你如何晓得我是蒲衣族之人？"她背后吃了一锤子，整个后背都麻木了，暂时无法使力，速战速决怕是不行了，只能拖延时间，但愿天枢司能有人来救她。

祸斗瞪着画角，眸中煞气流转，凶相毕露。画角暗叫不妙，这只祸斗应当吃过蒲衣族人的亏。她忙改口道："我不是蒲衣族人。"

画角见祸斗的目光扫过她手中的雁翅刀，又道："你是从我的刀法看出我是蒲衣族的？那你就错了，我只是跟着他们族人学过几年刀法而已。"

"蒲衣族人，我要去偷蒲衣族人的遗梦。"就在画角以为祸斗要向她动手时，他却忽然喃喃自语起来。

"我要去偷遗梦，偷了遗梦，就能去云墟了。"

"偷遗梦，我要去偷遗梦。"

……

祸斗不断地重复着偷遗梦，还有云墟。其他的妖鬼感染到祸斗的情绪，也跟着他喊起来。画角还想用说话拖延妖鬼，岂料这只祸斗竟是个魂魄不全的。不过，他能通过刀法认出自己是蒲衣族人，可见先前没少和外祖家，或者说外祖家的祖先打交道。

看这祸斗的样子，在这儿应当关了不少年了。居然有妖一直在觊觎着蒲衣族的东西，遗梦是什么东西，她从未见过，莫非早就被偷了？画角正在疑惑，冷不防那只祸斗忽然转过身，在妖火映照下，那张毛茸茸的怪脸恶狠狠地瞪着画角，咬牙切齿地说道："蒲衣族的人都该死！你该死，你去死。"他蓦然抡起重锤，朝着画角砸了过去。

画角忙大声喊道："我不是，你打错人了。"

她忽然灵机一动，喊道："我有遗梦！"

祸斗举着重锤的手蓦然一顿，大如核桃般的眼珠木然转了转："遗梦？遗梦在哪里？"

画角想从他口中问出遗梦是什么，便试探着说道："它有点大，我不太好带。"

祸斗龇了龇牙："不大，好小的，你快些拿出来。"

画角眼珠转了转："我不能把它随意拿出来，你先和我说遗梦是什么样子，免得我拿错了。"

祸斗阴森森说道："你是不是没有？"

祸斗这回似乎清醒了些，再不迟疑，抡起重锤自上而下向画角砸去。这一锤一旦砸中，画角觉得自己不死大约也会残了。千钧一发之际，眼前蓦然探出一只手，轻轻一拨，妖鬼的重锤便好似沙砾堆成的玩物，瞬间化成了一片齑粉。有一束五彩的光穿透虚空中的沉沉雾霭，重重暗影波涛般退去。周围妖鬼的哭号声，好似被光线过滤掉，只能看到大张的巨口，却听不到一丝声音。他们脸上的表情，惊恐到扭曲，好似看到了什么了不得的事物一般。

妖鬼惊恐的表情让画角很好奇来人是谁。但危险过后，心中一松，她整个人便瘫软在地，再也起不来了，只觉得浑身上下都疼。林姑给她新做的云罗纱衣裙这时已经不成样子了，不但被妖鬼挠得破破烂烂，还被鲜血染成了片片红色。

祸斗和所有的妖鬼转瞬已化为齑粉，阵法也已经破了。她置身之处，是一处阴森森的监牢，应当是值房下面的烈狱二层，方才的阵法便是布在此处的。不管来者是谁，她至少脱险了，画角甚是感激。

"多谢相救。"画角原本想抬头看看是谁，但身子一动便扯动了伤口，其他皮肉伤还能忍受，背后那一锤着实让她有些受不住。

"还要烦劳你去请虞都监过来，就说……"画角垂头想了想，一时拿不准说什么才能让虞太倾尽快赶过来。说自己快死了？他会信吗？抑或直接说让他来给自己解穷奇的凶戾之毒？他会来吗？

画角思忖再三，最终说道："就说……就说我毒发了，求他来解毒。若然不来，我会将他的秘密尽数说出来。"

无人说话。但画角明明感觉到那人就在她身前。

她强撑着抬起头。一盏宫灯垂在了她额前不远处，灯罩子是米色轻纱，映出的光透着一丝暖意。灯笼之下，一片绯色的袍角在眼前垂落，袍角上以彩线绣着团花，柔软的织锦面料随风轻曳。

画角怔了下，认出这是天枢司都监的官服，只有虞太倾才会穿。她没想到救她的竟然是虞太倾。他明明没有术法，伏妖全靠狄尘相助，怎会是他？莫非是他指挥着狄尘破了阵？

"你还有心情威胁人？"虞太倾的声音中带着一丝微不可察的轻颤，自她头顶上飘落下来。

画角感觉到他在她面前蹲了下来。她抬起头，眼前原本朦朦胧胧，好似蒙了一层雾气，这会儿宛若日出雾散，虞太倾那张好似工笔细腻勾勒的脸便出现在视野内。

他眉头微蹙，目光深邃地盯着她。画角蒙住了，犹如糨糊一般的脑中，偏偏还浮起了方才自己将他抵在桌案边的画面。她不由自主向后缩了缩，随后想起什么，又伸手死死攥住他的袍角不放手，生怕他就此转身离开。

她哑着嗓子，有气无力地说道："虞都监，我方才是胡说的，就算你不来，你的事我也不会说出去。先前……先前你说过你能医治穷奇的凶戾之气，还望虞都监……不计前嫌能为我诊……治。"

画角一边说一边懊悔。方才脑子抽了，居然忘记了这茬，早知道要这般求他，就算他要关她入烈狱，她也万万不该再去亲他。

"救人……救人一命胜造七级浮屠，何况我……还曾救过你两回，今夜你也应当救我两回，这样我们便互不相欠。怎……怎样？"

"闭嘴！"虞太倾蹙眉打断她的话，目光扫过她遍体鳞伤的身子，看到她疼得身子直抖，纵然如此，倒也没影响她这张嘴讨价还价。画角闻言慌忙噤声。

"怎么伤的不是你的嘴？！"他有些气急败坏地说道，随手脱下了外袍，覆在了她身上。

画角以为他要扔下她不管，忙抬手抓住了他的手腕。她绝不能就这么死去。她一直觉得虞太倾有些难以捉摸。自从他知道自己就是那个轻薄了他的人后，他似乎是极恨她的，要不然也不会把她投入烈狱。这会儿还特意提起她的嘴，可见他还记恨着自己。

画角攥紧他的手腕，仰脸望着他说道："我晓得你恨我，我向你发誓，从今往后再不敢对你……对你那样了。倘若我做不到，就让我遭天打雷……雷劈，……不得好……死。"画角一边说着，目光却恋恋不舍地凝在他唇上，在心中默默想，太可惜了。

虞太倾听到她的誓言，目光一凝，一时竟不知该作何反应。画角见他不语，以为他还不肯救治自己，一时有些心灰意冷，蓦然想起林隐寺中他梨花带雨的样子，决定学一学他。

她使劲眨了眨眼，眸中渐渐有莹光流转，一如雨前聚集的云气，越聚越多。偏生又不即刻落下来，含着泪的眸水汪汪的，哀怨至极。泪珠欲落不落，看得人心中颤巍巍的。还有脸庞上被抓伤的血痕，看上去有点楚楚可怜。然后，在某一瞬间，大颗大颗的眼泪便掉落下来。一如散了线的珍珠，一颗接着一颗，坠落在沾满了血的衣衫上。刚刚凝固的鲜血，又被眼泪晕开，好似盛开的朵朵红梅。她原以为自己哭不出来的，没想到泪流起来居然好似流不尽似的，可能是身上的伤口太疼了。

虞太倾明显震惊了，一时竟然看傻了。"我说不救你了吗？"虞太倾有些无奈地说道。

画角闻言，一直吊在嗓子眼的心终于落了下来，松了一口气。她自小就是个倔脾气，在阿爹阿娘面前，都未曾如此卖力地撒娇卖乖过。她抓紧虞太倾的手腕，有气无力地说道："多……多谢。你答应救我的，莫食言。"话音方落，她头一垂，人已经疼得昏迷了过去。

虞太倾简直目瞪口呆，人都撑不住了，还能如此卖力地演戏。他抬手将她伤痕累累的手指自他手腕拿了下来，小心翼翼地揭开覆盖在她身上的衣衫，查看她伤口的深浅。有些伤口看着很大其实很浅，有些却已经深至见骨。这么深的伤势她到底是怎么忍住的？他偏头看着她被冷汗湿透的秀发，还有那即使昏过去也依然深蹙的眉头，心脏乍然缩了一下。

他用外袍裹住她，俯身将她抱了起来，沿着台阶行至出口，对候在那里的楚宪说道："幽冥阵已毁，明日雷指挥使若是问起来……"

"什……什么？"楚宪吃惊地瞪大眼。

幽冥阵是云沧派最顶尖的弟子们耗时九九八十一天炼就的最凶险之阵，要想毁掉并非那么容易，便是雷言来了，最多也只能破阵救人。可是现在，幽冥阵居然毁了？就这么一会儿的工夫？

楚宪不太相信，还想过去探看，却被虞太倾拦住了。他不放心地问道："都监，幽冥阵中拘押的妖鬼呢，倘若阵毁了，它们是不是都逃出来了？"

虞太倾"哦"了声，轻描淡写地说道："没有，它们都魂飞魄散了。"

这回楚宪不单单是惊讶，简直是不可置信。

虞太倾沿着台阶向上行去，不忘交代楚宪："我会术法之事，暂且瞒住雷指挥使。"

如今，他还不能将他会术法之事公之于众。楚宪忙应下。

虞太倾又问："你不问我为何要隐瞒会术法之事吗？"

"定是有原因的，您不说，我便不问，这是做下属应当做的。"楚宪低声说道。

虞太倾点点头："我要带姜娘子回府诊治，枢卫那里，你交代一下，今夜之事，绝不能传扬出去，否则，我唯你是问。"

楚宪连连点头。虞太倾又吩咐道："至于幽冥阵，你同雷指挥使说，就说，是你毁的。"

楚宪瞪大眼，一脸卑职办不到的表情，忧愁地说道："都……都监，以属下的法力，办不到的啊，我那样说了雷指挥使也不会相信的。"

虞太倾瞥他一眼："你自己想办法。"说着，他抱着画角径直出了烈狱大门。

方才他特意将枢卫打发了出来，此时两人正在烈狱门口守护，眼见虞太倾抱了画角出来，皆吃了一惊，忙起身朝虞太倾施礼。虞太倾淡淡颔首，抱着画角向外行去。楚宪忙追出去，说道："属下让人备马车，送都监回去。"虞太倾低眸看了眼怀中的画角，淡声说道："不用，她如今受不得车马颠簸。"言罢，沿着天枢司院内的长廊，疾步向外而去。

楚宪一时有些思绪凌乱。虞都监这是要抱着姜娘子步行回府？那他要走到何时？他不放心地追了出去，只见虞太倾出了天枢司大门，广袖一拂，眼前忽然缭起一团白雾，再看时，两人已然不见了。

天枢司大门上的灯笼随风摇曳，映照着空落落的长街。楚宪怔立在当场。过了半晌，他方反应过来。难道，这便是传说中已然失传的瞬移之术？

夜色沉沉，整个都监府皆沐在一片黑沉之中。回风轩门前挂着两盏灯笼，幽淡的亮光照亮了回风轩一侧的池水，池上的白萍开得正盛，空气中隐有暗香浮动。几只鸭子栖息在池边的草地上，头埋在翅膀下睡得正酣。一片寂静之中，隐约有衣袖拂风的声音。

忽然，虞太倾抱着画角乍然出现在回风轩门前的草地上，几欲踩在鸭子身上。酣睡的鸭群受了惊，吓得"嘎嘎"乱叫，扑通扑通跳入池中，向水中央游去。唯有那只绿头鸭好奇地引颈张望，看着虞太倾抱着画角向萤雪轩而去。

绿头鸭"嘎嘎"叫了两声，脚下忽然踩到了什么，低头一看，是池水中的那条小青蛇，这时竟也仰着脖子张望。绿头鸭吓得扭着屁股快速逃了，心说，看什么看，一条蛇怎的这么多事儿。

萤雪轩屋中。虞太倾点亮火烛，小心翼翼将画角放在床榻上。她身上的伤简直惨不忍睹，原想到前院召个婢女过来为她敷药，但如此却免不了惊动曲嬷嬷，很快宫中的太后便也会知晓此事。如此，只怕会坏了她的名声。

虞太倾思忖片刻，身形一晃出了萤雪轩。刚刚入眠的绿头鸭再次被惊醒，惊骇地望着凝立在它面前的虞太倾。"我记得你曾修成过人形，你是公鸭还是母鸭？"虞太倾盯着它问道。

绿头鸭吓得乍着翅膀，黑眼珠滴溜溜乱转，隐约感觉这是个生与死的问题。他这是要用母鸭炖汤，还是要用公鸭烤鸭腿？它化作人身时，晓得人类皇宫中有内侍，是不男不女的。它能不能说自己也是不公不母？

绿头鸭正纠结时，一条小青蛇游了过来，身子搭在地面上的树枝上，拼成了一个"女"字。

虞太倾眯眼望着青蛇，说了句"甚好"，抬手在夜色之下结印，数道彩光自他掌心源源不断地输出，笼在了小青蛇身上。只见小青蛇身形变幻，转瞬间化作一个身着青衫的妙龄女子，生得黛眉杏眼，秀美中带着一丝英气。青蛇妖激动至极，走到虞太倾面前就要跪拜，只是张口欲要说话时，却发现根本无法出声。

虞太倾淡淡扫她一眼："我还了你五百年妖力，只是需要你做点事，说话就不必了，随我来。"青蛇妖霎时一脸失望，眼见虞太倾走远了，忙追了过去。

绿头鸭惊得呆住了，过了好久，黑豆眼才骨碌碌转了一下。随后，气得一头栽倒在池水中。它也是母的啊！

青蛇妖照着虞太倾的吩咐，手脚麻利地为画角的伤口敷了药，又为画角擦洗了身上的血迹，再换了一身干净柔软的衣衫。一切收拾妥当后，她并不肯离开，一双大眼楚楚地盯着虞太倾，似有千言万语要说。

虞太倾绞了巾帕，牵着袖子擦了擦画角额角上被汗水黏着的发丝，朝着青蛇妖摆了摆手，示意她出去。青蛇妖却摆手不肯走，似有什么话要说。

虞太倾冷眸微眯，一抬手，又将她的妖力收了回来。青衣小娘子转瞬又化作青蛇，不甘心地游了出去。

虞太倾心中明白，他已经用了多次术法，只怕剔骨噬心刑快要来了，须尽快为画角驱除凶戾之气。他抬手施法，先将她腹中散发妖气的东西吸附了出来。

那是一枚红色的珠子，能自发地向外散发妖气，看来便是这枚珠子让她扮作朏朏妖的。随后他双手结印，开始为她驱除戾气。迷迷糊糊中，她时而低声呼痛，时而低声呓语。

"痛……"

"虞太倾你太狠了……"

"你不就是脸好看点嘛！……"画角翻了个身，嘴里咕哝着说道。

……

虞太倾正在仔细探查她体内还有没有余毒，闻言眉头微微蹙了起来。除了脸一无是处。只有脸尚可。自从去岁来到阑安城，他不止一次听闻这样的话。

其实，旁人说得也没错。他身纤体弱，又是异国废子，远道至阑安城来避难。太后是他外祖母，皇帝是他舅父，听上去是皇亲国戚，但实际却不然。

太后对他诸多忌惮。府里的曲嬷嬷便是太后所派，名为照顾，实则暗中会将他的日常事无巨细禀告给太后。对此他有些想不通，到底为何对他如此忌惮。皇帝让他到天枢司任职，也不过将他当作刺探天枢司的棋子。

他的确什么都没有，有的只是这张尚可入目的脸。因此，就算在牡丹宴上，有些小娘子看上了他的脸，也会因他的身份退避三舍。他低眸看着她，见她紧蹙的眉头终于松了，晓得戾气已驱尽。他缓缓收回手。

屋内灯光幽淡，映出他白得发冷的面庞。忽然，他眼睫一颤，一阵尖锐的疼痛自心口处蔓延开来。他晓得，剔骨噬心刑快要发作了。所用术法越强大，反噬便越狠。他抬手颤抖着调动全身的法力，指尖彩光迸出，笼住了床榻上的画角。

第二十一章 心动和试探

画角睁开眼来。熹微的晨光自菱花窗里映入，照亮了窗畔桌案上的花瓶，里面放了一枝欲绽未绽的蔷薇。奇怪的是，她闻不到一丝花香，鼻间充斥的皆是药味。画角听到低低的说话声，扭头看去，透过竹帘，看到雪袖正蹲在廊下煎药，手中拿着小蒲扇闪着火。林姑坐在一侧指点着，让她小心控制火候。

画角动了动身子，只觉除了肩上一处略深的伤口和背部有些疼痛外，全身的僵冷之意已消。妖珠也不在了，可见没有妖珠她也没事了，也就是说穷奇的戾气已经驱除了。她心中欢喜，想起昏迷前烈狱中的情景，不由得朝外面喊道："林姑，雪袖。"

林姑见她醒了，忙挑帘走了进来："天老爷啊，总算是醒了，昨夜里可把我们吓死了。"

画角蹙眉："昨夜里谁送我回来的？"

林姑"咦"了一声，问："不是你自个儿回来的？雪袖急慌慌回来报信，说你被天枢司的人抓了，我和你韩叔急得不行，只好去裴府求助。那裴三郎似乎早就晓得此事，说让我们少安毋躁，他自会想法子救你出来。等我回来一瞧，就见你已在床榻上睡着了。"

画角心中很清楚，她不是自己回来的，以她昨夜里的伤势，她自个儿也回不来。可若是虞太倾派人送她回来的，为何未曾惊动府中其他人？

林姑气恼地说道："天杀的天枢司，还有那个什么虞都监，他们怎的就这般心狠。你说你去一趟花宴，怎就把你拿入了狱中，居然还向你动刑。你一个姑娘家，身上竟伤成这样。郎主若是在世，他们万万不敢如此的。"林姑说到伤心处，忍不住抹了抹眼泪。

画角觉得这误会大了，忙宽慰林姑道："林姑，你误会了，这不是天枢司动的刑，是我……是我不小心遇到了妖鬼，是以才伤到了。"

林姑在床榻一侧坐下，再次查看了画角的伤口，轻叹一声说道："娘子，从此后，咱就安安稳稳过日子好不好，莫要再出去打打杀杀了。虽说你艺高人胆大，可你瞧瞧，你这满身的伤，要是你阿爹阿娘在世，看到了不得心疼死。倘若你有个三长两短，我日后入了九泉，也没脸去见他们。"

"这点伤对我不算什么，不过是皮肉伤而已，阿爹阿娘不会怪你的。"画角说着，抬手看了看胳膊上包扎的布条，问雪袖，"这是你包扎的？"

雪袖摇摇头："不是，小娘子回来时便是如此。"

"你不记得是谁包扎的？我连夜请了郎中过来诊治，郎中说你的伤倒是再无大碍，用的药是什么宫里才会有的什么雪玉膏，说是过两日就会好，也不会留下疤痕。"林姑说着，脸色蓦然变了，"该不是天枢司的人帮你包扎的吧？听闻天枢司里可都是男人。"

画角牵了牵身上软衫的袖子，问："所以，这衣裙……也不是你们换的？难道是他？"

雪袖摇了摇头。

林姑愣了一瞬，忽然就坐不住了："他，他是谁？抓你的人是虞……虞太倾，是不是？不行，我得去天枢司一趟。"

画角忙拦住林姑，说道："林姑，你去天枢司做什么？兴师问罪？万万不可，事情闹大了对我也不好。"

林姑拍了拍画角的手，意味深长地说道："放心，我晓得分寸。天枢司我就不去了，我去都监府，小裴将军是个热心肠，我让他陪我一道前去，问问虞太倾到底为何要拘押你。前些日子，听闻他拘错了崔府的崔娘子，皇帝还要给他们两人赐婚。这回他又拘了你，总也要个说法，不然旁人还真以为你有罪呢。"

林姑说着，快步向门口走去。画角伸手去抓她的衣袖，一把抓了个空，眼见得林姑风风火火已是出了屋。画角忙下床欲要追过去，无奈身子发软，差点跌倒在地。她只得吩咐雪袖："快去，拦住林姑。"

雪袖却站着没动，揉了揉哭红的眼，说道："娘子，我不去。"

画角心乱如麻。雪袖自案上捧起药盏说道："这是昨夜里郎中开的药，你身上的伤势除了外敷药，还要内服汤药方能好得快，娘子快趁热喝了吧。"画角失魂落魄地端起药盏，一饮而尽，连药的苦涩都没尝出来。

雪袖接过空盏，又端来一盏热水，看着画角饮下，方好奇地问道："娘子，林姑这次去都监府讨公道，你说，要是虞都监要娶娘子，娘子会不会答应？"画角一口水呛住了，差点喷到雪袖身上。

"你说什么？"

雪袖自顾自说道："奴婢觉得，若是虞都监愿意娶，娘子就嫁了吧。虽说他家世不太好，但他模样好看啊，奴婢瞧着，倒是和娘子是天造地设的一对。"

画角没想到，雪袖见了虞太倾一面，居然对他印象如此好，诧异地挑了挑眉，问道："你觉得他和我很般配？"

雪袖和林姑一样，对画角的婚配格外上心，起先她看好的裴如寄，画角和人家退亲了。原本想着画角在牡丹宴上能有看上眼的，岂料她又卷入了孔玉之死，还被天枢司拘押起来问话。想来，即便是有小郎君对画角有意，暂时也不敢上门提亲。没想到峰回路转，天枢司这个审讯小娘子的都监生得如此俊秀非凡。

雪袖掏出帕子，擦拭着画角被水喷湿的衣袖，说道："你们俩站在一起，看脸的确很般配啊。"

画角轻叹，果然是纯真烂漫的小姑娘，只晓得看脸。她挑眉问道："他把我拘押入烈狱，你没看出来他恨不得撕了我？这样你也觉得我们般配？"

雪袖惊讶地瞪大眼，摇头道："奴婢没看出来，娘子你觉得虞都监恨你？"

"你真没瞧出来？"画角又问。

雪袖又摇了摇头："他看起来是很生气，但不像恨你的样子啊。"

雪袖有些不懂画角的心思，偏头看向她，疑惑地问："娘子的意思，是希望他恨你，还是不恨你？"

画角笑了，自然是希望他不要恨她，但这似乎是不可能的。昨夜里，她百般祈求，又发毒誓，后来他才答应为她驱除戾毒。画角垂下眼，低头拨弄着衣袖上的绣纹。这件衣裙布料极其轻软，通身上下除了衣袖处，皆没有绣纹，很适合她这样受了伤的人穿。她也没有想到虞太倾会如此细心。

其实，她晓得是谁给她换的衣衫。昨夜里，虽说处于昏迷中，但她偶尔也有片刻清醒之时。她隐约看到一个青衣小娘子在他的吩咐下为她敷药、擦拭、换衣。他便背对着床榻凝立在窗畔。由此可看出，他的确是一位落落君子。

后来，她又清醒过一次，隐约记得自己说了句什么，但她记不太清了。只隐约记得他脸白似雪，望着她的目光深邃冷漠，说了句："原来你也是这样。"她是什么样？画角不晓得他什么意思。但他总归是恨她的。

雪袖正收拾案上的药盏，不经意瞥了画角一眼，见她有些失魂落魄的样子，有些诧异。这一回，小娘子对虞太倾的态度，明显是在意的。

雪袖笑了笑，说道："娘子先歇息吧，我去前院候着，林姑一回来我就带她过来见你。"

画角身子到底有些虚，喝了药后不知不觉又睡了过去。再次醒来时，已过了晌午。林姑已铩羽而归。

据她说，她和裴如寄在都监府候了半日，虞太倾连个面也没露。她先前已打听到他并未去天枢司上值，明明在府中却迟迟不来见客。府中接待她的曲嬷嬷说话也有些不中听，后来，虞太倾的侍卫过来说，若是有事，让他们过两日再去拜访。

林姑气恼地说道："我过两日再去，总要看看他怎么说。"

画角沉吟着问道："林姑，我被关入烈狱这件事，城中可有其他人谈起？"

昨夜里，她被关入烈狱是在天枢司的伏妖师和枢卫都下值后，只要昨夜当值的枢卫不向外传，此事便无人知晓。

"倒是未曾听旁人说过，都监府的曲嬷嬷似乎也不晓得我们为何去拜访。"

"林姑，此事便当作未曾发生，你不要再去了，既然我被关拘押之事未曾传扬出去，便是天枢司刻意压下了此事。我的名声并未受损，我们便当此事未曾发生吧。"

林姑心中有气："可是，他如此待娘子，我们就这般忍了？世上没有不透风的墙，万一以后此事还是传扬开来，到那时娘子你该怎么办？"

画角生怕林姑不听她的话，便吓唬她道："牡丹宴上，通议大夫家的小娘子被害了，我便是被此事牵连的。你若再去，此事重提，恐会给我招来不必要的麻烦。"

林姑不解："可是他们既然都放你回来了，不就是没事了吗？"

画角伸手搓了搓脸，决定豁出去这张脸不要了。

"还有……"画角顿了顿，斟酌着说道，"林姑，你可还记得我先前问过你，非礼之罪依着大晋疏律该如何罚吗？"这话题转得太快，林姑有些蒙。

雪袖说道："奴婢记得，就是娘子刚回来那晚问的，你为何又提这件事？可是在天枢司有人非礼娘子？"

林姑蓦然反应过来，看着画角连连摇头："嗳，不会吧，娘子，你的意思不会是……"

画角点点头，伸出两根手指摇了摇。

林姑疑惑地问："这又是什么意思？"

画角结结巴巴说道："两次，他说要关我两年。"

林姑惊得一时没站稳，幸好雪袖扶住了她。雪袖没明白什么意思，好奇地追问："林姑，到底是怎么回事，奴婢为何不懂？"

林姑咬牙道："也怪不得你被拘押，罢了，此事我不管了。"她转身向门外走去，走到半途又转身回来，满脸堆笑说道："娘子，从今儿个起，你就在府中待着，林姑我教你怎么样让中意的小郎君也喜欢你。"

画角吃了一惊："林姑，我又没中意的人。"

林姑勾唇笑了笑："那我问你，换成郑信还有郑恒你还会那么做吗？"

画角气笑了："林姑，你说什么呢？自然不会。"

"裴如寄呢？"林姑认真地问道。

画角想了想，摇头道："不会！"

"所以你才会退亲！"林姑一副过来人的样子，"枉我日日发愁，却原来你心中早有了人。我要早知道，早该教教你。你是姑娘家，要温柔知礼，怎么能耍流氓？"

林姑说着，再不似刚回来时那般怒容满面，而是满面春风地离去。余下雪袖一脸疑惑地问："娘子，林姑说的他是虞都监吗？"

画角伸手掀起被褥盖住脸，闷声道："我也不晓得。"

她其实是晓得的。林姑问她，如果换了别人，你还会那样做吗？她清楚明白地知道不会。林姑的话就像一道闪电，劈开了她混沌的情感世界。她忽然就明白了，为何当日在九绵山林隐寺，她会不顾一切地冲上去自穷奇口中救下他。为何牡丹宴上，她面对他弹琵琶，会紧张无措到将琴弦拨断。为何她会梦到他而不是梦到别人。原来，她的感情早就已露端倪，只可惜她并不晓得。

可是，她觉得悲哀的是，她喜欢的人却在恨着她，讨厌她，甚至恨不得将她关在烈狱几年。画角缩在锦被中有些透不上气来，心想这回是真完了。"完了！我完了！"她喃喃地说道。

雪袖以为她要被锦被给闷死了，慌忙上前揭开，看到她脸颊上染了两团嫣红，看上去格外艳绝。雪袖吃了一惊："娘子，你不会是感染风寒发热了吧。"

画角唇角微牵，扯出一抹苦笑，伸手摸了摸发烫的脸颊，她倒宁愿自己是感染了风寒，只可惜不是。

天气日渐暖和。画角每日里足不出户，伤势日渐好转，不得不感叹虞太倾给她用的药膏好用，身上并未留下疤痕。

这几日，林姑传授了画角诸多所谓的让意中人喜欢自己的诀窍。首先是看人。林姑说："你若是喜欢一个小郎君，万不能直勾勾盯着人瞧，要垂下眼睑，偷偷去瞄。当他向你看过来时，你便要将目光转向别处，这时最好是能脸红就好了。"

其次是搭讪。林姑又说："姑娘家万不可主动去和小郎君搭讪，要让他来寻你。你要故意将自己的帕子掉落在地，让他给你捡起来，主动与你说话。"

再者是技艺。琴棋书画、刺绣女红，最好是样样精通，倘若不行，最好也要会一两样，否则，聊起来不晓得说什么。

林姑原本要逼着画角学刺绣，但因这几日牡丹宴上孔玉之死在城中传得沸沸扬扬，都说凶犯专杀有才华的小娘子，是以林姑才放过她。

画角因此逃过一劫，不过，她隐约觉得林姑教得不对，头一宗偷眼看人就不靠谱。斜眼偷瞄，不敢与人对视，那不是小偷小摸才会干的吗？还有故意丢帕子。她觉得林姑是戏文听多了，那都是戏里唱的。画角问林姑，当初她就是靠这个把韩叔弄到手的？岂料，林姑自豪地笑了笑，说哪里用得着，她还没出招呢，韩叔就向她提亲了。画角看着林姑的笑容，颇受打击，一气之下，从府中溜了出去，去了品墨轩。

刚行至品墨轩门前，便见一个相貌儒雅的中年男子自店内步出，弯腰上了停在门口的官轿中。画角认出中年男子是御史大夫崔崇，她曾经在凤阳楼见过他，心中疑惑，不晓得他来品墨轩做什么。

章回和周陵正在二楼闲聊，见到画角进来，顿时喜形于色。周陵自从在九绵山和画角分别后，这些日子还不曾和画角照过面。当时，他并不知画角是盟主，曾在虞太倾的吩咐下绑过画角，见到画角不免一脸羞愧。

画角微微一笑，调侃道："这不是诛杀穷奇的小英雄吗？"

周陵满脸通红地上前见礼："周陵见过盟主，此前多有得罪，还请盟主见谅。"

画角笑吟吟地落座，接过章回递来的茶盏，呷了一口问道："你今日怎么得闲了？"

章回说道："周兄弟上回在九绵山结识了天枢司的虞都监，他一直很赏识周兄弟，想让他到天枢司做伏妖师。周兄弟来问我，需不需要他过去。"

画角有些意外。虞太倾不晓得周陵是伴月盟的伏妖师，竟然让周陵去天枢司。画角笑了，这真是瞌睡时有人送枕头，若是虞太倾身边有了自己人，那岂不是办事很方便？她笑着说道："那倒是极好，周陵，如此你便去吧。"侧首又问章回，"方才崔御史来,可是有事儿?"

章回点点头:"御史大夫崔崇托我们保护他的嫡女崔娘子,还有开国侯府的世子郑贤,也就是盟主的堂兄,也来托我们出面保护他的阿妹。"

画角放下茶盏,蹙眉说道:"不怪他们心中害怕,牡丹宴上通议大夫家的孔娘子死得的确凄惨。崔兰妹和郑敏两人一为画绝,一为琴绝,倘若妖物再害人,下一个很可能就是她们。"

章回皱眉:"这几日,因着凤阳楼和牡丹园之案,但凡家有小娘子的,如今都是胆战心惊。"

"不过……"画角有些疑惑,"论理说,天枢司应该会派人去保护她们,怎的还要托我们?"

章回说道:"崔崇崔御史和郑大郎君皆说要我们暗中保护,明里还是会有天枢司的伏妖师保护,让我们的人万不可让天枢司的伏妖师识破身份。"

周陵把玩着手中的杯盏,闻言说道:"不用说,他们这是信不过天枢司的人。听说啊,牡丹宴上,包括雷指挥使在内的那么多伏妖师,都没察觉到妖物出没,要是我,我也信不过他们。"

画角点点头:"如此,这两单活儿便接下吧,对了,记得向开国侯府那边多要些酬金。"

章回轻笑:"盟主和开国侯府那边还是不对付?"

画角挑眉:"已是断了关系,谈不上对付不对付。"此番她出事,林姑也曾去西府求助,却碰了软钉子。最后林姑只好去向裴府求助。西府那边,除了郑贤这个堂兄,其余人她皆对他们寒了心。

章回饮了口茶,凝思片刻,说道:"盟主,这两单活儿虽说给的酬金不少,但是,却有些棘手。"

画角点点头,将在花棚捡到的那条怪鱼取了出来。

因着在烈狱中耽搁,画角未曾及时将怪鱼放入水中,只是收在了百宝囊中。待她回到府中,这鱼已是奄奄一息,放到水缸里也没活成。

章回盯着怪鱼翻来覆去查看,忽然瞪大眼说道:"这是赢鱼啊,它可是活在海水里的啊,阆安城的任何一条河也养不活赢鱼。盟主,你确定是在牡丹宴的花棚里捡的?捡到时还是活的?"

画角看了看怪鱼身上薄如鸟翼的翅膀,果然是赢鱼。也怪不得她将它放入水缸中,它也没活过来。

"这条鱼是在孔玉被害的花棚中发现的。那花棚我曾去过一次,当时地面还是干燥的。孔玉出事后，地面上皆是水洼。郑敏当时在场，这条鱼钻到了她袖中，没被天枢司的人发现，被我带了回来。水洼中应当还有其他的鱼，不止这一条。我发现它时，的的确确是活着的。"

周陵惊讶地说道："奇怪了，牡丹园那边又不是临着海，怎的会有活着的赢鱼？"

章回拧着眉，问道："盟主，作案的确实是妖物吗？"

画角点了点头："当时我没在花棚，而是在外面的牡丹园，有那么一瞬间，我察觉到了浓烈的妖气，不过，那股妖气很快就消失了。雷言等人也是在察觉到妖气后赶过去的，到了那里，孔娘子便已经死了。"

画角想起孔玉尸身的惨状，叹了口气："其实，还有几处很奇怪的地方。一是，孔玉出事时郑敏在场，据她说，忽然就有水淹了过来，她浑身都湿透了。"

"还有一事便是，据说出事前，花棚内忽然冷了起来，犹如寒冬腊月，天色也由晴忽然转阴，静安公主新培植出来的牡丹都被冻得枝蔫叶僵。但过了一会儿，天色便又再次转为晴暖。"

周陵听到此处，望了画角一眼，说道："天色变化如此大，那必是大妖了。"

章回沉吟了片刻，说道："也不尽然。我记得盟主说过，那日在九绵山桃林，盟主遇到了遇渊，当时也是由煦暖的春日转瞬到了飘雪的冬日，但遇渊并非大妖。"

画角颔首，接着说道："穷奇称得上大妖吧，但是那夜在林隐寺，它出现时，却没有任何异状。可见，天气异变并不一定是大妖出没。"周陵挠了挠头，有些疑惑。

"倘若那妖物能在天枢司眼皮底下来去自如害人，只怕是棘手的，我们须得查明它是什么妖，方能护住崔兰妹和郑敏。"画角说着，吩咐周陵，"你到了天枢司后，留意此案的进展和线索，及时告知章舵主。"周陵忙应下。

画角沉吟了片刻，又对章回说道："凤阳楼的棋官茵娘被害时，当时我也在凤阳楼，只是没有机会到现场查看，不过听周围的人说，死状是和孔玉一样的，想来是同一个妖。凤阳楼之案据说在大理寺，你记得从郑贤那里套一些消息，毕竟他还要救他的妹子。"

章回点了点头："如此，我便派唐凝和公输鱼假扮成崔兰妹和郑敏的婢女，去贴身保护她们。"

画角颔首，感叹道："看来这回的酬金也不是很好赚。"

虞太倾今日下值早，步出天枢司衙门时，西边日头还高。狄尘走过去，掀开轿帘，虞太倾正要弯腰进去，忽然想起什么，问狄尘："那日，你说郑府的管家林姑到府中去过一趟，当时你可是说了让她过两日再来？"

狄尘颔首道："属下说了。"

那夜，狄尘因有事未曾随虞太倾去皇宫，及至狄尘回府一看，见他剔骨噬心之刑又发作了。这一回发作得比上一回还要狠还要久，直到第二日午后方好转。但不巧的是，在虞太倾病情发作时，裴如寄和郑府的林姑居然到府中去造访。

虞太倾自然不能见客，狄尘便过去传话，让他们过两日再来。林姑当时答应说过两日定要来拜访，如今都过了四五日，却还不曾上门。狄尘不太明白虞太倾为何将此事放在心上，低声说道："都监，想必是没什么重要之事，否则，定会再来，既然不来，便是无事。"

虞太倾说道："这会儿左右无事，便往郑府走一趟吧，关于牡丹园的案件，我有些事想问一问姜娘子。"

狄尘一愣，心想，既然与案件有关，唤她来天枢司问话就行了，为何还要亲自去府中拜访。但他却不敢说，只好应道："好。"

马车很快到了郑宅，狄尘上前叩门，前来开门的陈伯看到虞太倾，惊讶地瞪大了眼，心说，怎么这个喜好香艳图册的虞都监又来了。但碍于对方的身份，又不好赶人，还要笑脸相迎。林姑见虞太倾上门，简直喜不自胜，好在她够持重，面上丝毫不显，客气地引着虞太倾入了厅堂，吩咐婢女上茶。

上回虞太倾来郑府时，林姑就晓得他生得俊，但那时虞太倾是因画角在西府惹事，他是来查案的。她打心眼里是不欢迎的，因此印象并不算甚好。

今日一见，不禁感叹自家小娘子的眼光太好。她从来就没有见过这么精致齐整的小郎君，相貌身材，无一不是恰到好处，就是人有些纤瘦。这一点也不错，和小娘子恰恰互补。

林姑上下打量够了，问道："不知虞都监今日莅临寒舍，有何贵干？"

虞太倾长眉扬了扬："此番前来是为那夜拘押姜娘子之事，事情虽已过去，但有些事还需向你家小娘子交代一下，不知她可在？"

林姑思忖了下，唇角一撇，冷冷笑了。虽然小娘子不让她再去都监府拜访，但他自行上门来了，她岂能错过这个机会。

"都监要见我家小娘子，却不晓得我家小娘子愿不愿见你。我那日到贵府拜访，其实是有话要问，不过都监却不肯出来一见，只让你们府中的嬷嬷出面斡旋。今儿虞都监既然上门来了，那我便问一问虞都监，我们小娘子到底犯了何罪，被你打入牢中？"

虞太倾略怔了下，总不好实话实说，于是搪塞道："此事，倒是本都监的失误，错拘了姜娘子。"

林姑在心中暗暗发笑，又寒着脸问道："错拘了？虞都监可曾想过，一旦入过监牢，女子的名声就坏了，这辈子只怕都不好许婆家，倘若此事传扬出去，我们小娘子嫁不出去，可如何是好？"虞太倾一时无言以对。

林姑又道："虞都监可晓得，我们小娘子自从回府后，一直以泪洗面，说是再不想活了。"说完，有些心虚地瞥了虞太倾一眼。只见他长眉微蹙，敏锐而干净的眼底有波光漾了漾，唇角微微牵了牵。这是压根就不信她说的话。

说实话，林姑说的话连她自己都不信，但她觉得外人是会信的。毕竟，一个小娘子，被人关入烈狱，纵是很快被放了出来，但所受的惊吓，只怕这辈子也难忘，伤心哭泣也是很正常的。可是，看虞太倾的神情，居然丝毫都不信。林姑的心悬了起来，这位虞都监，有点不好对付啊。

"姜娘子何以就不想活了？"虞太倾抬眼直视林姑，缓缓问道，"本都监已命人压下她入狱的消息，并未外传，姜娘子的名声应当并未受损，不存在'嫁不出去'一说。她伤势也该痊愈了，应当也没有留疤痕。因为受伤她也因祸得福，两年牢狱之灾也免了。怎么想，她也该欢喜，而不是以泪洗面，更不该寻死觅活。"

林姑面色一僵，霎时有些尴尬。原来小娘子说的入牢狱两年是真的。他说的倒也有理，可林姑心中还是觉得有些不舒坦。

她面色沉了沉，加重了语气说道："虞都监所言极是，不过虞都监到底是男子，并不懂女子的想法。或许在你眼里，清白之身和牢狱之灾比起来，算不得什么。可我家小娘子说了，与其被个男人敷药换衣，倒还不如坐牢。"

虞太倾的脸色霎时变得苍白，端着茶盏的手指微微颤了颤。林姑顿觉自己说错话了。

虞太倾缓缓放下茶盏，冷声说道："想必姜娘子以为敷药换衣的人是我才会如此，还请她宽心，不是我，是府内的婢女所为。"

林姑忙笑道："虞都监误会了，我家娘子其实也不是那个意思……"她不晓得事情为何没朝着她期望的方向发展。她原本认为提出敷药换衣之事，虞太倾或许会考虑一下两人的亲事。

虞太倾起身，冰雪般的面容上没有一丝笑意，漠然说道："本都监就不叨扰了，烦请转告你家娘子，在牡丹宴案子的凶犯被擒拿前，还请她小心为上。虽说她并未夺得琴绝称号，但其实她的琴技在琴绝之上。"

林姑闻言吃了一惊："什么？您的意思是，我家娘子有可能是妖物的下一个目标？"

"也不见得,不必惊慌,但最好是警觉些。天枢司会派伏妖师保护牡丹宴上技艺出众的小娘子。"虞太倾说着,又补了一句,"如果你家小娘子需要,我明日便派人过来。"

林姑慌忙点头应下:"自是需要的,多谢虞都监。"

虞太倾淡淡"嗯"了声,负手向门口走去。林姑晓得自己方才说错话了,想着怎么样也要补救一下,绝不能让他就这么回去。她暗中吩咐婢女去后院请画角过来,又追上去挽留道:"虞都监,瞧您来了这半日,连口茶也顾不上喝。我这就命人摆膳,您用了饭再走不迟。"

虞太倾漠然说道:"不必了。"

他负手向外走去,刚刚行至廊下,便见陈伯引着裴如寄走了过来。

裴如寄边走边将手中的马鞭扔给一旁跟随的护卫,笑着问陈伯:"你家娘子身子可好些了?"

陈伯回道:"好多了,承蒙裴将军关照。"

那日,画角被关入烈狱,裴如寄心中焦灼万分,原想着第二日设法救她。没想到林姑过来说,画角当晚已经回去了,只是受了伤,让他陪同一道去都监府讨个说法。

这几日,裴如寄曾来郑府探望过画角,但画角在后院养伤,并未见到面。陈伯和府里的护卫都对裴如寄印象甚好,一直觉得画角和裴如寄退亲很可惜。

裴如寄听到画角身子好多了,唇角扬起一抹笑意,但抬眸间,便看到虞太倾自厅堂内步出,唇角的笑意瞬间便凝住了。他心中不悦,但还是施了一礼,朗声问道:"虞都监,什么风把你吹来了?可是因错拘了姜娘子而前来致歉的?"

直到今日,裴如寄还以为虞太倾将画角拘押入烈狱是因为孔玉之案。虽说林姑也说起过,画角的伤势并非用刑,但裴如寄还是把账算在了虞太倾身上。倘若虞太倾没有拘押画角入烈狱,自然也不会被什么妖鬼所伤,归根结底,一切的源头还是虞太倾。是以,裴如寄和虞太倾说话的语气,便谈不上多么客气。

虞太倾神情疏淡,径自下了台阶,缓缓说道:"是不是错拘,姜娘子自己心中清楚,裴将军自去问她便是。"

裴如寄吃了个软钉子,笑了笑,说道:"也好,我自去问她。"

裴如寄说着,和虞太倾擦身而过,径直上了台阶。虞太倾微微眯了眯眼,面上神色有些沉郁。

林姑眼见虞太倾转身又要走,又上前挽留道:"虞都监,既然裴将军也来了,不如你们两位便一道留下用饭吧。"

虞太倾的脚步便顿住了,面上神色变幻,但他并未说话。

到了此时，狄尘总算看出虞太倾的心思了。天枢司的确派了伏妖师去保护那些小娘子，但却不是所有小娘子，而是只有那日得了五绝的小娘子。因为孔玉是诗绝，雷言断定倘若还有人被害，最大可能会是余下的四绝。实际上，天枢司也没有那么多人力去保护所有参加牡丹宴的小娘子。当然，姜娘子并不在保护之列。所以，保护姜娘子，应是虞太倾自己的主意。再者，这件事天枢司都是派枢卫过府通传，哪里用得着都监亲自来告知。狄尘见虞太倾不说话，晓得他是看到裴如寄来了，也想留下，便上前接过话头，朝着林姑施礼，说道："如此，那便叨扰了。"

林姑心中欢喜，连声道："不叨扰，还请虞都监和裴将军到厅堂稍坐，我这就命人摆膳。"

虞太倾转身向厅堂而去，裴如寄淡淡"哼"了声，随后也入了厅堂。狄尘暗暗叹了口气，他总算晓得，为何这两日虞太倾剔骨噬心刑又会发作了，只怕是救治姜娘子所致。

夕阳沉没，天色渐暗。陈伯指挥着护卫将廊下的灯笼升了起来，婢女也将屋内的火烛燃亮。林姑引着两人落座，吩咐婢女重新沏茶。

裴如寄撩袍坐下，熟稔地问道："林姑，你家娘子这几日都在府中做什么？"

林姑瞥了虞太倾一眼，斟酌着说道："小娘子虽说在养伤，却也没闲着。每日里不是抚琴，便是制香，也会看看书。"

裴如寄"哦"了声，笑问道："原来姜娘子还会制香？"

虞太倾端起茶盏饮茶，闻言眉梢微微挑了挑。

林姑笑道："那是自然，我家娘子自小聪慧，学什么都快，她会的技艺多着呢。就说制香吧，也是今年方学起来，头回制的香就极好。"

林姑说着，朝身后的婢女使了个眼色："去我屋里把娘子新制的藏春香取来。"

婢女面现疑惑，心说没见小娘子制过藏春香，瞧见林姑的神色，顿时心领神会。

片刻后，婢女捧着一个雕花木匣进来。林姑打开木匣，只见里面整整齐齐码着八颗棋子大小的海棠花形状的香丸。林姑拈起两颗，分别递到虞太倾和裴如寄手中，说道："这是娘子所制的藏春香，燃之如身在溪畔林间，令人神清气爽，最适宜在书房燃之，用以提神。两位若是不嫌弃，我一会儿命人装起来，带回府中。"

裴如寄拈着香丸闻了闻，说道："我虽不懂香，但这香质地细腻，淡香沁人，头回制的香就这般好，的确令人惊艳。"

虞太倾将手中的香丸放入木匣中，淡淡说道："香是好香。"但是不是画角所制，他表示存疑。

林姑将香丸收好，心中暗自叹了口气，觉得小娘子这情路或许不会太顺遂。

这时，一名婢女在门口探头探脑，欲言又止。正是林姑方才打发了去请画角的婢女。林姑以为画角不肯过来，心中着恼，问道："何事？"

婢女目光闪烁道："林姑，小娘子晌午起来就出门了，这会儿还未曾回来。"

林姑气得咬了咬牙，没想到画角伤刚好就偷溜出去了，但在客人面前也不好说什么，掩饰性一笑，说道："瞧我这记性，我倒忘了她出门了。"林姑说着，让两人稍坐，她自去备膳。

林姑一走，室内只余虞太倾和裴如寄二人坐在堂内的八仙桌两侧。虞太倾心情似乎不太好，并未言语。裴如寄原本还想寒暄几句，看他的样子似乎并不想攀谈，一时也沉默。屋内一时静谧，空气好似凝固了一般。

姜画角便在此时进了院，她是偷溜出去的，回来时也是翻的墙。她自墙头翩然跃下，动作完美地落地，鬼鬼祟祟四处瞧了瞧，见并未有人看到她，拍了拍身上浮尘，缓步向厅堂而去。她挑起屋帘，便见屋内坐着两个人。淡淡的灯光映照下，一人朗朗如日，一人皎皎如月。画角一愣，只见虞太倾的目光落在了她脸上，一瞬间有些慌神，情不自禁便退出了屋子，就连裴如寄在屋内喊她也未理睬。

林姑引着婢女们端着盘盏过来，一眼看到画角，笑了笑，说道："娘子，你回来了，快些过去洗漱，稍后过来用饭。"

画角"哦"了声，晓得逃不掉，洗漱罢入了厅堂。林姑指着虞太倾和裴如寄中间的位子说道："娘子，快些入座吧，让客人等你这半晌。"

画角定了定神，走到桌前落座，微笑着问道："今儿是什么日子，怎的两位竟结伴造访？"

裴如寄说道："自是惦念阿角妹妹，过来探望。"

裴如寄一直都是唤画角姜娘子，这会儿忽然改了称呼，画角有些猝不及防。虞太倾听了，目光微微一凝。

林姑看出虞太倾脸色不悦，忙对画角说道："娘子，招待客人啊。"又问虞太倾："虞都监，你爱吃哪个菜，让娘子夹给你。"

虞太倾含笑说道："不必麻烦了。"

画角执起公用的筷子，夹了一块绣球鲈鱼肉放在了虞太倾面前的碟子里，看了眼裴如寄，不好厚此薄彼，只好雨露均沾，于是，夹了块琵琶鸭放在裴如寄碗中。

裴如寄道了声谢，问道："听林姑说，你这几日都在府中看书、制香，不晓得都看了什么书？"

画角"哦"了声，想了想正欲说话，便听虞太倾淡声说道："自是有图画的书。"画角一噎，晓得他说的是香艳图册。以往倒是没什么，今日听他提起，不知为何脸颊竟是红了起来。

裴如寄却不晓得，追问道："什么有图画的书？"

画角想了想，厚着脸皮胡诌道："这两日我得闲了也会绣些东西，每日里翻那些绣花样书，可不是有图画的书吗？"

裴如寄疑惑地挑眉："怎的你看什么书，虞都监这般清楚？"

画角一时无语，看了眼虞太倾，见他显然不准备答话，便笑着道："猜的吧。"

裴如寄"哦"了声，赞叹道："没想到阿角妹妹还会绣花，方才我瞧你制的香便极好，想必绣技也不错。"

画角哈哈笑道："是不错，刚刚学会捏针。香我倒是会制，不过制出来的香压不成锭子。"

虞太倾闻言笑了笑。裴如寄却愣住了。林姑尴尬地笑了笑："这么说，方才那个藏春香不是小娘子制的？那倒是我记错了。"

画角默了一瞬，晓得林姑定是拿她自己制的香充作她制的了。她嫣然笑道："其实，我还是有制香的天赋的，我对香气很敏感，能从混合香中分辨出每一种气味。"

裴如寄一笑："当真，那你可能闻得出我身上有何气味？"

画角勾唇一笑，倾身凑近裴如寄身前闻了闻说道："你这身上有好几种气味，最浓烈的当属曼陀罗香，还有三味药香，乃是一点红、豆蔻和防风草。我说得可对？"

画角说着，一抬头，正对上裴如寄略含笑意、目光灼灼的眼眸。画角心中忍不住打了一个突，慌忙起身，故作不经意般瞥向虞太倾，只见他淡然而坐，面上带着淡淡的笑意，细看那笑意却是冷的。

第二十二章 鹅梨帐中香

裴如寄心事重重地打道回府。那日,画角入了烈狱,他也算是体味了一回什么是心乱如麻、心急如焚,连着一晚上如坐针毡,不曾入眠。这种感觉,自小到大,他还从未体味过。

他阿娘原是妾室,父亲和两个兄长待他很不错,过世的母亲对他虽说谈不上多好,但也没有苛责过他,吃穿用度从未缺过他什么。他也交了一些狐朋狗友,平日里吃喝玩乐皆在一处,当面对他倒是客套,背地里不免说起他是妾生的。正如那日在牡丹宴,梁鹜说他阿娘的那些话。这让他自小打心眼里便晓得自己与那些嫡子不一样。因此,他三更灯火五更鸡,严以律己、修文习武,为的便是有一日超越那些靠祖荫老子娘招摇的纨绔。

他做到了。他考取了武状元,进入了禁军,是最年少的将军。他想要什么,甚至不需要假他人之手,总会凭自己能力得到。他沉得住气,也经得起磋磨。是以,他不曾焦灼过。

他曾想过,日后的夫人,必是他心仪之人。当他听闻父亲给他定了亲,心中有些不满。他早已打定主意要在牡丹宴上相一个意中人,因此,赶在牡丹宴之前,尽快将退亲之事办妥。但他没想到，在牡丹宴上，他一眼都没注意其他的小娘子，眼里只有她了。到如今，他甚至有些后悔自己当日那般仓促地提出退亲。不过不打紧，他一步步走到今天，但凡想要的，有哪一样不是自己奋力争取来的？

裴如寄回到府中，便有婢女过来传话，说是夫人唤他过去。他换下外袍，到了裴夫人所居住的院落。院内遍植曼陀罗，此时已到了绽放的季节，花开绚烂，清香扑鼻。

一阵清歌声自院内凉亭传来，歌声悠扬动听，婉转和媚。他阿娘身着软红罗裙，簪钗曳环，正在吊嗓子。她年轻时曾是妓馆歌妓，当年便是凭借一曲《点绛唇》赢得了裴如寄父亲的青睐。这么多年，她的嗓音依然如莺鸣鹂啭，分外动听。

裴如寄站在廊下，并未过去打断她。他望着阿娘鸦黑的发，窈窕的身姿，也有些惊讶，三十大几的人了，倒是未见岁月的痕迹。裴夫人一曲而终，回首看到裴如寄，含笑出了凉亭。

"今日怎么回来得这般晚，可用过饭了？"

裴如寄说用过了。裴夫人到屋内坐下，灯光给她的面庞笼上一层淡淡的光，越发显得雪肤如玉，吹弹则破。裴如寄问道："儿子都快及冠了，阿娘倒是不见老。"

"阿娘怎的不见老，你瞧我这鬓角的白发。"裴夫人说着，指了指自己的鬓角。

裴如寄凑过去，看了好久，并未看到白发。

裴夫人笑了："傻孩子，娘能让白发留着？每日里揽镜自照，一看到就拔了。别人都是嫌娘老，你倒是奇了，嫌起阿娘年轻了。"

裴如寄忙摆手道："哪里，儿子只是觉得有些奇怪，随口一问罢了。"

裴夫人神秘兮兮地眨了眨眼，说道："这有何奇怪的，自是阿娘会养颜的缘故。"

裴夫人说着，示意随侍的婢女退出去。她起身行至内室，片刻后捧着一个瓷盒走了出来。

"这是你这个月的药丸，每月四丸，切记得服用。"

裴如寄打开瓷盒，便见里面放着四粒鸽卵大的棕黑色药丸。

"娘，这些药丸吃了这么多年，可否停了？"

"那可不行。"裴夫人摆手说道，"寄儿，娘不是说过吗？你出生时身子骨弱，几欲丧命，若非这些药丸，你只怕活不过这么多年。再服用两个月，便满二十年了，待你及冠后停用就好，这会儿停了，说不定会前功尽弃。"

裴如寄皱眉，并未说什么。裴夫人生怕他停了丸药，又道："这可是阿娘向林隐寺的树仙求来的仙方，是极灵验的。虽说如今林隐寺破败了，但当年可是香火鼎盛。"

"树仙，你原先不是说从高僧那里求来的吗？"

"的确是高僧，是娘说错了。"裴夫人惊觉自己说漏了嘴，又解释道，"你道阿娘为何年即四十瞧上去还如此年少，也是用了药的缘故。"

裴如寄吃了一惊："阿娘也在用药？也是树仙开的方子？"

裴夫人点点头，抚摸着脸上的肌肤，说道："你看看阿娘这皮肤，可见树仙是灵验的。若不是阿娘这些年一直保持年轻美貌，你以为你阿爹会扶正我？"

裴如寄望着阿娘脸上的笑容，明明已是半老徐娘，一笑间居然有着稚弱的少女之态。他忽然觉得有些毛骨悚然。

画角洗漱罢，脱掉外袍，踢掉绣鞋，仰躺在床榻上，想要入眠，却怎么可能？林姑和雪袖一左一右，杵在她床头，开启了自她回府后最久的一次碎碎念。

林姑气呼呼地说道："不是我说你，你用饭时，为何凑到裴将军身上闻来闻去？"

雪袖说道："是啊，我瞧你都快扑到裴将军怀里了。"

画角慢吞吞地说道："我还不是为了掩饰制香的事，才会提起我有制香的天赋，那我不得闻闻才能说出有什么香。"

林姑气得戳了戳她的额头："你还敢说制香，枉我说那香是你制的，还想着送虞都监，你居然……那你为何不去闻虞都监身上的香？"

画角搓了搓脸，无奈地说道："我不是不敢吗，我发过誓……"

林姑眉头一动："什么誓？"

画角忙蒙住脸说道："没什么。"

林姑愁容满面地说道："娘子啊，我觉得你这情路注定坎坷，我都把话说得那般明白了，他却说，哦，并非我换的衣衫，是我命府中婢女换的。"

雪袖惊讶地说道："啊？但凡他要有心，不是该顺坡下驴，说要娶娘子吗？"

林姑轻轻叹气："是啊！"

……

林姑和雪袖一人一句，一句一叹息。画角忍无可忍，猛然坐起身来，说道："林姑，雪袖，你们当我是什么人了。你们瞧我这花容月貌，还有你们以为我这些年白在外闯荡了。伏妖的本事我有，降伏男子的招数嘛，我没有五十个，也有九九八十一个。"

雨敲在琉璃瓦上，轻轻重重，点点滴滴，好似谁家初学抚琴的孩童，调皮地奏出一曲弦音。一棵槐树的枝条横斜着在窗外摇曳，满树叶片被雨水浇得油绿油绿的。

虞太倾负手站在窗畔，望着外面无边的冷雨，心头好似沁入了无边的寒意。一侧侍立的枢卫低声提醒道："虞都监，雷指挥使过来了。"虞太倾转身走向一侧的床架，上面陈列着两具尸体，正是茵娘和孔玉的尸身。这是天枢司放置尸首的殓房，房内充斥着防止尸体腐烂的香脂味。

雷言快步入了屋。皇帝给的破案期限只有一个月，转眼好几日过去了，案件还没有丝毫进展。雷言自做了天枢司指挥使，还未曾遇到过如此棘手的妖物。来无影去无踪，害了人，留下一地狼藉，却丝毫线索都未曾留下。他看了会儿案卷，听枢卫禀告，说虞太倾在殓房候着他，便快步过来了。

"虞都监，可是有了线索？"雷言一进屋便问道。

虞太倾接过枢卫递过来的羊皮手套缓缓戴上，将两具尸体身上蒙着的白布掀开。尸体黝黑宛若焦尸，乍看令人毛骨悚然。

虞太倾指着孔玉尸身脖颈上的金项圈说道："指挥使，你瞧这里可是缺了一块儿？"

雷言凑过去看了看，果然见金项圈中间，有一处空缺。

虞太倾说道："我对女子的饰物不太了解，看这空缺乃是圆形，原该镶嵌珠玉，但却什么也没有。据郑敏的口供，牡丹宴那日，孔玉所佩戴的金项圈上，有一块红色珠宝，想来便是在此处。"

雷言皱眉沉吟："也许是掉落在花棚中了，稍后命枢卫再去搜寻一番，不过，这有何重要？"

虞太倾说道："茵娘身死之时，簪钗戴镯，却唯独没有佩戴耳坠。后来审讯时，她阿娘王氏曾说，茵娘新得了一对耳坠，是她的意中人所赠，她甚是喜欢，每日里必会佩戴，可尸体上却并没有耳坠。"

雷言皱了皱眉头："也或许，她那日没有佩戴。"

虞太倾摇摇头，自枢卫手中接过茵娘之案的卷宗，自案卷中抽出一张纸，递到雷言面前，说道："这是我让王氏画下的耳坠的样式。"

纸上寥寥数笔画着一对耳坠，作画的人画技相当拙劣，只勉强能看出耳坠上镶着一块圆形宝石，不知是珍珠还是宝石。

虞太倾看出雷言的疑惑，说道："我问过了，王氏说镶嵌的是红色珠子。"

"红色珠子又怎么了？"雷言问道。

虞太倾蹙眉说道："茵娘耳坠上有红色珠玉，孔玉项圈上也有红色珠玉，或许是巧合。但是，这两样最后却都不见了，就有些蹊跷了。"

雷言皱着眉头斟酌："你怀疑妖物害人是为了得到珠宝？不对……"

雷言悚然一惊："莫非妖物是珠玉成妖？"

"不见得是。"虞太倾起身说道，"不过，妖物总是和珠玉有关，倘若丢失不是巧合，而是妖物带走了，总觉得这会是此案的关键，稍后我去首饰铺走一趟。"

雷言点了点头，忽然想起什么，问道："听说那夜你将郑中书令家的小娘子下到了烈狱，幽冥阵结界突然坏了，将姜娘子给拘到了阵中，是楚宪把幽冥阵给毁了。"

虞太倾摘下手中的羊皮手套，随着雷言缓步出了殓房，说道："姜娘子是个烈脾气，和我争执了几句，便要放火烧我的值房，我不过是想吓唬吓唬她，才把她关到烈狱值房，谁成想幽冥阵会错拘了她。幽冥阵结阵多年，连人妖都不分了，早该修葺了，若非楚宪，只怕姜娘子就死在阵中了。"

雷言哈哈笑了笑，似信非信。自从那日袁风的天眼因查看虞太倾的来历而被废后，雷言对虞太倾的身份多少有些怀疑。

两人各怀心事站在二楼的廊下，透过蒙蒙雨雾，只见外面的长街上，一辆马车辚辚穿过蒙蒙雨雾而来，在天枢司门前停下。马车车帘掀开，一个身着浅红罗衫，梳着螺髻的小娘子跳下马车，撑开了手中的油纸伞。雷言诧异地看了虞太倾一眼，说道："说曹操曹操到，你今日可是要提审姜娘子？"

"不曾，也许是来拜访雷指挥使的。"虞太倾面色疏冷地说道，言罢，他负手下了楼，径直向值房而去。

雷言纳罕地扬了扬眉，说道："既如此，我便命人打发姜娘子走了，我可不想天枢司再被她放火烧了。"

虞太倾刚在值房落座，便有枢卫进来通报道："虞都监，郑中书令府中的姜娘子求见。"

虞太倾漆黑的眸中闪过一丝微澜，问道："可说了因何事求见？"

枢卫禀告道："姜娘子说是给虞都监送东西。"

虞太倾握着案卷的手一顿，眉头轻蹙说道："你说我正忙着，若不是重要之事，让她且回府去吧，天枢司不是她随意来去的地方。"

枢卫自去传话，过了会儿又推门进来禀道："虞都监，姜娘子说您先忙，她在外面候着，待您忙完了再见她也不迟。"

枢卫言罢，躬身退了出去。虞太倾又翻看了会儿案卷，起身行至窗畔，透过槛窗望向外面。只见画角撑着油纸伞站在雨中。油纸伞的伞面是浅红色的，犹如一朵盛放的红莲，在雨雾中飘浮着。虞太倾起身将挂在一侧架子上的外袍披在身上，掀帘走了出去。

画角看到他出来，忙举着伞迎了过来。她踮起脚，将伞竭力朝他的头上举。虞太倾愣了一瞬，低眸望向她，一脸疏离淡漠，径直向外走去。画角身量比虞太倾要矮，如此举着伞，甚是费力。但她举得很殷勤，好生追随着他的脚步，亦步亦趋，那谨慎小心的样子，简直像在给皇帝打华盖的宦官。

"虞都监，你要出去吗？去何处，我送你过去。"她问道。

虞太倾顿住脚步，垂眼看着她说道："本都监有事要外出，你有何事，在这里说吧。"

画角举了举左手，虞太倾这才看到她手中拎着一个布包。

"都监昨日到府中，林姑说原本是要送你一盒香丸的，但你走得急，没顾得上拿，我今儿特意给你送了过来。"

虞太倾长眸微眯，不徐不疾地说道："林姑说要送姜娘子制的香，结果取来的却不是。林姑大约觉得如此欺骗有失体面，没好意思再送而已。"

画角笑了笑，说道："今儿带来的，的确是我制的。"

今日一早，画角将前些日子所制的鹅梨帐中香的香饼取了出来。原本要放置月余方能阴干，但她想要送给虞太倾，便提前取了出来，在廊下生火，打算烘干。当时制好塑形时，林姑要她用花模，她嫌麻烦，便用手揉成了丸状，又压成了圆饼。用她的话说，反正投入熏炉中，焚完皆会化成灰，不整那些虚的，只要香气好闻便可。

这回取出来一看，香饼大小不一，很难入眼。她挑挑拣拣取出来八枚大小一致的，放置锅内烘起来。岂料，香饼上很快便被烘出了裂纹。画角哀叹一声，只能矬子里拔将军，挑了一些能看的，放在了瓷盒中。虞太倾闻言，清眸微眯，漆黑的眸中带着难以捉摸的深邃。

这时，有枢卫送了油纸伞过来，虞太倾接过撑开，径直朝天枢司外行去，边走边说道："姜娘子若是只来送香，再无其他事，便回去吧，我府中自有宫中调香师制的香丸。"

画角举着伞随着虞太倾出了天枢司，见他掀帘上了马车，追上去说道："虞都监，我其实还有其他事禀告，是关于案件的。"

虞太倾望着她略作沉吟，说道："既如此，你且上车吧。"

画角上了马车，神色微凝，说道："不晓得都监可在花棚中发现赢鱼？"

虞太倾点了点头："倘若是这件事，倒不必姜娘子告知，枢卫也发现了。"

画角蹙眉又道："那都监可曾注意到，牡丹宴上，曾有蛮蛮鸟出现。这种鸟向来居于深山，极少在人烟辏集处现身。茵娘出事那日，我在凤阳楼外等候，也看到有几只蛮蛮鸟栖息在屋檐上。"虞太倾若有所思地蹙紧了眉头，显见并未注意到。

画角提醒道："事出反常，想必是有原因的，虞都监查一查或许会有意想不到的线索。"

虞太倾点点头道："如此，多谢了，倘若再无其他事，还请姜娘子回到自己的马车上。"

画角"嗯"了声，将手中的布包打开，自里面取出一个瓷盒，放置到马车的桌案上，说道："最后一件事。既然说了要送香丸，总不能食言，都监若是嫌弃，便请扔掉吧。"

虞太倾打开瓷盒，看到大小不一，有的裂纹的香饼，漆黑的眸中闪过一丝波澜，但清浅得不着痕迹。虞太倾将瓷盒合上，说道："这个闻起来有些甜腻，你觉得适合我熏香？"

画角忙道："这香不是熏衣服的，这是鹅梨帐中香，是点在房中助眠的。"

虞太倾眉梢动了动："这香你送错人了吧？"

画角略有些不解，勾唇浅笑："我都亲手送到你手中了，怎的还说送错人？"

虞太倾眼睫轻挑，缓缓问道："姜娘子，这香可不单单是为了助眠，还别的效用。你一个未出阁的小娘子，真要将帐中香送给我这个不相干的人？"他因要去珠宝铺暗查，特意没穿官服，换了一身天青色广袖襕袍，领襟间精心镶以绛红绣纹，衬得原本清绝的脸有一点妖冶的意味，兼之他此时说话的语气，带着一丝慵懒，令画角一时有些恍惚。

但画角还是听出了他话里的别有意味，暗自思忖，莫非这款香真的还有别的效用？林姑教她制这款香时，说的是清心静气、安神助眠。她近日心思有些浮躁，每晚熏香后，闻着这清甜幽淡的香气，的确甚是舒心，夜里睡得也很好。这虞太倾莫非是疑心她要用香毒害他？这也忒小看她了。

画角嫣然笑道："瞧都监这话说的，香还能有什么效用，无外乎静心怡情。总之，这香饼就送与都监了，虽说样貌有些粗陋，但香气清甜不腻，你若瞧不上扔掉好了。"

画角生怕虞太倾再将香还回来，径自掀帘下了马车，撑伞向自己的马车而去。虞太倾目送她离去，抬手打开瓷盒，拈起一块香饼闻了闻，望了眼上面密布的细纹，唇角牵出一抹淡淡的笑意。

他将瓷盒收好，吩咐狄尘："去西市。"棋官茵娘的耳坠是旁人所赠，他也未曾见过，是以不晓得出自哪家珠宝铺。孔玉的项圈，却是出自吉祥阁。

画角回到马车上，见雪袖候在马车上，几欲睡着了。她拍了拍雪袖的肩头，问她:"你可晓得,鹅梨帐中香不是助眠的吗,还有别的什么效用?"

雪袖正有些迷迷糊糊的,闻言一激灵清醒了:"娘子送给虞都监的,难道是此香?"画角点头说是。

雪袖苦着脸说道:"你怎的送的这款香,奴婢还以为你送的是藏春香。其实,鹅梨帐中香有两个方,我们制作的就是静心助眠的。据说还有一种是可以怡情助兴的,听闻都是妓馆的伶妓在用。"

画角"哦"了声:"还有这种香啊,也怪不得方才他那般说。"

雪袖有些着急:"娘子,你不是说你这些年在外闯荡,无所不知嘛,九九八十一招,你不会第一招就败北了吧。怎的送个香也能搞出事来,这让虞都监如何看你?"

画角有些不以为然,毕竟她还当着虞太倾的面看过香艳图册。这若是让雪袖晓得了,想必得急死。不过,她想了想,觉得还是向他说清楚为好,免得虞太倾以为她在借着送香向他表达一些不可言喻的龌龊想法。

于是画角吩咐郑恒赶着马车跟在虞太倾的马车后。细雨如丝,笼罩着整个阆安城。两辆马车,一前一后,穿过雨雾,沿着长街辘辘行驶。不一会儿,马车便到了西市。

因是雨天,西市不似往日热闹,街市上没有摆摊的,只有临街的铺子还开着。一眼望过去,多是珍珠披帛、香药字画等店铺,也有那酒肆、果子铺和饼铺,门前还有胡姬在招揽客人。

画角掀开马车窗幔,见虞太倾的马车在一间店铺门前停下。她抬眼望过去,只见门楣上写着"吉祥阁"。她认出这是前两日自己买钗环的店铺,当日还在这里遇到了孔玉和郑敏。

画角心中蓦然明白,虞太倾今日来此或许是为了孔玉之案。倘若当真如此,她自然不能错过这个了解案件内情的机会。也只有弄明白作案的妖物是什么妖,伴月盟才能保护崔兰姝和郑敏无恙。

画角吩咐郑恒也靠街边停下马车,嘱咐雪袖在马车中等着她,便撑开伞跳下马车,朝虞太倾行去。虞太倾其实早就留意到她的马车跟在后面了,此时见她也下了马车,驻足朝她望了过来。

"姜娘子可是后悔了?"他忽然一笑,问道。

画角微微一愣,随即摇头笑道:"我只是过来说一声,那香并没有别的效用,虞都监莫要多想。"她撑着伞,白皙如玉的脸在淡红色的伞面映衬下,透着一丝艳色。

她侧首望了眼吉祥阁,扶了扶发髻,笑得像一只狐狸:"你是要去这家铺子?不久前我来过,里面皆是女子常用之物,钗环簪佩,你进去是要给哪家小娘子购置首饰啊？我今日恰巧无事，不如陪你一道，也好替你试戴，如何？"

虞太倾直直盯着画角，问道："姜娘子今日又是送香，又是陪我逛街市，可是有求于我？"

画角眼波流转，摆手说道："没有。"

虞太倾眉梢微挑，唇角浮起一抹自嘲的笑意："我以为昨晚我已将话说得很清楚了，看来姜娘子并未明白。我便再复述一遍，我与姜娘子已恩怨两清，再无相欠，盼日后再无纠葛。"

他说话声音不大，语气有点冷，平平的语调里透着淡淡的疏离之意。画角心中有些失落，但面上却不显，抿唇笑道："我晓得了，我恰巧也要购置发簪，既然都监不需相助，那便作罢。"

画角说着，绕过他入了吉祥阁。两人一前一后入了店铺。

店小二忙迎了上来，那日画角在店中和孔玉郑敏拌了几句嘴，店小二对她还有印象，笑容满面地招呼道："娘子里面请。"

画角笑吟吟地说道："那日在店里挑的几样花钿和钗环，到了牡丹宴上，都说精美华贵，我再来挑几样。"

店小二自然欢喜，忙招呼画角坐下，他自里面取了几匣子钗环，一一摆在桌案上，供画角挑拣。

店小二又去招呼虞太倾："不知这位郎君是要发钗、发簪还是步摇？"

虞太倾摇摇头，一时分不清发钗、发簪、步摇有何不同。下雨天没什么客人，店小二分外殷勤，又热情地说道："倘若郎君不晓得挑哪样，那您说说，是要送与谁的？是送给母亲过寿，还是送与姐妹嫁娶，或是送给意中人？"

画角瞥了眼虞太倾，见他并不理睬店小二，负手在店里转了一会儿，忽然指着首饰架说道："把你店里镶有红色珠玉的项圈和耳坠取来我瞧瞧。"

店小二应道："好嘞，客官您先坐，我这就去取。"

虞太倾在画角一侧的桌案前坐下，很快，店小二捧着两个雕花木匣走了过来。画角挑了支梅花簪，戴在发髻上，手执菱花镜照来照去，自镜中暗暗留意着虞太倾那边的动静。

只见虞太倾挑了一个项圈，指着项圈上镶嵌的珠玉问道："这个样式的项圈，这里镶嵌的皆是红色玉石吗？可有镶嵌红色珠子的？"

店小二闻言，摇头道："倘若镶嵌红色珠子，必是玉石打磨成的圆珠，瞧上去与红玉石也无甚分别，只是更费工艺，却更昂贵，我们店中却是没有。"

画角认出这个项圈与孔玉戴的相像，回想了一下孔玉的项圈，记得她当时乍看以为是玉石,细看后方知是珠子。她放下菱花镜,问道:"嗳,前几日在牡丹宴上,我见吏部侍郎家的孔娘子颈上戴着一个项圈,甚是好看,和这个项圈有些像,怎的她那个上面镶嵌的却是红色珠子?"

店小二听她提起孔玉,似乎生怕提起孔玉影响了他的买卖,摆手道:"哎哟,小娘子,这我如何晓得,孔娘子也许是从别处购置的。她那日来我们店,只是挑了一支发钗。"

虞太倾闻言,面色微变,似乎有些意外。

画角思忖,虞太倾今日来吉祥阁,必不是随意来的。她想了想说道:"可是,孔娘子说起过,她的项圈的确是你们店里的。"

虞太倾抬起眼皮撩了店小二一眼,说道:"你们吉祥阁的首饰都有刻字,那位孔娘子想必不会骗这位娘子。"他也是看了孔玉项圈上的刻字,才寻到吉祥阁的。

店小二愁眉苦脸说道:"小店真没有镶有珠子的项圈。"

虞太倾蹙眉,打开另一个木匣,挑拣了一会儿,取出一对耳坠来。

"这么说,你们店里也没有镶嵌着红珠子的耳坠了?"虞太倾问道。

这款耳坠与王氏所画的耳坠一模一样,只是上面镶嵌的是一块圆形红宝石。王氏说过,棋官茵娘耳坠上镶嵌的是红色珠子。

店小二摇了摇头。

画角淡淡"哼"了一声:"小二,你可莫要浑说,这位郎君有的是银两,你快些把与孔玉一模一样镶有珠子的项圈取来。"

店小二蹙着眉头:"真没有。"

虞太倾和画角对视了一眼。店小二察言观色,总算看出来了,敢情这两人是一道的,方才可能是拌嘴赌气呢。他指着耳坠说道:"小郎君您眼光忒好,这耳坠子小娘子戴上定是非常好看。小娘子,您戴上试试。还有这镶有宝石的项圈,也是很衬您。您就莫要再寻镶珠子的项圈了,何苦要与死人戴一模一样的,多不吉啊。"

画角接过耳坠戴上,轻轻晃了晃,耳坠上的红色宝石随着她的轻摆而摇曳生辉。

虞太倾瞥了画角一眼,愣了一瞬,说道:"我不是要买给她的。"

店小二笑了:"小郎君,您莫要脸皮薄。"

虞太倾蹙了眉头,问店小二:"你可记得,买过这对耳坠和这款项圈的是何人?"

店小二笑了笑,说道:"小的哪有那般好的记性?不过,这对耳坠着实是不记得了,这项圈……且让我想一想……"

店小二试探着问道:"客官,这坠子和项圈您可是要买?"

虞太倾唇角微撇，眯眼冷笑："不要，不吉！"说着，抬手一指画角方才簪在发髻上的梅花簪，说道："这个发簪我要了。"

店小二眉开眼笑地说道："这款项圈，近日只卖出一个，是以我记得。大约是在牡丹宴前两日吧，有一个小娘子过来买走的，她是戴着幂篱的，模样我并未看到，不过看她衣衫华丽，非富即贵。"

第二十三章 比翼鸟蛮蛮

画角和虞太倾自吉祥阁中步出，外面的细雨还在下，整条街都笼在漫天雨雾里。画角手中捧着雕花木匣，若有所思。两人在吉祥阁盘桓了半日，最后似乎什么也没查到。

画角问虞太倾："那个买项圈的小娘子，到底会是谁呢？"

虞太倾唇角浮起一抹冷笑："当然是牡丹宴上和孔玉接近过的人，不过，买项圈的是小娘子，送给孔玉的人不见得是她。"

王氏说起过，茵娘死前说过有了意中人，这个意中人，自然是男子。因此，这回害人的妖物背后，也许还有人，且不止一个。

"你是说，项圈是由人事先买下后，将上面的玉石换作珠子，在花宴上给了孔玉？"

"是在五绝选出后。"虞太倾淡淡说道。

这么说，她在花宴上和孔玉、郑敏不期而遇时，也许那项圈她才戴上不久。或许郑敏会知道？画角隐隐约约察觉，孔玉的死，或者说，死的为何是孔玉，似乎就是在五绝选出后凶犯才决定的。虞太倾负手向马车行去，画角追过去，指着手中的雕花木匣问:"这个梅花簪真的送给我?"

虞太倾这才想起方才为了让店小二说出买项圈的人,特意将这支梅花簪买了下来。梅花簪是她挑的,出银两的却是他。他目光微闪,说道:"既是你挑的,你便拿去吧。"

画角抱紧了木匣,嫣然笑道:"不过,首饰之物,向来是男女定情的信物,你确定要送给我?"

虞太倾面色一僵。她说得甚对。虞太倾朝画角伸出手,说道:"既如此,那这梅花簪我便不能送给姜娘子了。你若当真喜欢,便请付银两吧。"

细雨蒙蒙,长街上皆是雾气。虞太倾撑着伞,迷蒙的天色,昏暗的光线里,他的目光平静地凝视着她。迎面而来的风里,带着凉凉的水汽,她吸了口,凉得透心儿。

画角抬手,将捧着的木匣交到他手上,笑着说道:"我身上这会儿没有银两,那这簪子我还是不要了,虞都监拿去送人吧。"

虞太倾接过木匣,盯着她的眼睛,又道:"姜娘子稍候,我将方才的帐中香拿给你。"

画角笑了,那笑容被油纸伞的艳丽色泽一映,带着一丝媚色,隔着漫天雨雾奔袭而来,让虞太倾心中莫名一滞。

"都监方才不是说要和我再无瓜葛么,既如此,只还帐中香只怕不够。"画角说着,抬手将油纸伞收好,缓步向前行了几步,挪到了虞太倾的油纸伞下。

虞太倾一怔,瞥了眼街上撑伞走过的行人,有人看到他俩当街而立,已好奇地朝他们瞥了过来。他脸庞一热,向后退了两步。画角如影随形跟了过去,倾身凑近他耳畔,低声说道:"那夜,你为我驱戾毒时,自我这里取走了一颗妖珠,也烦请即刻还我。"

她靠得太近了,虞太倾一抬眼就能看到她近在咫尺的眉眼。他蹙眉说道:"你那妖珠我并未带在身上。"当日为她驱戾毒后,因怕逸出妖气,便放在府中了。

画角勾起唇角,露出一抹蛊惑人心的笑影。"无碍,日后再还也无妨,但那日我从你府中带走的梦貘,我这就还给你。"画角说完,作势便要施法将梦貘召出来。

虞太倾望着画角唇角那抹坏笑,毫不怀疑,她是绝不会将梦貘老老实实给他的。倘若她一个不小心,梦貘逃了,或是伤到了路上行人,就糟糕了。他斜睨了画角一眼,忙道:"且慢。"

"为何?"画角笑吟吟地挑眉说道,"都监你不是要两清吗,你手中还有我的物件,我也有你的东西,这可算不得两清。"画角说着,抬手捏诀。

"罢了,这个就当抵你的香。"虞太倾抬手将手中木匣交还到画角手上,撑着雨伞拂袖而去。

画角目送着虞太倾的马车渐渐远去，唇角扬起一抹笑意。她转身上了马车，取出梅花簪问雪袖："好看吗？"

雪袖一脸同情地望着她，说道："娘子，强行讨来的簪子和人家送的是不一样的。"

画角笑了笑，将梅花簪戴在发髻上，轻笑："总有一日，他会送我的。"

裴如寄撑着伞来到"永春堂"门前，这是一家医馆，因着春日乍暖还寒，馆内患者不少，多是一些老人和小孩受了风寒侵袭。裴如寄将油纸伞合拢，放在门口的置物筐中。他在堂内一直候到郎中为最后一人看完病，方走上前，自袖笼中掏出瓷盒，递过去问道："烦请张郎中瞧瞧，这药丸是什么药？"

张郎中上了岁数，打开瓷盒，眯缝着老花眼瞧了眼，又闻了闻说道："哎哟，有一味药材我不晓得是什么，但曼陀罗和防风草怎会用在一处？这药是何人在用，治什么病？"

裴如寄皱眉说道："乃是一孩童所用，已是用了多年，不知这药可有不妥之处，对人可有益处？"

那日，自阿娘说多年来让他用的方子，不是什么得道高僧给的方子，而是树仙给的，他心中便有些不祥之感。他可不信这世上会有什么仙。

张郎中沉吟了会儿，说道："不妥之处倒也说不好，因着有一味药材识别不出。单从这四种药材来看，却并无益处。"

他抬眼看着裴如寄："这药可是裴将军在用？"裴如寄正待说不是，张郎中的手已搭在裴如寄腕上，把了会儿脉，面色慢慢凝重，缓缓问道："裴将军可是觉得身子有些异样？"

裴如寄摇了摇头，笑着说道："倒是并未察觉异样，只是这药用了多年，最近想停掉，因此过来问一问。"

裴如寄见张郎中面色凝重，问道："可是脉象不妥？"

张郎中有些疑惑地摇了摇头，抬手撸起裴如寄的广袖瞧了瞧，问道："你身上肌肤可有不妥？裴将军，烦请掀开衣领我瞧瞧。"

裴如寄依言松开衣领，张郎中抬手掀开，目光忽然凝住。裴如寄随着张郎中的目光看过去，脸色乍然一变。只见自己的左肩头上，不知何时多了一块黑色印记，看形状，似是一朵盛放的曼陀罗花，妖冶至极。

裴如寄一脸震惊，极力平复自己的声音，胡乱说道："张郎中，这是我从小就有的胎记，可是有什么不妥？"

张郎中轻叹一声，说道："倘若是胎记，倒没什么。假若是后来才有的印记，那便是此药丸的药性已是渗透到你的肌肤和骨骼之中。不过，你的脉象强劲有力，是老夫多年来从未诊过的脉象。我推测另外一味药材或许对你的身体是有益处的，也未可知。"

裴如寄闻言松了口气，笑着说道："那依着您的意思，这药丸我还要不要再用下去？"

张郎中沉吟片刻，说道："以你的脉象，不必再用任何药剂，便可强壮无病。依老夫拙见，你停药为好。老夫虽未瞧出此药有无害处，但长年累月用药，毕竟不妥。"

裴如寄点了点头，自医馆中步出。他沿着长街行了片刻，抬手抚了抚左肩头，最终将瓷盒取出，伸手一抛，弃在了街边。

这日，天枢司派来的伏妖师在陈伯的引领下入了院落。画角抬眸一看，忍不住笑了。来人居然是周陵。画角使了个眼色，将雪袖打发了出去，亲自斟了杯茶，问道："你顺利在天枢司入职了？刚过去虞都监就给你派活儿了？让你来保护我？"

周陵朝着画角施了一礼，不好意思地喊了声盟主。他也晓得自己术法不如画角，让他保护画角有些离谱。"虞都监命我保护盟主，说是一旦有危险，务必点燃联络符告知他。"

画角微微一笑："告知他，他能当即赶到？倘若真有危险，他赶到也晚了，除非他会瞬移之术。"

周陵挠了挠头说道："这世上哪里还有人会此术？我猜虞都监应当是不放心，会派狄尘尽快赶到吧。"

画角点了点头："孔玉的案子，天枢司可有进展？"

周陵点点头，说道："虞都监查出送孔玉项圈的人是谁了。"

"是谁？"画角没想到虞太倾这么快便查出来了。

周陵说道："虞都监提审了当日在场之人，查出是萧秋葵所送。"

萧秋葵？画角想了想，终于想起来她是谁。宁平伯萧勇的嫡孙女，萧素君的侄女儿。

花宴上，画角在花棚中曾经见过萧素君一面，对她的侄女儿倒并未多留意。

萧素君是以弈棋之术闻名阆安城的，凤阳楼的棋官茵娘平生之愿便是与她对弈。至于她的侄女儿萧秋葵，在花宴之前是默默无名。当日都以为赢得棋绝称号的必会是她的嫡女薛槿，未曾料到薛槿刚开局就败了，倒是萧秋葵赢到了最后，最终获得棋绝称号。众人皆道侄女肖姑。倘若孔玉的项圈是她送的，那么，吉祥阁的店小二所说的买项圈之人，便是萧秋葵了。

"她可说了为何要送孔玉项圈？"画角疑惑地问道。

周陵说道："据萧秋葵说，花宴之上，她阿兄萧夏竹对孔玉有意，因此，托她送了一个项圈给孔玉，作为定情之物。她没想到孔玉却身遭不测，她也极是难过。"

画角凝眉说道："她所言倒也寻不到错处，很是在理。"花宴本就是为阆安城的小郎君和小娘子们牵线搭桥的宴会。

周陵点了点头："虞都监只说孔玉之死有些蹊跷，一点线索也不能放过，因此才会提审她，随即便将她放了，我瞧着虞都监也有些无奈。"

画角笑了："他才不会无奈，他这是要放长线钓大鱼。"

周陵疑惑地说道："嗳？"

"你且等着吧。"画角笑了笑说道。倘若她和虞太倾未曾去过吉祥阁，不晓得项圈的玉石被换成了红珠，也许不会对萧秋葵的说辞怀疑。

"周陵，这两日你先不用跟着我，你去萧府外守着，不管是萧秋葵，还是她兄长萧夏竹，倘若看到他们外出，即刻跟上。"

周陵犹豫着说道："可是，虞都监派我保护你。"

画角挑了挑眉，问道："哦，这么说，你退出伴月盟了？日后只听虞都监的话了？"

周陵慌忙说道："盟主，我乃伴月盟之人，入天枢司也是遵盟主之命，自然要先听盟主吩咐。"

画角笑了："日后你万万不能再称我为盟主了，就唤我阿姐吧。"

细雨连绵下了几日，这日天终于放晴了。周陵这边还未曾有消息传来，公输鱼那边却出了状况。原本，画角安排唐凝去保护崔兰妹，公输鱼则去保护郑敏。但公输鱼突然要起了脾气，撂挑子不干了。

画角只好赶到品墨轩，这才知悉事情原委。公输鱼为保护郑敏，原是扮作婢女留在郑敏身边。这日她无意听到了画角的伯父郑山和伯母王氏的一番对话，气得当日便回了品墨轩。

据公输鱼说，郑山听闻画角在牡丹宴上曾经弹过琵琶，且弹得也不错。因此，便和王氏商议，让府中下人出去说，画角的琴技自小便在郑敏之上，这回若非因失误挑断了琴弦，琴绝是不会落在郑敏头上的。

画角闻言，唇角勾起一抹凉凉的笑意："他们说得也没错，我的琴技，的确在郑敏之上。"

章回冷哼一声说道："这单活儿我们不做也罢。"

画角轻轻一笑，清眸顾盼之间，闪过一丝锋锐："鱼儿耍脾气，你怎么也如此？银两我们还是要赚的。至于郑府那边，鱼儿你就别去了，让伊耳扮作护卫去吧。"公输鱼一旦有了情绪，难免懈怠。

公输鱼有些焦急："盟主，他们这样害你，为何还要保护郑敏？这些心狠手辣、罔顾亲情之人，就该被妖物害死。阆安城只怕都传遍了琴绝该是您这种流言，倘若妖物还想害人，说不定会把盟主当作下一个。"

画角笑了："如此甚好，我就怕妖物不来。"

公输鱼急道："那盟主岂不是成了诱饵？"

"诱饵？"画角若有所思，"听周陵说，皇帝给天枢司下了一月之期擒获妖物，如今已过了半月有余，如今最焦急的该是天枢司的指挥使和都监。所以，我若做诱饵擒获妖物，他们是不是欠我一个人情？"

公输鱼一脸惊愕地看着画角："盟主，你当真要做诱饵？"画角点了点头。

章回有些担忧地说道："盟主，这回的妖物可不比以往，谁也不晓得是什么妖，从何而来，如何逃走的，倘若还如上回一般，是上古的恶妖，只怕盟主也会有危险啊。"

画角起身，清眸中闪耀着复杂的光芒。日光透过半开的窗子，在她身上投下一半光影，一半暗影。她唇角浮起一抹冷酷的笑意："章兄，我只怕来的妖不够恶，它最好是上古恶妖化蛇。"阿娘临去前最后一刻的记忆再次浮现在脑中，烈焰灼身，遍体疼痛，透过火焰，她看到巨影翻滚，地面霎时被刨过般，皆是深深的沟壑。

章回晓得劝不过画角，对公输鱼说道："自今日起，你扮作盟主的婢女，形影不离。"

正是盛春时，和风轻拂，日光煦暖。虞太倾在宫墙边凝立，抬头望了眼上方"兴庆宫"的匾额。内侍已进去禀告，他站在外候着的工夫，听见院内有人在说话。

他耳力过人，凝神倾听，只听得一道威严中略带慈爱的嗓音说道："听闻那日你也去了牡丹宴？"这是太后在说话。

一道清雅的女子声音回道："琳琅培育出了新的牡丹品种，我自然是要去瞧瞧的。"

太后的声音中夹杂着一丝责备之意："不过一株牡丹，有什么好瞧的。琳琅都是被你带的，以往她可不怎么喜爱侍弄花木。"

女子乖觉地说道:"晓得了,日后再不去了。"

太后的声音软了下来,叮嘱道:"日后还是少出门,这回牡丹宴上有妖物作祟,亏得你们运气好,日后且小心些。"

"哪里有什么妖物?"女子的声音里隐含着一丝不屑,"但凡破不了的案子,天枢司都会扯上妖。"

"物老成精,天反时为灾,地反物为妖,你不能因自己未曾见过历过,便说世上无妖。"太后愠怒地说道。

"晓得了。"女子的声音中带着一丝撒娇的意味,转了话题,说道,"这件衣袍可是紫线熬了两个月方绣好的,您穿上试一试,可是合身。"

少顷,太后的声音再次传来,似乎很满意:"紫线的手艺越发好了,比现如今宫里司绣坊的绣女强多了,倒让哀家有些后悔让她跟你走了。"

女子笑了:"您若是后悔了,再把她召入宫中便是。"

"罢了,"太后缓缓说道,"还是留在你府中吧,过几日你带她来一趟宫中,哀家要亲自赏赐她。"

这时,内侍上前禀告,说是虞太倾觐见。太后和女子说话声霎时停了下来,只听得女子淡淡地"哼"了声,似有些不满:"他怎么来了?"

"他是哀家的外孙,怎就不能进宫觐见了?"太后声音中隐含一丝责备,顿了下,又说道,"你且避开些,最好是莫要撞上他。"

虞太倾随着内侍入了院内,只见满院赏心悦目的花木。转过一架紫薇藤,便见前面一株花树下,太后坐在藤椅上晒太阳,膝上卧着一只胖乎乎的虎斑猫。她面前摆着一张桌案,其上摆着茶盏点心,太后对面还有一张藤椅,只是却无人。虞太倾环视四周,见两名宫娥随侍一侧,并不见方才与太后说话的女子。

虞太倾近前施礼,俯首道:"参见皇祖母。"

太后上了年纪,鬓边皆是霜华,发髻上戴着纯金打造的凤冠,一张脸圆圆胖胖透着一丝慈和。

"免礼,快起来,过来让皇祖母瞧瞧。"太后有一下没一下地抚摸着膝上的猫儿,温和地说道。

虞太倾只得走上前,任由太后上上下下打量着他。太后每次都是说着最疼爱他的话,望着他笑得一脸慈爱,然而,不知为何,他却总觉得这笑容里有着一丝淡淡的疏离,让他觉得不自在。

虞太倾唇角勾起笑意,问道:"皇祖母近来身子可安康?"

太后笑吟吟地说道:"好,好,皇祖母一切都好。你这孩子,祖母不召见你,你是不是就不会进宫来探望我啊？"

虞太倾唇角扬起一抹淡淡的笑："近来公务繁忙，不得闲来探望祖母，是孙儿的错。"

太后指着对面的藤椅，示意虞太倾坐下，语气温和地说道："可是为了牡丹宴上的案子？你若是觉得为难，祖母去跟陛下说一声，你就卸了那什么都监的职，怎么样？"

虞太倾晓得太后只是说客套话，谢了恩，说道："多谢祖母挂念，孙儿愿意为陛下分忧。"

虞太倾说完，目光不经意般扫到一侧宫娥手中捧着的一件袍服。这是一件绾色大袖凤袍，绣着大朵金线翠叶的牡丹花，还有五彩祥云和鸾凤，看上去雍容端肃。虞太倾不经意般问道："皇祖母刚刚是在试新衣吗？这件衣衫看上去如此别致，可是宫中司绣坊做的？"

太后面上笑容微微一凝，说道："正是。哀家过两日要到相国寺去上香，便命司绣坊做了身衣衫。"

顿了下，又道："前几日去花宴，可有你相中的小娘子？"

虞太倾说没有。太后笑道："哀家听闻，已故的郑中书令郑原家的管家去过府中一趟？还以为你看上了郑府的小娘子。"

虞太倾目光闪了闪，曲嬷嬷简直就是太后的耳报神，一点小事都不放过。他在兴庆宫与太后又说了会儿话，便告辞而出。虽然名为祖孙，然则却不过是见了寥寥几面的陌生人。虞太倾出了兴庆宫，并未即刻就走，而是在转角处候了会儿。少顷，便见一名衣衫华丽头戴幂篱的妇人带着一名婢女自兴庆宫中步出。虞太倾不远不近地跟在她后面，及至出了宫门，便见她上了薛府的马车。原来是开伯侯府薛家的夫人，太后的干女儿萧素君。

狄尘在宫外候着虞太倾，看到他出来，迎上前禀告道："都监，属下听说了一件事，说姜娘子的琴技比琴绝郑敏还要技高一筹。"

虞太倾原本弯腰正要上马车，闻言呆了一瞬，问道："你听谁说的？"

狄尘道："阑安城如今都传遍了。"

牡丹宴已过去了好几日，阑安城中的人们关注的一直都是五绝是哪家小娘子，忽然传出姜画角比琴绝的琴技还要好，很难不让人怀疑传出此流言的人的动机。虞太倾眉头微蹙，星眸中阴影重重，面色冷了下来："狄尘，去查一查，这些话是从哪里传出来的？"狄尘点点头。

虞太倾刚回到天枢司，楚宪便匆匆走进来，禀告道："都监，有好消息。"

"可是萧府那边有动静了？"

楚宪说不是，又道："您先前不是说，凤阳楼和牡丹园都曾有蛮蛮鸟出现，吩咐属下派人在阗安寻找蛮蛮鸟。属下派出去的人寻到蛮蛮鸟的巢穴了，据他们说，周围似有妖气。"

虞太倾命人留意蛮蛮鸟，是本着不放过任何线索的心思，但其实心中期望并不大。此时听说在寻到蛮蛮鸟的地方察觉到了妖气，眸中闪过一丝锋锐，吩咐道："楚宪，你务必要拿下此妖。"楚宪领命而去。

虞太倾有些不放心，倘若此妖便是害死茵娘和孔玉的妖，那它恐不好对付，遂命狄尘赶着马车，也尾随而去。

画角自周陵处得到蛮蛮鸟的消息时，已是日落西山。她迅疾抄起雁翅刀，带着公输鱼，去了城西的新昌坊。自从那日画角有了要做诱饵引出妖物的心思后，公输鱼便扮成了她的婢女，每日里形影不离跟在她身边。两人根据周陵的线报，找到了运来客栈。

据周陵说，天枢司的伏妖师这些日子一直在暗中留意蛮蛮鸟，这日终于发现了蛮蛮鸟的踪迹，便暗中追踪，发现它们最后栖息在了新昌坊的运来客栈院内的树上。

这一带多是平民百姓住户，巷子窄细幽深，屋舍多为因势而建，往往一个曲里拐弯的胡同里会有好几户人家。运来客栈便位于胡同深处，由一处大宅院改建而成，居住的往往是一些不喜喧闹的外来客人。院内有一株高大的老槐树，在巷子口便能看到枝繁叶茂的树冠。画角生怕打草惊蛇，便与公输鱼躲了起来，召出耳鼠，让它到运来客栈去探探情况。

过了会儿，耳鼠回来禀告，说运来客栈院内那棵老槐树上，有几个鸟的巢穴，几只蛮蛮鸟此时便栖息在巢穴中，但那几只蛮蛮鸟却并不是妖。画角问道："可有天枢司的人在？"耳鼠点点头。

画角沉吟道："我们暂且躲起来，静观其变。"

虞太倾扮作远道而来投宿的客人，带着楚宪和狄尘敲开了运来客栈的门，恰巧还有空余的房间，客栈掌柜便引着他们入了屋。屋内黑洞洞的，掌柜的将油灯燃亮，也不多问，便要关门离去。楚宪唤住掌柜的，问道："你这客栈住了几个客人，都是些什么人？"

掌柜的施礼说道："客官，我这客栈不同于街市上的客栈，地处偏僻，来此投宿的客人不算多。但凡有人来，多是不愿意透露身份的人，因此，我从不问客人的事。"

楚宪冷冷一笑，掏出天枢司的腰牌在掌柜的面前一晃，问道："你这客栈内有妖，如此，你也不愿意说吗？"

掌柜的闻言吓得脸都白了，忙道："我这店里，除了你们几位，如今只有一位客官，是一位男客，不到三十岁的样子，说是来阆安城寻妻的。在此已住了半月有余，每日里行踪诡秘，这会儿还未曾回来。"

掌柜的说完，透过窗子瞥了眼外面老槐树上的鸟巢，又道："不过，他也快回来了。每回都是那几只鸟先到，过不了一炷香的工夫，他也就回来了。"

夜风忽盛，吹得客栈门前的灯笼来回摇晃。画角和公输鱼躲在一棵树上，拨开眼前的枝叶，向下望去。

只见一人身着浅灰长袍，手中提着一个酒葫芦，摇摇晃晃沿着小巷向运来客栈行去。那人身上的衣衫已是洗得发白，看上去不过而立之年，但眉梢眼角皆是落拓烦忧之色。他一面走一面轻轻哼唱着："自别后泪断肠，夜半无眠立残月。不知魂已断，空有梦相随……"嗓音里透着无尽的缠绵和忧伤，让人听了只觉心头郁郁难解。

公输鱼伸着脖子看了会儿，说道："有妖气，看来他便是周陵说的妖了，盟主你瞧出来他是什么妖了吗？"

画角静静望着那人入了运来客栈的大门，淡笑道："鸟妖，至于是什么鸟，暂且没瞧出来，不过，应当是一只多情的鸟。"

"走，我们且跟过去瞧瞧。"

两人自树上跃到屋顶上，绕到了运来客栈的屋顶，俯身悄然望向院内。鸟妖一踏入院内，老槐树上的几只蛮蛮鸟便朝他飞了过去，停在他肩头上，朝他啾啾叫了几声。他抚了抚蛮蛮鸟的羽毛，涩然笑了笑，忽然抬头朝虞太倾的房间望了过来，扬声说道："掌柜的，听说有客投宿？"

楚宪扬眉："盟主，此妖好生警觉。"

虞太倾冷冷一笑："楚宪，抓活的。狄尘，布结界，莫让打斗声透出去。"

楚宪应声出了屋，出了屋，伸掌拍上腰间剑鞘，伏妖剑映着月色，闪耀着凛凛波光自鞘中弹出，朝着鸟妖刺去。鸟妖倒也不急，哈哈笑了声，仰头灌了一口酒，噗地朝着楚宪的剑喷去。酒水形成的水珠如雨雾般落在剑上，伏妖剑的光芒刹那黯淡，施在剑上的术法已经失灵，只如一把寻常之剑刺向鸟妖。

鸟妖修长的手自广袖中弹出，伸指夹住了剑尖，呵呵笑道："天枢司的伏妖师？"

狄尘问道："都监，这是什么妖？"

虞太倾面沉如水，缓缓说道："不比不飞，飞止饮啄，不相分离，他是比翼鸟中的雄鸟野君。"

"掌柜的说他是来阑安城寻妻的，如此看来，这只比翼鸟应当是与雌鸟失散了。"狄尘说道。

虞太倾负手望向窗外，只见淡淡月色下，楚宪和野君一蓝一灰两道身影交错飞旋斗得正酣。他瞧了片刻，看出楚宪根本不是野君的对手，说道："狄尘，楚宪不是他的对手，你且去助他……"

话音方落，便见一道清影自屋檐上飞跃而下，抬手一拔，发髻上的琵琶簪迎风变大，她伸指拨弦，清澈的乐音便在暗夜中奏响。数道银光闪烁着朝野君袭去，野君被迫得向后跌倒，靠在槐树的树干上，口中吐出一口血。那几只蛮蛮鸟绕着他盘旋而飞，发出凄凉的鸣啭声。

"你的琵琶可是千结？"野君望着画角问道。一道银光闪过，耳鼠千结蓦然现身，忽扇着大尾巴绕着野君飞旋了一圈，好奇地问道："咦？你认识我？我就是千结。"

野君望着耳鼠忽然哈哈笑了起来。千结气得鼓着脸问道："你笑什么？"

野君目光凝在耳鼠的身上，说道："我做梦也没想到，上古神器的器灵居然会是一只耳鼠，我怎能不笑？"

一向对美貌极是痴迷的耳鼠千结听到野君的话，已是气得炸了毛："耳鼠怎么了，小爷我总有一日会修成人身，比你这张脸俊美上千万倍。"说完犹不解气，又说道："我瞧你也修行很多年了吧，怎就把这张脸修成了苦瓜样，啧啧，你瞧这鬓角的白发，这眉间的褶皱，我要是这模样，我宁愿做耳鼠。"

这话说得极不中听。画角淡淡一笑，唤道："千结，回来。"她抬手，手心处微芒一闪，将千结召了回来。

虞太倾在看到画角现身的那一刻，面色微沉，眸中闪过一丝担忧，不晓得她为何会出现在这里。狄尘惊愕地问道："姜娘子怎么来了？她……她竟然会术法？她是伏妖师？"

"今日之事，周陵可知晓？"虞太倾问道。

狄尘想了想说道："楚校尉似是和他说了。"

虞太倾轻叹一声，吩咐狄尘："布结界吧，莫让打斗声传出去。"

画角既然亮出了伏妖琵琶千结，接下来的打斗，少不得有一番大动静。

狄尘依言在运来客栈布下结界，又看了眼吓得瑟瑟发抖的客栈掌柜，伸指一弹，掌柜霎时软倒在地。待到他醒来，只会以为今夜发生的一切只是一场梦。

院内屋檐下的灯笼散发着淡淡的光芒，映亮了画角的面容，她眉梢微挑瞥了眼虞太倾所在屋子的槛窗。屋内油灯的光芒黯淡，她看不太清屋内的情况，但她晓得虞太倾正在屋内望着她。

方才来得太急，没顾上涂脂抹粉，但足以让她换了一身衣裙，腰间以镶珠的素帛束紧，腰线以下的裙摆，她穿了六层薄纱，方便打斗时，裙裾飞扬像盛放的花儿一样迷人。林姑所说的那些用制香、抚琴、搭讪对虞太倾似乎是不中用的。再说，她也不是安守于室的大家闺秀。她是伏妖师。伏妖时才是她最迷人的时刻。她微微笑了笑，抬手将鬓边一绺发丝慢悠悠撩到耳后，瞥了眼野君，眸中闪过一丝肃杀之意。

野君伸手拭去唇角的血痕，不羁地笑道："你既能做千结的主人，想必有些能耐。"

"你既说我这琵琶是上古神器，如此，我便不再用它。"画角施法，琵琶光芒闪烁，霎时化作发簪大小。其实，擒拿他根本用不到琵琶，但为了打斗时姿势优雅，她才亮出了琵琶。但这会儿野君既然说它是上古神器，那她再用反倒像是以法器胜他，有些胜之不武。

画角伸指拈起琵琶发簪，戴回发间，冷笑着说道："出招吧。"

野君仰首饮了口酒，随手一甩，便将酒葫芦抛在了地上。他伸出手，一道青光冲天而起，却是祭出了他的兵器青羽鞭。青光闪烁，朝着画角呼啸而去。

画角旋身一闪，层层叠叠的裙裾便如优昙的花瓣，在空中蓬然绽放。她伸手一招，雁翅刀忽然出现在掌中，她握刀一挥，刀光在空中划过一道白色的弧线，迎上了飞舞的鞭影。野君的青羽鞭是他的羽毛所炼化而成，刀光鞭影一撞，刹那间白光青芒如波纹般激滟荡漾，笼罩了整个院落。野君被画角强大的法力震得连连后退，踉跄了几步方扶住树干稳住身形。

画角一招领先，衣袂飘飘落下，颇有翩若惊鸿之感。她流波般的目光不经意般朝着屋内轻瞥了一眼，唇角勾起了一抹浅笑。她再次凌空飞起，衣袖飞舞间，广袖中纤手探出，再发一招，无形的法力自掌心涌出，袭向野君。两人一来一往，在院内酣战。

楚宪脸上此时的表情和屋内的狄尘一模一样，都是呆若木鸡。当他随着画角的目光看了眼屋内，忽然明白过来什么。这位姜娘子是伏妖师且术法高出他不知多少倍，擒拿此妖应不在话下，但她此时却明显没有用杀招，看上去好似在显摆。她当然不是显摆给他看。

楚宪缓缓挪动脚步，退回到屋内。只见虞太倾负手凝立在窗畔，清冷的面上神色担忧，目光好似黏附在姜娘子身上一般。楚宪挠了挠头，忽然觉得天枢司值房为何起火的未解之谜好像是有了答案。

野君渐渐不支,身后一只翅膀若隐若现,似乎随时都会现出原身。画角一脚将其踹倒在地,雁翅刀横向他脖颈。

虞太倾快步自屋内步出,说道:"慢着。"

画角眉梢扬了扬,朝着虞太倾嫣然一笑,略有些吃惊地说道:"哎哟,原来虞都监也在啊?"

虞太倾淡淡瞥了画角一眼,说道:"方才姜娘子着实让本都监大开眼界,多谢相助,改日再行谢过。"

画角收起雁翅刀,挺直腰身,似笑非笑地追问道:"不知虞都监要如何谢我?改日是哪一日?"

虞太倾被问住了。其实,只是随口说的多谢,并未想要如何谢她。画角见他不说话,有些幽怨地说道:"我晓得都监不愿欠我人情,才有此一问,都监若是没想好,慢慢想便是。"

野君躺在地上,轻咳一声问道:"你们两位,日后再商量可好?我一介孤苦伶仃的妖,漂泊世间几千年,只为寻找离散的夫人,你们就不能顾及一下我的感受?"

在他面前卿卿我我,杀妖还要诛心,他这妖的命就不是命吗?画角这才想起,野君还被她踩在脚底下,忙抬起脚向后退了几步。

野君缓缓起身,靠坐在树干上,捂着胸口望向两人,面上浮起一抹苦涩的笑容,问道:"你们可是要诛杀我?"

虞太倾微微一笑:"我且问你一事,你需如实答话,本都监再行判断,是否要诛杀你。"

"你可是要问我,凤阳楼和牡丹园的血案是不是我做的?"野君苦笑着说道,"不是我。"

虞太倾问道:"为何你的蛮蛮鸟会出现在这两个地方?"

野君闭了闭眼,说道:"这数千年来,我的足迹遍布神州大地。不管是塞北草原、大漠荒山,还是极地瀚海,我都去过,却未曾寻到她,眼看我这条命也快走到尽头了,没想到,最近却在阆安城察觉到了我妻观讳的气息。"

此时,画角也已看出鸟妖的真身是比翼鸟。雄鸟青羽,雌鸟赤羽,雌雄两鸟,形影不离。而眼前这只比翼鸟,却已经与其妻离散数千年。

数千年?画角愣了一瞬,那只鸟活得还真是久,怪不得他说自己这条命快要到尽头了。她望着野君鬓边的霜华,还有眉心的郁结,一时有些感慨。世间生灵,负心薄情者有之,坚贞重情者却难寻。野君数千年如一日寻妻,当真让人心酸又感动。

"你说你感应到了她的气息？"虞太倾眉头微蹙，"在何处？"

野君捂着胸口喘息了几声，问道："我能饮口酒吗？"

虞太倾朝着狄尘点了点头，狄尘将方才野君抛在地上的酒葫芦捡起来递过去。野君接过，仰首饮了口，仿若是缓过了一口气般，说道："在凤阳楼和牡丹园。"

画角早就猜到了是这样，所以，蛮蛮鸟才会在这两个地方逗留。"你说的气息，是闻到的吗？"画角问道，她倒不知比翼鸟的嗅觉这么好。

野君摇了摇头："其实，也不能说气息，是一种感应。只要她在我身边百里内出现，我都能感应到她。"

虞太倾沉默了一瞬，问道："也就是说，你是牡丹宴那日感应到了观讳在牡丹园，你赶过去后呢？"

"天枢司的伏妖师聚在牡丹园，我并不敢接近，便命蛮蛮鸟们进去打探，岂料，并未发现我妻的踪迹，最奇的是，我也很快便感应不到她了。"野君一脸郁色地说道。

画角和虞太倾对视了一眼。当日那冲天的妖气出现时，也很快便消失了。

虞太倾问道："你确定是她？你可晓得，倘若她当真在这两处现身，害死茵娘和孔玉的人便可能会是她。"

野君猛然摇头："不会的，我妻心善又胆小，她绝不会做出这种事。听闻受害之人死状干瘪，那不可能是观讳，她没有那么大的妖力，必是还有别的妖物出现。我妻修行之心淡薄，当年若非我逼迫她修行，她只怕连人身也修不来，这样的她怎会去害人？"

虞太倾沉默不语。数千年来了，这漫长的岁月足以改变一个人，但他没说出来。

"不对啊，"画角想起什么，忽然疑惑地问道，"你们比翼鸟不是各自只有一只翅膀，不是要并肩才能飞吗？听说你们飞止饮啄，不相分离，怎会离散？她又是如何走失的？"

野君饮了口酒，凄然说道："那是化为原身后，我如今化回原身，亦是无法飞翔。不过，修成人身后，可以暂时分开，但我们向来形影不离。那一日，观讳出门采果子，隔了不过一炷香的工夫，外面忽然暴雨肆虐，我慌忙出去寻她，见附近林中撒了一地的红果子，观讳的头巾飘落在泥地中，只是她却踪影全无。而我，当时也再感应不到她的气息。"

"突然暴雨肆虐？"画角双目微眯，"后来呢？是不是暴雨又突然停了？"

野君点点头："我当时也觉得很是奇怪，只是急于寻找观讳，也未曾细想。这回听闻牡丹宴上亦有天气异常，或许，当真是观讳回来了。"

画角陷入沉思，总觉得九绵山山坳中的突降暴雪，牡丹园中天气骤冷，和野君说的暴雨忽至，是有着什么关联的。她抬头看向虞太倾，见他也若有所思。

野君孤傲的面上浮起一抹祈求之色："你们，能不能晚些时候再诛杀我，至少让我见观讳一面，我觉得她真的回来了。"

画角望向虞太倾，见他负手静然而立，面色冷淡，似乎根本不为所动。依着他铁石心肠的性子，怕是不会答应这只可怜的鸟。

画角正要开口为野君说两句好话，却见他点头应道："姑且饶你一命，但你需帮我们一个忙。"

画角眉梢轻挑，怎的他对别人都这般好说话，对她却如此心狠？她有些怅然若失，语气中带着一丝伤感："都监，适才说的要感谢我，到底何时啊？"

虞太倾默了一瞬，问道："你想让我如何谢你？"

画角眼珠转了转，其实她也没想太好，不过他既然问起，想了想，便道："陪我去逛西市吧。"

虞太倾目光如水般流淌过来，在她满含期待的目光里，一字一句说道："本都监只怕没工夫，你换个别的吧，想起来再让周陵告知我。"

画角却不想由着他推辞，向前走了两步，说道："无碍，我能等，都监总有闲暇之时。"

忽觉得足下一软，似是踩到了什么东西。她低眸一看，却是腰间系的半裙掉了下来。她的衣裙原是三层薄纱，还有三层是她临时系的半裙，以束带系在腰间，没想到方才一番打斗，束带松了，半裙居然掉落下来。画角的脸瞬间红了起来，好在她脸皮够厚，弯腰若无其事般将半裙捡起来搭在手腕上，含笑说道："夜里冷，就多穿了几层。"

楚宪见画角神色有些尴尬，说道："姜娘子方才打斗时衣裙翩然颇为动人，这些衣裙没白加。"画角面色一僵，只觉得自己的心思在旁人眼中已是如此明显，偏虞太倾毫无所动。

狄尘和楚宪上前，将野君押了起来。野君晃了晃酒葫芦，将最后一口酒饮尽，醉眼蒙眬地瞥了画角和与虞太倾一眼，摇了摇头唱道："人不见，梦难凭，红纱一点红。偏怨别，是芳节，庭下丁香千结。唉……"

画角闻听，一时有些感伤。

虞太倾命狄尘撤掉结界，押着野君径直离开了。

在屋檐上观战的公输鱼跃了下来，说道："盟主，我们也回吧。"

画角一脸惆怅："鱼儿，不是说女追男隔层纱吗？怎的到我这儿就是隔重山了？"

　　性子单纯的公输鱼听了，一脸蒙地问："盟主，你这话什么意思？我怎么听不太懂，盟主你可是有了心悦之人？是谁？"

　　画角将手中的半裙揉了揉，叹息道："走吧，回府！"

第二十四章 合作布迷局

画角和公输鱼来时是乘马车而来，原本已打发郑信驾马车回去，两人准备施展术法飞檐走壁回府。

岂料郑信不放心，一直候在外面并未离开。

此时已到了宵禁的时辰，便命郑信驾车跟在虞太倾的马车后。天枢司的伏妖师经常夜间伏妖，有在夜间畅通无阻的特权，巡夜的禁军也不会查他们。

两辆马车一前一后在新昌坊的窄巷中穿行，待到出了窄巷，楚宪纵马赶了过来，低声说道："虞都监，姜娘子的马车跟在后面。"

虞太倾点头说道："遇到巡夜的禁军，倘若问起，便说后面的马车也是天枢司的。"

楚宪应了声"是"。

马车在出新昌坊时，果然遇到了禁军，为首的将军恰是裴如寄。他一看是天枢司的马车，便挥手放行。只是画角乘坐的马车经过时，裴如寄一眼便认出了驾马车的郑信，眉头微蹙，上前问道："郑信，车里可是你家娘子？"

郑信道"是"。画角掀开马车的窗幔，扬着笑脸说道："裴三哥，你今夜当值啊？"

裴如寄瞥了眼前面的马车，快步行到画角跟前，正色问道："阿角妹妹，近日阆安如此不太平，你怎的还深夜出府？"

楚宪见状上前解释道："裴将军，今日虞都监到新昌坊伏妖，请了姜娘子相助。"

裴如寄皱眉对画角说道："纵然会些术法，也不该夜里出门，万一出了事可如何是好。"

画角一副无所谓的样子，笑吟吟说道："我无碍的。"

裴如寄却不再理睬她，转身径直走到虞太倾的马车窗前，曲指敲了敲车壁，说道："虞都监，天枢司的伏妖师不会连一个妖也伏不了吧，居然还要请一个姑娘家相助？"

马车的窗幔撩开，露出虞太倾的半边面庞。他双目微眯，寒着声音说道："裴将军，今夜伏妖，乃是姜娘子自愿相助，倘若裴将军心有不满，最好能管束住姜娘子，让她日后勿要多事。"

裴如寄愣了一瞬，拱手施礼说道："倘若当真如此，倒是给虞都监添麻烦了。"

虞太倾淡淡"哼"了一声，正欲放下窗幔，却听裴如寄又说道："不过，姜娘子虽是胡闹，虞都监也该制止才行。不知虞都监最近可听说过关于琴绝的流言，有人说姜娘子的琴技更在琴绝郑娘子之上，说不定，她已被妖物盯上，夜里出门，实属危险。"

虞太倾侧眸瞥了裴如寄一眼，轻笑着说道："如此，那便烦请裴将军多劝劝姜娘子吧。"

"好说。"裴如寄又道，"那今夜就不劳烦天枢司送她了，天枢司和郑府亦不顺路，本将军自会派禁军送她回府，都监可先行离去了。"

虞太倾目光微顿，眸中光芒黯淡。他朝着裴如寄颔首笑了笑，手一松，窗幔垂落而下。楚宪和狄尘拍马过去，一左一右护着马车离去。

裴如寄招了招手，一名禁军忙牵了马过来，他接过马缰绳，吩咐道："你们继续巡视，我送姜娘子一趟。"

裴如寄翻身上马，跟在了画角的马车一侧。画角掀开窗幔向前望去，夜雾漫上来，虞太倾的马车已缓缓消失在夜色中。其实，虞太倾会不会将她送回到郑府，她心中也没底。她总不能一路跟着虞太倾回天枢司，抑或跟着他回都监府。不过，看到他义无反顾地离去，她心中不免有些怅然若失。

她侧头看向裴如寄，见他一袭铠甲坐在马上，控马不离马车左右。她蓦然想起裴如寄那夜说过的话。他说他有些后悔。他并没有说后悔什么，她也并未放在心上。然而，此时此刻，她隐约明白他的意思了。她幽幽叹了口气，客气地说道："多谢三哥，劳烦你送我这一趟。"

裴如寄回过头，视线在画角面上流转一圈，问道："方才虞都监说是你自愿去助他伏妖的，可是当真？"

画角抬手挑着窗幔，有些惆怅地说道："他所言非虚，是我自愿去的。我听闻他今夜要到新昌坊伏妖，担心他出事便匆忙赶过来了。"

裴如寄听了这话，心头涌上一股难言的郁结。画角看了他一眼，不管他说的后悔是什么事，有些话，她还是该说清楚为好。于是笑着说道："三哥，那日你带我去牡丹宴，说是要让我相到如意郎君，这话你可还记得？托三哥的福，牡丹宴我没白去，我相到了意中人。"

裴如寄脑子里嗡然一声，拽着缰绳的手一抖，只觉心头似乎有处地方被一根弦轻轻扯了一下，竟是隐隐作痛。此时，他已不是有些后悔，而是懊悔至极，恨不得收回当日的话。然而，做过的事、说过的话，已是覆水难收。

"那么，他呢？"裴如寄自马上回身看她，"他也心悦于你吗？"

夜风轻拂，吹动了窗幔，画角额前的发被风吹得轻轻拂动。她皎白的脸，在夜色中越发明艳不可方物，她眉梢轻挑，漆黑的眸中闪过一丝落寞。但她很快强颜欢笑："自然，我这样的小娘子，哪个会不喜欢我？"

裴如寄没有再说什么，但他已经猜到了。倘若虞太倾真的对她有意，又怎会将她一个姑娘家关入烈狱，又怎会让他接手送她回去。

他望着她黯然的眸子，心中亦是五味杂陈。他很快平复了心情，蹙起的眉头微微松开。也许，有些事尚可挽回，他还不算晚。他眼神复杂地望着她，缓缓说道："我晓得你身怀异术，但听闻此次的妖不同凡响，还是要小心些。日后，晚上还是莫要再出门。"画角点了点头。

静夜无声。虞太倾倚在马车中，静静听着外面车辘辘的辗辗滚动声，还有楚宪和狄尘的低语声。

楚宪压低了声音问道："我明明觉得虞都监对姜娘子有意，为何却如此漠然待她，还任由裴将军半路将她截走？"

狄尘小声说道："我隐隐听说，姜娘子和裴将军已是定了亲的。"

楚宪吃惊地唏嘘："怪不得，原来如此。我先前听闻，中书令郑原和光禄大夫裴承有些交情，如此看来，姜娘子和裴将军的姻缘乃是父母之命。只是，我怎么觉得，姜娘子对虞都监似是有意？"

狄尘附和道："我也觉得如此，就前些日子，姜娘子还送过都监自己亲手制作的帐中香，虞都监一脸的不悦，其实他每夜里都会燃上，就连车中的熏炉……"

虞太倾只觉得额间青筋微跳，再也听不下去了，抬手挑开窗幔，说道："狄尘，改道回天枢司。楚宪，稍后到了天枢司，你负责连夜审问野君。"

楚宪和狄尘对视了一眼，苦笑着应下，看来今夜有的忙了。

虞太倾靠在车中，思忖着倘若野君的感觉是对的。那么，事发时观讳便是在附近，纵然行凶的妖不是她，也与她有关。一个失踪了几千年的妖突然出现，意味着什么？最关键的是，观讳和野君离散前，也曾出现天气骤变。也许，通过此事，能查出天气骤变的原因。

他竭力让自己的思绪飘到今夜伏妖的事情上，然而，清甜幽淡的香气在车厢内幽幽飘荡，总是打断他的思绪。他瞥了眼车厢内几案上摆着的镂空鎏金熏炉，里面燃着的正是画角那日给他的帐中香。

往常他在马车中，经常会小憩一会儿，想着用此香恰能助眠。然而，今夜却恰恰相反。原是静心助眠的香，却总是成为他思绪紊乱的罪魁祸首。他总是不经意地想起裴如寄和画角在一起的情景，宛若入了魔。

转眼已是暮春时分，距皇帝给的一月破案之期也只有几日了。连日来阆安城风平浪静，那些在牡丹宴上被吓破了胆的贵女，皆蠢蠢欲动起来，又适逢浴佛节——阆安最大的静慈寺有浴佛礼，每年这一日，无论达官贵人，还是平民百姓，都会到静慈寺上一炷香，祈求佛祖保佑平安顺遂。

天枢司指挥使雷言这日分外闹心，先是接到了宫里太后的懿旨，说浴佛日那天要到静慈寺去上香，让天枢司派伏妖师随行护驾。其后便是花宴上那几位得了画绝、琴绝、歌绝、棋绝的小娘子，也说要去祈福上香。她们连日来提心吊胆，更祈求能去静慈寺上香，好让佛祖保佑她们不被妖物伤害。雷言无计可施，召集虞太倾和陈英、楚宪两位校尉一道商议此事。

陈英说道："不如竭力劝说那几位小娘子，让她们莫要出门去上香。"

雷言摇了摇头："最近这些时日，她们被困在府中不能出门，已是怨气甚重。此番乃是上香祈福，倘若再不让她们去，日后出了事，怕是会埋怨我们。"

陈英气恼地说道："真是出了事怪罪我们没保护好，不出事又埋怨我们不让她们出门。索性让佛祖保佑她们吧，我们天枢司也不用派人成日护佑她们了。"

虞太倾说道："让她们去，每个人多安排几位伏妖师保护，排场越大越好。"

雷言想了想说道："太后既要到静慈寺，想必静安公主也会随行，至少要派六位顶尖的伏妖师过去。余下十几位伏妖师，给她们每人安排四位。"

楚宪说道："静慈寺乃佛门之地，妖物邪祟当真敢在寺内作祟？"

"不好说。"陈英说道，"那妖物也许不怕佛祖呢。"

虞太倾忽然说道："听闻民间有个伏妖盟叫伴月盟，你们可是听说过？"

雷言笑了："不过是一些不入流的伏妖师聚在一起，遇到难降的妖物，彼此互相照应一下，一群乌合之众而已，你问他们作甚？"

雷言此人，出身云沧派，又做天枢司指挥使多年，为人刚愎自用，看不上任何非云沧派出身的伏妖师，对于伴月盟更是嗤之以鼻。

虞太倾淡淡一笑，说道："我欲见伴月盟主一面，浴佛日当天，想请他们相助。"

陈英诧异地说道："虞都监，我们的人手不少，何以还要他们相助？"

雷言哈哈笑道："虞都监，不是我说你，这就有些好笑了。据说，伴月盟的盟主是一个上了年岁的老妪，选这样的人做盟主，你觉得这伴月盟中会有什么能人？我们又何须他们相助？"

虞太倾暗暗叹了口气，说道："人外有人，天外有天，伴月盟不见得没有能人。还有，我们天枢司人手虽然足够，但是，妖物在暗，我们在明，且妖物说不定和阐安城的官员有所勾结。我们天枢司这些伏妖师妖物也许都认识，倘若不请一些生面孔的伏妖师暗中相助，只怕不好擒拿。"

楚宪附和道："指挥使，我觉得都监说得有些道理，不如我们联络一下伴月盟，和他们合作一次。"

雷言有些磨不开面子，他堂堂天枢司指挥使，居然去求助一个不入流的盟主？不过，他也觉得虞太倾说得有理，便道："虞都监，既如此，你便去和伴月盟的盟主接触一下。"

雷言起身，叹息一声，说道："说不定我们是白忙活一场，妖物也许根本就不会出现。"

虞太倾摇摇头说道："不会。妖物势必会出现，而且我还晓得他会向谁下手。"

雷言吃了一惊。楚宪和陈英也惊讶地望向虞太倾。虞太倾朝着他们微微一笑，眸中闪过胜券在握的光芒。

画角先是从周陵口中知悉了天枢司要和他们伴月盟合作的消息，随后秦州的舵主罗堂又派人送信儿，说是天枢司的都监要与她这个盟主会面。天枢司大约也没料到，伴月盟在阆安城还有分舵，因此由人牵线，联络上了远在秦州的罗堂。

罗堂在联络符上留书叮嘱，让她一定要小心谨慎，万不可着了天枢司的暗算。倘若，要和她见面的是雷言，画角还真有这方面的担忧。但是虞太倾要见她，她倒没什么惧怕的。画角留书给罗堂，说了会面的地点和时辰，命他传话给天枢司。她倒很想知道，虞太倾到底要和她如何合作。

阆安城外，曲江水畔，有一座望江楼。楼高四层，东临曲江，西临梅林，是阆安城达官贵人在曲江游玩必去的酒楼。画角和虞太倾的会面便定在了望江楼。章回不放心天枢司，担心双方会面会谈崩，望江楼便于隐藏逃脱。因此，提前一日预订了望江楼的雅阁。

此时，画角和公输鱼已率先入了雅阁。雅阁不算大，但窗子却很大，是三扇的槛窗。推开窗子，外面曲江池的风光便一览无余。已是暮春，水面上有团团的荷叶漂浮，画坊、乌篷船、小舟来来往往，甚是热闹。

曲江池岸边垂柳依依，江花冶艳。一阵风拂过，花瓣漫天飘飞，一辆华丽的马车穿过花海，徐徐向望江楼而来。画角和公输鱼相视一笑，虞太倾到了。

虞太倾带着狄尘在店小二的引领下步入雅阁，只见屋子虽小，但很是雅致。因是临江而建，又是最高层，宽大的窗子敞开着，江风自窗吹入，吹得人衣袂飘飞。一个身着藕色浅红上襦，系着黛色缎裙的老婆婆坐在雕花矮几前，听到动静，转过脸来，朝着虞太倾微微一笑。老婆婆的面容虽是着意妆饰过，但毕竟是上了年纪，整张脸便如风干的橘皮，褶皱遍布，透着一丝黯淡。

虞太倾想起雷言说起的传言，伴月盟的盟主是一个老妪，她的法力皆因吞食妖丹而获得。但真的见到了，他还是有些吃惊，没想到她这么老。他拱手施礼，问道："可是伴月盟盟主？"

老婆婆笑了笑，唇上口脂涂得太浓，红得有些刺目。她微微欠身回礼："虞都监，幸会，老身是伴月盟盟主夜阑。"

虞太倾颔首道："仓促求见，倒是给盟主添麻烦了。"

老婆婆比了个手势，示意虞太倾坐下，抬手斟了杯茶推到虞太倾面前，笑着说道："久闻虞都监大名，早就想慕名一见，但我们伴月盟不似天枢司，江湖不入流的派别，倒未曾想到虞都监会约见老身，不知有何事？"

她话说得谦逊，语调却隐隐透着一丝孤傲狂妄，丝毫没有小门小派的卑微之意。虞太倾静静听着，微微笑道："不晓得夜盟主可曾听闻，近日在阆安发生的两起妖物害人的案子？"

老婆婆直直盯着虞太倾的脸，幽幽一笑，说道："听说过，虞都监来此是与案子有关？"

虞太倾手指捏着茶盏，径直说道："马上就到浴佛节了，我想请伴月盟出手相助，擒住妖物。"

老婆婆愣了一瞬，忽然哈哈笑了起来："虞都监，天枢司人才济济，何须我们伴月盟相助？再者，这于我们又有何好处？"

虞太倾的目光在老婆婆的脸上流转一瞬，起身走向窗畔，倚窗而立，下临碧水，江风吹得他衣袂翻卷，衬得他面庞冷静而肃然。

"好处自是有的，不过，我倒想问一问，夜阑盟主让一个傀儡人出面，难道这便是伴月盟的待客之道？"

画角闻言心中吃了一惊。此时，她和公输鱼皆藏身在巨大的屏风后，由着公输鱼操纵着傀儡人老婆婆和虞太倾对话。这傀儡人的脸原本是和公输鱼的脸是一样的，这两日公输鱼临时给换了个头，做成了老婆婆的样子。或许是太过仓促，老婆婆的神情不够自然，才让虞太倾看了出来。

画角在屏风后呵呵一笑，依然以老婆婆的声线说道："虞都监，听闻您去年才到天枢司任职，想必不晓得，我们伴月盟这几年一直受天枢司打压，老身我怕露了面，日后被你们天枢司的伏妖师给害了。"

虞太倾倒也不恼，说道："也罢，既然盟主不愿相见，倒也无妨。方才你问，于你们有何好处，我想问问盟主，听闻你们伴月盟的伏妖师在四处寻找大妖化蛇，不晓得可是找到了？"

画角蹙了眉头，看来他们伴月盟寻找化蛇动静大了些，虞太倾居然都听说了。她轻笑着说道："虞都监说笑了，化蛇乃上古之妖，早已灭绝，我们伴月盟怎会寻它，难不成死了上万年的妖还能复活？"

虞太倾面色一顿，微笑着说道："灭绝了自然不会再复活，但它们也许本就没有死，何谈复活？"

此言一出，室内归于一片死寂，只有江风拂柳的声音在屋内回荡。画角愣住了，心中隐隐觉得他说的话是对的，但又觉得不可思议。

倘若此话为真，梦貘和穷奇不是复活，而是本就未死？那它们先前又去了何处？公输鱼也惊得目瞪口呆，一时忘记了操控傀儡人，老婆婆坐在案前，僵着身子一动也不动。画角蹙眉问道："虞都监何出此言？"

虞太倾自窗畔转身，眸光一转，自老婆婆的身上落在屏风上，缓缓说道："'上古之时，四极废、九州裂，天不兼覆，地不周载。火爁焱而不灭，水浩洋而不息。

恶妖食颛民、攫老弱，祸乱天下。女娲炼五色石以补天，其后携众神之力，将恶妖尽数诛至阴墟。自此苍天补，四极正，人间和春夏阳，杀秋约冬。'这些话想必盟主也在典籍中读到过。"

画角的确是读到过，每一个伏妖师在修习术法前，都会先熟悉妖典，这些是记载在妖典上的。

"诛至阴墟，不就是诛杀吗？"画角问道。

"后世之人，一直以为恶妖尽数被诛杀。"虞太倾摇摇头，唇角浮起一抹苦涩的笑意，"近日我重读妖典，发现一个问题。倘若是诛杀，便说将恶妖尽数诛杀，何以要说诛至阴墟？"

画角沉吟："所以说，诛至阴墟，其实是驱赶至阴墟？可阴墟就是地府啊，不一样还是杀死了吗？"

"不错，我们一直以为阴墟是地府的另一种说法，可是，也许是误传。阴墟或许不是阴墟，而是后人口口相传出了错，因此也便记错了。"

画角悚然一惊，脱口说道："倘若阴墟是后人误传，那么，是不是阴墟其实是'云墟'？"

画角之所以想到云墟，是因那夜在烈狱中误入幽冥阵，阵中的妖鬼祸斗曾经提起过云墟。他说："我要去蒲衣族偷遗梦，偷到遗梦，我便可以去云墟了。"

那时，画角不晓得遗梦和云墟是何意，但此时，她差不多可以确定，云墟就是典籍中记载的阴墟，是上古恶妖被诛至的地方。是以，祸斗才想方设法要去云墟，以至于死后还念念不忘。而且，"云"和"阴"读音如此相近，的确很容易将"云墟"误传成"阴墟"。所以，女娲以及众神或许曾诛杀了一部分恶妖，但并未全部诛杀，有一部分只是被驱至云墟。而今，时隔万年，它们其中有一些逃出来了。

江风自窗子吹来，吹得望江楼檐角上的铃铛叮当作响。画角耳畔蓦然响起遇渊当日的话。"你们这些伏妖师，几千年来，亦不知诛杀了我们多少妖，你们且等着吧，自此往后，你们的日子不会再好过。"画角背上禁不住一阵发寒。

虞太倾站在窗畔，听画角提起云墟，并未有所惊异，似乎他早就听说过云墟一般。

室内陷入长久的沉寂。画角率先打破了沉寂的空气，问道："虞都监的意思是，阆安城最近作恶的妖是来自云墟的上古恶妖？"

虞太倾点点头："化蛇乃上古之妖，虽说不晓得盟主何以要寻它，但我可以确定，此次的妖若是被擒拿，也许能帮盟主寻到化蛇。"

画角透过屏风，望着虞太倾的侧影，幽幽一笑，老气横秋地说道："如此，我们伴月盟便答应助你们天枢司这一次。该如何做，虞都监尽管说吧。"

　　转眼便到了浴佛节。一大早，画角便起来洗漱梳妆，换了衣衫。郑信和郑恒早已套好了马车，准备送她到静慈寺。林姑和雪袖不愿画角出门，见劝不住她，也想跟着去上香，被画角拦住了。依着虞太倾的说法，那妖物今日是定会现身的，决不能让林姑她们跟着去冒险。

　　画角早已依着虞太倾的嘱托，将伴月盟分舵的人都派了出去，只留了周陵。周陵如今明面上是天枢司的伏妖师，早已按照虞太倾的吩咐赶了过来，要护着画角出门。画角收拾妥当，快步向前院走去，快到大门前时，却见裴如寄坐在花架的木凳上，正与陈伯叙话。他未曾穿军服，只身着一袭玄黑色轻便襕袍。看到画角走过来，他起身招呼道："阿角妹妹，我今日恰好不当值，陪你去静慈寺。"

　　画角有些意外："听闻今日太后和静安公主也会去静慈寺，你们禁军不是正该忙碌吗，你怎会不当值？你不会是告假了吧？"

　　裴如寄笑了笑，剑眉微扬，星眸中闪过几分少年将军的桀骜锐气："禁军那么多人，自有其他人护佑。"

　　话虽如此说，但这可是难得的立功之机，他却轻易就放弃了，只为了陪她去上香。画角感念他的好意，却也有些为难。今日她有要事在身，倘若裴如寄在她身边，行事会诸多不便。她行囊中特意带了老婆婆的服饰和头饰，方便以伴月盟盟主夜阑的身份去伏妖。如若裴如寄在身边，她又如何换衣，怎么向他说明自己为何要扮老婆婆。她也晓得裴如寄是担心她，但这份情，她却注定无法领受了。

　　"三哥，我只是去上炷香，不会在静慈寺过多逗留，你何必再跑这一趟呢？难得有假，还是在府中歇息吧。"

　　裴如寄还未曾说话，陈伯已是帮起腔来："小娘子，如今阑安不太平，就让裴将军陪你走一趟吧。"

　　画角无奈地说道："有天枢司的伏妖师周陵陪着我，不会有事的。倒是三哥哥不会术法，只怕去了反而危险。"

　　陈伯闻言一时也不好再劝。裴如寄却已是铁了心："阿角妹妹既知危险，便也别去了吧，你若执意要去，我是定要跟随的。"画角见一时半会儿说服不了他，只得应了他。

　　静慈寺位于阑安城北郊，出了城门向北驱车一个时辰便到了。静慈寺是全阑安最大的寺庙，每年太后都会来这里拜佛上香，因此，庙中一直香火鼎盛。这一日又是浴佛节，寺内有浴佛斋会，阑安城的男女老幼一早便沐浴更衣，来此参会。

画角抵达静慈寺时，僧人们正在诵经，遥遥便听见梵音阵阵。寺门前的空地上，早已停满了各色马车、犊车。画角下了马车，便见寺门前还有搭棚做生意的摊贩，多是售卖上香祈福的物品，像香烛、纸马等，也有卖茶水和饭食的。裴如寄和周陵陪着画角沿着石阶向寺门而去，这时，听得身后有人唤她。

"前面可是姜娘子？"

画角驻足回首看去，只见一个戴着幂篱的小娘子沿着台阶快步而来，身后跟着好几位护卫。她走得近前，撩开幂篱的轻纱，朝着画角盈盈一笑，竟是崔兰姝。她挽住画角的胳膊，同她一道拾级而上。

"自那日在牡丹宴上见过姐姐一面，这许多日不曾见你了，最近可好？我没想到姐姐竟然是郑府的千金，不知姐姐自哪里学的一身术法，当真了不起。"

画角任由她挽着入了寺门。崔兰姝凑到画角耳畔说道："天枢司派了四位伏妖师护佑我，一会儿上香姐姐便与我一道吧，如此更安全。"

画角回首瞥了眼她身后的护卫，皆是一色的蓝衫道袍，天枢司这回果然是把排场做够了。她扬眉笑道："求之不得。"于是便命裴如寄和周陵在外面候着，她和崔兰姝手挽手入了大雄宝殿。

只见殿中央有一个巨大的石制香炉，里面插满了线香，袅袅烟气充斥着整个大殿。画角掏出林姑给备好的线香和香烛，点燃拜了拜，便放到香炉的白灰中。起身见崔兰姝正虔诚地跪在蒲团上祷告，画角四处观望，物色便于换衣的地方。她为了扮成老妇，已提前征得府内一位年老仆妇孙嬷嬷的同意，事先取了她一滴血。只待一会儿施法便可。然而，前院并没有合适的地方，只能稍后到后院寻一间禅房了。

崔兰姝祈祷完，起身舒了一口气，将头上的幂篱摘下，朝着画角笑着说道："我也不戴这劳什子了，怪闷得慌的。"

画角曾经救过崔兰姝两次，但两人着实说不上相熟。原以为崔兰姝为人较为胆小寡言，此时见她言笑晏晏，倒颇为可爱可亲。画角望着她如画的眉眼，轻笑着说道："崔娘子还是戴上幂篱吧，不然，外面的郎君们岂不是都要看直了眼？"

崔兰姝的目光扫过在外等候的裴如寄和周陵，朝着画角笑道："那些郎君看的应当是姜姐姐才对。"顿了下，眉眼间闪过一丝揶揄，压低了声音问道："外面那两位郎君，不晓得姜姐姐属意哪一位？是裴将军，还是那位周小郎君？"崔兰姝被掳到九绵山时，周陵也在，是以她认识周陵。

画角牵唇一笑："崔娘子误会了，那两人皆是我的友人。"

崔兰姝掩唇而笑，神色间皆是不信。不过，她却没再追问下去，而是说道："自从与姜姐姐相识，我便一直艳羡姐姐身怀绝技，能肆意在外自由闯荡降妖伏怪。而我，只是一个深闺中的小女子，纵然想结交姐姐，却又自知我这样的燕雀配不上鸿鹄一般的姐姐。如今好了，听说姜姐姐的父亲曾和我阿爹同朝为官，我顿时觉得和姐姐亲近了不少，日后，我们可要多走动。"

崔兰姝的一番恭维让画角有些意外，自回到阆安，她还未和哪位小娘子结交。一来因她太忙，二则并未有小娘子主动向她示好，崔兰姝算是第一人。

画角含笑说道："那自是好的。"

在九绵山上借脸那次，她虽说救了崔兰姝，但也给她惹了麻烦。画角还以为她会不敢和自己走动。

崔兰姝一脸喜色，说道："不晓得姜姐姐可是会制香，何时得闲了我们一道制香吧。"

画角想到自己的制香手艺，着实有些拿不出手，想了想说道："制香倒是会一些，不过只是学了些皮毛，平日里用作消遣解闷，倘若和崔娘子一道制香，只怕是班门弄斧了。"

崔兰姝笑道："我也是略会一些，初学时，因着要将香丸烘干，还差点将锅烧坏了。"

两人皆笑了起来，崔兰姝又问道："既然到了静慈寺，我们要不要去抽个姻缘签？听说很灵验。"

画角自然是无暇去抽什么姻缘签，便是有空闲，她也不会去。在她看来，姻缘还是要靠自己，倘若靠神佛，那一辈子也便不用嫁了。

画角推辞道："我就不去了。"

崔兰姝轻笑着说道："姜姐姐可是有了意中人？倘若如此，更该去了，说不定抽个上上签呢，讨个好彩头。"

这话画角爱听。她仰头看了看天色，见时辰尚早，便随着崔兰姝到了旁边的大殿。

大殿内供奉着如来佛像，在一侧的禅案旁，几名服饰各异的小娘子正围着一位年轻的僧人求签。僧人端坐在蒲团上，低眉敛目，面目端宁。他面前有一位小娘子，手中正拿着一个签筒，里面放着数根象牙签，正在摇晃。

崔兰姝"咦"了一声，说道："当真是巧。"画角这才看清，那个正求签的小娘子居然是她见过的人，正是在牡丹宴上有过一面之缘的歌绝薛槿。其父是开伯侯薛祥，官至刑部尚书，其母则是萧素君，太后的干女儿。她旁边还站着一位华服小娘子，乃是棋绝萧秋葵。这两人是表姐妹，想必是结伴来寺中祈福的。

画角又看了眼拽着自己来求签的崔兰姝，这会儿她挺钦佩这几位得了五绝称号的小娘子。也不知是年轻不更事还是别的缘由，阆安城都传她们或许是妖物的下一个目标，她们倒像是并未放在心上，还有闲情聚在这里求签。

画角和崔兰妹凑上前去，只见薛槿闭目虔诚地摇晃着签筒。少顷，自签筒中掉落出来一支签。薛槿拾起签文，递给了僧人。

僧人瞥了眼签文，淡声念道："家有一树桃花艳，山野李花已凋零。"

僧人抬起眼皮，问道："不知这位施主所求的是何签？"

薛槿有些担忧地说道："求的是安危。"

画角扬眉，看来她方才想错了，薛槿还是很在意安危的。

僧人眉头深凝，缓缓说道："此乃中签，施主的安危与桃花有关。"

画角闻言挑了挑眉，一时想不通求安危的签何以和桃花有关，只听说姻缘签中有桃花签。

薛槿亦是满头雾水，问道："桃花，什么桃花？我的安危与桃花有何干系？你这僧人会不会解签？"

薛槿生得圆团脸，一笑时脸颊上还有两个酒窝，瞧着像是个好脾气的小娘子，但她说的话却不是那么好听，透着一丝骄纵的意味。僧人摇摇头，却道只是据签文解签，便不再言语。

薛槿说道："这签不好，我要重新抽签。"

僧人抬起眼皮看她一眼，慢慢说道："施主若是再抽，才是真的不作准。"

"你……"薛槿气得柳眉倒竖，"你这和尚……"

萧秋葵忙拉住薛槿，温声规劝道："槿妹不必担忧，既是中签，便不算太坏，自是有转机的，或许这桃花指的是桃花运势呢，此签说不定着落在槿妹的姻缘上。"

薛槿面色这才稍霁，怂恿着萧秋葵也求一签。萧秋葵似乎并不在意，接过签筒随意晃了晃，掉落出一签。她拾起来一瞧，只见上面写着：鸾凤于飞，成也因他，败也因他。

萧秋葵递给解签的僧人，说道："我求姻缘。"

僧人沉吟片刻说道："此签乃下签，施主所求，最终只是幻梦一场。"

萧秋葵沉吟片刻，问道："小师父，此签可有化解之道？"

僧人摇摇头，原本端凝的面上透着一丝为难："倘若施主想知道，还可去求卦，签文就瞧不出来了。"

萧秋葵眉头微蹙，却是未曾言语。倒是她身侧的薛槿冷笑着说道："什么签文求不出来，小师父，我瞧你是不会吧。我求的是安危，你说什么桃花；阿姐求的是姻缘，你又语焉不详，什么幻梦，莫不是不会解签？日后，可别想我们再给你们寺捐香油钱。"

僧人轻叹一声，抬眼看了两人一眼，静静说道："施主息怒，贫僧只是按文解签。"

画角看了眼僧人，他也挺不容易的，若是换一个圆滑点的僧人，面对这些贵女，便是抽了下下签，想必也能用话圆回来。

薛槿冷冷哼了一声，挽着萧秋葵便要离开。两人一回身，一眼瞥见画角和崔兰姝。

薛槿双目一亮，问道："崔娘子，姜娘子，你们也是来求签的？来来，你们且摇一签，我倒要看看，这回解得准不准。"

崔兰姝推搡着画角到了前面，画角心中早已蠢蠢欲动，上前接过签筒便摇了起来。

她从未如此认真过，也从未如此虔诚过，摇了又摇，在一侧等候的小娘子们看得都要打哈欠了。画角终于轻轻一抖，一支刻字的象牙签便掉落在蒲团上。

她慌忙抬手拾起来，自己先扫了一眼，只见上面写着一句签文：柳暗花明，山重水复，峰回路转。

画角递给僧人，笑吟吟地说道："师父，我求姻缘。"

僧人瞥了一眼，说了句"中签"便不再言语。画角犹疑着问道："小师父，你不解签吗？"

"是啊，你倒是说啊。"薛槿催促道。

画角追问道："敢问小师父，此签作何解？难道不是上签吗？为何是中签？"

从字面上看，其实能瞧出来，最后既然峰回路转，想必算不得坏。僧人似乎学乖了，低眉闭目，不愿再多言，见画角一再追问，沉吟片刻后方说道："此签虽看似上签，但其间却有山重水复疑无路，最后如何峰回路转，多半是有血光之灾，因此我才说是中签。"

血光之灾？画角唇角的笑意霎时凝住。

崔兰姝慌忙说道："姜姐姐，我瞧今日这签只怕是不准。"

薛槿和萧秋葵一个抽了中签，一个抽了下签，心中极其不爽。这会儿看了画角的签，萧秋葵叹了口气说道："我瞧这签也许真的作不得准，我们都别求了。"几人心事重重地从大殿中步出，除了崔兰姝没有抽签，其他人皆没有抽到好签。

殿门外日光普照，亮得有些刺目。画角忍不住闭了闭眼，再次睁开，只见静慈寺的大门处，虞太倾身着天枢司的官服缓步而来，身后跟着楚宪、狄尘和数名枢卫。

这日的天色晴好，天边有流云缥缈。他身上的绯色官服在背后的蓝天白云衬托下，越发浓艳。寺内长风浩浩，吹得他身上衣带翻卷飞扬。

画角想起方才的签文，唇角微撇，有些不屑。以往她便不信神佛，如今越发不信了。

几位小娘子站在大殿门前，静静看着虞太倾吩咐枢卫们在静慈寺各处巡视。片刻后，持刀佩剑的禁军也一队队走进来，将一些正在烧香拜佛的香客们请了出去。画角看这阵仗，晓得是宫中的太后娘娘快要到了，他们在将闲杂人清出去。虞太倾则径直朝她们走了过来。郎君谦谦如玉，长得太过好看，几人一时皆忘记了方才求签时的不愉快，含笑望着他。

薛槿在花宴上得的是歌绝，嗓音极是动听，见虞太倾款步而来，叠手行礼，说道："薛槿见过虞都监。"画角也撤后一步，随着薛槿、崔兰姝和萧秋葵朝着虞太倾施礼。

虞太倾的目光自几人身上掠过，眼中含着一抹锐色，淡声问道："几位可是在求签？"

薛槿似是被他看得有些不好意思，微微红了脸，伸手把玩着腰间的帛带，说道："上完香后，还有闲暇，便过来消遣。"

虞太倾的目光落在画角身上，缓缓说道："几位敢拿性命来消遣，不愧是胆识过人。如今既已祈过福了，也求过签了，不如到后院寻个禅房，莫要在外乱逛，也免得天枢司的伏妖师难做。"他的声音中暗含凌厉，毫不留情地说道。

画角明白虞太倾的意思，这是要将她们几人聚在一处，也好便于保护。如此倒甚好，她随着她们入了禅房，再寻机施法扮成老婆婆出去。

虞太倾言罢，目光瞥向在一旁等候的裴如寄，唇角的笑意隐去。

"裴将军今日不当值吗，太后凤驾稍后便到，不单我们天枢司，禁军也该护佑太后吧？"

裴如寄淡淡说道："我今日恰值休沐。"

正说着，裴如寄的下属张潜领着禁军走了过来，看到裴如寄，也走了过来，问道："裴将军，您今日不是休沐吗，怎的也来了？"

裴如寄没言语，这时，一名枢卫匆匆忙忙奔了过来，禀告道："都监，太后銮驾已经到寺门口了。"

这会儿领画角他们去后院却有些晚了，虞太倾吩咐道："你们几人且在此恭迎太后娘娘吧。"

几人应了，画角抬眼瞧去，便见天枢司的指挥使雷言率领着几位身着蓝衫的天枢司伏妖师率先走了过来。其后，几名宫人抬着一座轿舆缓步而来，轿舆上以金漆描绘着精致的凤鸟，其翎羽艳丽而夺目。

画角目光上移，便看到一位略显富态的年老妇人，她头戴凤翎花冠，身着华丽袍服，看上去雍容而端肃。

众人遥遥便跪下身去，俯首道："恭迎太后娘娘，太后娘娘金安。"

轿舆停下，一直跟随在轿舆一旁的静安公主李琳琅走上前，搀扶着太后下了轿舆。在日光映照下，太后身上的缃色大袖凤袍着实是晃人眼目，裙裾上绣着大朵金线翠叶的牡丹花，还有五彩祥云和鸾凤，看上去彩绣辉煌。

崔兰姝望着太后的袍服，忍不住赞叹道："太后这身袍服绣工当真是好，我还从未看过这么精湛的绣技。"

薛槿闻言唇角扬起一抹得意的笑意："不瞒你们，太后这件袍服是我阿娘送的，上面的纹绣是阿娘身边的婢女紫线所绣，她原先是宫中司绣坊最拔尖的绣女，绣技自然不同凡响。"

既不是她绣的，也不是她阿娘绣的，也不晓得薛槿到底在得意什么。"是宫中司绣坊的绣女所绣啊，怪不得。"画角也赞叹道，"不晓得那位绣女今日可有随侍？"

薛槿说道："紫线今日随我阿娘一道来了，喏，就是那一个。"薛槿说着，向太后身后指了指。与太后一道而来的，还有宫中的嫔妃和薛槿的母亲萧素君，她们皆跟在太后銮驾后。画角抬眼看去，只见萧素君身边果然跟着一个三十多岁的婢女，生得身材高挑，模样娟秀。

一群人彩衣翩跹拥簇着太后入了大雄宝殿。薛槿见了母亲，也想起身跟过去，被一侧保护她的伏妖师拦住了。薛槿蹙眉，不悦地说道："怎么了，我过去和母亲说句话也不行吗？"

"槿妹，我们不方便过去。"萧秋葵低声提醒道，"只怕给太后招来灾祸。"

她们几人也许会是妖物的目标，这会儿往太后跟前凑，自然是不合时宜。薛槿这才回过味来，抬手拨弄着束腰的帛带，有些不甘心地撇了下嘴。她忽然惊讶地"咦"了声。几人皆吃了一惊，齐齐看向她。只见薛槿伸指揉了揉帛带的衣角，自上面拽下一颗小指肚大小的红色珠子。"这是什么？"薛槿拈着珠子凑到眼前瞧了眼。只见珠子在日光映照下，晶莹剔透，甚是精美。

画角眯眼瞧着红珠，唇角浮起一抹冷笑。果然，都让虞太倾猜中了。那日在望江楼，虞太倾就说起过，也许，会有人暗中将红珠缀在五绝的小娘子身上。

崔兰姝含笑说道："这珠子如此精致，缀在衣带上不易瞧见，若是镶嵌到钗环上定是更美。"

"不是的，我的衣带上原先并没有缀珠子，也不晓得是怎么弄上去的。"薛槿诧异地说道。

站在旁侧的伏妖师看到薛槿手中的红色珠子，脸色顿时变了。他上前自薛槿手中取过红珠，快步朝大雄宝殿门口而去。

雷言和虞太倾正站在大雄宝殿门口候着太后，见到伏妖师手中的红珠眉头皱了起来，两人对视一眼，点了点头。雷言望了眼正在大雄宝殿上香的太后，朝着一侧的校尉陈英使了个眼色。陈英挥了挥手，正在寺内巡视的枢卫顿时神色戒备起来。

虞太倾则快步走向画角她们，有几名原本守在大雄宝殿门前的伏妖师也跟了过来。再算上原本护在崔兰姝、薛槿和萧秋葵身边的伏妖师，统共有十几名伏妖师，将画角她们护得密不透风。这种严阵以待的阵仗，其实并未让被护的人感觉到安全，反而让她们心中恐惧倍增。

薛槿脸色霎时变得惨白，颤声问："怎……怎么了？"

萧秋葵性子沉稳些，但这会儿脸色也变了，不由得"啊"了一声，惊呼道："妖物要来了吗？可是，可是要对槿妹下手？"

第二十五章 燃香召妖鬼

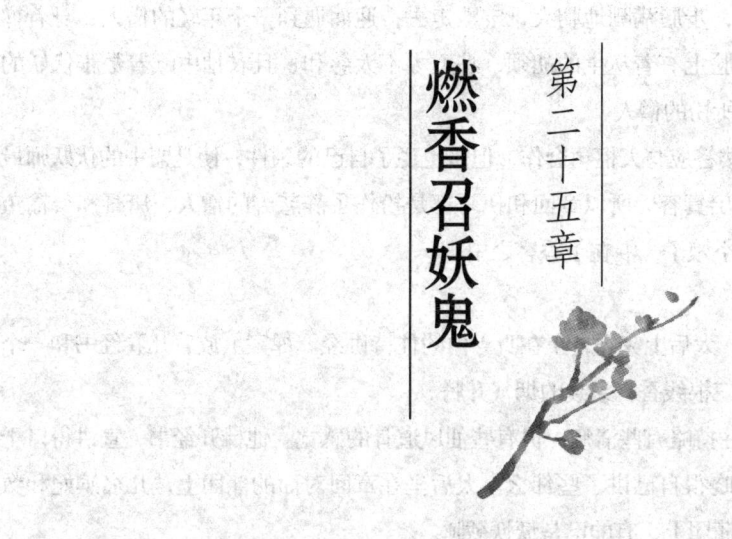

薛槿原本就如惊弓之鸟，听到萧秋葵的话，吓得惊呼一声，欲要从"包围圈"冲出去，被一名伏妖师拦住了。她惊惧之下，朝着大雄宝殿那边喊道："阿娘，阿娘，我怕，我害怕。"声音中带着哭腔，显然已是怕极。

虞太倾冷声叱责道："惊了太后凤驾也是死罪，你可晓得？！"

薛槿已是吓得浑身瘫软，泪流满面。她一个小女子，亲眼见识过孔玉死去的惨状，这会儿听闻妖物马上要对她下手，怎能不慌？萧秋葵握住薛槿的手，安慰道："槿妹莫怕，有我陪着你，不会有事的。"

虞太倾招手唤了名小沙弥过来，吩咐楚宪："你带人护送她们到后面禅房，让她们仔细查验，但凡身上还有类似的红珠都要取出来，万不可再带在身上。"

崔兰妹挽着画角的胳膊，也吓得瑟瑟发抖。裴如寄原本想过来，却被伏妖师拦在了外围，画角朝着他使了个眼色，让他不要轻举妄动。一行人很快随着沙弥到了后院的禅房，伏妖师们暂时退到了门外，掩好房门让她们检查衣衫上可有红珠。

画角因先前在望江楼，听虞太倾说起过，晓得妖物的目标并不是她们这几人。因此，画角趁着伏妖师们在外面等候时，瞒过崔兰妹她们，自行到禅房换了事先带来的老妇的衣衫，又将脸换了，自窗子里跃了出去。

她潜行到前院大雄宝殿前，只见院内不知何时多了一辆马车，隐隐有妖气自里面逸出。画角晓得里面是野君，虞太倾为了让野君感应他妻观讳，特意将野君带了过来。她拄着拐杖，步履蹒跚地朝大雄宝殿走去，迎面遇到一个年轻的僧人，身着禅衣，只是白净的脸上有着丛生的胡须，瞧上去不太慈和，且衣袖中藏着数张伏妖的符咒，正是伊耳所扮的僧人。

画角在望江楼答应与天枢司合作，但是也说了自己的条件，便是盟中的伏妖师最好乔装，不要露出真容。所以章回和伊耳都是扮作了静慈寺的僧人，唐凝和公输鱼则乔装成上香的小娘子，混在了香客之中。

大雄宝殿内，太后上完香，正在听寺内的住持讲经。禅案上放着几卷经书和一个香炉，炉中燃着三根线香，袅袅的烟气升腾。

章回扮成的住持略有些清瘦，很有些仙风道骨的感觉。他摊开经书，宣讲得口干舌燥，末了都不晓得自己讲了些什么。太后坐在章回对面的蒲团上，几名嫔妃和数名宫人则跪坐在蒲团上，有的已是恹恹欲睡。

章回手中拈着符咒，暗道妖物为何还不来，他已经照着经书读了一遍，难不成还要再读一本。他胡诌道："若是遁入空门，但六根不净，便是修数世，也无法成就大道。然则，似太后这般，平日里积善修德，亦可化厄集福。"

太后连连点头，言道："今日听住持一番话，受益匪浅。"说着，不经意般捶了捶跪得有些酥麻的腿。

这时，太后身边的萧素君走上前，搀扶太后起来，低声问道："不若去后院禅房稍事歇息，用些素膳，午后再来听经。如此，也好让香客们进来上香。"

太后点点头，由着萧素君搀扶起身。萧素君身边的婢女也上前帮忙，太后看了眼她，只听得萧素君说道："太后，这便是紫线，您不是说要赏她的吗？"

太后微微一愣。紫线忙上前跪倒，说道："紫线见过太后。"

太后命人搀起她，抚了抚身上的衣袍，笑着说道："这件袍服做得好，那日原说让素君带你入宫领赏，今儿你既然也来了，那哀家就在这里赏你吧。你说吧，想要些什么？"

紫线跪在地上，伏首道："多谢太后娘娘，奴婢不敢求赏，只求，只求太后能免了奴婢的奴籍。"

萧素君有些意外，不悦地扬眉："紫线，你要出府？你跟我快二十年了，如今，却要离开我？"

紫线跪伏不敢言语。太后缓缓起身，她圆圆的面容掩映在凤冠之下，令人一时看不清她的面容。她缓缓说道："这事儿，待日后再说，可好？你已跟随薛夫人多年，既愿离开，也不是不可以。"

紫线忙磕头致谢。这时，大殿内忽然有一股幽幽的香气蔓延。

大雄宝殿内的石鼎内原本是燃了数支香，殿内充斥着烟气和火烛燃烧的气味。但这股幽幽的香气居然压住了香火气，径直送到了每个人的鼻间。香气是馥郁而隽永的，似乎是混合着果香、花香、空气的湿气……是一种说不出的红尘之气。

室内的空气忽然冷了起来。

这时，院中马车内的野君忽然掀帘朝大雄宝殿冲了过来。章回袖中的符咒无风自燃。藏在旁边一侧大殿内的唐凝和公输鱼施法穿墙入了大雄宝殿。

香气缭绕，逐渐弥漫了整个大殿。忽然，耳畔只听得潮声大作，那是海浪翻滚的声音。渐渐的，香气消失，一股潮湿的海腥味弥漫开来。

大雄宝殿的门蓦然被撞开，画角所扮的驼背老妪拄着拐杖慢悠悠地走入殿中。她边走边咳，一双眼却迅速瞥了眼殿内。便在此时，海水劈天盖地淹了过来，海浪翻滚着淹没了整个大雄宝殿。所有人都猝不及防淹没在了水中，一时间呼救声不断。章回施法捏诀，一个个透明的泡泡落入水中，罩在了挣扎的人头上。公输鱼和唐凝潜入水中去救人。

画角捏了个避水诀，在水中慢慢靠近萧素君的婢女紫线。她在水中不断扑腾着，显然是并不会游水。紫线发髻上簪着一支镂空镶珠步摇，珠子正是红色的珍珠。不晓得红珍珠感应到了什么，不断地闪烁着红色的光芒。

这时，浊浪之中，一只巨大的黑影忽然现身，逸出一道白光，笼在了紫线身上。顷刻间，有数道无形的气便自紫线身上被吸了出去。野君化作了原身，扑扇着翅膀飞入大殿，可叹他的原身只有一只翅膀，飞了没多远，便不慎落入水中。

画角捏诀，指尖迸出一道冰蓝色光芒，击向紫线的发髻。镶珠步摇被击落，其上镶嵌的红珠脱落，在水中旋转着莹光缭绕。不过，因着脱离了紫线，不再吸附紫线身上无形的气。紫线没了步摇固发，一头乌发披散而下，在水中宛若水草般荡漾，遮住了面目，让画角一时看不清，她的脸到底如何了。

画角游过去，撩开紫线的发丝，看清她的脸还是白净的，暗自松了口气，好在自己出手够快，她总算未曾变得和孔玉、茵娘一样。

紫线已昏迷过去，画角捏诀化出一个避水罩，罩在她头上，托住她向水面上浮去。

这突如其来的水，冰冷而刺骨。论理说，已是到了初夏，水不该如此冰凉。更奇怪的是，这水深得诡异，她觉得已向上浮了好久，可还是没有到水面。明明就算是整个大殿都被水淹没，也不过几丈深。水中，不时有奇形怪状的鱼游过去，画角这些年在外行走，也算见识颇广，但这些鱼她大多不认识，那次在花棚捡的嬴鱼放在这些鱼中堪称最貌不惊人的了。除了鱼，还有海藻。水也并非静止的，而是水波回旋，暗流汹涌。

当日花棚里的水洼，画角便疑心是海水，不然怎会有生活在海中的嬴鱼。但她也只以为是妖物来时挟风带雨以至于带来了海水。但这会儿她却隐约觉得自己就在海水中。这妖物，莫非还能移海？

这时，原本便暗涛汹涌的水，忽然间剧烈地动荡起来，头顶上一片巨大的阴影笼罩了过来，是方才的妖物。画角仰头望去，看到一个大如磨盘般的外壳。紫红色卵圆形的外壳上，一圈圈纹路细看仿佛翎羽的花纹。这是一只巨大的蛤蜊妖，妖物的外壳开合间，一颗拳头大的红珠旋转着飞出，珠身红光缭绕，霞光袅袅，放射着夺目的光芒，再次笼罩住紫线。

画角冷冷一笑，抬手一推，掌心逸出一道冰蓝色光波，迎上了夺目的红光。一瞬间，水中光芒闪耀，水流激荡。一人一妖都被强劲的气力迫得向后退去。

在强大的劲气袭击下，紫线苏醒过来，瞪大眼惊恐地望着蛤蜊妖，手脚开始疯狂划动。画角眼角的余光看到伊耳正朝这里游来，松开紫线，使力一推，便将紫线推向了伊耳的方向。伊耳伸手接过紫线，带着她向上游去。

妖物大怒，欲要去追紫线。画角伸手一晃，祭出了雁翅刀，朝着妖物斩去。这时，一个酒葫芦抛了过来，砸在雁翅刀的刀尖上，因为这一阻，雁翅刀偏了一分斩空了。

画角转过头，只见野君徐徐游了过来。他一直游到妖物面前，定定望着她一动不动。妖物看到野君，身形变幻，转瞬化为人身，却是一个美貌的女子。她有一头乌亮的墨发，海藻一般披散在脑后。一件薄如轻纱般的丝帛环绕着裹住了她的上身，下身则着一件紫红色的裙裳，其上缀满了红珠，衣裙翩跹，在水中漂荡，看上去分外妖异。

野君的目光落在妖物苍白的脸上，那原本落寞寂寥的眼神，不知何时已变得温柔似水。他嘴唇颤抖着，吐出两个字。在水中，画角并非听清他说的是什么，但看他的口型，唤的正是他失踪的夫人的名讳——观讳。

画角吃了一惊，这比翼鸟妖莫非是脑中进水了，他的夫人明明也是比翼鸟，怎么会是一只蛤蜊妖？然而，她记得野君说过，比翼鸟是能感应到伴侣气息的，也许他并未弄错。倘若如此，那么观讳也应当能感应到他。

果然，蛤蜊妖望着野君起先是惊诧，随后凄然一笑，身子一摆，伸臂划开水波朝着野君游了过去。两妖深情相望，眼神中充满着久别重逢的喜悦，还有数千年岁月的沧桑。观讳伸手，徐徐抚过野君鬓边的白发，抚过他面庞上的细纹，忽然笑了起来。

这是一个灿烂而凄楚的笑。隔着碧蓝的水波，看上去如此缥缈，却也如此耀目，她衣裙上红珠的璀璨光芒都及不上她的笑容明亮。她弯弯的眼睛中，似乎有嫣红的泪水淌出，将她面前的水波渐渐染成了浅红色。

忽然，她唇角的笑容一凝，抬手平静地擦了擦眼角，纤手一挥，一道透明的帛带蜿蜒着缠住了野君的手腕，她抚了抚野君的面庞，凄声说道："跟我走吧。"海水宛若潮落般退去。

画角蓦然想起花棚中孔玉出事时，至多不过一炷香的工夫，水已退去，妖物也已遁走杳无踪迹。此时，她怎会任由他们离开？

画角抬手一挥，雁翅刀化作无数道刀影，阻住了观讳前后左右退走的路线。

观讳回首朝着画角微微一笑，蓦然化作原身，坚硬的蚌壳开合间，一把吞没了野君，向刀影中闯去。画角晓得，万万不能让她潜逃，指挥着雁翅刀向她劈去。没想到，她蓦然停了下来，任由刀在她的外壳上划了一道裂口。

画角收势，观讳再次化作人身，焦急地拽住野君，只见野君口鼻中呛了水，应当是方才憋着的一口气已用尽。他毕竟是鸟类，不是鱼，也不是蛤蜊。

观讳背部受了伤，黏稠的血液淌了出来，野君挣扎着，眼神中皆是心痛。

"不要走了。"他的唇一张一合，说道。观讳嫣然一笑："我不走。"她凑近他，向他口中渡入了气息。

画角抬手捏诀，冰蓝色的光芒闪烁，交织成网状，将野君和观讳网在了其中。不过一瞬间，海水已退去。画角在出水前将雁翅刀隐去，手中幻出拐杖浮出水面。眼前还是大雄宝殿，只是已是狼藉一片。

画角一手拄着拐杖，一手提着兜住了两妖的网，咳嗽了几声，抬眼看去。大殿中太后等一众人皆已被海水淹成了落汤鸡，钗歪髻斜，衣衫滴水。她们有的相互搀扶着蜷缩在殿内一角，有的脾气暴虐的，正在训斥宫人护佑失职之过。这时看到画角，皆齐齐朝她望来。

"那……那是什么？"有人指着画角网兜中的蛤蜊和比翼鸟问道。

画角提了提网兜，咧嘴一笑，布满了皱纹的脸便如日光下盛开的秋菊。

"这便是作恶的妖物。"画角笑眯眯说道。

萧素君狠狠瞪了画角一眼，忽然朝身后坐着的太后说道："太后娘娘，天枢司这些伏妖师害得您老人家被淹，还害得我这手也划伤了，您定要治他们一个护驾不力之罪。"她抬起手，将手腕上的一道伤口给太后看。

太后端坐在一侧的椅子上，身上那袭绣工精湛的袍服也已被水浸透，湿淋淋地贴在身上。凤冠歪斜着，前面垂挂的珠串也随之倾斜，再也掩不住她的面容，露出了其后白胖而惶恐的脸。萧素君忽然惊叫一声，指着太后的脸喊道："你，你不是……不是太后她老人家？"

"太后"被萧素君一喝，吓得身子颤抖着滚倒在地上，哭号着说道："奴婢，奴婢是太后她老人家身边伺候的嬷嬷，是……是雷指挥使让奴婢扮成太后的。"

方才，太后戴着华冠，前面的珠串一直挡住了半个脸庞，此人的脸型又与太后极像，是以并未有人注意到这是个假冒的。

"太后驾到。"一道尖细的声音响起，只见几名宫人拥簇着一个荆钗布裙的年老妇人缓步走入大殿。她生得白净端庄，面庞虽有些发胖，但眉眼却不怒而威。

萧素君愣愣望着她，说道："太后，您怎么……怎么从外面进来了？"

太后的目光掠过大殿，淡淡"哼"了声，朝着萧素君安抚性地笑了笑，说道："阿君啊，方才进寺时，雷指挥使派人说，住持让他传个话，佛祖昨夜里托梦，说上香须得素衣淡妆，哀家才悄然去了后院禅房换衣衫。谁曾想到……"

太后顿了下，回身问跟在身后的雷言："你居然还私自命人假扮哀家？雷指挥使，这究竟怎么回事？莫非你事先已晓得大雄宝殿会出事？"

雷言瞥了一眼站在他身侧的虞太倾，上前跪伏在地禀告道："微臣并不知，只是在太后走后，察觉到大雄宝殿有妖气，这才命人扮成太后的模样，并让人拖住太后，莫要再来涉险，还望太后恕罪。"

太后淡淡"哼"了声："你何罪之有？你没让哀家被淹，还救了她们，连妖物也擒拿了，乃是有功之臣，起身吧。"

太后说着，目光转向画角身上，见她是个满脸皱纹的老太婆，奇怪地问道："你也是天枢司的伏妖师？"

虞太倾看了画角一眼，上前禀告道："太后，她并非天枢司伏妖师，而是我们外雇的伏妖师，因为天枢司人手不够，生怕让妖物逃逸。"

太后在宫娥搀扶下，坐在椅子上，目光扫过画角网兜中的野君和观讳，问道："说吧，这是怎么回事，就这么两只妖，瞧上去似乎也不是多厉害，怎的你们这么多伏妖师，竟然防不住，让他们潜了进来。"

扮成住持的章回凑近画角，说了一句话。画角沉吟片刻，上前说道："这妖物是被人召唤进来的，不晓得太后娘娘可听说过燃香召妖鬼？"

此话一出，大殿内顿时静寂如死。太后不可置信地望向画角，惊异地问道："你说什么？妖物是有人召唤进来的？"

雷言原本就看不上伴月盟这些散修伏妖师，一直视他们为乌合之众，闻言皱眉叱道："本指挥使只听说过燃犀角可见妖。此照乃照明之照，非召唤之召，你莫要在此危言耸听。"

画角的目光徐徐扫过雷言，一笑说道："雷指挥使方才不在殿中，自然不知。方才妖物来袭前，大殿内忽有异香逸出，压过了满殿的香火味。"

画角顿了下，问其他人："你们可是皆闻到了？"

众人连连点头。

雷言犹自不信，皱眉说道："如此，也不能说明此香能召来妖物。"

画角斜睨了一眼雷言，又道："雷指挥使，你难道没有发觉此番妖物和海水所停留的时辰，与牡丹宴上一样，恰好都是一炷香的时辰。"

雷言皱眉思索，问道："你可晓得是谁燃的香，不如让她再燃一回，看是否还有妖被召来。"

画角拄着拐杖，颤巍巍地走到禅案前，指着上面的熏炉说道："这是殿内唯一的可燃香丸的熏炉，方才，便有人在这熏炉中投入了一颗香丸。"

熏炉已被水冲得歪倒在案上，画角伸手摆正，只见里面的香丸早已燃烧殆尽，只有一丝淡淡的残香萦绕。她挑眉说道："雷指挥使，能召唤妖物的香丸我可没有，不如，你问问这位薛夫人吧。"

话方落，大殿内再次静默。所有人的目光都凝注在了薛夫人萧素君身上。这句话的意思再清楚不过，是说往熏炉里投入香丸的是萧素君，也就是说，召唤妖物的人是她。在场的人有几位是皇帝的嫔妃，晓得萧素君极得太后宠溺，都不由得瞥了眼太后的脸色，为这个老婆婆捏了把冷汗。

画角说完这句话，眉飞色舞地瞥了一眼虞太倾，朝着他飞了一个媚眼，笑得一脸褶子好似秋阳下的菊花。府中的仆妇孙嬷嬷若是晓得她如此用自己的脸，只怕下回不会再借给她了。

虞太倾面无表情地望着画角，觉得这位伴月盟盟主夜阑的脸和那日望江楼的傀儡人有些像，但又截然不同。那张脸表情虽有些僵，但至少是正常的。眼前这张脸怎么看上去欠儿欠儿的。莫不是真如传言般吃妖丹多了，人也变妖异了，一大把年纪了，没点做长辈的自觉。他冷冷哼了声，转过脸不再看画角。

萧素君听了画角的话，竟是笑出了声："你这个老婆婆怪有趣的，我可不会召妖。"

"你不会召妖，但你会燃香丸，方才那位假冒的太后在听住持讲经时，你曾上前搀扶她，顺势便将一枚棋子大小的香丸投入熏炉中，你自以为做得神不知鬼不觉，却逃不过住持的眼睛。只不过，他并不晓得这香丸是做什么的。"

章回扮成的住持上前一步，说道："贫僧亲眼所见，只是当时并不晓得施主投香丸是做什么的。"

太后唇角微撇，望向萧素君："他们说的可是真的？"

萧素君当时并不知太后是假，倘若她当真要召妖，那么，不排除她有害太后之心。

萧素君慌忙摇了摇手，说道："母后，儿臣……儿臣为何要召妖？您是晓得的，儿臣原本都不信这世上有妖，又怎么会召妖之术？"

萧素君是太后的干女儿，此时也不再以臣服自居，而是称呼太后母后，说话的语气也不自觉地透出一丝撒娇的意味："儿臣的确是向熏炉里投入了一颗香丸，但那颗香丸，是用来治疗儿臣面上的疤痕的。"

画角闻言不由得看向萧素君的脸。那日在花宴上，画角第一次见到萧素君时，她正在帮静安公主修剪牡丹，当时她脸上便罩着轻纱。而她的嫡女薛槿作为未出阁的小娘子反倒没有戴面纱。画角彼时便觉得有些奇怪。

今日来上香，她也是脸戴面纱，只露出一双眼眸。

她的眼形很美，标准的凤目，眼眸黑而清，流转间宝光流转，很是惑人。

画角便是凭借这双眼认出她是萧素君的。

"萧姑姑脸上何时受伤了？怎会有疤痕？我还道你这些日子为何总覆着面纱呢。"一直未曾言语的静安公主问道。

萧素君目光楚楚地看向太后，喊了声："母后。"

太后眯了双眼，说道："哀家乏了，今儿这事儿便到此为止吧。素君既说了香丸是治疗疤痕的，自不会有假，你们不若先审问妖物。素君，扶我回宫吧。"

虞太倾望着太后，眼中掠过一抹难以名状的神色。自那日在兴庆宫外听到太后和萧素君的对话后，他便明白，太后和萧素君的关系非比寻常。因此，今日，他们在让太后去换衣时，并未将实情告知，便是生怕她事先知会萧素君。

萧素君闻言，双目一弯，起身便过去搀扶太后。雷言大步走上前，拱手施礼，朝着太后一笑，说道："太后娘娘，薛夫人既说了脸上有疤痕，不若让臣等一看，免得日后再生事端。"

雷言到底是指挥使，在关键时刻，还是做到了以案情为重。倘若有人和妖勾结，自然是不能放过。

太后的脸沉了下来。她出身名门，父辈的官儿当年做得很大，从太子妃到皇后再到太后，可谓一帆风顺。只有一样，她膝下无子，当今圣上并非她所出。她只得一女，便是文宁长公主李云裳。自从文宁长公主远嫁南诏，她便将干女儿萧素君当作了亲女。为她千挑万选择良婿，并不亚于公主选驸马。这些年也不断提拔薛家，到如今薛槿的父亲已是兵部尚书，敕封开伯侯。可见她有多看重萧素君。

但雷言如此说，她也不好驳斥，撇唇一笑，说道："素君，你且摘下面纱，让雷指挥使瞧一瞧疤痕。"

萧素君迟疑了一瞬，缓缓摘下面纱。大殿内众人的目光皆凝注在萧素君的脸上。她生得瓜子脸，下巴尖尖的，柳眉杏目，气质娴雅，虽说看年纪也有三十好几了，但依然是一个离尘脱俗的美人儿。乍眼看，脸上并未有任何疤痕。待细看，才发现，有一道弧形的细痕，自左耳后到下巴尖，再到右耳后。

这疤痕很细也很浅，若非萧素君脸庞光洁白腻，很难让人留意到。最奇的是，这细痕规整流畅，便如被世上最高明的画师以朱笔沿着脸庞边缘画了一圈一般。令人一时想不出，到底是怎么样伤成这样的。不过，再怎么诡异，那也是疤痕，萧素君倒是未曾胡言。

雷言调转视线，与虞太倾对视了一眼。两人并未注意到，太后在看到萧素君脸上的疤痕时，脸色骤然变了。

雷言打着哈哈说道："既然薛夫人所言非虚，如此倒是我们大惊小怪了，不过，还请太后娘娘体谅，陛下给了微臣一月之期侦破此案，眼瞧着已是最后之期了，因此心急了些。"

太后寒着声音说道："如今这妖物不是擒住了吗？"

雷言连连称是。虞太倾缓步走上前，叠身施礼："微臣还有一事不明。"说着，转向薛夫人问道："是何人送给你的香丸？香丸可还有？"

萧素君重新覆上面纱，蹙着眉头说道："不过一个游方的道士，说是在浴佛节这日趁着……"

萧素君顿了一下，恨恨说道："趁着殿内女子最多时燃香，便可医治疤痕。岂料……根本就是唬人的。那香丸自是没有了，花了我十两金方只得了一颗。"

虞太倾笑了笑，向后退了两步。太后在萧素君的搀扶下出了大雄宝殿，雷言带着伏妖师忙出去护送。

画角走上前，将野君和观讳交到虞太倾手中，龇着牙笑道："虞都监，老身此番助你顺利擒到了妖物，你待如何谢我？不如，陪老身去西市逛逛如何？"

虞太倾眸光微寒，凝视着画角一脸笑开了花的皱纹，怀疑这老婆婆到底是怎么当上伴月盟盟主的，怎的如此为老不尊？让他陪她去逛西市？她怎么想得出来的。

虞太倾面无表情地自画角手中接过现了原身的两妖，说道："先前不是和盟主已是说好了，你助我伏妖，我帮你寻化蛇的线索，怎的又改成逛西市了，你确定要换？"

画角笑道："自然记得，都要不行吗？"

虞太倾寒声说道："不行。"说着，提溜着两妖走了。

画角待借脸的术法失效后，又从窗子里翻身回了后院的禅房。崔兰姝、萧秋葵和薛槿被关在禅房中，分别自衣带中、裙角处都寻到了红珠，也不知是何人何时偷偷缀入到她们衣裙上的。三人此时还在胆战心惊中，一点也不晓得前院大雄宝殿已被妖物袭击过。

眼见画角无故失踪，这会儿又突然回来了，奇怪地问道："姜娘子，你方才去哪儿了？"

画角嘘了声，压低嗓音说道："我有些困乏，窝在里间睡了会儿。"

薛槿哼了声说道："方才我去里间，怎么没见你？"

画角眼珠一转，瞥了眼薛槿眼角的泪痕，笑了笑岔开话题，说道："我却见你了，你也试胆小了，至于吓得偷偷哭吗？"

薛槿柳眉一竖，冷声说道："谁哭了，你才哭了呢。"

三人说话间，便见原本站在外面廊下的伏妖师们都陆续撤走了。

崔兰姝惊讶地说道："这是怎么回事，难不成他们不保护我们了？"

"为什么？"薛槿问道。

正说着，只听校尉陈英的声音自外面传来："三位小娘子，且随我走一趟吧。"

萧秋葵状若不经意般问道："不晓得要带我们去何处？"

陈英冷声道："天枢司。"

画角有幸再次来到了天枢司，只是，天枢司主要审讯的人，并不是她，而是萧秋葵和薛槿。因为，萧秋葵便是那个往她们身上偷偷缀红珠子的人。而薛槿是萧素君的嫡女，她的母亲被太后保走了，雷言和虞太倾便让薛槿作为证人审讯，旁敲侧击地问了些关于她母亲的事。

不得不说，今日所发生的一切，与那日虞太倾在望江楼和画角谋划的差不离。当日，虞太倾推测说，孔玉和茵娘的尸身之所以变得干瘪黝黑，是因为她们身上的五气被吸附走了。人有五脏，化五气，以生喜怒悲忧恐。人自出生至成人，五气也随之愈来愈浓厚旺盛。品性不同，喜好不同，五气亦不同。

虞太倾推测有人利用妖物吸附了孔玉和茵娘的五气，为何是这两人，而不是旁人，下一个又会是谁？他着人打听阆安城近些年有哪位小娘子弈棋和作诗皆出众，最后查出来的人寥寥无几，而其中一人便是萧素君。

第二十六章 云烟缥缈处

他同时还探查到，萧素君绣技也很出众，当年，她在宫中做女官，太后的服饰便是由她亲手所绣。据说，宫中司绣坊那位绣技最绝的绣娘紫线，便是由她教出来的。后来，她出嫁到了薛府，太后便将紫线赐给她做府内的绣女了。棋、诗还有绣，皆是萧素君擅长的绝技。

又因孔玉项圈上的红珠和她的侄女儿萧秋葵有牵扯，虞太倾推测妖物的下一个目标，或许会是绣娘。而京城最擅长刺绣的人，便是她身边的紫线。茵娘和孔玉之死恰隔了半月之期，而浴佛节恰好与花宴也隔了半月。至于为何如此，虞太倾认为或许和某种仪式有关。而吸附来的五气有何用途，恐怕是和萧素君有关。

阴森森的审讯室内，观讳蜷缩在地面上。她身周有一圈金色的波纹时隐时现。这是因妖阵，她一时半会儿是出不去的。观讳身上的伤已止了血，因并非致命伤，包扎后看着并无大碍。但她的神色瞧着不太好，或许是常年在水中浸泡的缘故，面色惨白发青，海藻一般的长发散乱着披垂在脑后，整个人看上去分外凄惨。

雷言冷哼一声，问道："我且问你，你是比翼鸟观讳吗？你是如何从比翼鸟化为蛤蜊的？"

观讳的目光一凝，缓缓说道："你们该晓得，我们比翼鸟只有一翼，只有比翼才能飞。我自离开野君，便失去了飞翔的能力，独自在陌生险恶的地方，无法成活，为了躲避天敌，只有剔骨弃羽，潜入水中，化为有坚硬外壳的蛤蜊妖。"

雷言怔了怔，觉得这只鸟妖对自己实在太狠了。在他看来，就凭这剔骨弃羽的狠绝，足以让她想办法从那地方逃回来。

"当年，是谁掳了你，这么多年，既然你还活着，为何不想法子回来？"雷言问道。

"回来？"观讳好似听到了一个天大的笑话，咯咯笑了起来，声音中透着无奈和沧桑，"回来，哈哈……"

雷言被笑得有些尴尬，轻轻咳了声，问道："妖物，你笑什么？"

观讳唇角笑意凝住，望着雷言说道："你以为我不想回来吗？"

一直沉默的虞太倾忽然问道："你可是去了云墟？"

观讳瞬间沉默下来。她惊讶地望着虞太倾，似乎没有想到他居然说出了"云墟"这两个字。半晌，唇角牵出一抹凄楚的笑意，说道："不错，云墟，我是去了云墟，那个囚禁上古恶妖的地方，所以，我回不来，唯有想法子一日日苟延残喘。"

虞太倾蹙了眉头，又问道："你是如何去云墟的？此番可是有人以燃香召你，你方回来？"

观讳望向虞太倾，伸指撩了撩额前的碎发，双眸中闪过一丝愤恨："该如何说呢，那么久远的事，我都快忘了。哦，我想起来了，那一日，我只是出去采果子，不料骤雨突至，我沿着来时的路往回走，却发现家没了，路没了，什么都没了，我再也回不去了。"观讳神色有些激动，说的话有些颠三倒四。

雷言疑惑地皱眉，问道："你倒是说，为何还要害紫线，是谁指使你的？凤阳楼的棋官茵娘，还有牡丹园的诗绝孔玉是不是也是你害的？"

"害人？紫线？茵娘？孔玉？你说的是身上佩戴红珍珠的人吧。"观讳笑了笑说道，"我不晓得她们是谁，和她们无冤无仇，为何要害她们，是她们身上佩戴了我的红珍珠。有人与我说，只要我把佩戴红珍珠的人身上的五气吸收纳入珍珠中，便会送我回来。"

"那人是谁？"虞太倾冷声问道。

观讳笑了："他是妖。"

"什么妖？"

观讳缓缓吐出两个字："化——蛇。"

雷言倒抽了一口气，猛然起身问道："你说的可是上古恶妖化蛇？"

观讳徐徐朝着雷言翻了个白眼，不无讥嘲地说道："有何奇怪，上古恶妖在云墟比比皆是。"

雷言又惊愣地跌坐在椅子上，这回总算是相信先前虞太倾所说的穷奇是真的了。

"你们……你们不是被囚困在云墟吗，又是如何来到这里的？"

观讳惨淡地笑了笑，缓缓说道："你们不是看到了吗，是燃香打开了云墟的门，我才过来的。"

"是谁燃香召的你？"雷言起身走到她面前问道，"除了你，还有哪些恶妖来到阆安了？"

观讳的面色越发惨淡，摇了摇头说道："我不晓得，我只是闻到了香味。"

观讳说话的声音越来越低，虞太倾察觉到异常，快步走到观讳面前，问道："你怎么了？"

"我的修为快要散尽了。"观讳一字一句说道，"我活不了多久了。"

雷言探身查看了一番，果然发现观讳的妖力在逐渐流失。虞太倾招了招手，命人带野君过来。

"这是为何？"虞太倾问道。在他看来，观讳受的伤并不重，并不会让她修为散尽。

观讳喘息着说道："我不是从天门来的，犯了禁忌，中了上古留下来的咒术。"虞太倾被她话语中的"咒术"惊到了，一时有些怔愣。

"天门？那又是什么？"雷言问道。

观讳不语。虞太倾问道："云墟在何处？"

观讳唇角浮起一抹凄然而苍凉的笑意，一字一句无力地说道："云墟啊，在天之南、地之北、沧海之上、青山之下，在云烟缥缈处，在……"

野君踉踉跄跄地冲了进来，喊道："观讳，是我害了你。"他小心翼翼地上前抱住观讳，托起她的头，让她枕在自己腿上。

"你告诉我，云墟在哪里，我和你一起去，我们可以一起去的是不是？"野君想起方才在水中，观讳搪他要向水中潜去，最终却因为他窒息而放弃了，被迫留了下来。

观讳摇了摇头，低声说道："我不怪你，不管在何处，只要和你一起便好。"

她忽然低低唱起歌来："吾生左翼，君生右翼，比翼双飞，不相分离。扶摇云天，沧海桑田……"

她的声音清脆悦耳，尾音拖得很长，听上去缠绵悱恻。让人不由得想到，万籁俱寂的空山，春花悄然无声地在枝头绽放，明月自空中洒出皎洁的光辉，一对鸟儿在山谷中比翼翩飞。静谧、恬淡。

然而，虞太倾却不得不开口打断这一瞬的美好，他还没问出云墟究竟在何处。"你说云墟在云烟缥缈处，那究竟是何处？"

观讳的歌声渐渐低下去，望着虞太倾微微一笑，目光在屋内徐徐流转一圈，低语道："在这里。"她的目光又透过窗子，望向了外面，说道："在那里……"后面的字尚未说出口，她的身子缓缓变得透明起来，一道淡白的光芒闪过，她幻出了原身。或许是妖力散尽的缘故，也或许是出了云墟的缘故，这回却不再是蛤蜊，而是一只火红色的比翼鸟。

她有一只美丽的左翼，铺展如扇，其上翎羽轻薄艳丽，闪着潋滟的光泽，轻柔地扑闪着，说不出地动人。散尽妖力的她再也无法化为人身，亦不能再说话，只发出"啾啾"的一声鸣叫。

野君似乎早就预料到了，唇角浮起一抹温柔的浅笑，伸手轻轻抚摸着火红比翼鸟的翎羽。他仰头望向虞太倾和雷言，祈求道："雷指挥使、虞都监，我妻观讳向来心善，但她这回的确害了人，如今也受到了惩罚，虽化回鸟身，却没几日可活了。还请两位网开一面，允我带她回去。"

雷言有些为难地皱起了眉头："那怎么能行？"

虞太倾看了雷言一眼，沉吟着说道："倒也不是不行，不过，事后，你要替我办一件事。"

野君道："都监有何吩咐，但说无妨。"

虞太倾说道："在妖界打探一下云墟具体在何处。还有，观讳走失的地方，是哪里？"

"崇吾山，这些年我每隔十年都会回一趟山中，此番，我便是要将她送回山中。"野君说着，朝两人抱拳施礼，"请你们一定抓到教唆我妻害人的化蛇妖。"

虞太倾点点头。

野君言罢，周身白光闪耀，转瞬化作一只青色比翼鸟。一青一红两鸟，并肩比翼在室内绕着虞太倾和雷言盘旋了两圈，便自窗子里飞了出去。原本在外逗留的几只蛮蛮鸟也追随着他们而去。越飞越高，最终再也不见。野君穷尽一生去寻找，虽说观讳活不了几日了，而野君似乎也命不久矣，但总算是死前能在一起，也算是得偿所愿。

雷言这样一个糙汉子也无限惆怅地说道："也不枉他寻觅几千年。唉……"他深深地叹息一声，忽然想起了什么，愣了一瞬，望向虞太倾，呵呵笑了两声，说道：

"虞都监，陛下那里就由你去交差吧。"

虽说查出了孔玉和茵娘是观讳所害，但观讳背后还有化蛇，化蛇背后还有人。套娃一般，一月之期根本不够用。最重要的还是发现了云墟的存在，这个谁也不晓得在哪里的地方，已经威胁到了整个世间。

"那怎么行？"虞太倾明白雷言的心思，这是想让他到皇帝面前斡旋，"天枢司指挥使是你又不是我，不论圣人要赏还是罚，指挥使都在我前面。"

雷言一脸愁苦，急着要将云墟的消息派人传回云沧派。脚下蓦然一滑，这才发现地面上散落着几颗拇指大的红珠子。他俯身捡了起来，眯眼看了两眼，说道："哎？这珠子和萧秋葵缀在薛槿、崔兰姝身上的不同。"

虞太倾拈起一颗红珠对着日光看了看，发现珠子并不是透明的，只珠面上闪烁着温润的光泽，似乎缭绕着氤氲的雾气。这是观讳留下的红珠，也是紫线、孔玉、茵娘身上曾佩戴的红珠，只因这些珠子，观讳才能吸尽她们身上的五气。也就是说，这珠子是能吸附、储存五气的。

在静慈寺中，萧秋葵为了声东击西，在崔兰姝和薛槿她们身上也缀了珠子，为的便是将伏妖师都引去保护她们，也好让观讳顺利袭击紫线。

珠子不同，只怕审讯萧秋葵也问不出什么了。

果然，盘问之下，萧秋葵一口咬定，她只是觉得薛槿她们的衣饰太素淡，才给她们缀了珠子装饰。这只是普通玉石雕琢的红珠，珠子又不会害人。天枢司自然不能以此将萧秋葵定罪，只能将目标锁定萧家和薛家。日夜派人跟踪、监视。

画角在天枢司等候时，目睹了野君和观讳飞入空中，渐渐远去。随后，各府便陆续派人来接她们回去。先是崔兰姝，走之前不忘与画角约好，改日一道制香。

开伯侯薛家来的人是薛槿的兄长薛棣，画角和她在牡丹宴上曾有过一面之缘。他见到画角很是抱歉地说道："表妹她戏谑之举，没想到给姜娘子带来麻烦了。"当时姻缘殿中求签的小娘子众多，萧秋葵趁乱在她们衣衫上缀红珠，这可不是玩笑，其目的昭然若揭。倘若观讳再供出是萧秋葵和她有勾结，天枢司是势必会拿人的。如今既然没有关押她，想必是观讳那儿没有供出什么。

画角也不能说什么，牵唇笑了笑说道："无碍的，世子不必客气。其实我倒没什么，倒是令妹受到了惊吓。"

当时看到自己束带上有红珠，最恐惧的无疑是薛槿。她吓哭了好几回，还以为自己在劫难逃。薛槿自晓得是萧秋葵所为，到这会儿还不理睬萧秋葵。

裴如寄原本一直在天枢司候着画角，这会儿也过来接她。薛棣半开玩笑地问道：

"裴将军，怎的是你来接姜娘子？你和姜娘子究竟是何关系？"

裴如寄看了画角一眼，眸中闪过一抹懊丧，说道："家父和郑世叔私交匪浅，我怎就不能接姜娘子了？"

薛棣挑了挑眉，笑问："真的只有这一层关系？"裴如寄沉默未语。

画角笑着接过话头，说道："自然不是，裴将军便如我的亲兄长，我们是兄妹关系。"

九绵山中，开得正艳的曼陀罗花以肉眼可见的速度枯萎下去，好似忽然失去了所有灵气。

"主上……"锦衣人高声喊道，空寂无人的山谷中，除了他的回音再也没有人答话。

与此同时，光禄大夫裴府的后院中，一院子的曼陀罗花，有的已凋零，有的还是花苞，在这一瞬，却忽然尽数盛放。

屋内烛火高燃，裴夫人凝立在桌前，双手持香，与眉头齐平，口中念念有词："树仙在上，吾子不慎弃了易骨丸，不知者不怪，还望树仙莫要怪罪，望能再赐仙丸，信妇改日再去取。"

裴如寄一脸沉郁地坐在一旁，问裴夫人："阿娘，我在问你话，你怎的开始焚香祷告了？"

裴夫人祷告完毕，合掌拜了三拜，回身恼怒地说道："我是在求树仙宽恕你的罪行，你可晓得易骨丸一丸难求。你说，你为何把药丸随意弃了，明明只需再吃四颗药丸便好，你却不听为娘的话。"

裴如寄抬手将身上衣衫的领口松了松，露出左肩头上的曼陀罗花印记，问裴夫人："娘，你倒是说说，为何我用了易骨丸，身上会出现这样的印记，今日还莫名其妙忽然发烫，树仙可是与你说起过，这是为何？"

裴夫人的目光凝在裴如寄肩头的印记上，先是一愣，随即欣喜地说道："这……这莫非便是树仙说起过的圣印？"

裴夫人上前抚了抚裴如寄肩头上的印记，摇了摇头："不对，我记得树仙说过，圣印是金色的，怎的你这是黑色的，如寄，都怪你没把药丸用完。"

"圣印？树仙可是与你说起过，有了金色圣印会如何？"裴如寄扭头瞥了一眼黑乎乎宛若胎记一般的曼陀罗印记，心头莫名有些烦躁。

裴夫人目光闪了闪，想了想说道："阿娘记得，树仙说你身子骨太弱，药丸需用到弱冠之年，这样就能完成易骨，让你成为……成为修行人口中根骨清奇的修行奇才。"

裴如寄盯着阿娘闪烁不定的目光，便晓得她说的并非实情。他拉好衣衫，遮住了肩头的印记，沉吟了片刻，忽然问道："阿娘，我前两日专门去问过父亲，他说我自出生起身子骨就极好，自小无病无灾。你让我用药，不是因我体弱吧，而是，为了你这张脸吧。"

"你……你说什么？"裴夫人面色微变，厉声责备道，"如寄，我一心为你着想，你竟然不相信我。"

裴如寄定定凝视着裴夫人，一言不发。裴夫人目光微闪，不敢再看裴如寄，缓缓说道："我身为妾室，能几十年如一日得到你父亲的宠爱，仰仗的还不是这一张脸？若非如此，以我的出身，怎么可能做你阿爹的官妾，又如何能在大夫人过世后，被你爹扶为正妻。如寄，阿娘我原先是伶妓啊。"

裴如寄闭了闭眼，长长叹息一声，涩然说道："所以，阿娘容颜不老，其实，是我常年食用药丸换来的，可对？你是把我的身子当作了祭品，可对？"

裴夫人惊慌失措地摆手，说道："什么祭品，如寄你怎么说得如此难听？那树仙说了，药丸对你没有害处，你这么多年来无病无灾，就是因为吃药丸之故。"

"树仙？阿娘，这世上哪里有仙，有的只是魑魅魍魉，妖怪邪祟。对我没有害处，怎会可能？我身上无故多出来的印记，怎能没有害处？你以为那所谓的树仙会白白让你永葆青春？"裴如寄越说越激动，气恨地一拳砸在桌案上，震得桌子上的香炉倾翻，炉中香灰撒了一桌。

裴夫人下意识想去扶起香炉，却被裴如寄的目光吓得一颤，凄声说道："如寄，阿娘也是为了你啊，我好你才能好啊。若非阿娘在你父亲跟前受宠，你能有今日的成就？"

裴如寄气笑了。这么多年，他三更灯火五更鸡，严以律己，修文习武。他参加武试，考取武状元，官封从三品的云麾将军。

他一步一步艰难走来，凭的是他自个儿的努力。他阿娘居然认为，他靠的是她的脸？他实在与她没什么可说的了，起身便要向外走去。

裴夫人上前一步拽住裴如寄的衣袖，说道："如寄，听娘的话，娘去再给你求一回药丸，你吃完好不好，就最后四丸了。要不然，我的脸……也许，也许会有皱纹的。"

裴如寄漠然笑了笑，一把甩开裴夫人，快步出了屋。

屋外夜色渐深，一轮满月挂在天边，月色自天边倾泻而下，照亮了整个小院。一院的曼陀罗花似乎比方才他刚来时开得绚丽，看上去极其妖冶。夜风袭来，带着馥郁的花香。他望着这一院子的曼陀罗花，想起肩头的曼陀罗印记，心头莫名发凉。这些花，莫非跟他母亲口中的树仙有关？

这般想着，他快步向院外走去，想着明日去找画角问一问这印记究竟有何诡异之处，能不能驱除，顺便再让她看看这花是不是妖。忽然，裴如寄的双足好似被粘住了一般，再也无法动弹。花丛之中腾起了一团雾气，丝丝缕缕的阴风，从花丛中朝着他吹来。

这一瞬间，他肩头的印记忽然开始发烫，好似打开他身体的一扇门，他感觉到冰冷的宛若来自地府的阴风朝他肩头汇聚而来。这种彻骨的冰冷之意，好似一把刀在锯他的血肉。他想去拔剑，却无能为力。只能眼睁睁地受着。他心中一寒，心想：完了。

忽然，他贴身放着的符咒自衣襟处飞了出来，散发出冰蓝色的光波，击退了团团雾气。

一瞬间，阴风顿止。这是画角送给他的符咒，说他夜里巡街时或许用得到。

裴如寄伸手捏着符咒，晓得妖物一时半会儿奈他不得。他快步向院外行去。然而，无数花枝蔓延着缠住了他的脚，他一时走动不得。回头看时，却见裴夫人一步一步朝他走来。她蓦然俯身，去夺他手中的符咒。

起初，裴如寄并未意识到阿娘是来夺他手中的符咒的，生怕阿娘被妖物所伤，慌忙提醒她快逃。

"阿娘，这曼陀罗花是妖，你快逃！"他嘶哑着声音吼道。

很快，他就发现自己错了。他的阿娘，居然是来夺他手中的符咒的。这符咒此时就是他的救命符，他不相信他娘会想要他的命。

"阿娘，你要做什么？"裴如寄冷声说道，"你想让我死吗？"

裴夫人神色犹豫，但却拽着符咒并未松手。裴如寄生怕扯坏了符咒，一时也不敢强行抢夺。

这时，花丛之中，袅袅雾气缭绕，有一道嘶哑的声音缓缓传来："信女裴氏，你忘了吗？早在十九年前，你便为了容颜不老，答应将你儿裴如寄的身子给了我。这么多年来，我一直在等待，岂料你最后竟然功亏一篑，没有让他成为一具完美的身体。"

裴如寄的脸霎时变得雪白。他原以为阿娘为了自己的脸让他吃药，其实并不晓得妖物的真正目的。然而，他想错了，她知道。

裴如寄唇角浮起一抹苦笑，冷声问道："易骨丸，这么说，你那药丸是将我的骨骼换了？为什么？"

"为什么？因为我的妖力太强了，你们人类的肉体凡胎根本承受不了我附身。最近一回附身，哦，是在九绵山上，那个书生叫吴秀，不过一炷香的工夫，他就见阎王去了。为了找到完美的身体，我等了二十年。你说得没错，易骨丸中混有我妖骨的骨灰，你的全身骨骼如今已经置换成我的妖骨，可以任由我附身，却又因皮肉是你的而不会有妖气逸出。虽然你还差四颗药丸没有服用，不算完美，但我不介意。"

"娘，你听到了吗？你快松手，不然，儿子我就不是你的儿子，而是变成妖物了。"裴如寄焦急地喊道。

裴夫人犹豫了一瞬，手指微松。裴如寄一把夺过符咒，拽起阿娘朝院外而去。

裴夫人此时也已有些后悔，边跑边说道："如寄，阿娘错了，是阿娘对不住你。"

"阿娘知错就好，再莫要被这妖物所骗了。"裴如寄到底是习武之人，一旦脱困，即刻拽着裴夫人疾奔如飞，"明日我便请伏妖师将此妖降伏。"

两人已出了裴夫人所居住的小院，沿着府内的甬道向前院奔去。这些年，裴夫人在府中遍植曼陀罗花，唯有前院没有栽种。裴宅内的屋檐下都吊着灯笼，晚风吹拂，灯笼左摇右晃，投在地上的光影也飘飘荡荡。

眼看穿过前面的月亮门便是前院了。这时，裴夫人忽然惊呼起来。

"啊……"声音凄惨尖厉，唬得裴如寄慌忙顿住脚步，回首望去。灯光月色之下，只见裴夫人的一头乌黑发亮的青丝，正在从发根开始，随后慢慢向下，以肉眼可见的速度，慢慢变成霜白色。原本白皙细腻犹如二八少女的肌肤，也好似盛放的鲜花，失去了水分的滋养，变得枯萎起来。

"怎么回事？为何会如此？"裴夫人拽起一缕垂在鬓边的发丝，又伸手轻抚面庞，最后目光凝在干瘪的双手上，情绪彻底崩溃。"我还未到四十岁，怎么会……怎么会成了七老八十的老婆婆？"

甬道旁边，在灯笼的亮光照不到的角落里，一株曼陀罗花株随风摇曳，金色的花瓣在绿叶的衬托下，开得艳丽而猖狂。

"反噬而已。"金色的花瓣摇曳着，低低的声音犹如耳语般，在裴夫人耳畔响起，"若想重回韶华，你晓得如何做。"

裴如寄快步向月亮门而去，喊道："阿娘，快，到了前院再说，我会寻伏妖师过来，给你诊治。"

裴夫人慌慌张张向前奔去，忽然被什么绊了一下，跌倒在地。"如寄，阿娘我，腿脚忽然使不上力，你扶我一下。"裴夫人凄声说道。

裴如寄快步向回走去，搀起裴夫人。却未曾想到，裴夫人忽然一把将他手中的符咒扯落而下。这符咒原是对付妖物的，对人却无用。

裴夫人夺下符咒，撕成了碎片："孩子，别怪我。"裴夫人大哭起来，"阿娘对不住你。"

裴如寄惊恨交加地望向裴夫人："阿娘，你……"

她最终选了年轻美貌，弃了他。他待要再向前院而去，却已不能。双足再次被花枝缠住，他含泪望着阿娘，呵呵笑了起来，声音在暗夜中听起来，不似笑声，却像小兽的悲号。一阵阴冷的风自他肩头的印记钻入到体内，一瞬间，好似有无数道箭刺穿了他的灵魂，彻骨的疼痛中，他的意识越来越弱。裴夫人愣愣地看着裴如寄，大哭道："如寄，如寄……"

裴如寄缓缓睁开双目，他抬起手看了看，又扭了扭头颈，满意地笑了："吾终于从山谷中出来了。"他盯着裴宅中的灯笼，使劲嗅了嗅花香，感叹道："这便是人间红尘啊，没有肉身的日子，我有多少年连花香的味道都不曾闻过了啊。"

裴夫人怔怔地望着他，颤声问道："你……你……是谁？"

裴如寄望着裴夫人，唇边浮起一抹诡异的笑。"我是你的儿子裴如寄啊，阿娘。"他一边温柔地说道，一边抬手，一道金色的光芒自掌心逸出，笼住裴夫人。不过转瞬间，裴夫人便再次恢复到韶华之龄，不过，瞧上去比先前要老一些，瞧着三十左右的样子。

"太年轻会让人怀疑的，阿娘。"裴如寄幽幽一笑。

擒拿观讳后，虞太倾便将审讯的结果派人传给了伴月盟。画角得知观讳背后是化蛇妖，寻了这几年，这是她第一次有了化蛇的线索。她当即决定，伴月盟要和天枢司一直合作下去。她相信顺着这个线索寻下去，不但能寻到化蛇的踪迹，还能寻到他背后的主子，害死外祖家的凶手。

萧家在这次事件中，绝对不是清白的。倘若化蛇怂恿观讳吸附五气，而萧家却负责将重要工具红珠簪在被害人的首饰上。那么，萧家和化蛇势必是有联系的。画角吩咐伴月盟的伏妖师，一定盯紧萧素君，还有萧秋葵。

第二十七章 好一场大戏

宁平伯萧家那边却再没动静，听闻萧秋葵每日里不是在府中钻研棋谱，便是出门到凤阳楼去观棋对弈。可见当初茵娘在世时，她也没少去过凤阳楼，茵娘那所谓的意中人送的耳坠，想必也是经过她的手。除此之外，她倒是再未去别处。也不见她与薛槿和姑母萧素君来往，更不曾去过薛府。

倒是在薛府埋伏的伊耳和唐凝因为一连几日没有收获，偶然兴起跟踪了萧素君的夫君，也就是兵部尚书薛祥，发现他在跟两个身份不明的人接触。那两人住在上回野君居住的新昌坊的运来客栈。这家客栈因为地处偏僻，总会吸引一些外来的身份特殊的神秘客人。他们因不愿在繁华热闹的客栈引人耳目，便会下榻此处。

伊耳和唐凝跟踪了那两个人，发现这两人面上有魍魉纹，乃是魍魉伏妖师。哪一行都有败类，伏妖师也不例外。有人用术法伏妖降怪，也有些人用术法害人谋利。这两人便是伏妖师中的败类，在被逐出家族和门派时，会在他们面上刻下魍魉纹，暗示他们与魑魅魍魉无异。

薛祥竟然与魍魉伏妖师暗中来往？这让画角很是惊讶，遂命伊耳和唐凝将两人擒拿，一番拷问，获悉了一个大秘密。

这一日的天气不太好，午后下了一会儿雨，到黄昏时雨停了。萧秋葵在婢女的陪同下，自凤阳楼步出，上了停靠在楼外萧府来接她的马车。车轮滚滚向前驶去，她靠在马车的卧榻上闭目养神。

萧秋葵今年已经二十有五了，在阆安城的千金贵女中，也算是大龄的小娘子了。她想起在静慈寺抽的姻缘签说所求终是幻梦一场，不觉叹了口气。今日回府的路似乎格外长，萧秋葵与婢女阿绒对视了一眼。

萧秋葵悄然撩开马车的车帘，朝外瞥了一眼。马车此时行驶在一个窄小的巷子里，两侧是高高的院墙。她看出来这并非是回萧府的路，喊了一声萧府车夫的名字："张叔。"无人应答。

天色越来越晚，原本就阴沉的天色，越发黯淡。"你这是要去哪里，走错路了。"萧秋葵冷声说道。依然无人应答。

萧秋葵拍了拍马车的车壁，喊道："停车。"马车忽然停了下来，萧秋葵一脸怒色从马车上走了下来。

"张叔，你……"萧秋葵在看清坐在车辕上的人并非张叔时，面色大变，"你是谁？"

她环视四周，见马车停在了一个巷子中，右侧的青灰色院墙上开了一扇小门，一个陌生的灰衣人站在门边，朝着萧秋葵缓缓一笑："萧娘子，少安毋躁，请进府一叙。"

灰衣人面相普通，戴着帷帽，偶尔侧脸时，能看到脸颊上有一道奇怪的兽纹。他盯着萧秋葵的目光犀利如鹰隼。萧秋葵蹙了眉头，晓得此人并非普通人，想逃走怕是不容易。婢女阿绒一脸惊惶地搀扶着萧秋葵，两人穿过小门，向院内走去。

这是一座废弃已久的院落，院内假山倾倒，池塘干涸，灌木无人修剪，疯长到了一人高。萧秋葵随着灰衣人，踩着及膝的荒草，来到一排屋舍前，只见屋檐下已挂上了风灯，在晦暗的暮色中，摇曳着惨淡的光。这屋舍虽已是破败，门窗上皆落满了灰尘，但隐约能看出当初的雕栏玉砌，华美壮丽。萧秋葵原以为屋内必定也是尘埃满地，却没想到竟被打扫得一尘不染，装饰得华美雅致。

正中的桌案上，燃着七烛灯树，照得满室通明。桌案前坐着一个人，正是她的姑母萧素君。她一手支着下巴，一手随意地叩击着桌案，听到门响，缓缓抬起头来。她此时没戴面纱，露出的面容清冷娟秀，与萧秋葵有几分相像。

"秋葵来了啊，来姑母身边坐。"萧素君冲着萧秋葵懒懒一笑，支着下巴的手放了下来，露出了脸颊边的疤痕。只是此时已经不再是细线般的疤痕，而是如绒线般粗细且微微外翻的伤口，似乎随时都能将脸揭落下来。她身侧站着另外一个灰衣人，此人脸颊上也纹着奇怪的兽纹。

萧秋葵轻轻一笑，疑惑地问道："这是什么地方，姑母为何命人带我来此处？"

萧素君的目光凝在萧秋葵脸上，唇角勾起一抹笑意，轻声说道："你呀，不愧是我萧素君的侄女儿，不光这张脸与我生得像，还棋技绝佳，又颇有胆量，被人带到这鲜有人烟的荒宅，居然一点也不怕。"

萧秋葵唇角漾起一抹淡淡的笑意，幽幽说道："姑母唤我来，我有何惧？难道，姑母还会害我不成？"

萧素君听了这话，忍不住仰面笑了起来，却因大笑不小心扯动了脸颊边缘的伤口，笑声戛然而止，皱眉轻呼了一声。她冷然望着萧秋葵，问道："萧秋葵，你不用再装了。明人不说暗话，你老实交代，我为了治疗疤痕，前两日找的那位游方道人，可是被你收买了？他给了我一颗香丸，说让我当众在静慈寺燃香，如此这伤痕便能好，可是由你授意的？"

"是又如何？"萧秋葵冷冷说道。

萧素君蓦然面色一沉，冷然问道："所以，你都知道了？"

萧秋葵那张清丽无双的面容，在灯光映照下，犹如一朵暗夜里绽放的茉莉。她犹如看白痴般瞥了萧素君一眼，冷笑道："是的，不但是我，我父亲和我母亲，还有我祖母，都晓得你是个假货。"

画角趴伏在屋脊之上，自掀开的瓦片中盯着屋内的几人。她的目光扫过那两个穿灰衣的魍魉伏妖师。几日前，她拿住他们后，便从他们口中知悉了这个秘密。

那日在静慈寺，萧素君说燃香是为了医治她脸上的疤痕。画角目睹了萧素君的疤痕，当时只觉得有些诡异，并未多想。魍魉伏妖师交代，萧素君的夫君薛祥早在一个月前就设法联络了他们，让他们过来为她的夫人医治疤痕。两人原本很疑惑，一个朝中高官，倘若他的夫人当真有病，该请御医。若是和妖术有关，何不请天枢司的伏妖师，为何要请他们？

两人见了萧素君后发现，萧素君换过脸。

换脸之术和画角的借脸之术是完全不同的术法。

画角所用的借脸之术，是在征得对方同意之下，借对方一滴血，利用咒语和术法誊印出一张新的面皮，与被借之人一模一样，然后敷在自己面上。此术只能维持半个时辰，且对被借之人没有任何伤害，倘若对方不同意，此术法是不能施展的。

换脸之术却不同，是将两人的脸皮活生生自面上割下，对换后利用术法敷贴上。

如此，两人便可互换容颜。自然，也便互换了身份。"

据两人说，萧素君的脸已施法多年，自去年开始，不知为何刀划之处开始出现红痕，到后来，竟有隐隐脱落之状。她并不敢请天枢司的伏妖师医治，只能找他们这样的魍魉伏妖师。

"假货？"屋内的萧素君听了，又想笑，又生怕伤痕疼，只得止住了。

"萧秋葵，你倒是说说，你是如何和妖物勾结的，为何害棋官茵娘和孔玉，又为何害紫线？"

萧秋葵唇角微牵，缓缓说道："我姑母生前聪慧娴雅，她棋技高超，又会赋诗，还有一手好绣技，可是她从不藏私。紫线的一手绣技，是姑母一针一线教起来的。当初她不过是一个出身低微的仆妇之女，姑母让她进了官中的司绣坊。可最后怎么样，她却死心塌地跟了你这么多年，我就不信她不晓得你不是姑母。"

"还有孔玉的阿娘，她是姑母的挚友，两人常一起赋诗作画，可如今呢，也成了你的狗腿子。"

"那棋官茵娘就更可笑了，她棋技是不错，还日日想着以能和姑母对弈为荣，可惜啊，你这个假货却不会下棋，京中都传萧素君自嫁人后再也不弈棋，还不是因为你不会，就连你生的孩儿薛槿也不懂弈棋之道。茵娘原本是没有错，可惜的是她妄想了一个不该想的人。所以，我便扮成郎君日日去寻她下棋，还送了她一对儿耳坠，让她丧了命。"

画角总算是晓得，茵娘的意中人是谁了，原来是萧秋葵女扮男装。

萧素君听得目瞪口呆，问道："所以，你就害了她们？"

萧秋葵勾唇笑了："当然不仅仅是因为这个，你不觉得奇怪吗？对不住姑母的人有很多，为何我们选了这三人，棋、诗、绣，这些可都是姑母的技艺啊。"

萧素君皱眉，百思不得其解，不过，她也不屑再想了。那张因着伤痕，看上去有些狰狞的脸忽然一笑，说道："萧秋葵，你死期到了，还犹不自知。"

她朝着两个灰衣人一点头，说道："我这张脸如今是不能用了，今夜呢，我便要再换一次，就要她的脸。"

她冲萧秋葵一笑，说道："谢天谢地，你生了一张和你姑母相像的脸。"

萧秋葵不由自主向后退了两步，冷声问道："你是想要换我的脸，难道不怕被人知晓？我祖母还有我父亲他们不会放过你的。"

"我如今可是你姑母啊，我换了你的脸，也不过看上去比以往年轻些而已，不会有人瞧出来的。"萧素君慢慢向前逼近，幽幽冷笑着说道，"至于你的祖母和父亲，我如今可是你祖母最引以为傲的女儿，你父亲最钟爱的阿妹，他们就算晓得了又如何？你不是说他们早就瞧出来我是假的吗，但他们可什么都没有做，不是吗？"

萧秋葵轻轻合上眼，两颗晶莹的泪珠沿着眼角滚落下来，她颤声说道："那是因为，因为他们生怕说出来让姑母在异国受辱，才没有戳穿你。可是……可是我们不晓得，姑母她……"萧秋葵哽咽着，再也说不下去了。

萧素君纳罕地扬眉："你当年不过四五岁吧，怎的和你姑母感情这般深？"

萧秋葵勾起唇角冷冷一笑，说道："你一个无情无义的冒牌货，怎会晓得姑母当初多疼爱我，又如何能懂我们姑侄的感情。"

当年，一向疼爱她的姑母忽然开始疏离她、漠视她，让她伤心了好久。其后，姑母便匆匆忙忙嫁了，常年不回娘家。那时她不懂，后来方知，原来那个人已经不是她姑母了。

萧素君冷冷笑了笑，后退几步，咬牙说道："死到临头了，话还挺多。"她看了一眼一旁的两名灰衣人，吩咐道："动手吧！"

灰衣人抬手捏诀，萧秋葵双腿一软，浑身一丝力气也用不上。再反应过来，人已经直挺挺躺在了一旁的光板床上，大约生怕血流太多沾染到床上，身下还铺了一层油纸布。

一名灰衣人手中捏着一把小刀，看上去薄如蝉翼，烛火的光芒映照在刀刃上，闪耀着刺瞎人眼的光芒。他持刀在萧秋葵脸上比画了几下，低低说道："放心，我手很快，不疼的。"

萧素君似乎不耐烦灰衣人磨磨蹭蹭的，在一旁催促道："快一点，二十年前，为我换脸的那两个伏妖师可没有你们这么磨叽。"

灰衣人抬手，便欲下刀。忽然，只听"咣当"一声巨响，紧闭的屋门被踹开，一人快步走入屋内。手一抬，灰衣人手中的刀便凭空飞走，被那人握在了手中。画角定睛看去，认出是与萧秋葵一道而来的婢女。方才，萧秋葵进屋时，她被拦在了门外。

画角牵唇一笑，她就晓得，萧秋葵身边，定有高人。不然，她如何晓得召唤观讳的法子。

只见这婢女二十多岁的样子，身着紫绡衣衫，一脸孤高漠然地望着室内的一切，早已不复先前惊惶胆怯的样子。她一手把玩着手中的小刀，另一手捏诀，将禁锢住萧秋葵的术法解了。抬手一招，手掌中已是多了一条金鞭，轻轻一甩，冷喝道："你们这些败类。"鞭子狂风暴雨般抽在两个灰衣人身上："真是太蠢了，你们以为给她换了脸还有活路？当年给她换脸的伏妖师若还活着，她会找你们？真是成了魍魉伏妖师也还给伏妖师丢脸。"抽完了，鞭子灵蛇一般将两人捆绑起来。

萧素君惊骇地瞪大眼，问道："你是……你是什么人？你是伏妖师？"

婢女阿绒似乎心情不错，笑了笑说道："不错。"

萧素君目光流转，试着游说道："你莫要帮她，若是答应助我，我让太后娘娘保你进天枢司。"

阿绒嗤笑一声："不稀罕。"

萧秋葵翻身自床板上下来，朝着萧素君冷然一笑，缓缓说道："其实，我等你对我下手好久了。"

画角在屋檐上不觉抽了口气，萧秋葵不愧是棋绝，这心机手段是够深的。她应当早就猜到萧素君会对她下手，这才每日里出门到凤阳楼弈棋，也算是给足了萧素君下手的机会。

萧素君闻言瞬间有些惊惶："你说什么？等我，等我做什么？"

萧秋葵嫣然一笑，说道："我请你见一个人。"

"谁？"萧素君问道。

萧秋葵淡淡一笑，说道："这处宅院便是太后娘娘当年赐给姑母的宅院吧，你嫌弃这里偏僻窄小，多年来一直闲置着。这两日，你在这里布置，想要换我的脸，就没察觉到这院子有什么异样吗？"

萧素君冷声问道："你什么意思？"

萧秋葵冷冷一笑，瞥了阿绒一眼。阿绒会意，伸掌凌空一推，最左侧的墙壁忽然朝着两侧移开，其后露出一段楼梯，通向地下。

"请吧。"萧秋葵说道。

萧素君犹豫了一瞬，跟随着萧秋葵和阿绒沿着楼梯向下行去。画角待她们下去后，悄然自屋檐上跃下，捏了个诀，敛气屏息，悄然跟了下去。

下面是一个地室，墙上挂着几盏灯笼，灯光透过淡黄色的绡纱映照出来，满室灯光柔和温暖。这斗室极大，布置得简洁雅致，放着数盆花木，有的正值花期，开得灿烂绚丽。

有一人听到动静，自花丛中缓步走了出来。灯笼的亮光映出那人窈窕的身姿，削肩细腰，亭亭玉立。她身着素白襦裙，外罩着深碧色斗篷，梳着简单的螺髻，未簪任何钗环。随着她缓步走近，空气中有一股异香幽幽而来，很是浓郁，不是花香，而是自那人身上散出来的。

灯笼的亮光映出那人的面容，她三十多岁的样子，圆团脸，长眉杏眼。画角觉得她的面貌有些熟悉，似在哪儿见过，但一时又想不起来。直到她朝着萧秋葵淡淡一笑，脸颊边有两个酒窝若隐若现。画角才猛然醒悟过来，像薛槿，或者确定地说，薛槿像她。

到了此时，画角已然明白过来。此人，才是真正的萧素君，萧秋葵的姑母。她的这张脸才是假萧素君原本的脸，所以，薛槿像她，因为假萧素君的孩子自然肖似她原来的面貌。只是，听萧秋葵的意思，她姑母不是过世了吗？怎么眼前这人却是活着的？

画角凝神望去，终于察觉出一丝异样。这个真正的萧素君并非活人，她的的确确已然死了。画角的嗅觉是极其敏锐的，林姑说她有制香的天赋，也是因她能很容易地分辨出香丸的成分。这会儿，她从萧素君身上的异香中，隐隐辨出一种死人身上才会有的气味，她之所以在衣衫上熏了那么浓的香气，也是为了压住死气。眼前这个真正的萧素君，是被人用异术强行留住了魂魄，但她的身体却已经死了。

画角终于明白，萧秋葵为何会利用观讳去吸收人的五气了。因为，人死如灯灭，再也没有活气，身体只会一日日腐烂下去。只有补充了活人的五气，她才能保持尸身的鲜活。至于为何要吸收棋官茵娘、诗绝孔玉还有绣娘紫线的五气，应当是因为这三个人和萧素君原本的五气最接近。

假萧素君在看到真萧素君的那一瞬，人已经有些崩溃了。"你……是你？你不是……不是已经死了吗？"假萧素君抬手指着真萧素君的脸，惊慌失措地说道。这么多年，她早已习惯了面庞上这张脸，看着原本是自己的这张脸，反倒有一点不习惯。

真萧素君怔怔望着假萧素君，缓缓笑了笑，目光一转，慢条斯理地说道："好久不见，文宁长公主殿下。"

画角心中"咯噔"了一下，文宁长公主李云裳。

其实，自方才晓得假萧素君的脸是换来的后，她便一直在想，她真正的身份是谁？她为何如此大胆敢换萧素君的脸？毕竟萧素君也不是一般的人。她是太后的干女儿，是宁平伯的嫡女，她自己还是宫中女官，身上有四品的敕封。

如今终于想通。原来她就是太后的嫡亲女儿、萧素君自小一同长大的长公主李云裳。原来，萧素君不仅被李云裳换了脸，还代替她去了南诏和亲。如此……如此……画角忽然想到，那么虞太倾的母亲便是萧素君？

萧素君望着李云裳，慢腾腾向一侧的桌案走去，并且吩咐萧秋葵："阿葵，给长公主殿下斟茶。"她说话的语速很慢，走路的动作也慢悠悠的，就连微笑时勾起唇角的动作也很缓慢。"我的确是死了，是以动作有些不灵便。殿下，请坐。"她抬手指着桌案旁的杌凳，说道。

李云裳却不敢坐，她彻底被吓到了，难以置信地望着眼前这个活着的死人。

"你……既然死了，为何却在这里，而不是被埋在陵墓里。你今日见我，又有何事？"李云裳磕磕巴巴地问道。

萧素君缓缓坐下，说道："我找你，有两件事。一，要回自己的脸。身体发肤，受之父母，我不想带着一张假脸入葬。二，我想让你晓得，这些年我到底替你承受了什么。"

萧素君说着，解开了披在襦裙外的斗篷，慢慢撸起了襦裙的广袖，裸露的胳膊上遍布着触目惊心的伤痕。她又掀开衣领，只见脖颈处有一道狰狞的刀疤，能看到当初这伤势有多重，是能要人命的伤。

画角忍不住闭了闭眼，一时不敢相信，萧素君的身份是和亲的公主，南诏的君王竟敢如此待她！李云裳惊惶地转过脸，不敢再看。

萧秋葵走上前，将萧素君的衣衫整理好，含泪说道："长公主连这都不敢看吗？我告诉你，这伤痕在我姑母身上还算是轻的。"

"当年，我大晋在国力上不及北戎，为了得到南诏国的支持，朝廷最终决定，派一位公主和南诏王和亲。然而，南诏王见过你的脸，点名非你不娶。"

"你自然不愿嫁，因为太后娘娘派人暗中到南诏打探过，晓得南诏王有虐妻的怪癖。作为金枝玉叶的长公主，你可不想让自己的余生活在生不如死的地狱里。于是，便把主意打到了姑母身上。"

"可怜她那时已经有了两情相悦的意中人，而且已经怀上了孩儿，却被你们算计着换了脸，待她醒来，人已经在去往南诏国和亲的路上。"

"姑母一直生活在地狱中，不过，南诏王还算收敛，但他死后，他的长子继位。他对姑母比他父亲还要变本加厉，姑母自此从地狱坠入了炼狱。"

萧秋葵一字一句颤声说道。画角怔怔听着，一时之间不忍心去看萧素君。她是那样聪慧豁达、才华横溢，当年，不知令多少阑安城的小郎君为之倾倒。怎么也没想到，她的一生，竟遭受了这样的虐待。那么，虞太倾呢，他又是如何活下来的？

"你知道我为何能活下来吗？"萧素君哑声说道，"为了我的孩儿，不然，我只怕早就自缢而去了。"

"我……"李云裳面上终于现出一丝愧疚之色，"我并不晓得这些。"

萧秋葵恨恨地望着李云裳，说道："不晓得？是你根本不想晓得吧？最可笑的是，你窃了姑母的身份，却还觉得委屈，因为你舍弃了长公主的身份。太后还一心弥补你，让你的夫君加官进爵，对你倍加宠爱，却对异国他乡的姑母不闻不问。但凡，但凡你们有一丝愧疚，有一点惦念她，也不至于……"

萧秋葵说不下去了，望向阿绒，眸中闪过一丝冷光："动手吧。"

阿绒点点头，走到李云裳面前，也不用小刀，伸手一把禁锢住李云裳的下巴，抬手便将她的面皮撕了下来，施法换到了萧素君脸上。又将换下来的李云裳的脸随意一拍，覆在了李云裳脸上。李云裳惊骇地尖叫着，待她反应过来，脸皮已经换过了。只不过，阿绒给她换脸时太过敷衍，导致她嘴歪眼斜。

"你们，你们逃不掉的！"李云裳气恨地指着萧秋葵和萧素君说道，"你们以为我会自己来吗？我是生怕我夫君看到换脸的血腥，让他稍后来接我。你们且等着。"

话音方落，便听外面响起了一阵阵的脚步声。画角明白，是萧素君的夫君薛祥带人到了。这一回瓮中捉鳖，只怕这里的人一个也逃不掉。这时，地室之中，忽然有一道光闪过，萧秋葵、萧素君还有阿绒，竟然凭空消失了。画角呆住了。瞬移之术？那个阿绒有那么厉害吗？竟然会瞬移之术？

画角无暇再多想，兵部尚书薛祥已带人寻了过来。他是武将出身，身材高大，模样端正，看上去一脸正气。然而，这样的人，不仅对李云裳是换脸之人是知情的，且对这次的换脸还是参与者。他在上面看到那两名被阿绒击败的魍魉伏妖师后，便晓得事情不妙，快步沿着台阶下了地室。

画角慌忙藏身在地室的花丛中。

李云裳一见薛祥，哭喊着说道："你怎的现在才来……萧秋葵她们已经逃了，你快去追上她们，把我的脸要回来。"她脸上还残留着方才换脸时的鲜血，被泪水一冲，脸上血水横流，再加上嘴歪眼斜，看上去分外狰狞。

薛祥乍然看到她，唬了一跳，不自觉地向后退了几步，喊道："你……你是谁？"

李云裳伸出袍袖擦了擦脸，哭道："薛祥，是我啊，这才是本殿下原来的脸。"她并不晓得自己的脸如今是斜的，以袍袖拭去脸上的血水，仰脸望着薛祥。薛祥再次向后退了几步，指着李云裳，一脸的惊魂未定，颤声问："你……你真的是……是长……长公主？"

李云裳这才意识到薛祥在嫌弃她，气得上前一把拽住薛祥的袖子，又是打又是挠。

"你是嫌我丑吗，没有我你能有今天？"李云裳嘶声喊道。

其实，这也不怪薛祥。两人成亲多年，虽说，他晓得她换过脸，但是他并未见过她的真面目，和他朝夕相对的，始终是萧素君的那张脸。此时她忽然换回了原来的脸，就算嘴不歪眼不斜，只怕他也一时难以接受。

薛祥忍无可忍一把推开李云裳，翻脸不认人："你胡说，你有何凭证说你是长公主？"

她当然没有凭证，就算有凭证，谁又会相信她？长公主早已在二十年前就已经和亲到南诏国，并在去年已经过世了。

画角冷冷一笑，趁着李云裳在和薛祥厮打时，避开薛祥带来的护卫，悄然自地室中走了出去，翻身上了房，在屋脊上潜行。她原本穿的就是夜行衣，身形和漆黑的夜色融为一体，并不易被发现。

忽听得院内传来一阵脚步声，画角放低身形，向下望去。只见废园中一人多高的灌木丛中，影影绰绰，有数人走了过来。在灯笼的亮光映照下，画角看清为首的人正是天枢司指挥使雷言，他身后跟着校尉陈英和数名伏妖师。画角暗叫不妙，慌忙敛气屏息，一动也不敢再动。

其实，雷言的出现并不算意外。他们伴月盟都能派人紧盯着萧秋葵和李云裳，天枢司自然也不例外。雷言来了，那么，今夜这件事，就算薛祥想压下去，恐怕也不能了。

画角叹息一声，自废宅中离去。她有些遗憾，没有问出萧秋葵是不是和化蛇有牵连，还有她身边的阿绒到底是什么人。最让她五味杂陈的是，虞太倾怎么办？他母亲的真实身份，他晓不晓得？

夜色诡谲。野外的风很大，吹得人衣衫猎猎作响。虞太倾仰面望着夜空中孤冷的月，终于转身望向身畔的萧素君。萧秋葵和婢女阿绒早已被他施法弄晕，躺倒在旁边的草丛中。

他原本想瞬移到一个无人打扰之地，仓促之下，便出了城，到了一处乱坟岗。偶然有乌鸦呱呱叫着飞过，大约是闻到了萧素君身上的死气。虞太倾望着萧素君没有说话，这个被迫做了二十年别人的女子，至死都未曾做回她自己。

他记得，那一日，她跌倒在院内的石阶下，口中源源不断地淌出鲜血，然后，她缓缓闭上眼，气息断绝。她是死在他面前的。他对她的印象只有这些，再想不起其他了。他甚至不晓得，今夜，萧秋葵所说的那些事。

夜风吹起虞太倾的黑发，露出他的脸。那张脸比对面的死人萧素君的脸还要苍白，愈发显出他的双眸黑亮逼人。萧素君直直盯着他，似乎是在回忆他是谁，过了好久，方缓缓说道："是你？"

虞太倾静静看着她，一脸平静地问道："我是谁？我是你的孩儿吗？"

萧素君目光微闪，缓缓点了点头。

"可我，很多事我都不记得了。"虞太倾静静说道。

两人在宛若地狱般的南诏国相依为命，那些事，本该是刻骨铭心的，可是很奇怪，他却一点也不记得了。萧素君有些紧张地伸出手，想要拍拍虞太倾的肩头，却在最后一刻又缩回了手。

"我听说，你在天枢司任职，如此甚好，只要你好就行。"萧素君缓缓说道，忽然想起什么，问道，"你找到蒲衣族了吗？"

虞太倾蹙起了眉头："蒲衣族？"

萧素君想了想，有些懊恼地说道："原来你还没有找到？是我的错，我死前是不是没来得及告知你。你说过，只有找到蒲衣族，才能解去你身上的诅咒。"

虞太倾沉默了一瞬，忽然问道："是他把你从南诏国带回来的吧，他是谁？"

萧素君的脑子转得慢，想了会儿才晓得虞太倾说的是他的亲生父亲。她摇了摇头，低声说道："你不用在意他，也不用想知道他是谁，他和你……并无干系。"

虞太倾心中一沉。

"秋葵她，有人会照拂她，你不用管。我没想到她为了我如此糊涂。我一个死人，还连累了几个小娘子丧命，实在是不该。我更没想到这五气是在她们最得意骄傲时摄取的，还会要了她们的命，她们死前，从乍喜到乍悲，一定很痛苦。"

萧素君说的是茵娘她们。

"我心愿已了，也该离开了，这具发臭的尸身我再也待不下去了。"萧素君望了虞太倾一眼，眼中的神采慢慢消失，扑倒在草地上。一如记忆里，她扑倒在阶下的地面上一样。不同的是，当日她望着大晋的方向死不瞑目。这一回，她终于回到了故土，可以安然阖目了。

这两日，阆安城一直风平浪静。到了第二日，宁平伯萧家的小娘子萧秋葵被下了大狱。听闻凤阳楼和花宴上的案子都是她和妖物勾结犯下的。她的姑母萧素君，不知为何自缢身亡。宫中传出消息，太后娘娘忽然离宫到静慈寺去清修了，都说她是因干女儿萧素君离世而太过悲痛。

画角早已猜到，换脸之事，皇家为了保住脸面，是不会让消息外露的。当年，文宁长公主李云裳还是个年轻小娘子，这件事绝不是她一人而为。太后娘娘势必是参与其中的，从这些年，她对薛府还有假萧素君的照拂便能瞧出来。本朝最是忌讳妖术，若是传扬出去，皇室的权威便一扫而光。

让阆安人心惶惶的妖祸终于过去，天枢司也已将此案结案。然而，虞太倾却从天枢司都监的职位上卸任了。这一日，伴月盟得到了虞太倾传来的消息，他说观讳说过：云墟在天之南、地之北、沧海之上、青山之下，在云烟缥缈处。还说，在这里，在那里……

画角和伴月盟的一众伏妖师将这句话念叨了好几遍，始终参不透云墟到底在哪里。一说在极南之地，一说在极北之地。又说在沧海之外，还说是在地底下。最后，还是想法最简单的公输鱼嘀咕了一句：那不是无所不在吗？众人闻言，悚然一惊，只觉背脊莫名发凉。

　　与此同时，虞太倾也收到了蛮蛮鸟传来的野君的信笺。他说：云墟，就在我们身边。

第三卷

天门

第二十八章 吾心甚悦汝

——极北之地的原野，放眼望去，皆是一望无际的皑皑白雪。

天空彤云密布，雪片凌乱飞舞。一只鹰隼伸展着翅膀自空中滑翔而过，它俯瞰着白茫茫的雪原，犀利的鹰眼中映出一群身着棉服厚衫的人。他们跪在雪野上，嘴里喃喃自语，在冲着一只怪兽匍匐跪拜。那怪兽形似马，却有着龙头、麟角、牛眼、狮子身，迈着优雅的步子缓缓踱步，乃是一只巨大的麒麟。

——深山中，雨水自空中怒泻而下，整个大山都隐在茫茫雨雾中。

一夜风狂雨骤，清晨，氤氲的水汽自山中腾起，处处烟气缭绕。数道混合着断枝的细流沿着山路冲下，空气里充斥着清新的花香和土腥味。一大片紫藤花株开得正盛，花叶上皆是滚动的雨珠。忽然，花叶摇曳，水珠啪嗒啪嗒滚落而下。一只火红色的小狐狸自花叶后探出头来，抖了抖身上的水珠，伸爪挼了挼狐脸上湿淋淋的绒毛。

——阆安城，都监府中。

日光映照在池面上，碧波荡漾。一群群红色锦鲤在池中游来游去，自在悠然。一条小青蛇忽然闯入鱼群中蜿蜒游弋而过，惊得鱼群四散而逃。小青蛇一路游到了岸边草丛中，草丛中栖息的鸭子吓得嘎嘎乱叫。唯有绿头鸭淡定地瞥了一眼小青蛇，继续趴卧在草地上。

时令已是六月，天气渐热。海棠树越发郁郁葱葱，树冠犹如一把巨伞，几欲将半个院落遮住。阶下的石榴树上绽放着火红的花朵，红玛瑙一般点缀在碧绿的叶间。

画角坐在廊下的桌案前，正在做木樨香。林姑说，这是一种山僧经常熏焚的香丸，也常被学子们用来做醒脑香。画角认为，倘若将此香送给虞太倾，自然不会被他误会有别的意思。她按照香方，将所需的香料备齐，极是认真地制作起来。这些时日，她制香的技艺也算是渐入佳境，分外娴熟了。

画角已经好些时日没有见过虞太倾了，自从他自天枢司卸任后，便未曾在阆安城公开露过面。虽说，旁人不晓得虞太倾为何要卸任，画角却心知肚明。

他原先的身份本就很尴尬，传言说他的生身父亲不是南诏王，但那时，他至少还是皇帝的外甥，太后的外孙。如今，他又是谁？皇帝又如何能放心让他留在天枢司做事。画角也总算明白，为何太后会派曲嬷嬷监视他，应是生怕他将实情说出去，也惧怕他和萧家有联系。

画角有一下没一下地捣着香料。

这些日子，她派周陵到狱中偷偷去见过一次萧秋葵。

周陵还留在天枢司跟着楚宪，偶尔也能寻到机会到狱中。但是，他并未从萧秋葵口中打探到化蛇的下落。甚至，萧秋葵根本没听说过化蛇。

想来，化蛇也不会亲自和萧秋葵接触。不过，周陵倒是意外地打听到，萧秋葵身边的那个婢女阿绒是团华谷的伏妖师。团华谷是和云沧派齐名的伏妖门派，这些年因着云沧派势大，团华谷弟子一直避世而居，行踪难觅，怎么会掺和到这件事中？

画角将香料捣好搓成香丸，正净手时，收到了虞太倾派人送来的回帖。前几日，画角一连向都监府送了好几回帖子，今日总算收到了回应。

画角和虞太倾的会面约在了曲江池的望江楼。上一回，她作为伴月盟盟主和他在此见面时，便觉得到了夏日，曲江池中荷花盛开，风景定是很美。到了曲江池，画角有些傻眼。的确如她所想，美景如画，荷叶田田铺满了半个曲江池，荷花正是盛开之时，深红浅粉，红艳耀目。

只是，人太多。阆安人都晓得曲江池的荷花已到花期，达官贵人们乘着马车，平民百姓步行，都到这里来赏荷花。石桥上人挤人，水面上小船挨着画舫，岸边货郎、小贩的货摊摆了一条路，售卖茶水、吃食，还有香囊、风筝和其他玩物。

画角原想着和虞太倾在曲江池上泛舟采荷，貌似有点难。她准备租一艘船，但小船没有了，只余一艘画舫，虽然不算特别大那种，然而，只有她和虞太倾，似乎有些浪费。最主要是，略贵，画角有些心疼。她犹豫再三，想起自己今日的目的，终于咬了咬牙，掏了银两，又命郑信和郑恒去备了些吃食和鲜花。

　　虞太倾到来时，便见一艘画舫停靠在岸边，船两头的甲板上摆满了一枝枝的荷花。船舱内有铮铮的琵琶声传出。狄尘说道："听闻曲江池上的船娘很出名，她们撑一艘乌篷船，在船上抚琴鼓瑟，招待客人。原以为到了晚上她们才出来，这天还没黑就有了？"

　　虞太倾正四顾着寻找姜画角，并未在意狄尘的话。忽见船头上的船夫摘下斗笠，朝着他挥了挥手，喊道："虞都监，请上船吧！"

　　狄尘尴尬地笑了笑："郎君，不是船娘，是姜娘子的船。"他就说，这艘船虽然瞧着像船娘的船，但是船头没挂红灯笼。

　　两人上了画舫，郑信和郑恒划船，画舫很快离开岸边，向曲江池中驶去。画角今日刻意装扮了一番，长裙飘逸，鸦黑的发髻上簪着那日在吉祥阁虞太倾送的发钗。她从船舱中步出，湖风吹拂，衣衫漫卷。她浅笑着问："虞都监，你瞧见这些花了吗？"

　　虞太倾的目光掠过船上摆的荷花，只见这些荷花似乎都是刚刚采下来的，有的尚未绽放，有的已经盛开。他有些疑惑地问道："这花是何意？"

　　画角含笑说道："送你的。"

　　虞太倾有些不解："这满湖的荷花都赏不完，为何还要采摘这么多荷花放在船上？"

　　画角俯身拿起一枝半开的荷花，递给虞太倾，说道："那不一样，湖中的花是大家的，船上的花则是我花银两从花农手中买来的，是我的，现在我把它们送给你。"

　　虞太倾一时不明白画角葫芦里卖的是什么药，问道："姜娘子为何送我花？"

　　画角淡笑不语，引着虞太倾入了船舱。舱内很大，桌案卧榻齐全，但布置得有些一言难尽，很是艳俗。整个船舱的内壁刷成了浅粉色，桌案上铺着丁香色的桌布，一旁还有一个桃红色的卧榻。舱内也摆满了荷花，和外面的凑起来，得有上百朵。桌案上摆满了各色膳食，有糕点干果、荤素菜肴、酒浆果酿，备得很是齐全。

　　"这些菜肴是我请那边望江楼的庖厨做了送过来的，糕点果子是在岸边摊贩那里买的，虞都监且凑合用些吧。"

　　"你还没说，为何要送我这些花。"虞太倾的目光在舱内环视一圈，并未落座，"这艘船，这桌菜肴，还有这些花，算下来花了不少银钱吧？你如此费尽心机，又一连送了好几回帖子邀我，可是有求于我？"

数日不见，虞太倾的面容看上去有些憔悴，他原本就有些瘦削，这会儿瞧着更加弱不禁风。画角不免有些心酸，低声说道："虞都监，其实……"

"我也不是什么都监了，你便是当真有求于我，我也无能为力了。"虞太倾打断画角的话，转过头，凝视着她的眼睛，说道，"我听闻你府中也不宽裕，这些还是退了吧。"

虞太倾说完便要转身离去。画角忙说道："这些花都采下来了，还有这些菜肴，纵然没动筷，也没有退回去的道理。这艘画舫我可是租到了明日早上，主家早回去了，明早才会来收船。"

虞太倾顿住脚步，不可置信地望着画角，说道："你一个小娘子，竟然邀我在这曲江池过夜？"

画角一看虞太倾的眼神，就晓得他误会了，只怪以往自己给他的印象太过孟浪了。她慌忙摆手说道："不是，虞都监你误会了，别看我是伏妖师，但我也是守规知礼的小娘子。你放心好了，我只是听说曲江池的夜景很美，想邀你留下来欣赏一番，很快就回府，留郑恒他们明早再去送船。"

虞太倾丝毫不为所动，说道："既已退不掉，银两我来付。若你无事，我便不留了。"他拂了拂衣袖，转身便要向船舱外而去。画角自然不能放过他，身随意动，好似鬼魅般闪到他面前，拦住了他。

画角抱臂望着他，说道："既然你要付银两，何不坐下饮一杯，这就走不觉得亏吗？"

虞太倾的目光掠过画角的螺髻上，见她簪着上回自他那儿强行讨要走的发钗，轻叹一声，有些无语凝噎，漆黑的眼眸中似是笼了一层水汽。他抬手捏了捏眉心，气急败坏地问道："你一个定了亲的小娘子，和我孤男寡女两人在船舱中，不怕传出去被裴如寄晓得吗？"

画角一愣。他不晓得自己已经退亲了？她没说过吗？她仔细回想了下，好像是没有。

虞太倾见画角不回话，唇角还扬起一抹奇怪的笑意。他这才蓦然发现，自己方才说话好像有点急，声音也有点高。她这是在嘲笑他吗，心中顿时有些恼怒。他快步而行，欲要自她身边出去。画角忙说道："我早就和裴如寄退亲了。"

她生怕虞太倾执意要走，一面说着，一面伸足去拦他，虞太倾冷不防差点被绊倒。画角忙伸手揽住他，这时，船身一阵摇晃，两人相拥着摔倒在一旁的卧榻上。那铺着桃红色垫子的卧榻，被两人一扑，不知为何，靠背忽然向后倾倒下去，转瞬间成了一张床榻。两人相拥着倒在床榻上，一时都有些发愣。

船舱里霎时陷入一片尴尬的寂静中。他的身上有一股淡淡的冷香，混合着男人的气息，在她鼻间萦绕。过了好一会儿，她方反应过来，翻身坐起，没话找话地说道："嗳？这个卧榻，这个不是坐的吗，怎的还能躺，我以前从未见过。"

虞太倾气笑了。他慢慢坐起身，瞥了一眼船舱一角的红绢纱灯笼，问道："这船不是你租的吗？你不晓得这是船娘的船？"

画角起初没明白什么意思。虞太倾起身将船舱的窗子推开，只见外面石桥上和岸边拥挤的人流已经少了，但湖中的画舫和乌篷船却渐渐多了起来。船头上挂着红绢纱的灯笼，淡红色的光影里，隐约能看出船舱中坐着的小娘子，或唱曲儿，或鼓瑟，端的是风情无限。一条船和画角的船擦肩而过，隐约听到里面的人在说："这不是莲娘的花船吗？她这几日不是身子不适歇着吗？这是又出来了？"

画角瞬间明白过来。想来是那船娘这几日不用船，不想白放着，想要赚些银两吧。她就说，方才那么多船都租出去了，为何唯独这艘船没有。她还疑惑，怎的这船舱里布置得如此艳丽。

画角有些泄气。她在他眼里，从初见就不正经，到先前送帐中香，这回又租船娘的船，这是铆足劲儿在不正经这条路上狂奔而去，九头牛都拉不回了。她想着这回虞太倾定是不会再留下了。没想到，他却撩袍坐在桌案前，执起箸子夹了口菜尝了口。

画角心中一喜，忙起身拢了拢头发，端起酒壶，为他斟了杯酒，说道："这是望江楼最有名的桃花醉，你尝一口。"

虞太倾执起酒盏，低眸瞥了眼，问她："你这酒，没有下药吧？"

"什么药？"画角问。

虞太倾细长的手指轻轻执着酒盏，微微晃了晃，说道："就是，你上次送我的帐中香那种药。"

"怎么会？"画角说完又解释道，"还有，我那香不是那种香，是安神助眠的。"

虞太倾笑了笑，端起酒盏一饮而尽。画角提起酒壶又为他斟了一杯。

虞太倾杯满酒干，连喝了三杯。夕阳最后一抹余晖自敞开的窗子里映入，照得他面色微微泛红。酒劲上涌，虞太倾觉得有些燥热，伸手松了松领襟，抬眼看向她，问道："你方才说什么？"

画角微微一愣，想了想说道："我说那香不是你说的那种香。"

"不是这句。"虞太倾提起酒壶，自己斟了一杯。他眯眼盯着她，星眸中仿若真有星辰闪耀般波光潋滟。

画角有些蒙,根本想不起先前自己说什么了:"我说,这……这卧榻,这船娘的卧榻还挺好玩的,明明是坐的,怎的还能躺?我也想要一个……"画角语无伦次,根本不晓得自己在说什么。

虞太倾静静看了她一会儿,垂下眼,将杯中酒盏一饮而尽,漫不经心地问道:"你和裴如寄退亲了,与你邀我有什么干系吗?"

清风掠过湖面,带着清荷的香气自敞开的窗子里吹入。一艘船自旁边划过,船头的船娘正在唱曲儿,缠缠绵绵的歌声飘来,画角的心忽然就静了下来。她问道:"你可晓得我这船舱里备了多少朵花?"

虞太倾摇摇头:"看上去有一百多朵儿?"

画角伸手晃了晃,说道:"九十九朵。你方才不是问过我,为何要送你这些花吗?其实,我是听说,在阑安城,有一种说法,倘若你有了意中人,便送他九十九朵花,来向他表达你的倾慕之心。"舱内寂静无声,夜风偶尔吹来外面船娘缥缈的清唱声。

画角瞥了一眼虞太倾,继续说道:"据说,九十九的意思是天长地久,长长久久,至死不渝。"

虞太倾怔怔望着她,轻轻地"哦"了声。画角有些泄气,她说了这半日,就换来他一句"哦",所以,他是拒绝她了?

虞太倾放下手中的酒盏,缓步走到窗前,凝望着外面的满湖清荷,缓缓说道:"其实,我酒量不行,几杯酒就上头,我是不是醉了?"

画角瞥了他一眼,只见他伸手又将领襟拉松了些。夕阳余晖照在他面上,隐约可见微醺的潮红。她不太确定他是不是真的醉了。不过,她倒是想一醉方休。

画角提起酒壶,也不用杯盏,径直仰起头,不过一会儿,便将一壶桃花醉饮尽了。她晃了晃头,觉得一股燥热冲头而上。她缓步走到窗前,和他并肩向外望去。

夕阳西沉,湖面上光线渐暗。一轮明月挂在柳梢头,月色与湖面上船头的灯光互相辉映,将曲江池装点得朦胧而薄媚。

凉风一吹,画角酒意上涌,伸掌一推,一道劲气击入水中,溅起无数道水珠。她伸指捏诀,水珠刹那间便悬浮在空中,聚成无数透明的星。

画角指尖闪耀着冰蓝色的微芒,轻轻一弹,水珠汇成的星便闪耀着冰蓝色的光芒。月明星稀,天上无星。画舫周围却聚满了冰蓝色的星。曲江池中的船娘也不唱曲儿了,全聚在船头朝画角的画舫望来。有人喊道:"星星落到曲江池里了。"

画角一张脸微微泛着红,原本清澈的眼波这会儿好似蒙上了一层薄雾,眉黛唇红，带着一丝薄醉，抬手指挥着星星们，嘴里喃喃自语："你过这边来，你到那边去。"繁星好似拥挤的小人般，挤来挤去，挪来挪去，最后排列成一行字——吾心悦汝。

夜幕降临，曲江池上一片幽暗，游船和小舟上的人们都看到了这一幕奇观。天上的繁星坠落在水面上，还自行排成一行字，这是做梦都不曾梦到过的。一时间，伴随着人们惊诧的呼声，曲江池中的游船都纷纷向画角的船汇聚而去。

此时，相对于水面上的喧闹欢腾，河岸边反倒清静下来。岸边的柳枝暗影下，有一人默然静立。一条小船悠悠荡了过来，船头上坐着一个小娘子，红灯笼的亮光映得她整个人妖艳姣美。

"这位郎君，一人在这里站着多孤独啊，上船听个曲子吧，眼儿媚、点绛唇我都会唱。"她夹着嗓子细声细气说道，声音也柔媚至极。

船头红灯笼的光芒映亮了暗影中的人，隐约看到他身着禁军的军服，胸前的护心镜闪着幽幽的亮光。他的上半身还隐在暗影中，看不甚清。整个人好似被光影切成了两半，一半神秘阴森，一半清傲孤高。听到船娘的话，那人淡淡应了声："好。"

船娘心中欢喜，持桨划水，正欲向岸边停船。那人却身形一移，仿若鬼魅一般，转瞬间，人已经到了船头上。整个人此时已沐在了灯光下，他面如冠玉，眉若墨染，唇如朱涂，是一个颇为俊朗的小郎君。只不过，他盯着人看的目光有些阴沉沉的，令人忍不住发怵。

船娘入这行也有几年了，见过形形色色的人，从未见过这般让人心惊胆战的人物。她不自觉向后退了退，颤声问道："这位郎君，啊，军爷，您要听什么曲子？"

男子盯着她看了会儿，唇角浮起一抹笑意："把你会的，尽数唱来。"说着，人已经飘身入了船舱。

船娘却是不敢跟着进去，便坐在船头拨弄着琵琶的琴弦，清了清嗓子，唱了起来。那客人入了船舱便径直坐在案前，却并未动桌案上的糕点，而是透过窗子直直盯着外面的湖面。

船娘随着他的目光看过去，见他看向的，正是那艘被悬浮的繁星萦绕的船。小船在湖面上漂漂悠悠，向湖中心荡去。船娘一面唱曲儿，一面不时偷瞄他。只见他脸上表情时而凄然，时而狂妄，变幻很快。

"本座倒从未想到，你居然还能活着。"男子忽然开口，声音阴沉沉的。

船娘以为是在跟自己说话，愣了一瞬，说道："啊？"

她怎就不能活着了，正想问此话从何说起，就听得那男人自问自答道："本将军也没想到，你一个花妖，为了附身居然谋划了二十年。"

说话的声线未曾转换，但语气却是变了，就宛如两个人在说话一般。而且，说话的内容也很诡异，什么花妖，这军爷莫非还会口技？

"花妖？"阴沉沉的声音忽然哈哈大笑起来。

船娘听得毛骨悚然，忽然，那人面上笑容一收，神情忽然变得冷峭，问道："不是花妖，那你又是什么？"

裴如寄很想知道这个在自己身体内的妖孽到底是什么。那一日，他原以为自己必死无疑了。没想到，只是昏迷了过去，过了一日，便又醒了过来。或许是自己最终未曾用完那几颗药丸，他的身体并未完全易骨成功，因此，自己逃过了一劫。

虽然如此，他的身体却不再完全属于他。很不幸，那个不知道是什么的妖物已经掌控了他的身体。幸运的一点是，因为身体未曾完全易骨，自己暂时死不了，妖物似乎也无法将自己完全杀死。对于这一点，妖物似乎也无可奈何，因此，向他提出和平共处的想法。

妖物冷笑一声："本座是什么无关紧要，要紧的是，我们日后注定要同生，你若想把本座驱走，是万万不能的。但你若想杀死本座，嘿嘿，更是痴心妄想。"

裴如寄沉默了。这到底是个什么玩意儿，虽然妖力高强，却无法自行修出人身。

妖物似乎猜透了裴如寄的想法，哈哈笑道："本座是你奈何不了的玩意儿，你不是说我是曼陀罗妖吗，你便称我'拈花'吧。"

——佛祖拈花示众，是时众皆默然。

裴如寄在心中暗骂一声，这妖物真是狂妄，居然还敢和佛祖相提并论。

妖邪拈花指着窗外被繁星环绕的画舫，念道："长相厮守，此生不渝。"他呵呵干笑了两声，幽幽说道："没想到今夜到这里，倒是看了一出好戏。本座能体会到你心中的悲哀和失落，那姓姜的小娘子是你心仪之人吧，要不要本座帮你抢回来？"他说着，起身向外走去。

船娘眼见裴如寄自言自语了半晌，此时又出来了，不晓得他要做什么，吓得小曲儿都唱得变了调。

拈花忽然转头，目光凛冽地盯着她，阴沉沉地问道："我方才说的话，你可是全听到了？"

船娘"啊"了一声，疯狂摇头："没……没听到，什么都没听到。"

裴如寄皱眉说道："听到了又如何，你还怕一个船娘？"

拈花唇角含笑望着船娘。船娘用惊恐的眼神看着他，只觉得此人面色变幻太快，说话的语气也似两个人一般。拈花冷笑着抬起手来。

裴如寄猜透了他的心思，待要阻止，却一时无法掌控身子，只能眼睁睁看着自己的手掌拍在船娘的胸前，掌心一热，一团金红色的火球逸出。船娘身上霎时起了火。

拈花笑了笑说道："你要做好人，好，我把身子交给你。"

裴如寄见船头有一水桶，慌忙俯身自湖中拎了一桶水，浇在船娘身上。然而，根本没用。妖物的火似乎并不怕水，反而越烧越烈。船娘连呼救都没有，不过转瞬间，便被烧成了一捧灰烬。夜风一吹，骨灰漫天飞扬。

这是裴如寄苏醒以后，第一次看到妖物出手伤人。他惊得目瞪口呆，一股寒意，自心底蔓延升起，无声无息蔓延至全身。裴如寄咬牙说道："你这个妖物！"

拈花满意地笑了："杀人的滋味如何，你想不想再试一试？"他在船头俯下身子，将手掌浸入湖水中，轻轻一旋。

画角施法，翻来覆去地摆弄那些冰蓝色的小星星。从"吾心悦汝"到"长相厮守，此生不渝"，从"相思苦"到"心疼你"，从"别怕"到"我会护你，不会让人欺凌你"，到后来大约是酒意上涌，醉得很了，拼出的句子也越发离谱，时而是"你真好看"，时而是"可是你为何不喜欢我"，时而是"不见你时总想你"，时而是"我原本是正经的小娘子，见到你总想做不正经的事"……

虞太倾站在窗畔，人已经彻底蒙了，好似入定了一般，一动不动。只觉得脑中晕晕的，已不知今夕是何夕。那一晚，在废园中，他隐了身形，暗中听李云裳和萧秋葵的对话，知悉了李云裳和母亲萧素君换脸的事情。当时，他也留意到了画角在那里，晓得她知道了所有的事情。

他如今已是一无所有了。他既不是南诏国的小王子，也不再是大晋的皇亲，甚至不晓得父亲是谁，连天枢司都监的官职也没了。他没想到，她会心疼他，还会说护着他。他原以为，她只是觉得他这张脸好看，根本就不在意他。

湖面上夜风浩荡，自窗子里透入，吹得虞太倾衣衫翻卷。风是清冷的，可是他心中却好似开了锅的滚水，不断地翻腾着，滚动着，冒着欢喜的泡泡。他低眸看她，见她睫毛扑簌着，双眼中好似朦胧着水汽，白玉般的脸庞上，泛着轻红，看上去如此娇柔。

窗外传来一阵阵的喧闹，伴随着笑闹声，只听得甲板上的狄尘和郑信、郑恒他们喊道："有好多船朝这边来了。"

虞太倾的脸忽然滚烫得厉害，不仅仅是脸，那灼热也逐渐蔓延到耳后。他俯身柔声说道："快收了你的术法，被别人看到了可不好。"

画角仰脸望着他，轻轻笑了笑，说道："看到了又如何，我就是为了让他们知道，你也是有人护着的。"

虞太倾唇角勾了起来，专注地望着她，诱哄道："不需要让别人晓得，我知道就行了，你听话，快收了术法。"

画角撇了撇嘴，说道："你晓得又如何，你又不答应我。"

虞太倾低语道："我答应你。"

画角微微一愣。他答应她了？其实她醉得并不算太狠，她还是有点酒量的。之所以故意装醉，其实不是胆小，而是就是为了避免万一他拒了她，日后免得尴尬。她迷迷糊糊地抬手收了术法，悬浮在游船周边的星星们随之坠到湖水中。

她犹自不相信，又问了他一遍："当真？"虞太倾轻轻点头。画角嫣然而笑。

那些游船刚刚聚过来，船上的人们原本还等着看热闹，却没想到转瞬间便没了，一时都有些失落。有人还以为方才看花眼了。

虞太倾见画角怔怔望着自己，还以为她醉得太狠了，想要扶着她到卧榻上歇息一会儿。忽听得外面传来此起彼伏的惊呼声。与此同时，两人都感应到了强烈的妖气。

画角一个激灵，双目蓦然睁大，眸中醉意不再。她低声说道："你在船舱中待着，千万不要出去，我去看看。"说着，人已经一个箭步蹿到了船舱外。虞太倾愣了愣，唇角扬起一抹笑。这便是被护着的感觉吗？

曲江池中，此时已经乱了套。只见外面聚着的船周围，有一道道黑影自水中钻了出来，周围萦绕着强烈的怨气。但凡有水的地方，总会有一两个水鬼。曲江池也不例外，长年累月下来，也有十几个。

鬼不同于妖，并没有实体，他们只是一股怨念，一抹阴魂，最多干扰人的情绪，让你意志消沉，想要投水自尽，并不能兴风作浪。然而，这会儿自水中冒出来的这些水鬼，却个个都是有实体的。他们或是个头奇大的鲤鱼，或是大如簸箕的龟，或是河虾……伴随着冲天的怨气，杀向了游船上的人们。倘若一一前去营救，只怕救护不及，终究会有人落难。

画角抬手自发髻上拔下琵琶发簪，轻轻一晃，琵琶迎风见长。她半抱琵琶，伸指一画，清丽的乐音便传遍了整个曲江池。乐音凛冽，仿佛一条携着杀意的龙，所到之处，出水的黑影皆被缠绞而亡。

虞太倾负手凝立在船舱内，他晓得以画角的法力，对付这些怨鬼还是不在话下。他只是有些疑惑，这些水鬼是如何操纵了这些鱼虾，居然忽然向船上的人发难。他的目光锁定在远处岸边的一艘船上，只见船头挂着一盏红灯笼，隐约映出一道人影。很奇怪，那船的旁边却是没有黑影攻击。虞太倾双眉一挑，漆黑的眸中闪过一丝冷光。

狄尘钻入船舱中，虞太倾一见他，说道："狄尘，你守着舱门，我去去就回。"

狄尘晓得虞太倾又要用瞬移之术，慌忙上前拽住他说道："郎君，你不能再用术法了，你这回犯病的时辰比上回又久了，倘若再如此下去，你会死的。"

虞太倾低声道："不会的。"

狄尘焦急地劝道："不是，外面有姜娘子，她不是说了要护着你吗？你何必还要再费法力？再说，还有我呢，郎君您要做什么，尽管指使我。"

虞太倾轻叹一声，压低声音说道："狄尘，你不会瞬移之术，我怕你去得晚了，人便逃了。"

他说着，袍袖一挥，人已经自船舱中消失。再次出现，他已经置身在靠近岸边的一艘乌篷船上，只是船舱和船头都已经无人。只余船头的红灯笼被风吹得晃晃悠悠。他无意间瞥见，红灯笼的绢纱面上，似是蒙了一层白灰，他眯眼瞧了一眼，眉头深蹙。

距曲江池不远处的官道上，裴如寄纵马狂奔，"嘚嘚"的马蹄声，惊起夜鸟乱飞。他忽然勒马，回头朝着曲江池方向望了一眼，唇角浮起一抹诡异的笑意："你心仪的那位小娘子居然如此厉害，先前，倒是本座小瞧了她。"

第二十九章 西市夜定情

夜色凄迷，湖上夜雾浓重，阴风猎猎。画角玉指拨弦，清丽的乐音卷起一道道波浪，将趋近船只的妖物尽数斩杀。她收起了千结，簪回发髻上，游目四顾，察觉到临近的大船上，有一股淡淡的妖气逸出。

画角回身望去，见狄尘抱剑站在舱门处，晓得虞太倾无碍，便对狄尘说道："狄尘，你看好你家郎君，我去去就来。"

她飞身跃到那艘大船上，拉开舱门走了进去。只见船舱内坐着五六个年轻郎君，几人聚在桌案前正在饮酒作乐，每个人身侧都有一个船娘在伺候。奇怪的是，方才外面妖物作乱，动静极大。这里的人瞧上去却似乎并不晓得，依然在猜拳行令，好不热闹。

画角一进来，众人被惊扰，皆抬头看向她。

"你是何人？"一人气势汹汹质问道，"我不记得叫过别的船娘。"

画角抬眼望过去，目光中清冷肃杀的气势惊得那人再不敢问话。她的目光凝在其中一人的脸上，只见他穿着青色襕袍，面色白净，脸宽眼圆，瞧上去有些憨。

画角勾唇笑了笑，原来妖物已经入了舱。不过，这只倒不是水鬼附在鱼虾身上，而是它本身就已经修成了人身。舱中的其他人皆被他迷了心神。

画角浅浅一笑，指着鱼妖说道："是这位郎君唤的奴家。"

鱼妖见画角生得美，执着酒盏招呼道："美人，过来饮一杯？"

画角行至他面前，笑眯眯地问道："可是刚得了人身？"

看鱼妖这傻乎乎的样子，像是刚化形不久。

鱼妖一愣，上下打量了画角一眼，问道："莫非你也是？我在这曲江池中已经两百年了，就卡在化形这一关上，今晚不知为何，湖水中忽然有一股强大的妖气漫过，恰好助我化了形。你也是吧？"

画角早就觉得今夜之事极是蹊跷，看来果然是有人暗中作乱，只是可惜的是，这鱼妖看来也不晓得是谁助了他。

"这人间的美食甚是美味，你要不要尝一尝？"鱼妖说着，殷勤地将一盘虾仁笋片推到画角面前。

画角嫣然一笑，手中已是捏了一张黄符，"啪"地拍在鱼妖脑门上。一道亮光闪过，鱼妖化作一条数十斤的青色大鱼，在船舱内扑腾着。舱内的其他人这会儿终于清醒过来，见此情况皆吓了一跳，纷纷向画角道谢。

待画角收拾了鱼妖，返回到画舫时，郑信和郑恒已是将船靠了岸。船舱内空无一人，虞太倾和狄尘都已经不在。"虞都监人呢？"画角蹙眉问道。

郑信上前说道："娘子，虞都监留话说，他有急事，带着狄尘先回阑安城了。"

画角一时有些想不通，虞太倾如今都不是天枢司都监了，还有什么事如此紧急。她今晚刚向他表明心意，他这般离开，怎么瞧着像是在躲着她。

郑信和郑恒也是如此想的。两人对视一眼，郑恒犹豫了一瞬，说道："娘子，方才那些星星，是娘子弄的吧？"

他两人原先并不知画角会术法，有些震惊地说道："虞都监也许是像我们一样，被娘子吓到了。"

"吓到了？"

郑信跺了跺脚说道："娘子，我们晓得你心仪虞都监，可是，你一个小娘子，要矜持啊，你应当先托人去探探虞都监的口风，不该如此莽撞地表明心意。"

郑恒也道："虞都监临走时，面色发白，像是落荒而逃，我瞧他定是被吓到了。"

她明明记得虞太倾说答应她了。可是，他这般不告而别，让她又有些怀疑，她或许误会了他的意思。

画角也很疑惑，却不肯承认："在你们眼里，你们娘子我，就如此不堪吗？表明心意都能把男人吓跑，再胡言乱语撕了你们的嘴！"

虽然是撂狠话，但这话说得很没有底气。一种挫败的感觉自心头悄然升起，不过，画角不是轻易言败的人，她决定下回见虞太倾，定要问清楚。

"你们两个，今夜之事最好烂在肚子里，若是传出去让林姑晓得了，我扣你们的月钱。"画角嘱咐道。太丢脸了，林姑晓得了又要念叨她了。

回去后，画角又一连几日向都监府递帖子，却没得到他的回音。她原想着偷偷潜入都监府中去看他，但想到郑信和郑恒说的，作为一个小娘子，要矜持，要不然男人会被吓跑的。她想了想，终究忍了下来。

这日，崔兰姝派人下了帖子，邀她去制香。画角是第一次到崔府，门上的仆从事先得了崔兰姝的嘱咐，一看到画角的马车停稳，便有府中的嬷嬷过来引路。画角随着她穿过抄手游廊入了后院。

嬷嬷殷勤地说："我们小娘子在园中花亭里候着姜娘子。"

待到入了后院，遥遥便听得花亭那边传来一阵笑语声。画角问引路的嬷嬷："还有谁在？"

嬷嬷哈腰回道："还有姜娘子大伯家的郑小娘子也在。"

画角"哦"了声，崔兰姝也邀了郑敏。雪袖有些不高兴，拽了下画角的衣袖，压低声音说道："娘子，要不然我们还是别去了。"雪袖记恨画角的伯父和伯母做的事，虽说郑敏不见得知情，但还是不愿见到她。画角含笑摇了摇头。

崔府的后园花木葱茏，拐过几座假山，便看到掩映在花丛中的花亭。花亭里摆着长条桌，其上摆满了各种香料，崔兰姝正在称檀香，看到画角，微笑着迎了过来，招呼道："姜姐姐，我算着时辰你也该到了，这不？刚把香料摆上。"

画角瞥了眼正在捣香料的郑敏，笑着说道："我不过刚学会制香，过来给崔娘子打打下手，你不要嫌我笨手笨脚。"

崔兰姝盈盈浅笑着说道："姜姐姐也太谦逊了。"

崔府的婢女端来了水盆，画角净了手，将宽大的衣袖卷了起来，走过去见桌案上摆着檀香、沉香、龙涎香、蜂蜜，一旁的竹筐内，还有新鲜的百合花。

画角问道："这是要制什么香？"

郑敏一直在垂头捣香料，听她问话，抬眼说道："你看这摆的香料，一瞧便是要制作保和饼。"

那些懂香方的小娘子，一看到香料，便能知晓是要制什么香。画角并不懂，也不觉得丢人，且早习惯了郑敏的脾气，倒没觉得什么。倒是崔兰姝，一脸的尴尬。画角原想呛郑敏两句，但顾及崔兰姝的面子，并未言语，笑着问崔兰姝："崔娘子，我做什么呢？"

崔兰姝递给画角一个石臼，说道："姜姐姐，你将郑娘子捣碎的细末和这些百合花一道捣成泥。"

画角点点头，拈起几朵百合放入石臼中，和着细末捣起来。一股浓郁的香气顿时自石臼中慢慢散了出来。

画角浅笑着说道："这香味可真好闻。"

崔兰姝捡拾着竹筐中的百合，说道："我原想着做'南朝遗梦'，只可惜这时节没有新鲜的桃花了，因此便改做保和饼。"

"什么？"画角一愣，"你说要做什么香？"

崔兰姝含笑说道："南朝遗梦。"

南朝遗梦？所以，遗梦是香？画角脑中响起在幽冥阵中祸斗说的话。"我要去偷蒲衣族的遗梦，偷了遗梦，我就能去云墟了。"

祸斗说的，他们蒲衣族的遗梦，莫非指的也是香？倘若当真如此，那么，定是他们蒲衣族一种特制的香。要不然，那些妖也不会费尽心思去偷。难不成，那日在静慈寺的大雄宝殿，李云裳燃的香就是他们蒲衣族的遗梦，因此，才能召唤身处云墟的观讳？画角脑中一团乱。

崔兰姝瞥了眼画角的脸色，自她手中接过捣香锤，问道："怎么，姜姐姐没听说过南朝遗梦这种香丸？"

画角回过神来，笑了笑说道："我就说我不会制香嘛，从不知香也可以取名叫'遗梦'。"

郑敏轻笑道："香的名字可不是只叫什么香。还有的香叫'紫气东来'呢。南朝遗梦这种香啊，香气凛冽，似有醒梦之用，故名'遗梦'。"

郑敏总算觉得自己胜过了画角一回，侃侃而谈。然而画角却浑然不在意，心绪还沉在云墟和遗梦中。

郑敏深觉无趣，又道："听说，薛槿已好些日子不出府门了。"

崔兰姝轻叹一声："谁能想到，薛夫人会忽然自缢，薛槿只怕是一时承受不住。"

郑敏摇了摇头："也怪可怜见的。"

崔兰姝忽然转向画角，问道："姜娘子，你可还记得那日在静慈寺，薛槿抽的那支签文？"

画角想了想说道："自然记得。家有一树桃花艳，山野李花已凋零。"

"对，就是这个。"崔兰姝说道，"薛娘子求的是安危，那僧人解签时说，她的安危和桃花有关，莫非，桃花指的是她母亲？"

画角目光一凝。那句签文，当初画角并不明白是什么意思。自从知晓了李云裳和萧素君是互换了身份，再去解那句签文，蓦然就想通了。签文暗隐的意思便是"李代桃僵"。凋零的李花便是萧素君了。那一树桃花便是李云裳了，薛府一门的荣耀皆系在她身上。自然，薛樘的安危也便和她这树桃花息息相关了。没想到，这签居然还是灵验的。

画角想起萧秋葵抽的姻缘签：鸾凤于飞，成也因他，败也因他。

虽说，萧秋葵这签不一定和薛樘的一样灵验，但至少说明了一件事，那就是萧秋葵或许是有意中人的。那人是谁？

画角正在沉吟，就见郑敏放下手中的捣香锤，将香末倒向碟子中，问她："你们那日还抽了签？不晓得二妹妹抽的是什么签，可是姻缘签？"

郑敏那日没去静慈寺，见她们说起抽签，很是好奇地问。崔兰姝想起画角的姻缘签，试图转移话题："姜姐姐，这个捣好了给我，我来揉香丸。"

郑敏见两人皆不回她的话，晓得画角抽的签定是不好，目光微微一凝。画角却笑了，淡淡望了郑敏一眼，说道："其实，也没什么说不得的。我抽的是姻缘签，签文不太好，不过，我并不信这些，我信我自己。"

郑敏挑了挑眉，笑道："这才像你。"

不得不说，郑敏其实还是了解画角的。

"不过，你既不信，为何要去抽姻缘签？"郑敏顿了一下，问道，"莫非，你是有了意中人？"

画角并不理郑敏，将手中的石臼一推，对崔兰姝说道："我捣好了。"

三人说着话，很快便制好了香丸。画角看天色不早了，便起身告辞。崔兰姝命婢女捧来了一个雕花木匣，分送给画角和郑敏，笑着说道："这是我先前制的南朝遗梦，我看姜姐姐以前没用过，便送你回去用吧。"画角命雪袖上前接过。

崔兰姝微笑着说道："我送两位姐姐。"

三人沿着长廊向前院而去，到了大门口，画角回身作别。府中的马车停在崔府大门一侧，画角正要向马车走去，却见驾车的郑信抬手指着崔府的对面，朝着她挤眉弄眼。画角疑惑地白了他一眼，雪袖忽然扯了扯画角的衣袖，低声说道："娘子，你瞧那边。"

画角诧异地抬眼望去。只见崔府对面的柳荫下，停着一辆马车。马车一侧，有一道身影卓然而立。正是虞太倾。

他如今已不是天枢司都监，因此，并未穿官服，只着一袭茶白色袍服站在绿荫下,日光映照在他身上,衣衫宛若皑皑白雪般清冷。微风吹来,洁白的袍裾舒卷间,有种说不出的优雅。这样子,倒让画角想起起初在桃林中见他时的情景了。

虞太倾看到画角自崔府出来,漫步朝这里走了过来。郑敏和崔兰姝一时都有些看呆了,直到他走到近前,方回过神来,慌忙行礼。虞太倾朝着崔兰姝和郑敏点了点头,抬眼朝着画角展颜一笑,柔声说道:"我来接你。"

郑敏眨了眨眼,一脸的不可置信。崔兰姝唇角的笑意凝住,一时也有些愕然。

画角怔怔看着他,脑子一时没有转过弯来。在她的意识里,怎么也是她死皮赖脸到都监府候着,或许才能见他一面。再不然也是他回帖说同意见她。怎么也没想到,消失了几日的虞太倾,会忽然这样毫无预兆地出现在她面前。让她猝不及防,有些意外,不过,这种感觉她很喜欢。

虞太倾见画角不说话,笑了笑又说道:"我去了府中,听陈伯说你来了崔府,特意过来接你。"

画角的目光落在他脸上,见他原本苍白的脸,被日光晒得有些发红,显然是在这儿等了她许久。她脱口说道:"你来了,怎的不让人传话,为何要在外面等?"

虞太倾淡淡一笑,缓缓说道:"不过等了这一会儿,不算什么。"

他抬眼看了看天色,说道:"这会儿天色还不晚,去西市还来得及。你先前不是说要我陪你去西市吗?今日恰巧有空闲,我陪你去逛一逛。"

画角没想到他还记得这件事,嫣然一笑,说道:"好。"

画角回身向崔兰姝告别,看到崔兰姝的脸色,蓦然想起,当初,圣上原本是要给虞太倾和崔兰姝赐婚的。她一时有些尴尬。

崔兰姝却展颜一笑,说道:"姜姐姐快去吧,去晚了,西市就要散了。"

西天的落日红彤彤的,将周围的流云染得好似少女妆后的脸,秾丽而妩媚。

画角和虞太倾并肩走在西市上,狄尘和雪袖不远不近地跟在后面。雪袖悄悄问狄尘:"你们郎君这两日可是有事?我们娘子递了好几个帖子都不曾见他回。"

狄尘瞥了眼前面的虞太倾,犹豫了一瞬,压低声音说道:"病了,我们郎君不让告诉你们小娘子,生怕她担心。"

雪袖轻叹,娘子千挑万选,怎么就喜欢上一个病秧子呢?她仰头朝前面望去,看了眼皎皎如月般的虞太倾,他此时正侧眸看向画角,如珠如玉的面上浮着一抹温柔的笑意,长眸中仿若聚着星辉。

雪袖再看了眼她家小娘子的神色,晓得她家娘子这回是真完了。谁能拒绝一个绝色而深情的病秧子啊!

西市上,除了临街的店铺,街道两侧也摆着摊贩的小摊,售卖丝帛、首饰、书画、糕点、香料等，街上还有货郎挑着担子叫卖，令人一时目不暇接。空气里飘浮着鲜花、吃食、香料等混合在一起的香气，这是西市独有的热闹气息。

画角初回阆安城那一日，先来的便是西市的品墨轩。只不过，那时她是被虞太倾的手下楚宪追踪，自然无暇闲逛。虽说后来也来过几次西市，但在画角的印象里，西市的市集除了乌泱泱的脑袋，似乎并没有什么趣味。

今日却不同，或许是身畔有虞太倾的缘故。不管是接踵的人流，还是摊铺上的各色东西，在她眼里都变得格外顺眼。但因着曲江池的事，画角心中多少还是有点尴尬。因不晓得虞太倾心中到底如何想的，这几日为何不露面，那日的话还算不算数。

虞太倾见她一脸心事重重的样子，说道："你当日不是提出让我陪你逛西市吗？我还以为你喜欢逛市集。"

画角觑着他的表情，见他脸上始终挂着淡淡的笑意，说话的语气也温和有礼。想起往日里，他对她不是冷言冷语，便是语带讥讽，这会儿居然觉得颇不习惯。画角浅笑着说道："我自然是喜欢的，就是，生怕你嫌人多。"

虽说西市人多，但哪个小娘子会不喜欢逛市集？

虞太倾笑了："只要你不嫌弃，我便不嫌，市集上便是人多才热闹。"

画角犹豫了一瞬，问道："你今日陪我逛市集，只是为了还我助你擒拿野君的情？"

虞太倾闻言，唇角微牵，侧眸看向她，说道："不是你说的让我如此谢你吗？"

画角顿住脚步，眉头蹙了蹙，问道："你还记得那夜在曲江池，我说的那些话吗？"

虞太倾轻轻"哦"了声，望着她似笑非笑："你那夜说了很多话，你指的哪一句？"

说着，他敛袖向前走去，衣袂翩翩，很快去得远了。画角追上去，拽住他的衣袖，径直问道："虞太倾，你当真不记得了？"

一阵热腾腾的清甜气息扑面而来，是一旁糕点铺子的白玉糕刚出锅。虞太倾含笑说道："你且等一等，我瞧这白玉糕甚是美味。"他说着，径直走了过去。

画角垂头思索，那日两人都饮了酒，莫非他也醉了，不记得她说过的话了？她这里正忧心忡忡，他的脸忽然探了过来，眉眼弯弯地笑望着她，将手中的油纸包递给画角。画角打开油纸，见里面是几块白玉糕，一个个晶莹剔透，甜香扑鼻。她心不在焉地拈起一块，张口便咬。

虞太倾"嗳"地喊了一声："吃不得！"画角愣愣地抬眼看他，一时不明白为何不让她吃。

虞太倾走上前，含笑说道："那夜你说的话，我倒是忘了，只记得你写的那些字了。"他唇角的笑意渐渐扩大，凑到她耳畔低语道："我记得你写的是：吾心悦汝。"虞太倾说着，指了指她手中的白玉糕。画角低眸看去，只见油纸上五块白玉糕排得整整齐齐，每一块上面皆用黑芝麻粘成一个字，连在一起便是：吾心亦悦汝。

画角微微一愣，一颗心怦怦乱跳起来。她抬眼望向虞太倾，见他耳根处微微红了起来，红晕逐渐晕染到面上，轻瞥了她一眼，便向前行去。画角忍不住笑了起来，低眸看了眼白玉糕，若是他喊得慢一点，这几块白玉糕只怕就入她腹中了。

她小心翼翼将油纸又包了起来，揣入怀中。这白玉糕她说什么也舍不得吃了。她在每一个摊铺前流连，虞太倾亦步亦趋地跟在她身后，为她买下糖人、蒸糕、蜜果，皆是一些吃食。

雪袖觉得有点没眼看，她家娘子怎么在意中人跟前像个傻子一样，就晓得要吃的。还是虞太倾，在经过一个首饰铺前，指着一个手镯说道："我瞧这个腕镯不错，你可是喜欢？我送你。"

画角见镯子翠色玲珑，晶莹剔透。她试着戴在腕上，衬得她手腕细白温润，煞是好看。不过，价格也着实贵。她将玉镯脱下来，递还给摊主，说道："这腕镯太贵了，还是算了吧。"

虞太倾唇角勾起一抹笑意，压低声音说道："你忘记在吉祥阁时，你从我手中硬讨去的发钗了，这会儿怎的倒替我省起银钱了？"

画角顿时有些不好意思。那时他不肯给，她变着法子想要，哪里会去想东西是贵还是便宜？

摊主在一旁轻笑着说道："小娘子是想替夫君省钱，将来必是会持家的能手。不过，这玉镯的确很衬你，倘若不要倒是可惜了。"

画角闻言顿时红了脸。

这时，斜楞里忽然伸出一只手，将翠玉镯接了过来。

"店家，这翠玉镯我要了，本将军不嫌贵。"来人说着，便递了银两过去。

画角侧首望去，见来人却是裴如寄。他身着天青色镶边袍服，长发以玉带束起一部分，其余的却随意披散而下，洒脱中透着一丝往日没有的狷狂。夕阳的余晖自侧面映照在他面上，只见他微微眯眼，浅唇微勾，似笑非笑。

摊主却并不去收他的银两，笑着说道："这玉镯已被这两位相中，客官您不如另挑一个。"

裴如寄淡淡挑眉，目光在画角面上流转一瞬，又瞥了眼虞太倾，说道："虽是看中，但不是还没付银两吗？倘若如此，这玉镯便不算售出，谁都可以要不是吗，摊主？"

虞太倾闻言冷笑了声："裴将军此言不对，凡事讲一个先来后到，我正与摊主商讨，这便付银两。"

虞太倾说着，掏出银两递了过去。裴如寄不甘示弱，将银两向前再递了递。

画角瞪了裴如寄一眼，压低声音问道："裴三哥，怎的是你，为何要与我们抢这个玉镯？"

裴如寄笑了起来，眯眼望着画角，缓缓说道："我有意中人了，想要买个首饰送她。"

摊主一时左右为难，看了眼裴如寄，见他气势逼人，像是不好惹，便对虞太倾说道："啊，这……要不然……这位郎君，您再挑一个别的玉镯，这位娘子方才不是嫌这个贵吗？我这里还有个成色差不离的，比这个要便宜。"

虞太倾正欲说话，画角忽然伸手握住了他的手，摇了摇头说道："郎君，一个玉镯而已，便让于裴三哥吧。"

虞太倾被她柔软的小手一握，霎时什么不快都忘了。意中人的撒娇就是麻醉散，头脑一晕，她说什么他都会点头。"好，如此，便让于他。"虞太倾淡笑着说道。

裴如寄将银两扔到店家的摊铺上，拿起镯子眯眼瞧了瞧，转身笑着对画角说道："阿角，日后莫要唤我裴三哥了，该叫郎君，或是夫君。"

画角一愣，眯眼冷笑道："你说什么？"

裴如寄大步走到画角面前，伸手执起画角的手腕，抬手便要将玉镯戴在画角的腕上。

"我说的意中人便是你。"他望着画角，一字一句说道，唇角笑意凛然。

一旁的摊主震惊地张大嘴，怎么也没料到事情居然向这个方向发展。摊主侧目看了眼虞太倾，见他面色忽然沉了下来，唇角笑意一敛，眸中闪过一丝冷意。摊主心中很是为这位纤弱的郎君捏一把汗，瞧着他怎么也不像是这位将军的对手。

不过，摊主似乎忽略了一个重要的人，那便是画角这个当事人。她可不是任人宰割的弱女子！

画角在裴如寄抓住她的胳膊时，慵懒一笑，淡声问道："裴三哥，你这是做什么？"

说着，只见她胳膊微沉，好似泥鳅般甩脱了裴如寄的大掌。另一只手闪电般抬起，宽袖鼓风，纤细的手指自袖中探出，去抓裴如寄的手腕。裴如寄见状回撤，电光石火间，两人足下未动，只是双手你来我往，已是过了好几招。一旁的人看得眼花缭乱，就见画角最终抓住了裴如寄的手腕，微微用力一扭，便将裴如寄的胳膊扭在了身后，并趁势将他手中的玉镯取走。

画角放开裴如寄，将玉镯放在摊铺上，笑着对摊主说道："摊主，这玉镯还是您自个儿留着吧，这位将军没什么意中人可送，还拿我这个妹子闹着玩。"

这句话，画角算是为裴如寄留了面子的。先前裴如寄给她的印象甚好，她也不想两人如此闹翻了，让他丢了面子。

然而，裴如寄似乎并不打算领她的情。他眼眸微眯，一眨也不眨地盯着画角，淡笑着说道："阿角，你莫非忘记了，你我是定过亲的，你怎就不是我的意中人了？"

摊主再次吃惊地瞪大眼。画角眉头不动声色地挑了挑，觉得今夜的裴如寄有些不可理喻。当初退亲时，裴如寄的阿娘特意嘱咐过，说她和裴如寄既然退了亲，日后最好莫要提起两人曾经定亲的事，免得影响裴如寄再次定亲。岂料，裴如寄自己倒不在意，居然当众说了出来。

画角耐着性子说道："裴三哥，我们已经退亲了，你莫非忘了？"

裴如寄微微一愣，有些疑惑地凝眉，过了一瞬，他淡淡"哦"了一声，唇角勾起一抹若有似无的淡笑："你指的是那次到府中和我父亲说退亲之事吧，但我自始至终可没同意哦。"

画角气笑了，简直不相信一向行事磊落的裴如寄会说出如此无赖至极的话来。

"你没同意又如何，当初我们两个的婚约是我父亲和裴伯父定的，既然他同意了，亲事便算作罢。"

画角说完，不欲再和裴如寄在众目睽睽之下理论，回身拉起虞太倾的手，快步离去。裴如寄目送着两人的身影自人群中消失，抬手将翠玉镯从摊铺上拿起。他慢悠悠地将玉镯套在自己的腕上，借着夕阳的最后一抹光打量着玉镯。他忽而双目一眯，目光凝在手腕上的一处红痕上。那是方才画角和他打斗时，扭住他的手腕留下的勒痕。裴如寄唇角勾起一抹诡异的冷笑，看得一旁的摊主一脸惊吓。

"裴如寄啊裴如寄，你这个未过门的夫人果然很有趣！"他低低说道。

裴如寄直到此时，才找回身子的掌控权，冷声警告："拈花，你不能伤害她，否则……"

拈花笑了起来："否则你也不能怎么样。不过，你放心，我怎么舍得伤她呢？"

夕阳西沉，夜幕降临。西市上的灯渐次亮了起来，人声笑语声和着灯光，汇成喧闹的海。

然而，方才被裴如寄一番打扰，画角心情有些低落。她瞥了一眼虞太倾，原以为他会生气，却不想他瞧上去心情极好的样子。画角忍不住问道："翠玉镯都被抢走了，你怎的还这般欢喜？"

虞太倾侧首看向画角，忽然粲然一笑。灯笼的亮光映照在他脸上，他的笑容宛若一朵夜里忽然盛放的优昙，俊美得惊心动魄。画角自认识他，见过他哭，见过他怒，见过他恼，也见过他微笑、冷笑、嘲讽的笑，还从未见过他如此发自内心欢喜地粲然而笑。俊美的人，果然笑起来是最好看的。

画角仰着头，问道："你笑什么？"

虞太倾低声说道："区区翠玉镯被抢走算什么，我只要有你便够了。"

画角顿时怔住了，心头疾跳，只觉得整个人好似喝了蜜糖一般，轻飘飘好似踩在云端。月色如水，灯光如梦，这一夜的西市，美好得有些不真实。

一个货郎提着一篮子五颜六色的香囊在叫卖，看到画角和虞太倾，喊道："买一个香囊吧。"

虞太倾拿起一个香囊瞧了瞧，问画角："你喜欢哪一个？"

画角摇摇头，低声说道："这个我有，比他这个还好。"

她拽着虞太倾向前走了几步，自袖笼中掏出一个绣花香囊递给他，说道："这是我亲手绣的，送给你。"

虞太倾拿着香囊仔细端详，只见香囊上绣着一枝并蒂莲，绣工简直就是粗糙，边缘缝制的针脚大到香料塞进去都能漏出来，配色也有些惨不忍睹。

他看了眼，珍而重之地收了起来。

尾随在后面的雪袖见画角拿出了她绣了数日的蹩脚香囊，都替她丢脸，但她居然还送出去了。狄尘眼见虞太倾收起香囊，笑得好像平生没见过香囊一样，不觉地捂住了眼。

两人且行且逛。前面有卖荷花灯的，出了西市，不远处就是丽水河，常有一些痴男信女在河中放灯许愿。画角以往觉得这行为甚是可笑，如今却也想凑趣儿。她上前挑了两个荷花灯，递给虞太倾一个，两人提着顺着人流向前行去。

一个头戴幂篱的素衣小娘子自画角身畔走过，幂篱的轻纱被风吹过，拂到了画角的肩头。一股幽冷的淡香拂来，画角偏头望过去，只见素衣小娘子幂篱前面垂的轻纱长及腰间，遮住了她的面容。她身后四五步，两名佩刀护卫紧紧跟随，护着她向前而去。画角怔了一瞬，隐约觉得这香气有些熟悉，一时又想不起在哪里闻过。

虞太倾觑着她的脸色，问道："怎么了？"

画角摇了摇头，举起手中的荷花灯，笑着说道："没什么，我们去放灯吧。"正说着，忽觉得足下踩到了什么，画角蹲下身子捡起来，却是一个环形玉佩。通透温润的白玉，其上雕琢着袅袅升腾的烟气纹路。精致又别致。

画角心口一滞，手中的荷花灯"啪嗒"一声落在地上，她却浑然不觉。

这是表姐姜如烟的玉佩。怪不得方才，那位素衣小娘子自她身边经过时，幂篱轻纱上的幽香如此熟悉，那是表姐惯用的梅魂香。

画角猛然起身向前望去，却见方才的小娘子早已汇入西市的人流中，再也不见。她疯了一般向前追去，一边跑一边喊："阿姐，阿姐，姜如烟……"

虞太倾忙命狄尘也追了过去。西市上人流熙攘，画角疾步前行，在人群中穿梭寻找，很快便出了西市，到了丽水河边。四顾茫茫，再也寻不到素衣小娘子的身影。

夜凉如水，水面上漂浮着几盏荷花灯，粉色的轻纱制成的花瓣，被灯光一映，散发着朦胧的光晕。画角无力地蹲下身子，怔怔地望着河水中的莲花灯，泪盈于眶。这几年，她走遍了大晋，不单单是寻找化蛇，也为寻找阿姐姜如烟，然而，她便如人间蒸发了一般踪影全无。今夜好不容易看到她的身影，却又没了踪迹，便如忽然有了希望，又乍然陷入绝望。

狄尘引着虞太倾和雪袖走了过来。虞太倾上前扶起画角，问道："你方才是在找谁？会不会看错了？"

画角摇摇头，抬手给他看手中的玉佩："这是我表姐姜如烟的玉佩，方才那位小娘子，她自我身边走过时，我还闻到了她身上的香气，那是她惯用的熏香，不会错的。"

她想不明白，倘若表姐当真没有死，而且在阆安城，为何不去府中寻她？当年，外祖一家，到底发生了何事？或许，也只有寻到姜如烟，才能知晓。

虞太倾见画角心情低落，安慰道："倘若那人当真是你的表姐，那她便是在阆安城。听你所言，她头戴幂篱，且还有护卫跟随，想必落脚之处，不是普通人家。费些周折，不见得寻不到。"

虞太倾将手中的荷花灯递过去，又道："不如，把你的心愿许在莲花灯上，放入河中，说不定，过几日就能找到她了。"

雪袖连忙附和道："是啊，娘子，我听说放河灯很灵的。"

画角点点头，点亮莲花灯，俯身放入河中。月色凄迷，夜风渐凉，丽水河畔静寂无声，只有市集上的喧闹声遥遥传来。画角凝立在河畔，目送着莲花灯漂漂悠悠地顺水缓缓漂去，很快和其他人放的那些莲花灯汇在一起。片刻后，花灯渐渐只余下星星点点的亮光。

虞太倾凝立在画角身畔，忽然问道："你的亲人，只有这一个表姐了？"

在九绵山中梦貘制造的噩梦中，虞太倾看到过画角的噩梦。当时她整个人都崩溃了，想来，那些死去的人，皆是她的亲人。

画角点了点头，低声说道："是。"

"你表姐是不是很疼你？"

画角点点头。她虽说每年都会来阆安城住上一两个月，但大部分时候，还是住在槐隐山外祖家，所以，她是和表姐一起长大的。

然而，表姐和她的性子，却是两个极端。表姐性子温柔，聪慧娴静。而她却如脱缰的野马，常常带着族中的小孩子出去疯，闯祸是家常便饭。她每每闯了祸，都是表姐帮她收拾烂摊子，向大人求情。而表姐，其实也不过只比她大一岁而已。

"表姐最是疼我，闯了祸大人要罚我，她总是会出面求情，若是大人不答应，她便要代我受过。"画角低声说道，"大人哪里舍得罚表姐，她便如天仙一般，没人下得去手。所以，我自小，因着表姐，少挨了很多罚。"

其实，表姐姜如烟还是族中的圣女，据阿娘说，表姐和她是不同的。可是到如今，画角还是不晓得，表姐到底有什么了不得的本领。她更想不通的是，她们姜家不过是一个隐居在山林的伏妖世家，怎么会有"遗梦"这种惹妖物觊觎的宝物？她对族中的事，知道得太少了。

"我在这世上，只余这一个亲人了。"画角的目光追随着顺水而去的点点灯光，缓缓说道。

虞太倾一直静静站在画角身侧，听她说完，见她情绪低落，双目中隐有泪光，安慰道："总会找到她的。"

画角点点头。倘若今夜没见到表姐也就罢了，既然见到了，她便是寻遍阆安城，也定会把她找到。

虞太倾望着夜色中的丽水河，忽然说道："其实，我也要寻一个人，不过，我却连他是谁都不晓得。"

画角诧异地望向虞太倾，见他唇角浮起一抹涩然的笑意。画角明白他指的是他的亲生父亲，应是自己的话勾起了他的伤心事，不禁有些替他心酸。她伸手握住他的手，两人在河畔默然静立。

天色渐晚，市集已经散了，三三两两的行人提灯朝河边走来，遥遥便听到一阵热闹的笑语声。虞太倾回过神来，说道："走吧，我送你回府。"

两人走后不久，丽水河对岸的一辆马车中，一个华服男子掀帘走了出来。他负手凝立在河畔，望着对岸市集四散的人群，目光中闪过一丝冷煞之意。

"如此看来，这个姜小娘子的确是蒲衣族人。"

"不错！"

素衣女子自马车后转了出来。她身着秋香色襦裙，外罩着霜白色披风，手中提着一盏莲花灯。她一手挑开幂篱前垂落的轻纱,莲花灯柔和的光芒映亮了她娇媚的面容。她勾唇笑了笑说道:"奴婢自她身边经过时,故意将姜如烟的玉佩遗落,她若不是认了出来,又怎会追过来?倘若她不是蒲衣族的人,又怎么认得蒲衣族圣女的玉佩?"

华服男子唇角勾起一抹玩世不恭的笑意,慢悠悠说道:"姜画角。如此甚好,没想到蒲衣族除了姜如烟,还有别人,这一回我倒要看姜如烟是不是还拒不开口。"

第三十章 发过的誓言

皇宫，御书房。雷言望着坐在龙案后的皇帝，又瞥了眼候在外面廊下的虞太倾。

他清了清嗓子，施礼说道："陛下，此番凤阳楼和牡丹宴的案子多亏虞都监……"雷言想起虞太倾如今已不是都监了，改口说道，"虞小郎君功不可没。近日，那妖物野君又传了消息给他，微臣觉得兹事体大，还请陛下允他进殿奏明。"

雷言从未想过，有朝一日，自己会在皇帝面前为虞太倾说好话。虞太倾做了这些时日的都监，他倒是习惯了。

皇帝眯眼扫了眼殿外，对大总管尤福说道："传。"

虞太倾头戴玉冠，身着淡蓝襕袍，在晨光中淡淡凝立，看到尤福出来，那双温煦的长眸朝他望过来，眸中好似聚着星辉。

这般秀骨天成，通身矜贵的人，怎么忽然不是皇家的人了？尤福心中暗暗叹了口气。当年，长公主李云裳和萧素君互换之事，皇帝是不知情的，原还对虞太倾这个外甥寄予厚望，忽然知晓他和他毫无关系，心情自然不会好。这几日，皇帝也特意避着虞太倾，大约也是不晓得该如何面对他。

尤福朝着虞太倾施礼，说道："陛下召您进去。"

御书房内，皇帝瞥了一眼虞太倾，脸色有些阴沉，唇角微抿，问道："听雷指挥使说，那妖物还给你留了话？"

虞太倾躬身说道："是。"

皇帝冷笑着问道："莫不是，又是妖祸阑安，天下大乱之类的耸人听闻的话？"

虞太倾摇摇头，说道："当日妖物能在众多天枢司伏妖师的眼皮底下进入牡丹园作案，又安然而退，陛下不是也很惊诧吗？其实倒不是因为妖物多么厉害，而是因为妖物原本就在我们身边。"

皇帝目光犀利地望向虞太倾问道："你说什么？"

"这间御书房中，或许就有妖物，不止一个，或许两个、三个，甚至更多。"虞太倾凝视着皇帝，挑高的眉梢显得高深莫测。

皇帝唬得蓦然自龙椅上站起，看了看雷言和尤福，快步行至虞太倾面前，问道："妖物在何处？"

雷言说道："陛下，先前，微臣不是向您禀告过，此番的妖物观讳是来自云墟吗？"

皇帝点点头："那又如何，你们不是不晓得云墟在何处吗？"

虞太倾缓缓说道："如今知道了。云墟就在我们身边，是上古众神集所有神力创造的另一个世间，和我们的世间彼此重合，却又互不干扰。"

皇帝愣住了，一时没明白过来虞太倾的意思是什么。

雷言解释道："陛下，我们此时所在的御书房，在云墟也许是山中，抑或是水中，还可能是荒野，也可能也是一间房屋。不过，那间房中可能住着的是妖。就在陛下站着的地方，此时的云墟或许站着的是一只妖物，但你们却互相感觉不到对方。"

皇帝似乎有些明白过来了，一时间只觉得毛骨悚然，吓得面色煞白，左顾右盼。

"你们的意思是，有两个世间？一个是我们的世间，一个是云墟。我们这里是人，云墟全是妖？而云墟，就在我们身边？"

尤福闻言，也吓得浑身颤抖："倘若如此，那岂不糟糕？"

虞太倾缓缓说道："不必惊慌，这两个世间是互不干扰的。除非……"

"除非什么？"皇帝急不可待地问道。

"除非，有人打开天门，将妖物放过来。"

"天门又是什么？"皇帝挑眉问道。

"天门是两个世间的通道。妖物观讳其实原本是这个世间的妖，她和夫君生活在崇吾山，几千年前，有人打开了天门，她无意间便去了云墟。只有通过天门，云墟的妖才能来到这个世间。"

"观讳自云墟来到凤阳楼、牡丹园和静慈寺作案，并不是燃香召妖，而是因为燃香能让两个世间一瞬连通，观讳方才顺利过来。只不过，观讳说过，她不是从天门回来的，因此她中了上古的咒术。"

雷言问道："所以，凤阳楼、牡丹园和静慈寺都不是天门，因此观讳作案后便迅速回到了云墟。若强行留下，便会中咒术。这么说，几千年前，观讳去云墟的崇吾山，有可能就是天门？"

虞太倾点点头："不错。"

"等等。"皇帝负手踱步，忽然转身望向虞太倾和雷言，"你们的意思是说，妖物随时都可能从云墟来到我们这个世间，来到御书房、寝宫、大殿，来到皇宫的任何一个地方？"

雷言垂手应道："微臣会派伏妖师日夜守护陛下，绝不离开陛下半步。"

皇帝重重坐在龙椅上，一脸郁色，沉默了好久，抬头问雷言："这便是令师叔袁风所言的妖祸吧？"

倘若天门打开，上古恶妖流窜到人间肆虐，届时生灵涂炭，简直无法想象，世间会变成怎样的一种人间炼狱。

雷言上前说道："陛下，为今之计，便是着人到崇吾山查看一番。只是，这人选……"雷言顿了下，"只怕还是虞都监最是合适。"

皇帝此时已从方才的震惊中回过神来，压下心头的惊恐，淡淡瞥了虞太倾一眼，冷笑着说道："偌大个天枢司，数十个伏妖师，如今竟还要一个告病歇息的人出面？"

雷言躬身说道："陛下有所不知，那妖物野君只臣服于虞都监，倘若去崇吾山，势必要野君相助。其他人去，只怕连观讳当年失踪之地在何处都寻不到。"

皇帝抬眼瞥了虞太倾一眼，见他淡然凝立在窗畔，身姿单薄，苍白的面庞上神色淡淡。这样的一个人，瞧上去怎么也翻不起什么风浪。皇帝沉吟了片刻，说道："虞太倾，朕命你官复原职，择日启程到崇吾山探查天门。"

虞太倾施礼谢恩。雷言暗自舒了一口气。师叔袁风曾说过，虞太倾势必不是寻常之人，嘱咐他不要轻易开罪虞太倾，最好是能将他放在天枢司看着。今日来之前，虞太倾也特意与他提起，望他能助他重回天枢司。

皇帝命雷言先行退去，只留下虞太倾一人。皇帝轻叹一声，黯然说道："其实，朕一直也当你母亲为亲妹妹，倘若当年知晓太后和皇妹做出那样荒唐之事，定会阻拦的。这些年，倒是让你们受苦了。"

虞太倾沉默了一瞬，淡淡说道："人活一世，苦也好乐也好，终将归于虚无，是以过去之事，微臣皆已忘怀。"

皇帝又问："你与萧家……"

"自我去年回到阆安城，我与萧家从未有过任何来往。"

这原是令虞太倾疑惑之处，到了此时，他总算隐约有些明白了。有些事，萧家不想将他牵扯在内。

画角将表姐姜如烟的画像分发给伴月盟的伏妖师们，众人暗中寻遍了阆安城的大街小巷、客栈酒楼，并未寻到姜如烟的身影。画角满心的期望逐渐落空，她也晓得想在偌大的阆安城寻人，无异于大海捞针，并非三天五日便能办到。好在她已寻了好几年，这回总算晓得表姐在阆安城，比以前算是近了一步。

她情绪低落，便不愿回府，生怕被林姑瞧出端倪，又问个没完。想起梦貘还在自己手中，并未还给虞太倾，便拐到了虞太倾的府上。

自从太后到庙中清修后，曲嬷嬷如今收敛了不少。因事先得了虞太倾的吩咐，说是但凡姜小娘子府上有人来访，一概请入府中。

因而，曲嬷嬷客气地将画角迎了进去。她惊诧地发现画角居然是前些日子被虞太倾带回府中的小娘子，这后院的萤雪轩至今还为其留着呢。

"你，你不是说你是我们小郎君带回来的囚犯吗？"曲嬷嬷惊讶地问道，"怎的却成了姜小娘子？"

画角装傻道："什么囚犯，嬷嬷认错人了吧？"

"怎么会？"曲嬷嬷说道，"我这双眼啊，看人准着呢，明明是一模一样。"

画角嫣然一笑："曲嬷嬷应当晓得你家小郎君是做什么的吧？他可是天枢司的都监，你莫小看你家小郎君，他可是懂很多术法的，护卫狄尘都是得了他的指点方能擒妖。"

自从知晓了虞太倾的身世，画角也知悉了曲嬷嬷是太后派来监视虞太倾的，对她自然没有好话。她压低声音，说道："你说的那个和我长得一模一样的人，不见得是我，可能是你家小郎君擒拿的妖物。"

曲嬷嬷吓了一跳，看着画角有些惊怕。"你……你当真是姜小娘子？"曲嬷嬷后退两步，问道。

哪家的大家闺秀会这般唬人？

画角笑了笑，缓步走入待客厅，说道："你家小郎君虽说脾气好，其实啊，他又记仇又能耐。这府里啊，说不定就有许多他擒拿的妖物，一不留神啊，那妖物可能会出来害人呢。"

曲嬷嬷挑了挑眉头,这回却并不信画角的话。

"姜小娘子莫乱说,我家小郎君啊,怎会在府中放妖物……"

话未说完,画角已是将欲要归还给虞太倾的梦貘给放了出来。曲嬷嬷从未见过如此怪异的动物,吓得落荒而逃,连茶水也顾不上给画角上了。画角笑了笑,让婢女引路,将梦貘送回了后院。这会儿已是初夏,后院池水中的白萍已是铺满了半个池面,几只鸭子正在水中自在游水。绿头鸭看到画角,"嘎嘎"叫了几声,朝她游了过来,摇摇摆摆地上了岸。

画角笑着说道:"好久不见,小鸭鸭。"

绿头鸭"嘎嘎"叫了几声,在地面上"哒哒哒"地开始啄草拼字。画角笑了,这绿头鸭看来是有什么新鲜事要告诉她。她低眸看去,只见地面上的字越来越多,拼成了几句话。"这池子里的小青是个厉害的大蛇妖,我亲眼看到她化成了人,跟着主人进屋去了。"

上一回来,画角便晓得这后院有困妖阵,也晓得虞太倾将捉来的妖散了妖力放在后院了。这只绿头鸭便是其中之一,还有香椿树妖和一只蛇妖。后来又多了梦貘雪蓉。不过,她一直以为,除了梦貘,其他的妖都是小妖,这会儿听绿头鸭说青蛇妖是大妖,倒是有些意外。

虞太倾和雷言在内侍引领下,沿着甬道向宫外而去。今日进宫,其实并非皇帝召他,而是他请托了雷言,特意见皇帝一面。以往,皇帝是他舅父时,对他还算照应,让他感受到了一丝来自亲人的关爱。如今,那点关爱却已经随风散去。帝王家的亲情本就淡薄,他亦是习惯。然而,他如今,终究还是要在阐安城求生。

两侧宫墙高而广,衬得夹道狭窄而悠长。迎面缓步走来几个人,为首的锦衣华服,衣衫在日光照映下折射出夺目的光辉,衬得一张脸眉目深秀。内侍一眼瞥见,早已顿住脚步,跪地磕头。

雷言快走两步,施礼道:"见过太子殿下。"

来人正是先皇后嫡子,东宫太子李幻。他微微点头,道了句"平身",目光落到虞太倾面上,淡然问道:"听闻倾弟近日身子不适,如今可好些了?"

太子李幻和康王李邺性子大不同。李邺天性浪荡,喜好吃喝玩乐。府中常三日一小宴,五日一大宴。他尤其好乐,府中豢养着诸多乐师琴娘。李幻则不然,他几乎就是李邺的另一面,他生性淡漠,不喜玩乐,对乐曲更是一窍不通,一心扑在治国之道上,就连身边随侍的人都极少看到他笑。

虞太倾晓得他如此问，也不过是依例关心一下，上前一步说道："多谢殿下挂念，已是好多了。"

李幻点点头，侧目问雷言："雷指挥使今日进宫，可是又有妖祸？"

雷言摆手道："没有，只是上一回的案子，还有些未了的事需处理，殿下不必挂怀。"

关于云墟还有天门之事，皇帝已吩咐他们三缄其口，雷言自然不能透露。

太子"哦"了声，面无表情地说道："你只管去办。"说着，瞥了眼虞太倾，忽然转了话题，"倾弟，你今年也及冠了吧，听闻你前些日子拒了父皇的赐婚，可是有意中人了？"

雷言未料到太子居然在夹道上问起虞太倾这等隐秘的问题，不觉有些蒙。他还站在一旁呢，就一点不忌讳他？虞太倾也一愣，他自去年来到阑安城，和太子李幻并未见过几面，谈不上兄弟情深到谈论这个话题。

李幻微微皱眉，一板一眼说道："今年过了仲夏，宫中会有太子妃大选，各路官员家有适龄女眷者，都会进宫参选。你若有中意的姑娘，我自会避开，不会让她中选。倘若没有，你如今也及冠了，亦可从中挑选中意之人。"

虞太倾闻言，径直说道："殿下，我中意的人是前中书令郑原家的小娘子姜画角。"

太子李幻点点头："姜画角，我记下了。"言罢，负手自去了。

"这个姜娘子，我怎么记得，你前不久还将她打入过烈狱？我没记错吧？"雷言问道，觉得不可思议。

虞太倾点点头："正是。"

雷言惊讶地瞪大眼。前几日还像仇人一般，这才几日，便两情相悦了？

画角将梦貘放回后院后，便又到会客厅等候。婢女奉了茶后便离开了。她环顾四周，见厅内布置得典雅简洁，北边墙上挂着几幅山水字画，烟云掩映树木流水，墨色晕染，颇有神韵。画角寻思着莫不是虞太倾所画，不觉走近细看上面的签章，却是"千寂"。

画角在心中默念这两个字，自诩从未听过这个名字，或许不是什么有名的画师。正蹙眉思忖，便听得房门被推开，虞太倾缓步入了厅堂。那双敏锐而清澈的长眸朝着她望来，唇角笑意深浓："你怎的得闲来了？"

画角道："我上回将你的梦貘带走了，这次特意给你送回来了，方才已给你放回到园子里了。"

虞太倾"哦"了声，自顾自走到桌案前坐下，颇为失落地说道："你只是来还梦貘的啊。"

画角轻笑着瞥了他一眼，说道："要不然呢？"

虞太倾起身走到她身畔，唇角含笑，显然心情甚好："自然是来探望我啊。"

"顺便瞧你一眼。"画角说着，指着字画上的签章问道，"千寂是谁？是有名的画师吗？"

虞太倾长眉扬了扬，摇了摇头："他没有什么名气，只是一个默默无闻的画师。"

画角遗憾地说道："画得当真好。"

虞太倾坐回桌案前，倒了盏茶水，瞥了她一眼，问道："你当真觉得这画好？"

"不好你会挂在会客厅？"画角回头看他，望着他唇角的笑意，忽然问道，"莫非是你画的？"

虞太倾品了口茶，点了点头，说道："日后，你便唤我千寂。"

千寂？

"这是你的字，或是小名？"画角问道。

"算是字吧，不过，是我自己起的。"虞太倾放下茶盏，若有所思，"我曾经做过一个梦，有人在梦里这般唤我。"

他置身于一片荒野，那里有从未见过的奇异地貌。地面红黄黑色交织，层理分明，周围的山峦被风沙侵蚀得奇形怪状。不远处最高的山巅被皑皑白雪覆盖，白红交织，艳丽得诡异。触目所及，没有一抹绿意。

他一袭素服，赤足疾步而行。有风吹来，时而寒意彻骨，时而热浪袭人。地面上沟槽交织，遍布石棘，赤足上布满了伤痕，但他毫无所觉，依然在疾行，似乎在寻找什么，逃离什么。就是在此时，虚空之中，传来一道呼唤："千寂，这是你的宿命。"那声音宛若惊雷，将他瞬间钉在了当场。

……

画角瞥了虞太倾一眼，见他似是努力在想什么，神色有些黯然。千寂。这个名讳听上去如斯孤独，如斯寂寞，让人不由得想起疏疏的林，空旷的天，孤冷的月。怎会有人起这样的名讳？

画角问道："既是梦里听到的，如何能当真？"

虽说梦境也有所思梦和所见梦，但大多数的梦还是虚无缥缈的。

虞太倾回过神来："这个名字似乎不太好。"

"不如改一下，改什么好呢？"画角想了想，忽然笑道："改成未寂，如何？未便是没有，没有寂寞，岂不更好？你觉得呢？"

画角不晓得他到底梦到了什么，但他既然用了此名，说不定那梦对他很重要，也想借由此名记住那个梦，如此便不能全改。

虞太倾微微一愣："未寂？"

他的眼睛清澈，原本便如山间寒泉，冰彻疏冷，此时却盈满了笑意，便如春日里水波潋滟的湖水。他说："好，就叫未寂。"

"如此，我便为你改了，日后可不许反悔。"画角转身抚着画作的签章，抬手一招，手中便多了一支画眉的黛笔。她执笔在画作右下角签章的"千"字上，添了几笔，改成了"未"，如此，千寂便成了未寂。

"好了。"画角轻笑道。

"果然是改了更好。"虞太倾起身走过来，站在她身旁低低说道。画角一惊，手中的黛笔差点掉落在地，好在虞太倾眼疾手快，抬手接住了。

画角拍了拍胸脯，埋怨道："你怎么忽然过来？害我吓了一跳。"

虞太倾望着画角，低声说道："那你唤我一声，我听听好不好。"

画角笑了："这有什么不能的？"她张口便欲喊，却一仰头看到虞太倾双眸中促狭的笑意。

她偏过头，夺过他手中的黛笔收了起来："你让我唤我就唤啊？"

虞太倾眉头微挑，朝着她慢慢凑过去，睫毛轻颤，眸中的笑意却愈发深浓："不行，既是你取的，你若不唤，要这名何用？"

画角缓缓向后退了两步，抵住身后的墙，正欲开口，房门被推开，曲嬷嬷带着两个婢女端着糕点走了进来。她忙转身打量着墙上的画作，一脸正色地感叹道："这幅寒梅图画得甚好，你瞧这老干遒枝，这繁花似锦，这风骨，我都能隔着画作闻到香味了。"

虞太倾的目光凝在挂在墙面的桃花图上，唇边不觉扬起一抹笑意，她能将桃花错认成梅花，可见方才是心乱了。

曲嬷嬷命婢女将糕点放在桌案上，说道："小郎君，这是庖厨新做的糕点，特给贵客尝一尝。"

曲嬷嬷说完，胆战心惊地瞥了画角一眼，躬身施礼问道："不知小郎君和姜娘子还有何吩咐？"

虞太倾诧异地扬了扬眉，曲嬷嬷自诩宫中出身，一向清高自傲，倒没想到对画角如此客气。

画角闻言，走到桌案旁坐下，拈起一块桂花糕尝了口，对曲嬷嬷说道："这桂花糕瞧上去甚好，味道也不错，府内庖厨的手艺当真好。"

曲嬷嬷说道："庖厨原是宫内的御厨，是太后娘娘特地遣来照料小郎君饮食的。"

曲嬷嬷言罢，带着两名婢女施礼退下了。

画角想了想，问道："府内的下人都是太后自宫中派过来的？"

那夜画角在废园知晓了虞太倾的身世，但他却不晓得她知道，所以，她也不好明着问他，为何不将府中的下人换掉。

虞太倾点头说是。

画角想起后院绿头鸭说的话，问道："你这后院里，困了几只妖？我听绿头鸭说，那小青蛇还是一只厉害的妖？"

事关蛇妖，画角总是分外敏感。不管是什么蛇，她总是会一探究竟。

虞太倾说道："后院的香椿树妖，还有绿头鸭都是以前命狄尘擒拿的妖物，因它们本性并不坏，因此并未赶尽杀绝，只是将它们打回了原身。"

"那只青蛇妖呢？"画角问，"它也是狄尘降伏的妖物吗？原先有多少年的修为，厉害吗？"

虞太倾笑了笑，不晓得画角何以对后院的妖物突然那么感兴趣。

"那小青蛇是不是很厉害，以前又是修行多少年的大妖，我都不太清楚，它并非我和狄尘降伏的。"

画角很惊讶："那它为何会在府中？"

"它自己寻过来的，赖在府中的池塘不肯走。我瞧它虽开了灵窍，但并没有什么妖力，因此并未放在心上。不过……"虞太倾忽然想起什么，指着画角问道，"你为何这般在意青蛇妖？"

虞太倾忽然想起那夜为画角治伤时，给了那条青蛇五百年的妖力。青蛇化形为女子，为画角敷过药。当时她是昏迷中，应当不晓得此事才对。虞太倾忽然有些担忧。因不知那只绿头鸭到底在画角跟前嚼过什么舌根，也不好细说，便道："你若当真在意那条小青蛇，我带你去瞧瞧。"

两人结伴去了后院的池水边，水面上布满了亭亭的圆叶，其上白蘋盛放，空气中盈满了馥郁的芳香。绿头鸭遥遥看到两人，倒是没敢向前凑，水中的小青蛇，却不待虞太倾唤它，早已是游了过来。它不过身长五寸，细长的身子上布满了青色的鳞片。

虞太倾含笑问画角："你瞧它像是什么厉害的妖吗？"

画角摇了摇头。这不过是一条普通的小青蛇，倒是她太过多疑了。

虞太倾笑了笑，无意间低眸一扫，看到草地上绿头鸭先前拼成的一行字：青蛇是厉害的大蛇妖，我亲眼看到她化成了人，跟着主人进屋去了。

虞太倾瞥了一眼在远处伸着脖子看热闹的绿头鸭，目光微眯，吓得绿头鸭缩着脖子"嘎嘎"叫着跑了。

虞太倾觑着她的脸色，淡淡说道："我差点忘了，这条小青蛇化过一次人形，是一个美貌的女子。"

画角的眉头微挑，斜眼瞥了水中的小青蛇一眼，任是再大方的小娘子，听到意中人说别的女人美貌，纵然它是一只妖，心中也会不舒服。偏生那条小蛇似是听懂了虞太倾的话，居然高兴地在水中兜着圈子游来游去。

画角觉得可笑极了，转过头问虞太倾："有多美，有我美貌吗？"

虞太倾笑了，走上前仔细端详画角的脸，似乎在认真地比较，最终说道："你这张脸，嗯，我很难评。"

画角闻言，顿时气不打一处来，一张脸再向前凑了凑，不甘心地说："什么叫很难评，你的意思是，我很难看是不是？你可看清楚了，我自小就粉妆玉琢，人人夸好看，闯了祸，我阿爹都舍不得打我，就因为我好看。"

园子里日光明媚，清风吹拂。虞太倾看着眼前这张脸，容貌艳丽，黛眉明眸，一双眼水光流溢，顾盼动人。明明这么美貌的一张脸，却居然和一条蛇比起美丑了。他晓得不能再逗她，便道："我是说，美得让我很难评，不过，你纵然不美，我也不介意。"

画角轻笑："当真？"

虞太倾连连点头："其实，我头一次见你，便觉得很惊艳。"

画角眉头慢慢蹙了起来，唇角微撇："头一次见？"

她记得那时自己用的是崔兰姝的脸。虞太倾瞬间意识到自己的话没说清楚，慌忙说道："我是说那次在绕梁阁，便是你扮成胭胭妖那次。"

画角轻轻笑了，清丽的眼波流转，静静望着他的脸。虞太倾也低眸望着她，长眸中水波潋滟。画角纵然再是脸皮厚，被如此长久地注视，也有些不自在。她忍不住抬手勾起他的下颌，说道："你若是再看我，我便要亲……"

话未出口，她忽然顿住了。她忽然想起了自己当初在他面前发的誓言。

那时，她信誓旦旦地说，我若是再对你那样，便让我遭天打雷劈，不得好死。人在发誓时，必定是坚信自己绝对不会违背誓言，尤其是毒誓。画角亦然。天打雷劈，不得好死，这样的话她都说出来了，可见当时她是心意已决。

谁能想到，有朝一日，她居然会改变心意，要违背自己的誓言了。画角在不得好死和亲吻间权衡了一瞬,缓缓松开手,向后退了两步。虞太倾似乎察觉到了她的心思,伸手揽住了她的腰肢,将她猛然搂入怀中。画角被迫仰头望着咫尺之间虞太倾的脸。明媚的日光透过摇曳的花枝映在他脸上,或许是沾染了花瓣的嫣红,他漆黑的眸泛着潋滟的艳色。

他明知故问,俯身将唇凑在她耳畔,一字一句低声问道:"你方才说要做什么来着,为何要逃?"

画角眼珠转了转,不紧不慢地说道:"因为,我很害怕。"

虞太倾牵唇笑了笑,压低声音问道:"你不是天不怕地不怕吗?怎么这会儿倒害怕了,你倒是说说,怕什么?"

画角眉梢轻挑,缓缓说道:"这要说起来,可就太多了。我怕杖二十,也怕徒一载,更害怕蹲大狱,尤其还是天枢司的烈狱,也不晓得是蹲两年还是五年。我更怕天打雷劈,不得好死。"

虞太倾盯着画角的脸,看着她的红唇一张一合说个不停,将他当初说过的那些话,一字一句原封不动全部还给他了。他若是早晓得会有这么一天,当日便绝不会说出那样的话来,这就是所谓的报应吧。她在男女情事上,表现得有些迟钝,但是,她到底不是一般的小娘子,一旦让她抓住了理儿,就是得理不饶人了,分外棘手。

他只好搂紧她不肯放,慢慢凑近她低语道:"你我如今是情人,如此便不算非礼,所以你怎么做都无碍,不会下大狱,也不会天打雷劈。"

"那不行!"画角说道,"我发了毒誓的,我可没说你我有情就可以了,总之,我可不想被天打雷劈,我还想好好活着呢。"

画角一面说,一面用力去推他。虞太倾忽然笑起来。他就晓得她不会轻易饶了他。别的小娘子谈起这个,只怕脸都会羞红了,她却不然,这是揪住他的小辫子不准备放了。

虞太倾笑道:"我来还不行?"

画角依然摇头。虞太倾轻叹一声,微扬的眉梢带着一丝缠绵,柔声说道:"我原本已想好,待我自崇吾山回来,便奏明圣上,让他为我们俩赐婚。如今看来,我是不是应当即刻入宫,求圣上赐婚更好?如此,你成了我的夫人,你那毒誓是不是就破了?"

清风拂面,吹动她耳畔的发梢,她抬手拢了拢头发,不经意般回首瞥了一眼,只见青蛇蔫蔫儿地趴在池畔,似是游不动了。画角猜它或许是听到了他们的话,太过震惊吧。绿头鸭不知何时走到了近前,黑豆眼中充满了惊诧。画角觉得自己此时的表情可能和绿头鸭差不多。她抬头问道:"你……这是在向我求亲?"

虞太倾盯着她晕红的脸，没想到方才还脸皮极厚的她这会儿居然脸红了。他俯身低语："自然是的，要不然你以为是什么。"

画角轻声说道："你先放开我。"

虞太倾缓缓松开手。画角挣脱他的胳膊，慢慢舒了口气。他们两人之间的事，是她先喜欢上他的，可是，她这会儿居然不晓得，她到底该不该答应他的求亲。

她是伏妖师，姜家的大仇还未报，化蛇和它背后的主人到底是谁还未曾查出来。这样的她，能接受他的求亲吗？她有太多的事要去做。于她而言，前路或许是龙潭虎穴，也或许是刀山火海，布满了风刀霜剑、荆棘坎坷，一个不留神，或许就会丢掉命。

这几年，她独自一人，一路闯过来，从未惧怕过什么。但这一刻，她忽然有些胆怯。她生怕敌不过操纵化蛇的幕后之人。她真的可以接受他的求亲吗？倘若如此，他势必会被牵扯到危险中去，陷入可以预见的悲惨命运中，同她一道坠入深渊。她不愿意这样。

虞太倾眼见画角脸颊上的那抹红晕逐渐消失，方才的娇羞一瞬已是不见，让他几乎怀疑方才自己看花了眼。画角慢悠悠向后退了几步，抬眸朝着他勉强一笑，说道："你莫要逗我了。"

这是什么话？他如此认真，她居然以为他在逗弄她？

虞太倾正色地说道："姜画角，你看着我的脸，我有一点玩笑的样子吗？"

画角却反而背过身去，去看面前的一树榴花而不去看他。平心而论，画角当初并未想太多，她对他的感情是纯粹的，并不含任何杂质，就是单纯喜欢他，想和他在一起。如今，他提出求亲。她忽然惊觉，让他置身危险之地，不是她所愿。

虞太倾想起西市上裴如寄说的话，疑惑地问："莫非，当真如裴如寄所言，你们两个的退亲并不作数？"

画角生怕他误会，摇头说道："自然不是。"

"那是为何？"虞太倾趋前一步，转到她身前，不依不饶地问道。

"我……终身大事，你总要容我思量一番。"画角揪下一片树叶，慢悠悠揉搓着说道。

"思量什么？"虞太倾有些不解，"难道，吾心悦汝，长相厮守、此生不渝，这些话，你只是说说而已？"

画角一怔，有些心虚地说道："我……我说过吗？"

她忽然觉得自己像是话本里那些始乱终弃的负心汉，撩拨了人家小娘子后，自己却不想给人家一个名分。有点恶劣！极其恶劣！

虞太倾笑了笑，显然没料到自己求亲会遭拒。日光璀璨，水面反射着点点亮光，耀得他有些眼晕。他一回首，看见绿头鸭、梦貘在不远处的草地上，或蹲或立，使劲把脖子伸得老长，一眨不眨地望着他。两双黑豆眼中，神情除了嘲笑还是嘲笑。小青蛇已潜入水底，大约不忍心再看下去了。

虞太倾烦闷地叹息一声，抬手松了松领襟，瞥了画角一眼，见她垂头在认真地揉捏一片叶子。这一瞬间，他感觉自己的心犹如她手中的叶子，正在被她来回揉搓。

"你没说过吗？"他忽然"哦"了声，说道，"你是写的。你是不是要说你那日喝得酩酊大醉，那些话都忘记了。那不要紧，我再问你，你可是喜欢我，可愿与我长相厮守？"

画角揉捏叶子的手一顿，低声说道："喜欢啊。"

"但不想长相厮守是不是？"他直愣愣地问道，"说个理由吧。嫌我家世不好么？要么，是嫌我相貌不俊？"

画角摇头。

虞太倾微微一笑："我就晓得你不是那等庸俗之人。我如今纵然已不是皇亲国戚，但我足以保你此生无虞。我的相貌，不是我自夸，还算过得去吧。"

她犹豫着要不要告诉他自己是伴月盟盟主，她不仅要诛妖，还有仇要报，她如今甚至不晓得幕后仇家是人是妖。

"还是说你在意自己发的毒誓？"虞太倾忽然问道。

画角觉得，或许只有这一个借口了。她郑重地点点头。

虞太倾笑了："你更不用惧怕。我在此起誓，姜画角所发的誓言，若有违背，所有报应，天打雷劈也好，不得好死也罢，皆由我虞太倾代她承受。"

画角震惊地扬起脸，冷不防虞太倾一伸手，拽住她胳膊将她拉入怀中，在摇曳的花影中低头朝她唇上吻落。风过花丛，馥郁的清香在身周萦绕。画角在一瞬的震撼后，整个人已经蒙了。她不知不觉伸出手，环住了他的背，任由自己的一颗心，在馨香旖旎的海里沉沉浮浮。也不知过了多久，她听到他在她耳畔低声说道："等我回来！"

第三十一章 绝情的新娘

虞太倾去了崇吾山。

画角原本想跟他一道,但又生怕离开阑安城,会错过寻找表姐姜如烟的机会。

那夜在西市,她偶然捡到了表姐的玉佩,当时太过激动未曾细想,事后却觉得有些蹊跷。在人来人往的街市上,捡到一个玉佩且还是一直心心念念寻找的人的玉佩,这也太巧了。她认为是有人刻意为之。既然如此,就不会再无下文。她一面派伴月盟的伏妖师暗中寻找表姐,一面等着对方再出招。是以,她暂时不能离开阑安城。

夜色笼罩下的庭院,不似白日里那般富丽华美,而是瞧上去有一丝阴森。两名绿衣婢女在院内穿行,宫灯的光亮只映出身前地面上青色的地砖。周围墙角树底下还是影影绰绰的黑,一阵风来,树影摇曳,好似妖魔狂舞。

走在后面的婢女手中提着一个食盒,朝黑暗中瞥了一眼,战战兢兢问道:"小英,昨日去送饭的阿莲找到了没有?"

名唤小英的婢女走在前面,提灯的手微微颤抖,壮着胆子说道:"没有听说过。"

后面的婢女压低了声音，又道："我听说……听说后院关着妖物，阿莲……阿莲是被吃掉了。"

婢女小英轻叱道："别胡说。哪里有妖物，莫听别人乱嚼舌根，阿莲说不定回家去了，她不是一直说她阿爹要为她赎身吗？"

两人一时皆不敢言语，相互搀扶着向院内廊下而去。忽听得屋内传来"啊"的一声惨叫。

婢女提灯的手一抖，宫灯掉落在地，里面的火烛倾翻，很快将宫灯燃着了。另一名婢女手中的食盒也掉落在地。两人尖叫着抱头向回路跑去。忽然，漆黑的树丛后，一双灯笼般大小的猩红眼睛闪过，巨口一张，便将两人吞入口中。

屋内窗扉紧闭，帷幔低垂，陈设简陋，一榻一案一椅。壁上挂着一盏烛灯，黯淡的光芒映出床榻一角缩着的一名女子。她一袭白衣，头朝里侧卧，一动不动。

一名华服男子走入屋内，见此情景大吃一惊，快步行至她面前，伸手便去扳她的肩膀。

女子蓦然睁眼，抬手向他的脖颈压去，另一只手出手如电，五指向他双目钩去。千钧一发之时，华服男子身后的黑衣女子向前一步，抬手扣住白衣女子的手腕，一用力，将她甩落在床榻下。

华服男子摸了摸脖颈，嘶哑着声音冷笑道："姜如烟，废了你的术法你竟然还如此猖狂，你以为戳瞎我你就能逃出去吗？"

姜如烟扑倒在地，听到他的声音慢慢坐起，背脊挺得笔直。她身材瘦削，面目憔悴，但依然看得出模样清丽娟秀，尤其一双眼睛，眼角微挑，波光璀璨。

她唇角浮起一抹锋锐的笑意，冷声说道："似你这般将灵魂贩于妖物之人，总有一日会万劫不复。"

华服男子闻言哈哈笑了起来，后退几步，坐在椅子上，一手托腮望着姜如烟，一脸的浑不在意。

"姜如烟，你可晓得，前两日我在西市上看到了谁？"

姜如烟抬起苍白的脸，冷冷瞥了他一眼，怒声说道："你遇到了谁与我有何干系？"

华服男子笑了，眯眼说道："别急啊，等我说完，你就晓得有没有干系了。"

他转头问身边的黑衣女子："她是谁来着？"

黑衣女子禀告道："她是郑中书令家的小娘子，闺名画角。不过，她不姓郑，姓姜。"

华服男子望向姜如烟，问道："听到了吧？姜画角。"

姜如烟面色如常，口气依然平平淡淡："姜画角怎么了，与我有什么相干？"

"跟你没关系吗？姜画角恐怕不这么认为。"华服男子的目光掠过姜如烟缓缓攥紧的手，一指旁边的黑衣女子，说道，"我命她将你的玉佩掉落在西市上，被姜画角捡到了，她可是追了一道街，还喊什么'阿姐'。"

姜如烟不为所动，抬头问道："你来就是说这些？"

华服男子宛若刚想起来般，吩咐黑衣女子："对了，她的饭。"说完示意黑衣女子出去将饭匣取了进来，放在姜如烟面前。姜如烟打开饭匣，径自吃了起来。

华服男子轻叹一声，起身说道："既然你说姜画角和你没关系，那我便命人将她擒拿。不行，她可是有身份的小娘子，那只能暗中派人将她诛杀了。"

姜如烟迟疑了一下，执箸的手微微发抖，脸色苍白了几分。

华服男子继续说道："她似乎还会术法，我只能派厉害的……"

姜如烟勃然变色，将手中的箸子一放，闭了闭眼，片刻后睁眼看向华服男子："你让我做的事，我做便是。"

画角坐在临窗的榻上，将表姐姜如烟的环形玉佩取了出来，在日光下仔细端详。这玉佩表姐向来不离身，为何那夜偏偏掉落在她身边？倘若是故意掉落的，那表姐为何当时不认自己？只有一个解释，那素衣女子不是表姐，而是旁人假扮的。如此，表姐便是落在了什么人手中。假若表姐在幽禁之中，她这般寻找，恐怕一时半会儿寻不到。画角起身，在屋内缓缓踱步。

雪袖不晓得她在烦忧什么，小心翼翼地问她："娘子，你可要制香？"

画角摆了摆手，虽说这些时日她已经迷上了制香，然而，眼下她显然没有这个心情。

林姑摇着团扇走了进来，说道："虞都监这才走了几日，你便这副样子了，待虞都监回来，我可要催他早点将你娶过去。"

林姑说着，命雪袖将新购的香料摆出来，说道："还是制香吧，如此可解相思之苦。"

画角一时竟不知如何反驳。

"解什么相思……"话未说完，被林姑截断了，"别不信，阿姐可是说过，香乃玄妙之物。"

画角微微一愣，晓得林姑口中的阿姐指的是自己的阿娘。她蓦然抬起眼来，问道："林姑，阿娘是不是还说，燃之可通鬼神？你说鬼神是你胡诌的，那阿娘原话说的是燃之可通什么，你可还记得？"

"那么久了，我如何记得？"林姑提起秤便要称香料。

画角趋步上前，一把夺过小秤，追问道："林姑，你再想一想，这对我很重要。"

林姑凝眉思索："我是当真想不起了，要不然我也不会胡诌说是鬼神。"

"可是云墟？"

林姑愣了一瞬，一拍桌子说道："好像的确是什么墟，我那时不明白是什么，你阿娘却对着我笑了笑说不必明白。你又是怎么知道的？"

画角面色微微一变。如此，打开云墟之门的香丸，果然是来自于他们蒲衣族吗？莫非，当年族中人被诛杀便是妖物去抢香？

"林姑，阿娘可提过遗梦这种香？"画角问道。

这回轮到林姑惊讶了，她看着画角，颤声说道："小娘子，你要找遗梦这种香？"

画角点头。

林姑叹息道："阿姐给你留了香方，嘱托我平日里教习你制香，还说过，待你什么时候问起遗梦这种香时，便将香方给你。"

画角霍然站起身，一把抓住林姑的手腕，说道："林姑，香方呢？"

林姑惊了一跳，从未见画角如此激动过。

"不是，你不是不太喜欢制香吗？怎的一个香方，竟然让你激动成这样？你如今能沉下心来制香了吗？倘若没有，我不能把香方随便给你。"林姑一面絮絮叨叨说着，一面自去取香方。

不一会儿，林姑便捧着一个雕花木匣递给了画角。木匣看上去严丝合缝，并没有锁，普通人便是得到木匣也是打不开的。画角的阿娘曾教习过画角如何用术法开锁，她施法打开木匣。

只见里面放着的不仅有香方，还有阿娘写给她的一封信笺，除此之外，还有一张羊皮纸所制的舆图，一瞧便是有年头的古物。画角打开舆图，见其上绘有山川河流，森林城镇，道路村寨，皆惟妙惟肖。只是有一样，尺余见方的兽皮太小，旁侧标注的地名便小得看不太清楚。

画角施法，手中便多了一明珠，凑在眼睛上观看，舆图瞬间便放大了数倍。只见其上标注的地名，有些州府自古以来曾经几易其名，也在旁侧标注得明明白白。画角的目光飞快掠过舆图，目光忽然一凝。只是极北之地、槐隐山、崇吾山、东海四处，皆以朱笔标有奇怪的符号。画角放下明珠，神色凝重。

她又打开香方，只见上面写着：丁香半两，沉水香一两，甘松一两，龙涎香二两，零陵香一两，苏合香二两五钱，生龙脑三两，兜楼婆香半两，豆蔻一枚。后面还有一味：圣女血一滴。最后写着，香成之时，置于熏炉中，炉底隔层慢烧细炭，烟呈祥云状则成。

果然，遗梦香唯有表姐姜如烟方能制成，旁人便是拥有了香方，但没有圣女血，如此也是枉然。这也是为何妖物将族中人都诛杀了，却留了表姐姜如烟一命。他们在逼迫表姐制遗梦。

画角猜测，那一次，他们应当从族中窃走了一些现成的遗梦，在凤阳楼和花宴还有静慈寺中，他们都用过。但他们应当是需要更多。

画角低眸又看了一眼香方，问林姑："林姑，这几味香里，哪一味是最难买的？"

林姑指着龙涎香和沉水香说道："这龙涎香据说是来自于一种鲸，很是珍贵，多自海外运来。沉水香产自波斯。这两种香也就西市那几家大香料铺才有。"

画角闻言若有所思。

西市。瑞祥香料铺。一名瘦弱的小娘子入了店门，她脸上蒙着面纱，只露一双清眸。身后跟随着一名婢女，几名护卫，看样子应是大户人家的小娘子。

"客官，您需要什么香料？"店小二殷勤地上前招呼。

婢女神色有些冷漠，问道："可有成色上佳的龙涎香、零陵香、兜楼婆香？"

一旁的掌柜屈阿勒闻言，快步走了过来，亲自招呼道："小店新进了一批香料，客官稍等，我这就取来。"他说着，亲自从靠墙的柜中取出香料供客人挑选。

蒙着面纱的小娘子正是画角的表姐姜如烟，她伸指拈了一块香料瞧了瞧成色，又闻了闻。屈阿勒早已事先备好了熏炉供人试香，她挑了一块投入其中，刹那间，便有馥郁的香气逸出。

婢女有些不耐烦地问道："这家的香料如何？我们可是跑了三家香料铺了，你不会是故意在拖延吧。"

店小二诧异地望了婢女一眼，似乎没想到婢女会对主子这般说话。屈阿勒目光微闪，望了姜如烟一眼。

姜如烟笑了笑说道："你以为我们是要制普通的凝神静气的香？便是用最纯正的香料制作，也不见得就能制成，倘若不认真甄选，那必是不成的，倒不如省些气力，不制好了。"

屈阿勒忙说道："小娘子说的是，既要制好香，自然要用好香料。我们店里的香料您放心,有些是从海外千里迢迢运来的,价钱虽昂贵,但成色好,小娘子你闻闻这香气就晓得了,香而不腻绝对是好香。"

屈阿勒走过去,抬手轻轻扇动熏炉上的烟气,说道:"最好是闭上眼睛,什么都不要想,如此静心敛神,方能辨别香料优劣。"

姜如烟闭上眼,屈阿勒在扇风时,不小心将姜如烟脸上的面纱拂落,慌忙躬身致歉。

姜如烟蹙了眉头,缓缓睁开眼,说道:"掌柜的,这几样香料,每样来五两。"

屈阿勒高兴地应了一声,回身将香料打包好,亲自交到了姜如烟手中。

待到姜如烟带着婢女和护卫们走后,掌柜的忙招手叫过店小二来,吩咐道:"快去品墨轩,就说他们要找的人来过香料铺了,我将寻人符偷偷塞到了那小娘子袖中。"

店小二闻言,瞪大眼问道:"掌柜的,你何时塞的,小的怎么没有看到?"

屈阿勒笑道:"自然是给香料时。"

屈阿勒前段时日被妖物掳至九绵山,多亏品墨轩中的伏妖师相救,这份恩情他一直铭记在心。前两日,品墨轩的章掌柜亲自过来,说是但凡有人同时购置龙涎香和零陵香等名贵香料,定要及时通传他,并将一个小娘子的画像给他过目。方才他故意将那小娘子的面纱扇落,那一瞬,他看得清楚明白,正是画像上的小娘子。

入夜时,画角接到了章回派人传来的口信,说是有了姜如烟的消息。

夜色渐深,月色自天边流泻而下,照映在寂静的曲江池上。画角凝立在水畔,望着前方黑黝黝的一大片楼阁。据章回说,屈阿勒将寻人符偷偷塞到了姜如烟的袖中,但是到了曲江池这边,便失了符咒的踪迹,想必是被那些跟随姜如烟的人发现了,因此他们也只追踪到了这里。

章回低声说道:"虽说并不晓得他们将盟主的表姐具体带去了何处,但这曲江池畔,多是皇室贵胄子弟的别苑,太子、康王,还有静安公主,一些朝中重臣,还有虞太倾虞都监在此处都有别苑。"

画角听到虞太倾的名字,微微一愣。

伊耳问道:"盟主,可要夜探那些别苑?"

画角摇摇头:"先不要轻举妄动,我表姐暂且不会有危险。擒拿她的人,说不定就是妖物化蛇,只怕不好对付。我们不能贸然过去,不然只怕会打草惊蛇。"

画角望了眼曲江池畔的望江楼,沉吟着说道:"伊耳,我上次来曲江池时,听闻这些别苑中的人有时会从望江楼订酒菜,你设法到望江楼去做庖厨。"

伊耳点头应下。画角凝立在水畔柳树的阴影中，夜风拂过，柳条轻摇浅摆，她凝视着那片绵延的楼阁，清眸中闪过一丝肃杀的冷意。

虞太倾此番出门，除了带着楚宪和狄尘，还有另一位校尉陈英也跟了过去。

雷言到底是不放心虞太倾，命陈英盯着他。虞太倾是个不能轻易用术法的，狄尘是个要依赖虞太倾指点才会术法的。如此，他二人多仰仗楚宪和陈英，方能在几日后的日落之前赶到崇吾山脚下。

整个崇吾山都浸在朦胧的雾气里，但依然看得出奇峰林立，陡峭如壁。前方不远处有一座镇子，虞太倾晓得错过拴马镇，天黑之前，很难寻到宿处，便决定暂时在镇上落脚。

拴马镇是距崇吾山最近的小镇，据说，再向前走，山路奇峻，马匹上不去。若想上山，便只有将马匹拴在镇上，因此得名"拴马镇"。镇子很小，只有一条南北大街，一家稍大的客栈。客栈一层是酒肆，虞太倾和楚宪、狄尘、陈英四人占了一张桌子，点了饭菜酒水。

右首边的桌子上，坐着两个猎户模样的汉子，一个看上去有三十多岁，另一个稍年轻些，正在饮酒。年轻的猎户也不说话，只是一味地喝闷酒，一脸的郁色。

年长的汉子拈起一颗花生米，嚼了嚼说道："兄弟啊，你也不必太过伤怀。那袁三娘子既然看不上你，你又何必非她不娶？"

年轻的猎户将杯中酒一口饮尽，"啪"一声放在桌案上，恨恨地说道："丁二哥，你是知道的，翠秀明明很中意我，袁村长先前也答应过只要我猎了黑熊，便答允将翠秀许给我，谁晓得，他如今却翻脸不认了。"

丁二哥无奈地叹息一声，说道："柱子啊，你们没有定亲，只是口头承诺，如今，老袁有了旁的人选，纵是翻脸你又能怎样？况且，我听说啊，人家男方的聘礼都送到袁村长家了，金银珠宝、丝绸布帛整整抬了两大箱。你只有一张老熊皮，你说，老袁哪有不变卦的？"

"他这不是卖闺女吗？"年轻的猎户柱子话语中鄙夷之意甚浓，眼中却透着一丝无奈。

丁二哥端起酒杯一饮而尽，咂巴咂巴嘴叹息："我要是有这么大的闺女，我也卖。那么两大箱聘礼，够我们山里人半辈子的花销了。"

虞太倾觉得有些奇怪。俗话说靠山吃山。这荒凉偏僻的小镇，大多数人家都是靠打猎为生，怎会有这样的富户，聘礼如此丰厚。

恰巧客栈的小二过来上菜，狄尘凑过去问道："不晓得那边说的男方是什么人家，怎的这般豪富？"

店小二看几人是外乡人，晓得他们不知事情的经过，便解释道："那不是本地人，是和你们一样，外地来的。据说家中是做丝绸生意的，颇有家底。"

"一个外乡人到这山沟里来娶媳妇？"楚宪越发觉得奇怪。

"可不是娶，人家是入赘。"店小二说道。

一个外地来的郎君，且不说他家底丰厚，便是贫苦人家，多半也不愿入赘到山沟里。

店小二似乎明白他们的困惑，瞥了一眼丁二哥和柱子，压低声音说道，"袁翠秀是弃马村袁村长家的三娘子，她和铁柱是青梅竹马，两家原本都有意结亲，却不想，半路杀出个程咬金。袁翠秀有一次进山，救了那外地小郎君的性命，听闻他在山里迷了路，还中了猎户的陷阱，腿被兽夹夹伤了，在老袁家中休养了半个多月，就此和袁翠秀情投意合，便是入赘也非她不要。"

"什么情投意合？"年轻的猎户铁柱喝多了酒，已有了几分醉意，听到店小二的话，气愤地一拍桌子，指着店小二喊道，"你晓得什么，翠秀妹妹怎会看上那样的小白脸，她自小就喜欢我，说长大了要嫁给我。明明是那个袁老头见钱眼开，逼她嫁人。"

店小二生怕铁柱闹事，连连哈腰说道："是，柱子说得是。柱子你不如想想办法，在这里喝闷酒有何用？人家翠秀明晚可就要成亲了。"

铁柱将酒杯往桌案上一放，喝道："我这就去弃马村找翠秀去。"

说完，一步三摇出了门，丁二哥结了账也忙追了过去。

店小二摇了摇头，说道："柱子也是可怜，那外乡人可不单比他富，还比他俊，人家还愿意入赘，袁三娘子只怕早移情别恋了。"

虞太倾和楚宪、狄尘、陈英互看了一眼，都觉得此事蹊跷。

虞太倾问道："弃马村距此不远吧，袁翠秀是明晚成亲吗，我们可以去观礼吗？"

店小二忙摆手道："客官啊，我瞧你们是远路而来，虽不晓得你们是做什么的，但看你们……"

店小二的目光在虞太倾身上流转一圈，说道："出门还是小心为上。最近这附近不太平，夜里不单有野兽出没，还有害人的妖物。前些日子，在山沟里发现了两具被剥了皮的尸首。我虽没亲见，但想起来就觉得太惨了。官府来人查了也毫无线索，你们还是少出门为妙。"

"我们只是去弃马村看看，不会去山里。"陈英说道，"你不用担心。"

店小二说道："客官有所不知。村子距镇子倒是不远，也就三里地。不过，你们以为村子为何叫'弃马村'，就因为那里已经临近山中，偶尔有野兽出没，若想再进山，再是不愿，也只能将马儿弃了。所以，去弃马村就相当于快进山了，成亲是在晚间，还是不去为好。"

店小二千叮万嘱，自去了。四人一言不发用罢饭，回到厢房时已是夜幕降临。四人要了两间房，虞太倾和狄尘一间，楚宪和陈英一间。厢房皆在二楼，大约是拴马镇最高的房屋了。

虞太倾推开窗子，望向外面。夜幕下的拴马镇不比阑安城，到处黑压压一片，只零星有几处灯光，是近处人家的窗户里透出来的。镇上也没有人声，只偶尔不知从谁家院落传来几声犬吠。山里雾浓，初升的月亮也好似披上了轻纱，朦朦胧胧的。

虞太倾盯着不远处崇吾山的山影，吩咐狄尘将召唤野君的符咒燃着了。然而，野君并未如约赶来见虞太倾。狄尘猜测野君或许已经死了，毕竟他的身子状况并不太好，且他的夫人观讳已经不在人世，这些年支撑他活下来的希望便没有了。

陈英却不这么认为，作为天枢司的伏妖师，他向来信不过妖物，轻哼了一声说道："那野君活了千年，虽说身子衰败，但再多活个三五年也不成问题。这会儿应当在山上逍遥吧，也许早忘记了相助虞都监的承诺。便是记得，只怕也不愿任我们驱使。"

虞太倾对他们的想法无可厚非，毕竟伏妖师和妖物本就是敌对的关系。不过，他觉得野君不是这样的妖。人有好坏之分，妖亦是如此。人与人之间的情有淡如水的，亦有浓如酒的，妖亦如此。比翼鸟野君与观讳，本就是情感忠贞之鸟。人会为深爱之人复仇，他们又怎能不会？

这些年支撑野君活着的便是寻找观讳，如今观讳身死，支撑野君活着的，恐怕是为妻复仇。有人让他们夫妻分离千年，让其妻观讳易骨为蛤，最后还利用观讳的珍珠吸附人气来作案害人，让原本单纯胆小的观讳手上沾染了人命。他怎么可能放过教唆观讳行凶的化蛇妖，又怎能不去查明幕后操纵化蛇行凶之人？所以，当野君恳求要带观讳回崇吾山时，虞太倾便趁势提出要他相助的条件，他晓得野君会答应的。这会儿野君没来，虞太倾认为，不是他脱不开身，便是他遇到了危险。

虞太倾命狄尘合上窗扉，说道："在和野君会面之前，我们暂且就住在拴马镇，先不忙着进山。这几日赶路也累了，今夜好生歇息。"

楚宪问道："明晚，我们可要去弃马村观礼？我怎么觉得，要入赘到袁家的外地郎君有些怪异。"

"误入猎户的陷阱，被兽夹夹伤了腿，别是什么山精野怪。"陈英说道。

妖物用障眼法幻化些金银珠宝还是很容易的。虞太倾点头："明日过去瞧瞧。"

店小二的话诚不欺人。弃马村果然在山中，虽说距拴马镇只有三五里路，然而，山路崎岖，这几里路行走起来比平地的十几里路还要累人。路上不断有人前去袁家贺喜，几人也不好施法，只好步行前去。

转过十八弯的山路，终于看到了弃马村。村寨建在山岗上，二十多户人家，房屋皆依着山势而建，在山岗上高低错落分布。村寨前有一片村民开垦的梯田，麦黍结籽，过不了几日，便到了成熟的季节。

虞太倾几人特意乔装成远路到山中购置兽皮的商人。一到村口，便有几个聚在村口的村妇过来搭讪："几位可是罗女婿的友人？"

几人早已事先打探过，晓得和袁翠秀成亲的男子名罗翼。听到她们问起，楚宪礼貌地走上前，笑了笑说道："我们和罗翼并不相识，算不得友人，只在生意场上听闻过他的名头。今日恰逢其成亲，我们也想过去恭贺，沾沾喜气。"

山野村妇平日里见的最多的不是猎户便是樵夫，见楚宪年轻俊朗，笑得如此谦和，纷纷上前争抢着说道："我们领几位郎君过去吧。"

几人在村妇的拥簇下，向袁村长家而去。弃马村的房屋为了防野兽，多是山石建造，袁村长家也不例外。三间看上去有些年头的石屋，外面圈了一块地，算是院落，木门上挂着红灯笼，旁边的矮墙上贴了大红的"囍"字。院内摆了简易的桌椅，村民们皆聚集在院内等着观礼。

虞太倾命狄尘将事先用红布包好的碎银作为礼金奉上，随后，几人便坐在院内的椅子上候着。他们是陌生的面孔，很快便吸引了村人的目光。不单单是那些大姑娘和小媳妇，便是男子们，也毫不掩饰地上下打量着他们。看完了还聚在一起毫不掩饰地评头论足。

一个小娘子指着狄尘说道："你瞧那个黑衣的少年，模样生得倒是不错，只可惜脸上有疤。"

"那个年长的，生得倒是端正，只可惜脾气瞧着不好，看人时一脸凶相。"陈英闻言，皱眉望过去，锐利的目光越发凶悍。

村人们骇了一跳，越过他，望向虞太倾和楚宪。

"这两位模样好俊，那个素衣少年简直是谪仙下凡。"

"你见过谪仙吗？还谪仙。"

"没见过，不过我觉得他比袁三娘的罗女婿还要俊，这个人我看上了。"

"你家中有兽皮吗，他们不是来收兽皮的吗？我家中还有张虎皮。"

在阆安城，虞太倾也曾遇到过小娘子打量他，但大多数时候都是偷看，从未被如此赤裸裸地打量过，感觉自己成了猴戏中被围观的猴子。几人都有些坐不住了。

这时，一个司礼模样的村民步出，唱喏道："吉时到，请新郎新娘。"

如此，这才打断了村民们的议论。天近黄昏，院内挂着的红灯笼渐次点亮。身着大红喜服的新郎和新娘在众人拥簇下自屋中步出，走到早已摆好的香案前。虞太倾的目光凝在新郎罗翼的身上，见他二十四五岁的年纪，模样俊秀，透着一丝文雅之气。

司礼高声说道："下面请新人行礼。一拜天地日月星，二拜高堂福寿康。"

一对新人朝着坐在一旁的村长夫妇行礼。

"夫妻对拜恩爱长！"

司礼话音落下，新人正要躬身对拜。

"慢着！"忽听得有人喝道。

众人转首望去，只见一行人快步走入院内，为首的正是昨日虞太倾在客栈见过的铁柱。丁二哥和几名年轻的汉子跟随其后。

袁翠秀的爹袁村长慌忙迎了上去，笑呵呵地说道："铁柱，来来，这边请。"

铁柱身后一个汉子喊道："请什么请，袁村长，我们可不是来喝喜酒的。"

袁村长唇角笑意一冷："今日小女成亲，你们若是来贺喜，我很欢迎，若是前来捣乱，莫怪我不客气。"

"袁叔，你可晓得，你招赘的女婿是何身份？"铁柱平静地问道。

"他身份不明，说不定与最近发生的凶案有关！"铁柱的话犹如一石激起千层浪。村民们霎时吵嚷起来。

"这是什么话？"

"你们这些拴马镇的人，莫要血口喷人，罗女婿怎么会与凶案有牵扯？"

"什么凶案，他害什么人了？怎的就成了凶犯了？"

"我瞧啊，这个铁柱定是被抢了媳妇，心中不服气，才如此胡言乱语。"

……

村民们吵吵嚷嚷，说什么的都有。袁村长倒并未着恼，轻叹一声说道："柱子啊，我晓得你心中不好受，可有些事不能强求，你更不能胡言乱语来败坏阿翼的名声啊。"

新郎罗翼闻言，面色平静地望向铁柱，朝着他淡淡一笑。这笑容看在铁柱眼中，便似挑衅。

铁柱显然被激怒了，高声说道："袁叔叔，他说他叫罗翼对吧？家中是做丝绸生意的，住在丛镇，可是丛镇根本没有做丝绸生意的罗家。此人的身份是假的，你们莫要被他骗了。"

铁柱身后的丁二哥上前说道："袁大叔，柱子说的都是真的，我们特地去丛镇打探过。最近山中有命案发生，他这样来历不明之人，说不定和命案有关，实不是良配。"

楚宪闻言笑了笑，低声说道："昨日里我还以为这个铁柱是个莽撞之人，倒是未曾想到他颇有心计，竟然去查了新郎的身份。"

虞太倾也有些出乎意料。如此看来，这个铁柱对新娘子倒是用情颇深。铁柱和丁二哥一番话说得袁村长一时哑口无言，他或许也未曾想到女婿的身份竟是假的。

这时，新娘子袁翠秀忽然将头上的喜帕扯了下来，大步朝铁柱走来。山野中的小娘子倒不是多么美貌，但年轻鲜妍，犹如山坡上的花，正是盛放之时。她在铁柱面前站定，望着他一字一句说道："道听途说的话可当不得真，你听错了，罗哥哥不是丛镇之人，他是虫镇之人。"

丛镇，虫镇？一瞬间，铁柱愣住了。

丁二哥有些疑惑地嘀咕："虫镇，还有虫镇吗？我怎的从未听说过，你听说过吗？"

然而，对于铁柱而言，有没有虫镇都不重要了。只要这句话是翠秀说的。不管是他真的听错了，还是翠秀胡诌了这么一个镇子，他都是彻底地输了。翠秀心中已经没有他了。她望着他的眼神是那样毫不留情，仿若他们之间的过往轻若浮云，不值一提。

陈英低声说道："这个新娘好绝情。"

虞太倾抬眼望去，就见铁柱的脸阴晴不定，就在他以为铁柱快要哭出来时，他却忽然转身离去。丁二哥原想说些什么，见状带着人跟了出去。一对新人接着行礼，只是被铁柱一搅，再没了先前的气氛。新郎新娘行完礼入了洞房，虞太倾便带着楚宪和陈英、狄尘也退了出来。

夜幕降临。弃马村除了村长家院内亮着灯火，其他人家皆是一片黑沉。虞太倾望着黑漆漆的山路，正在想回村长家要一盏灯笼，还是施法下山。忽听得身后一阵脚步声响起，只见一个村民提着一盏灯笼奔了过来。

"几位郎君慢走。这下山的路不好走，新郎官特意嘱咐我，让我将这盏灯笼送给你们。他说今晚招待不周，让我代他赔礼。"村民说着，将手中的灯笼递了过来。

虞太倾吩咐狄尘上前接过。

村民笑了笑说道："他还让我送各位一句话，夜黑路陡，还请小心出山。"

村民说完，便转身回去了。狄尘有些错愕，没想到新郎官居然留意到了他们。几人沿着山路缓步下山。

楚宪压低声音问道："你们可瞧出不对劲的地方了？"

陈英说道："那新郎必是有问题的，只是，他身上倒是没有妖气，我也说不好。"

楚宪点点头："倘若他是妖，丝绸商人的身份自然是假的，我们说曾听闻他的名头，定会引起他的注意。他托人带的话是何意？"

狄尘道："也许是警告？让我们不要碍他的事儿？"

虞太倾忽然问道："虫镇？大晋可有这个镇子？"

楚宪摇头："自是没有，那地名必是新娘子为了替新郎开脱，胡诌的。"

虞太倾若有所思："这个镇子，我觉得甚是耳熟，似乎在哪里听说过。"

耳熟？陈英想了想，摇了摇头，说道："从未听说过，天枢司有舆图，要不然回到客栈，我施法传信问问指挥使？"

虞太倾晓得陈英在和雷言传信报告自己的一言一行，于是笑了笑，说道："好。"夜里山间风大，风吹影动，黑暗中不晓得有什么危险蛰伏。忽然，黑暗中有人窜了出来，拦住了几人的去路。

狄尘提灯照了照，拦路的是一个村妇，身着粗布衫裙，脸上挂着憨厚的笑意。她诚惶诚恐地问道："你们不是要收兽皮吗，我家中有张老虎皮，你们要不要？我家就在上面，不如你们随我去取？"

虞太倾认出是方才在村长家围观他们的村妇之一，淡声说道："今日天晚，我们明日再来收。"

村妇笑道："你们也说天晚了，夜里山间有野兽出没，我家里还有一间房闲置，不如你们几人就宿在我家里吧。明日一早，正好收兽皮。"

"那不能。"虞太倾冷声拒绝。

村妇笑道："哎哟，小郎君莫误会，我家中有男人。"

"那又如何？"陈英斜睨了村妇一眼。

"我这不是怕你们心中有顾虑，以为家里就我一个，为了避嫌不愿意过去住嘛。"

陈英漠然打断她的话："你放心，有没有男人，爷也不会去你……"

陈英话未说完，虞太倾忽然拦住了他，看向村妇，说道："如此，那便麻烦你了，有劳带路。"

"好说，好说。"村妇笑得双目眯成了一条缝，带着他们向山岗上而去。

陈英和楚宪皆疑惑地看向虞太倾，不晓得他为何又同意了。不管是野兽还是妖物，他们伏妖师总是不怕的，不至于要夜宿山村中。虞太倾示意两人去看狄尘手中的灯笼。只见灯笼上贴着大红的"囍"字，乍看似乎没有异常，细看便会发现，那"囍"字被人从中间撕开了，裂开一道缝。这绝非偶然。

新郎官送他们这样一盏灯，是想说什么？喜事不喜？！

先前，几人一直以为这新郎绝非寻常人。这会儿却觉得，他送这盏灯笼，倒像是在求救！

一个富家郎君入赘山村，太过不可思议，很像他有所企图。可反过来想，倘若他是被迫的呢？

虞太倾试探着问走在前面的村妇："听说罗翼给袁家的聘礼是一箱金银珠宝和一箱绫罗绸缎，这么丰厚的聘礼，这喜事怎的办得如此仓促？"

"什么金银珠宝，不过是……"村妇似乎想到了什么，顿住了话头，"还不是那老袁抠门，舍不得花银子。"

虞太倾若有所思，看来，聘礼也只是传言。

"怎么没见男方亲人来贺喜？可是因虫镇距此地太远？"

"啊，对，太远了。"村妇敷衍着说道。

很快到了村妇家，这处院落没有村长家宽敞，狭小逼仄。石砌的屋墙上，爬满了红丝草。四人勉强凑合着挤在一间房内。洗漱罢，便早早熄了油灯。虞太倾命楚宪自窗中翻了出去，暗中到袁村长家去查探情况。

山间的夜并不寂静，除了风吹窗子的呼呼声，不时还有夜鸟的鸣叫声。不知过了多久，听得夜风之中，似乎伴有轻微的脚步声。陈英和狄尘对视一眼，一人守着窗子，一人疾步行至门前。屋内并非全然地黑，今夜是月圆之夜，淡淡的月色映照在窗子上，红丝草的叶片在风中摇曳，影子印在窗纸上影影绰绰犹如鬼影。

俄顷，窗纸上映出两道人影，一人矮胖，一人魁梧，看身形正是村妇和她的男人。两人行至门扇前，只听得窸窸窣窣的轻响。陈英就站在门畔，只见一股白烟从门缝中逸入，同时伴随着一股异香。陈英捂住口鼻，缓步退至床畔，低声道："迷香。"虞太倾点点头，三人同时屏息假装晕倒在地。

房门被推开，两人潜了进来。村妇呵呵笑了起来，那声音在寂静的夜里，极为骇人。

她低声说道："你们不是要收兽皮吗？一会儿啊，我便送你们几张，保证是上好的皮毛。"

虞太倾睫毛动了动，一时拿不准这村妇抓他们要作甚，听上去并非求财。

村妇的男人忽然开口说道："你未曾向领主请示，擅自抓了这几人，万一出事了可如何是好？"

村妇"哼"了一声，说道："你莫怕，出事了我担着。"

"你担得起吗？"男子说着，忽然惊讶地"咦"了一声，"不是说有四个人吗，怎的少了一个？"

村妇似乎也吃了一惊，在屋内到处寻找楚宪。她有些惊惶地问："可是快到子时了？"

男子冷冷"哼"了一声。

第三十二章 崇吾山伏妖

楚宪倒挂在袁翠秀和罗翼的洞房外,已经有两炷香的工夫了。透过纱窗,能清楚地看到屋内的情况。这屋子并不像新婚夫妇的洞房,一应装饰瞧上去也是旧物,只象征性地在墙面上贴了"囍"字,案上摆了龙凤红烛。新娘袁翠秀先是和罗翼喝了交杯酒,随后袁翠秀便说有些饿,两人便开始坐在案前用饭,偶尔说两句话。

楚宪一时也瞧不出异常,施法翻身落了地,正欲离开。忽听得后面山岗上,传出一声低低的呼叫。楚宪一惊,抬眼看去,见一道人影没入了林中。他施法追了过去,一入密林,便察觉到一股似有若无的妖气。

楚宪想着要不要去禀告虞太倾,不过犹豫了一瞬,前方树影中传来一声低低的呼叫。"救……"声音乍然中断,似乎是被人捂住了嘴。楚宪当机立断,又向前奔了几步,施法捏诀,指尖亮起一点萤火。只见树下,刚才在婚礼上闹事的铁柱蜷缩在树下,一个年轻男子伸手紧紧捂着铁柱的嘴。

"妖物,休想害人!"楚宪喝道,抬手捏诀,一道白光朝着男子劈过去,年轻男子见势不好,闪身松开了手。他一劈落空,不过,铁柱倒是脱了困。铁柱认出了楚宪,但他显然无暇理会楚宪,一脱身,便向林外奔了出去。

楚宪问道:"铁柱,你要干什么去?"

铁柱道:"那新郎定是妖物,我要去救翠秀妹妹。"铁柱显然是不死心,竟然连夜蹲守在山上。他"嗳"了一声,却来不及阻拦,铁柱已经冲出了林子。

楚宪回身望向年轻男子。他身着胭脂色衫袍,长发在头顶松松绾了个简单的发髻,其余的头发则披垂而下,看上去有些随意而凌乱。不过,他的脸生得很是精致俊美,一双含波敛情的桃花眼,眼梢微挑,透着一丝撩人的魅惑。方才的妖气便是从他身上散发出来的,但楚宪一时瞧不出他是什么妖。不过,看方才的情形,他似乎并未伤铁柱。

"你方才为何要拦着他?"楚宪问道。

桃花眼男子拂了拂衣袖,唇角扬起一抹淡笑:"我不过好心想救他一命,为此,还错过了救别人。哎……他倒不领情,非要去找死。人啊,真是太蠢了。"

"你一个妖物,也会想救人?"楚宪冷声喝道。

他抽出伏妖剑,挽了一个剑花,便欲朝男子刺去。忽听得"啾啾"的鸣叫声,楚宪一愣,这才注意到他左手中提着一个鸟笼。鸟笼中,一只青色的比翼鸟扑闪着一只翅膀,不断地在鸟笼中跳跃,黑亮的鸟目紧紧盯着楚宪,眼中隐有一丝焦灼。

楚宪曾在天枢司见过比翼鸟野君的真身,此时立刻便认出他来。怪不得昨晚虞太倾燃了召唤咒,野君并未依约出现,原来他被这妖物擒住了。

楚宪眼见野君不断地冲着他鸣叫,手中的剑微微一顿。野君此时是原身,楚宪听不懂鸟语,但他还是隐隐察觉到了野君叫声中的警告之意。野君怎么说也是千年鸟妖,当初他们交过手。他晓得野君妖力极强,寻常妖物怎么能将他擒拿?

楚宪不由得望向眼前的男子,这到底是一只什么妖?

妖物甚是警觉,已是察觉到了楚宪的异常。他瞥了一眼手中的鸟笼,目光微闪,笑道:"哎哟,莫非你们两个是老相识?"

楚宪手中的伏妖剑指向妖物,冷笑着说道:"谁说的,我只是觉得这只鸟聒噪。"

妖物的一双桃花眼微眯,遗憾地说道:"这样啊,我还想着,倘若你们相识,便将他送与你。既然不是,那我只好将他提回去烤了。"妖物说着,伸出舌头舔了舔嘴唇,目光中流露出一丝垂涎之意。他一头长发被夜风吹动,在月色和萤火的映照下,微微泛着朱红色的光泽。他居然是红发。吃鸟的红毛妖?

楚宪抬手一晃,手中多了一张符咒,"啪"的一声拍在剑尖上。他默念咒语,将手中的剑祭了出去。剑身飞起,清光闪烁,直直朝着妖物刺去。

"嗳,我说,你抓我做什么?你不该先救人吗,刚才走的那人或许有危险。"妖物嚷道。他趁着楚宪一愣神的工夫，掌心中迸出一道红色的光芒。那红光气势雄浑，转瞬将楚宪的剑击落在地。妖物好似泥鳅般自楚宪身侧滑过，朝着楚宪眨了眨眼。

楚宪反应极快，一闪身拦住妖物，伸手一招，掉落在地的剑飞回掌中。

"休想逃走！"楚宪喝道。

妖物焦急地跺脚："子时快到了，你要再拦我，人可就真没了。"

"子时怎么了？你把话说清楚。"楚宪问道。

"晚了。"妖物轻叹一声，提着鸟笼慢悠悠出了林子，"你随我来。"

楚宪和妖物一道来到弃马村，两人先去的是袁村长家。今日有喜事，因此院落门口的红灯笼此时还亮着。妖物带着楚宪推开大门，大摇大摆地走了进去，发现院内和屋中没有一个人。新郎新娘的洞房中，龙凤红烛燃烧得正旺，映亮一室的空寂。床榻上无人，但被褥还是温热的，人应是才离开没多久。

楚宪心中一惊："是不是铁柱那小子，他不会是把新郎新娘都掳走了吧。"

妖物抱臂冷笑："他有那本事？你再去别家看看。"

楚宪挨家挨户看了一遍，发现村人都不在了。最奇怪的是，大多数屋中门窗紧闭，是自内上了门闩的。他焦急地奔向方才投宿的村妇家，发现虞太倾和狄尘、陈英也消失了。这么多人离开村子，不可能一点动静也没有，但他却一点也不曾察觉。再者，虞太倾他们若是连夜离开村子，也不可能丢下他不管。这到底是怎么回事？

楚宪望向妖物，问道："你晓得是怎么回事，对吧？"

妖物幸灾乐祸地摊了摊手，疏懒一笑："我方才说了，倘若过了子时，人就没了，你不听。"

"子时到了，人就会变没？他们去了哪里？"楚宪冷声问道。

"子时到了。"村妇的男人说道。

虞太倾偷偷睁开眼睛，只见头顶上一轮圆月当空。夜空高远澄澈，一丝云气也无。

他躺在一处坡岗上，周围野草高及膝盖，几乎将他整个人埋在了草丛中。草叶中伸出的茎上，开出一朵拳头大小的雪白色花朵儿。不同于往日见到的花，花瓣透明而闪着淡淡的微光，遥看便如点缀在草丛中的明灯。夜风吹来，花茎摇曳，投在地面上的影子也摇摆不停。

月见草。虞太倾脑中忽然闪出妖草的名字。他似乎从未见过，但他却晓得这是月见草。

"郎君，这是怎么回事？"躺在他身畔的狄尘低声问道。

他们是装晕,明明并未察觉到有人搬动他们,怎的却忽然从屋中躺到了野外?而且,这里的夜空、明月、草丛,甚至一片云、一朵花、一缕风,似乎都与往日所见不同。空气中充斥着浓烈的妖气。

"倘若我猜得没错,我们如今是在云墟。"虞太倾平静地说道。

陈英惊讶地抽了口气,低声问道:"所以,村妇说的,子时到了,指的是,子时过后,弃马村会通向云墟?"

"崇吾山的弃马村,应当便是观讳所说的天门。当年观讳自崇吾山失踪去了云墟的地方,可能就是弃马村。"虞太倾沉吟着说道。所以说,他们才能在一瞬间从弃马村来到这里。

这处山坡在云墟是山坡,在大晋那个世间正是弃马村的村妇家。草丛中忽然响起一阵"啪嗒啪嗒"的声响,一股散发着臭味的妖气袭来。虞太倾转过头,只见距他几步远的草丛中,忽然现出一张巨大的脸来。周围的月见草花瓣摇曳着,发出"吱吱"的尖叫,纷纷躲避着大脸的靠近。这是一个满是卷毛的脑袋,一双铜铃般的大眼正凶狠地打量着虞太倾。这一瞬间,周围的一切皆变得寂静,隐约能听到身畔狄尘急促的呼吸声。

"走开,他是我献给领主的,你可别打他的主意。"村妇的声音忽然响起。

虞太倾起身自草丛中坐了起来,只见坡上站着数条人影。男男女女,高矮胖瘦,皆是弃马村的村人。

"咦?他这么快就醒了?"村妇惊讶地说道。

这时,坡岗上站立的人齐齐回头朝虞太倾看来。月色和月见草的光芒混合着映照在村人们的脸上,他们面貌虽不同,但唇角却都挂着一丝阴狠而诡异的笑意。还有一样,他们身上皆散发着妖气。弃马村的村民都是妖。

阑安城已经入夏,窗外蝉鸣不断,叫得画角有些心烦。虞太倾去了崇吾山还未曾回来,伊耳在望江楼已做了几日庖厨,还没有探听到表姐姜如烟的消息……

午后,林姑给她备了碗酸梅汤消暑。画角饮了一口,酸甜冰凉,闻之有一股淡淡的木樨味,心中的浮躁之意顿时压了下去。

林姑见她心情稍好了些,上前告诉她一个惊天坏消息。三年一度的选妃大选开始了,画角作为官员家的适龄女眷,也在参选之列,方才已有官人过来颁布了宫中口谕。

画角只觉得刚压下的心火又腾地冒了出来,捧起冰裂纹的碗将酸梅汤一口气饮尽,擦了擦嘴说道:"林姑,我都十九了,且阿爹也早已过世,不再是朝廷官员,为何会有我的名儿？"

入宫选妃，这种事情画角从来没想过。林姑无奈地说道："选妃的年龄是十六岁到二十岁，你的年龄正在其列。上一回大选，郎主以你常年不在府中为由推了，这回都晓得你回了阑安城，还去了静安公主的牡丹宴，朝廷自然便将你的名字添上了。我原是想着让你在牡丹宴上相个好夫君，倒是忽略了今年有大选了。这可如何是好？"

画角以手托腮，轻叹道："怎么办，以我的才貌，若是去参选，指定会被选上的。"

林姑"哎哟"一声，伸指在画角额头上一点："你啊，旁的小娘子若是选上了，或许会阖府沾光。你要入了选，以你的性子，说不定几日就会闯祸，到时我们都跟着你掉脑袋。"

雪袖吓得脸都白了："娘子啊，那你可千万莫要去参选。"

画角笑道："林姑，此事由朝廷哪个司承办，我去推了便是。"

林姑有些为难地说道："其实，这回大选主要是为太子和康王选妃，许多闺阁小娘子都盼着能入选。西府那边的敏娘子为了参选，这两年都未曾说亲。娘子若是直接去拒了，倘若传到宫中有心人耳中，恐怕会有麻烦。"

画角蹙眉说道："参选这样的大事，他们又没问过我，我去拒了还不行？圣上不会以为人人都争相想入宫做娘娘吧？"

林姑慌忙捂住画角的嘴，说道："我的小祖宗啊，这话可不能随便说。"

林姑自然也不愿画角入宫，虽说入了皇家的门，能博个光彩的名儿，但一辈子便从此不得自由。以画角的性子，如何受得了。再说，画角和虞太倾情投意合。这世间能得一心人，便是太子妃的头衔，她也不稀罕。

"还有一样不好办之处。牡丹宴上，虽说娘子未曾得五绝的称号，但后来京中传你琴技高绝，只怕皇家也是看中了这一点。"林姑愁得起身在屋内转了一圈，说道，"为今之计，只有待虞都监回来后，让他到内侍司将你的名字撤了。"画角想了想，也唯有如此了。

"不过，你们且放宽心，便是我真要去参选，也有几十个法子落选。"

当夜，画角给西疆那边的伴月盟分舵传了信，问崇吾山那边可有虞太倾的消息。崇吾山位于西疆，伴月盟在此地的分舵由天罗山庄的罗堂掌事。很快，联络符将罗堂的回信带了过来。

画角展信阅后，眉头蹙了起来。她取出舆图，找到崇吾山，看着上面标注的符号。她终于明白，这个符号的意思。东边是东海，西边是崇吾山，北面是极北之地的冰原，南面是槐隐山。这几处，皆是云墟和这个世间的交界处，亦是天门。

她召唤出耳鼠，看着它身子变幻，转瞬如马匹大小。她纵身站在耳鼠背上，飞入夜空中。

不晓得是山间夜晚冷，还是太过惊骇，狄尘和陈英只觉得胳膊上竟起了鸡皮疙瘩。作为一名伏妖师，他俩还从未见过这么多妖扎堆在一起。两人小心翼翼坐起身，不由得向虞太倾身边靠拢了过去。

陈英并不知虞太倾会术法，在他眼里，虞太倾还是个靠狄尘保护的伪伏妖师。但此时，他居然不知不觉将虞太倾当作了主心骨。或许是因为虞太倾浑身上下散发的那种淡定和从容，让人信赖。

虞太倾缓缓自草地上站起身来，抬手轻轻掸了掸衣袖上的尘埃。一棵月见草不知何时被他不小心薅了下来，挂在他的衣袖上，花瓣舞动，吱哇乱叫。虞太倾低眸瞥了妖草一眼，就在四周群妖环视中，俯身将它重新栽到了土中。妖草的叫声低了下去，转为娇嗔的呢喃。

村人们本来围成一圈不知在做什么，此时回望了虞太倾几人一眼，包围圈中的一人朝着虞太倾走了过来。她身上穿着喜服，正是今日成亲的袁翠秀。她大步行了过来，目光在虞太倾面上流转一圈，不觉倒吸了一口气。

方才的村妇躬身走到袁翠秀跟前，诚惶诚恐地说道："领主，小的瞧此人甚是俊美，未曾请示领主，便擅自将他劫了过来，还请领主恕罪。"

"你何罪之有？"袁翠秀笑眯眯说道，"无论是妖还是人，这般容貌的，我都从未见过。"她的目光一寸寸掠过虞太倾的眉眼口鼻，一如在审视自己的猎物。

"这可怎么好呢？"袁翠秀回身朝后看了一眼，有些犹豫地说道。

虞太倾随着她的目光看过去，只见新郎罗翼被捆缚在树干上，四周围着几名村人。他们手中皆捏着薄如蝉翼的短刀，在他身上来回比画着。

"领主，你这话是什么意思？"村妇惊讶地说道，"您莫非是想要换人？罗女婿在村中住了这几日，拴马镇的不少人都见过他了，换了这位小郎君，只怕会引人怀疑，万一引来了伏妖师可就糟了。"

"说得也是。可他模样太俊了，早知还有这么好的货色，我不该操之过急。"袁翠秀颇为遗憾地瞥了虞太倾一眼，说道。

被绑在树干上的罗翼忽然问道："娘子，你在说什么？为何要将我绑在此处，你到底要做什么？"

"娘子？"披着袁翠秀皮囊的领主好似听到了天大的笑话，放声大笑起来。她的声线忽然一转，由原本姣美的女声转为了粗豪的男音："到如今，你还以为我要做你的娘子？"

罗翼似乎被他的声音惊到了，瞪大眼问道："你……你的声音怎么变成男人的声音了？"

罗翼身边的袁村长狞笑着说道："我们领主本就是男的，弃马村那些男人的皮囊他瞧不上眼，不得已暂时屈身在女子身上。"

"男……男的？"罗翼说话的声音有些结巴。成亲的新娘忽然成了男人，任凭哪个男子遇到这样的事情都会结巴的。

"那，那他为何要与我成亲？"

"当然是看上你这副皮囊了。"袁村长身畔的一个村人擦了擦手中的薄刃，说道，"你没听说最近山中出了命案，尸首皆是被剥了皮的？"

"你……的意思是他也要剥我的皮？"罗翼面上的血色尽褪，战战兢兢地问道。

村人看了他一眼，又望了一眼虞太倾，说道："原本是这样的，如今，或许有变。"

"闭嘴！"领主忽然狠狠瞪了他一眼，"你们没将尸首处理好，被人发现了，还有脸在这里显摆？"村人垂下头，不敢再言语。

"那你直接将他剥皮便是，何必大费周折与他成亲？"虞太倾缓步向前走了几步，冷声问道。月色晕染着他的眉眼，冷寂俊美之中隐隐透着一丝淡然。

领主贪婪地欣赏着虞太倾的面容，笑得愈发畅快："我与他成亲，自然有与他成亲的道理。"妖物似乎不愿多说。

虞太倾却冷笑道："你与他成亲，自然是因你不单单想要他的皮囊，还想要一个合理的身份继续待在弃马村。"

这些妖物，将弃马村的村人全部剥皮弃之荒野，他们披上人皮取而代之，成为弃马村的村人。这位领主原是男身，因看不上弃马村男人的相貌，不得已暂时先用了袁翠秀的皮囊。他想换成罗翼的皮囊，便假意与他成亲，让罗翼入赘袁家。如此，妖物即使换了罗翼的皮，还可以作为袁家女婿留在弃马村。

"倘若我猜得不错，你们是倒寿。"虞太倾静静说道。

倒寿是一种极难修成人身的妖物，即使侥幸修成，大多相貌鄙陋，身形萎缩，因此，他们常会像画皮妖一般，夺人皮囊换人身。但即使如此，也不至于让他们非要求一个光明正大的身份留在弃马村。

领主明显一愣，没想到虞太倾看出了他的真身。他紧紧盯着虞太倾。夜很深了，月亮挂在天边，清光流泻，映亮了虞太倾的面容，一种慑人的威压自他身上隐隐散出。领主好似想到了什么，眼中忽然闪过一抹惧意。

"你是何人？……姓甚名谁？"领主缓缓问道。

狄尘冷声说道："你一个妖物，也配问我们都监的名讳？"

狄尘在晓得这些村人都是妖物后，便已经将随身携带的伏妖剑召了出来。领主在看到狄尘的伏妖剑后，眼中闪现的那一抹惧意反而消失了，冷哼一声说道："原来你们不过是伏妖师，我还以为……"他没再说下去。

一个村人小心翼翼上前，指着罗翼问道："领主，可是要继续？还是要换他？"

那个将虞太倾劫来的村妇此时似乎有些后悔，提议道："领主，你和罗女婿都成亲了，怎么能临时换人。这个人，不如暂且留他一命吧。"

领主不满地皱眉："你可是女人，莫非也看上了他的皮囊？"

村妇后退一步，慌忙摆手说道："不是，我只是觉得……"

村妇顿了一下，目光落在虞太倾脸上，低声说道："觉得他有些可怜。"

领主笑了起来，抬手指着罗翼问道："你怎么不觉得他可怜？"说着，望着村妇冷笑道："胡言乱语，你明明是看中了他，你以为我不晓得你的心思？"领主说着，抬手凌空一抓，便欲擒拿虞太倾。

不料，他手刚刚抬起，好几位村妇和小娘子便冲了过来，争相为虞太倾求情："领主，这人生得如此俊美，万一失败，岂不是就再也看不到这张脸了。"

"领主三思啊！您为了换罗女婿的皮，费尽心思，今夜便要如愿，莫让此人坏了您的事。"

"领主三思。"

……

领主闻言先是一愣，随后怒声问道："倘若我今日非要他这身皮囊呢？你们待怎样？"

几个女子面面相觑，齐齐望向虞太倾，思忖了片刻，异口同声说道："领主，我们不能让您这样做。"

领主眉头越蹙越紧，目光中闪过一丝凶光，使得袁翠秀那张年轻的脸庞看上去有一些狰狞。这一瞬间，虞太倾都能感受到他的怒气。

"大胆！"领主忽然抬手一撕，便如脱衣一般，将身上袁翠秀的皮囊撕了下来，转瞬化作一个身材瘦削，形容萎缩的男子。

相貌不能说丑，只能说奇丑。

"谁敢阻拦，我今日便让她见阎王。"领主磔磔怪笑着说道。

这声音配上他这张脸，让人不寒而栗。笑声忽然一顿，他蓦然抬手，一股白光卷起狂风向那几名村妇袭击而去。村妇们慌忙抬手抵抗，一时间，几个妖物混战在一起。

这变故让虞太倾有些意外。狄尘和陈英也有些蒙，不晓得事情是如何变成这样的。虞太倾在阆安城也常听到人们夸赞他相貌俊气，但阆安那些小娘子到底是矜持的，便是看他也是偷眼打量。实在没料到这些妖如此豪放，竟然为了他斗了起来。

狄尘凑过来，悄声问道："都监，做祸水的感觉如何？"

虞太倾淡声说道："不怎么样。"他悄然向后退了几步，示意陈英趁着妖们不注意，先去将罗翼救过来。

陈英忽然说道："我想不用了。"

虞太倾抬眼望过去，只见罗翼趁着身旁的妖未曾留意，已将身上捆绑的绳子解开了。他抬手一招，手中凭空多了一把剑。没想到，这个罗翼，居然也是一名伏妖师。

虞太倾等人原想趁妖物内斗时悄然逃逸，却被领主发现。

妖物们褪下村人的皮囊，有的是奇丑的人身，有的是狰狞的原身。

倒寿的脸大而扁平，全身覆满长毛，大眼斜吊着，瞧上去凶狠至极。

众妖在领主的指挥下将几人团团围住。陈英、狄尘和罗翼不得已和妖们战在一起。

敌众我寡。好在陈英是天枢司的校尉，术法自然不弱。罗翼能孤身到弃马村作饵，也比一般的伏妖师强很多。一时间，竟与众妖斗得不分胜负。

这时，领主忽然跃上一处高坡，仰面开始吼叫。虞太倾忽然一惊，脑中闪过一句话：倒寿擅鸣，音能惑人。他忙说道："不好。"

但已经晚了。尖细而刺耳的嚎叫声声不绝，钻入耳膜，尖利得几欲将耳膜戳破。狄尘率先"啊"的一声，滚倒在地。陈英和罗翼的动作也逐渐慢下来，面上神色有些呆滞。众妖不由得怪笑起来，一步步朝陈英和罗翼逼近。身后便是悬崖，两人却毫无所觉般向后退去。再消半步，两人就会坠入悬崖殒命于此。

便在此时，一道白影闪过，快得犹如闪电，让妖们根本来不及看清是什么。不过，一瞬间，悬崖边的两人已是不见。众妖回首，看到了站在树影中的虞太倾。陈英和罗翼还有狄尘皆背靠着树干坐在他身边，显然还陷在领主的魔音中。然而，虞太倾却并未受到影响。

月光透过树杈间隙映在他脸上，投下一片暗影。他的脸色在暗影中白得发凉。他慢慢从树影中走了出来，寒意凛然的目光凝在众妖身上。领主的嚎叫还在继续，只是，此时却一丝威力也无。听在耳中，反倒有些可笑。妖物们望着虞太倾，一时都有些惊骇。

领主的嚎叫声渐渐弱了下去，顿了一瞬，忽然抬手一挥。刹那间，众妖齐吼。虞太倾眉头一蹙，目光微冷。他抬手捏诀，一道五彩光芒自掌心闪过，瞬间结成一张伏妖网，朝着妖物们罩去。吼叫声戛然而止。

领主不可置信地瞪大眼睛，丑陋的脸上满是惊怖。"五彩光。他……他……是他，是他……"

画角赶到崇吾山时，夜晚刚刚过去，天空隐隐呈现乳白色，整个崇吾山却还是黑黢黢一片。

画角和罗堂在拴马镇会合。罗堂是伏妖世家天罗山庄的庄主，也是伴月盟在西疆分舵的舵主。他和章回是知交，当年画角挑战伏妖世家，第一站去的便是天罗山庄。伴月盟的创立，也多亏了罗堂的支持。在画角心目中，罗堂是亦师亦友的存在。

罗翼是罗堂的长子。据罗堂说，罗翼是在听闻崇吾山有被剥了皮的尸首后，怀疑山中有妖，便隐了身份到山中去查探。他假意被猎户的陷阱所伤，借机在弃马村养伤。起初，他并未怀疑袁翠秀是妖，直到有一次遇到了铁柱。罗翼获悉铁柱和袁翠秀彼此倾慕，且已谈婚论嫁，后来不知为何袁翠秀忽然就对铁柱疏离了起来。

罗翼便对袁翠秀起了疑心，这时袁翠秀对罗翼也逐渐亲密。但，罗翼是个细心之人。他察觉到袁翠秀对他并非真心。他假意应允了袁翠秀的亲事，想将计就计，探查袁翠秀到底对他有何居心。

罗堂一直很担心罗翼，但罗翼生怕罗堂派人接近弃马村，会引起袁翠秀警觉，因此不让他派人跟踪。但是，昨晚成亲后，罗翼便与他失了联络。

画角和罗堂结伴来到了弃马村。画角此时是伴月盟盟主的身份，因此再次扮作了老婆婆。两人施法抵达弃马村村口，便看到了薄雾笼罩下的弃马村。

村中静悄悄的，一片死寂。两人挨家挨户查看，只见院内和屋内虽是门闩紧闭，却是无人。罗堂不由得心中有一阵恐慌。待行到一户人家时，便看到门口有一人在来来回回踱步，神色中满是焦急。画角认出是楚宪，正想招呼他，问一问虞太倾在何处，忽想起自己此时是伴月盟盟主，抬起手中的拐杖戳了戳地，故作高冷地轻咳一声。

楚宪抬头看到画角，有些惊讶地问道："盟主怎么来了？"

画角朝着他淡淡点了点头，问道："楚校尉既然在此，怎的不见虞都监？"

这简直是哪壶不开提哪壶，楚宪眉头顿时皱了起来，焦急地说道："我昨夜里离开了一会儿，再回来，虞都监还有陈英校尉和狄护卫，不知为何都失踪了。盟主可晓得是怎么回事？"

画角闻言，脸色顿时一变，满脸的皱纹在晨曦中，看上去透着一丝冷意。虞太倾他们都消失了？这时，自院内传出一道疏懒的声音："我就说了，他们没失踪，很快就会回来。"

一道红影自院内步出，他红衣红发，手中提着一个鸟笼。他口中叼着一根草，朝着画角咧嘴一笑时，那草上的叶子便一颤一颤的。

"你……"画角的目光凝在那人身上，眉间闪过一丝锐色，"你是妖？"

红毛妖物抬手拿下嘴里的草，一双好看的桃花眼微眯，说道："老婆婆，你的眼力倒是甚好，我是妖，不过我却是好妖，不害人。"

画角冷冷一笑，手中的拐杖忽然一抬，朝着红毛妖物袭去。妖物似乎察觉到了画角拐杖的厉害，却并不急着闪避，只是抬起手，将提在手中的鸟笼挡在了身前。画角的目光触及鸟笼中的野君，微微一愣，手中的拐杖便偏了一分，擦着妖物的衣袖而过。

"你这老婆婆，怎的忽然动手？"他的目光落在画角的拐杖上，啧啧说道，"你这拐杖用得不太趁手啊。"

话音方落，画角以拐杖拄地，另一只手白光一闪，已是朝妖物的双目探去。妖物吃了一惊，猛然身子一仰，白光擦着他的脸颊而过。这时，画角一探手，已是将他手中的鸟笼抢了过来。

"你是好妖，却为何要抓他？"画角冷冷问道。

红衣男子摸着鼻子嘿嘿一笑，眼珠转了转，说道："这鸟鬼鬼祟祟在崇吾山到处转悠，我擒了他也是为他好，要不然他早没命了。如此，也算我救了他一命，这还不算好妖？"

野君被画角相救，在笼子里欢蹦乱跳，啾啾地鸣叫，似乎在说什么。画角施法，将困在鸟笼中的野君放了出来。野君落地，转瞬化为人形。他身着青袍，脸色比上回见面时越发憔悴。

画角和野君见面不止一次，第一次是以姜画角的身份。后来在静慈寺，画角以盟主身份和虞太倾联手时，也曾和野君会过面，因此，野君晓得这个老婆婆是友非敌。

"野君，你可见过虞都监吗，他去哪里了？虞都监等人和这里的村人失踪可是和此妖有关？"画角指着红毛妖问道。

野君摇摇头，说道："我前夜收到了虞都监的联络符，只是那时已被这妖物关在笼中，没办法去见他。不过，我晓得众人失踪与他无关，而是和天门有关。"

画角神色顿时凝重。看来这弃马村便是天门。莫非，虞太倾他们去了云墟？

画角瞥了一眼红衣红发的男子，问道："你方才说他们很快就会回来，你说的可是真话？你又是如何知晓的？"

男子戏谑一笑，朝着手中那根草轻轻一吹，对生的草叶间便蜿蜒着生长出一朵胭脂色花苞，转瞬绽放，异香扑鼻。他双手捧花奉到画角跟前，说道："此花献给婆婆。"

画角忍不住冷笑，这妖物居然连她一个老婆婆都不放过，还朝她献殷勤。她并不抬手去接，望着他的眼睛缓缓说道："你这朵花瞧上去不是什么好物，闻上去有一股狐狸的骚味。"

红衣男子一愣，没料到画角已看破他的真身。他也不恼，笑着说道："我从不妄言，你们且等着吧。"

"你一只狐妖，生性狡诈，我们凭什么信你？"罗堂说道。

狐妖笑道："我是狐妖没错，但我不狡诈，我说的都是真话。"

狐妖说着，将手中的花向画角又递了递，说道："老婆婆，你是没收过旁人送的花吗？花又不扎手，为何不敢要？"

画角冷冷一笑："我为何要收你的花？"一只狐妖，居然还敢笑话她没收过花。

狐妖眼珠一转，说道："你要收了我的花，我告诉你一个大秘密。"

这狐妖生得很是俊美，就是有点不正经。他唇角的笑容满是算计，真当别人都是傻子，看不出来？画角不介意陪他玩玩。她抬手接过花，拈着花枝轻轻一旋，淡声问道："你说吧。"

狐狸诡异一笑，低声说道："据我所知，每到月圆时分，弃马村的村人便会消失，至于多久，也没有定数。有时是一瞬间，有时是几炷香的工夫。今日看天色，也快回来了。就是不晓得回来的是弃马村的那些村人，还是你的那几个友人。"

画角面色一冷："什么意思？"

狐妖却不再言语，抬手撩了撩额前的碎发，趁着画角不注意，忽然打了个响指。画角手中拈着的那朵花的花瓣忽然纷纷脱落，化作一枚枚细针，向着画角脸上刺去。幸亏画角早就晓得狐妖不怀好意，有所防备，手掌一抬，一道白光闪过，结成一道透明的光障，挡在了脸前。与此同时，狐妖"嗖"一声窜远了，三蹦两跳地向远处奔去。

风里，传来他的大笑声："老婆婆莫怕，那只是我的腿毛。"画角抬手，果然见方才花瓣所化的细针只是几根胭脂色的狐狸毛。她没想到狐妖的算计只是戏弄她一下。但如此更让她生气，若非如今有正事要做，她是绝不会放过这只狐狸的。

这时，一直守在院内窗前的楚宪忽然激动地喊道："回来了，他们回来了。"

画角和野君、罗堂闻言，慌忙向屋内奔去。虞太倾和陈英、狄尘三人好端端地出现在屋内。画角的目光率先落在虞太倾身上，看到他安然无恙，吊在嗓子眼的心才放下来。细看他面容，觉得几日不见，他好似又清减了些，眉梢眼角透着一丝隐忧。她疾步上前，蓦然想起，自己此时是伴月盟盟主的身份，慌忙驻足，浅笑着问道："虞都监可是无恙？"

虞太倾看到画角似乎也有些意外，挑眉问道："盟主何时来的？"

画角说道："刚到不久。"

话音方落，忽听得有人呼痛。画角这才注意到陈英和狄尘的衣衫都有些凌乱，一副打斗过的样子。陈英的发髻还被妖物给扯乱了，狄尘比陈英还惨，胳膊上血迹斑斑，显是被妖物咬了一口。相比之下，虞太倾倒是毫发无伤。

罗堂没有看到罗翼，有些担心。画角问虞太倾："我们盟中一位伏妖师也在弃马村失踪，不知你们可曾看到？"

虞太倾问道："可是罗翼？见过，他应当也回来了。"

楚宪出去寻找，片刻后带着罗翼走了进来。两人身后还跟着一个人，正是先前去找袁翠秀的铁柱。

罗堂松了一口气，朝着罗翼点了点头，指着画角说道："翼儿，来见过盟主。"

罗翼以前和画角见过面，不知她为何忽然假扮成老婆婆，但也没多问，走上前和画角见礼。而虞太倾没想到罗翼是伴月盟的伏妖师，有些意外。

铁柱方才无意中被卷入到云墟，起初他吓晕在林子中，是以没人注意他，倒是让他捡了一条命。待他醒来，便目睹了袁翠秀掀开人皮化为倒寿。他再次吓晕在地。待到他醒来，便回到了村中，直到此时还未曾从震惊和恐惧中回过神来。

"你们说，翠秀……我的翠秀她……她早就被妖物害死了吗？"铁柱嘶哑着声音问道。

众人不忍心回复他，一时都沉默不语。室内寂静无声，只余铁柱悲痛欲绝的哭声，令人心酸。

画角望向虞太倾，问道："虞都监，我们如今还算是同盟关系吧？"

虞太倾神色凝重："何止我们，也许整个天下的伏妖师都该结为同盟。"

此话一出，室内的气氛顿时凝重起来。

虽是夏日，但山中的清晨还有些清冷。几人在一处坡岗上俯瞰着整个弃马村。

晨曦朦胧，一团团雾气在屋舍间缭绕，除了远处飞鸟的鸣啭声，整个村庄一片死寂。

曾经，这里的清晨，各家各户会有炊烟升起。早起的村人会扛起锄头到开垦的农田除草，猎户会三五结伴到山中打猎，村妇们在厨房做饭，也许会有小儿赖床，被阿爹阿娘唤起的声音……然而，这一切的静好再也没有了。谁能想到，在这里生活了几十年的村人早就已经不在世间了。

罗翼、陈英和狄尘将昨夜的事情复述了一遍。只是，到了被倒寿的吼声蛊惑后，三人的心神暂时失神，清醒过来时，便已经回到了弃马村。

"你们是说，那些倒寿放过你们了？"画角疑惑地问道。

"怎么会？我们皆失了心神，我猜是出了什么变故，我们才能安然回来。否则他们怎么肯放过我们，恐怕早将……将虞都监剥皮了。"陈英说道。

虞太倾忽然说道："那些倒寿应当不能再作恶，诸位不必再担心。"

罗翼闻言，神色有些古怪地瞥了虞太倾一眼，问道："虞都监怎么晓得他们不会再作恶？"

虞太倾淡笑道："或许是因我没有受伤的缘故，我比你们清醒得略早一些，看到那些倒寿皆已经死去。"

陈英问道："都死了？是谁杀的？"

狄尘面色一变，忽然说道："云墟不同于我们这个世间，妖物纵横，谁晓得是不是又有更厉害的大妖出现了，弱肉强食而已。"

罗翼笑了笑，说道："如此，倒也是有可能。"

狄尘看了罗翼一眼，说道："说起来，我们这回可算是救了你一命。"

罗翼忙向三人道谢，说道："我原本怀疑袁翠秀是妖，再没想到整个村都是倒寿，若非你们，我这条命确实就完了。"

画角沉吟着问道："这里是云墟和我们这个世间接壤之处，在月圆之夜，两个空间重合，人会去云墟，那么云墟的妖也有可能来到世间？可是，为何你们去了云墟，又会回来呢？"

画角说着，看向野君，问道："当年，观讳在崇吾山失踪的地方，是不是就是弃马村这里？"

野君点头："可是，观讳走失后，却再也没有从云墟回来。你们为何还能回来？"

这正是众人觉得不可思议之处。

虞太倾说道："那是因为观讳走失，是有人开了天门，而我们不是。"

画角原先曾怀疑是弃马村有人用遗梦打开了天门，如今看来，应当不是。

"观讳走失，距今日已有千年以上。那时，天门还很稳固，观讳之所以能去云墟，应当是有人开了天门，她无意间去到云墟后，天门关闭，她便再也回不来了。"

虞太倾缓缓说道。

罗堂接过话头，说道："此番你们去天门，却是因经过几千年，天门已是不稳，会在月圆之夜，偶尔打开，但并未真正地开门。"

虞太倾点头："所以，我们昨夜所到之处，也并未深入到云墟，而只是云墟和世间的接壤之处，那里并不能久待，因此我们还能回来。"

画角望向弃马村，心中五味杂陈。

"盟主，罗舵主，你们伴月盟在西疆有分舵，能不能劳你们先派人守着天门？"虞太倾问道。

这话虞太倾不说，画角也会派人过来。画角笑道："此事好说，只是，有件事虞都监还需出面。弃马村整个村的村人都消失了，你们天枢司是不是该到官府说一声，不然，我们伴月盟的人来了，可能会被当作凶犯，那就麻烦了。"

虞太倾点头应下，又道："还有一事，这些倒寿潜伏在弃马村，费尽周折不惜成亲也要有正当的身份留在弃马村，似乎是有什么事要做。"

画角点头："我会命人查一下此事。"

第三十三章 太美则近妖

当日，画角也宿在了拴马镇。

罗翼忽然找到画角，问道："盟主，你和虞都监打过交道，可清楚他的为人？听闻他不会术法，可是真的？"

画角正手执菱花镜查看脸上的皱纹，听到罗翼的话，眉头不觉蹙了起来："你为何如此问？"

罗翼想了想，郑重地说道："属下被倒寿们的吼声所迷，神志有些不清，迷迷糊糊中，似乎清醒了那么一瞬，隐约看到夜空中一道五彩光芒闪过，随后，倒寿们纷纷身死魂消。待到光芒散尽，隐约见虞都监走了过来。我怀疑，昨夜是他施法救了我们。"

画角含笑看向罗翼："我见过不少伏妖师，所修的术法千奇百怪，但不管是何术法，多以白光见多，也有其他颜色，但从未见过五彩之色。你昨夜所见，也许是神志不清之下的幻觉。而且，虞太倾他，并不会术法。"

罗翼拍了拍脑袋，也有些困惑："我也觉得不可思议，或许真的是幻觉。我还以为虞都监故意隐瞒自己会术法之事，想让盟主小心些。"

画角点了点头,说道:"我知道了。"

罗翼起身离开,忽然又想起一事,说道:"对了,盟主,我似乎还听到那只为首的倒寿说了句什么,你是他?什么寂。"

罗翼学着妖物的语气说道,看了画角一眼,笑道:"哦,也许还是幻觉。"

画角手指一颤,慢慢放下菱花镜,问道:"什么寂?"

"没听太清。"

"千寂?"画角眉梢微不可察地一挑,问道。

罗翼摇摇头,他没听太清。罗翼离开后,画角起身,慢慢在屋内转了一圈。她心中有些不安。她忽然想起,当日在绕梁阁,虞太倾指点着狄尘降伏妆奁妖时,好似也有一道彩光闪过。要说他会术法,她其实不太相信。会术法又不是什么见不得人的事,他没有理由要隐瞒,何况,他还是天枢司的都监。但倘若罗翼所见所闻不是幻觉,那虞太倾手中或许是有什么能散发彩光的法宝。

只是,妖物说他是什么寂?难道,那些云墟的妖物居然识得他?画角在屋内再待不下去,与其在这里胡思乱想,倒不如去问问他。她在客栈内寻了一圈,并未看到虞太倾,却被客栈门前堵着的人惊到了。

拴马镇是一个小镇,这唯一的一家客栈,平日里没几个客人,这会儿却热闹而喧嚣,聚满了镇上的人们。

先前,虞太倾派陈英到当地官府走了一趟,将弃马村的事据实相告,并说妖物已被天枢司全部诛杀,且日后会有伏妖师在弃马村驻守。为了避免人心浮动,陈英特地嘱咐县令,让他将妖物的事情隐瞒,只说弃马村不宜再居住,整个弃马村的村人皆已搬迁至别的地方,让当地村人不要再去弃马村。

此事传开后,镇上一些与弃马村村人沾亲带故的人听闻天枢司的伏妖师在客栈居住,皆找了过来,询问弃马村的人都搬到何处去了。县令亲自带着县吏赶过来,好不容易将人们打发走了。

县令递了帖子过来,说是要邀请众人到县上最大的宴客楼去用饭。陈英和楚宪只得出来接待县令。画角瞧了一会儿热闹,打听到虞太倾带着狄尘和野君早避出去了,便拄着拐杖也出了客栈。

大约是午时过半的光景。虞太倾在绕镇而过的河畔漫步,狄尘和野君不远不近地跟着他。日头明晃晃地挂在头顶,晒得人身上发热。然而,想起那只倒寿领主的话,心底却是一阵发凉。

"是他,你是他……"他原想问个清楚,只可惜,他出手太快,伏妖网已来不及收回，奄奄一息的领主只说出"寂，千寂"，便气绝身亡。

虞太倾步伐沉重地在河畔走过，日光将他的影子投在地面，黑沉而孤独。河中有鱼儿游过，他不由得蹲下身子，望着水波中自己的倒影。他的脸被日头晒得有些发红，眼神却是前所未有地凉。

那个梦中有人呼唤的名字，果然就是他的名字。然而，最令他烦躁的却是，剔骨噬心刑这回没有发作。明明，他诛杀那些妖物时，用了术法，依着惯例，至少两个时辰内便会发作。然而这一回，好几个时辰过去了，他还毫无发作的迹象。在云墟施法没事，在这个世间使用术法便会遭到反噬，这说明什么？很难不让人多想，可是他却并不敢深想。

他抬手掬水，洗了一把脸。冷不防，河水中冒出一个狐狸头，直愣愣地盯着他。

这狐狸的毛是火红色的，因是在水中，狐狸毛浸了水，被日光一照，越发光华潋滟。狐狸的眼睛圆溜溜的，看了他一会儿，忽然发出"嗷"一声欢叫，自水中跃了出来，朝着他扑了过去。虞太倾被扑倒在河畔的草地上，狐狸犹自不放过他，钻到他怀里又拱又挠，喉咙里还发出"呜呜"的低鸣声，听上去委屈至极。狄尘和野君冲了过来，欲要将红毛狐狸拉开，红毛狐狸却龇着牙朝两人瞪了一眼，凶神恶煞一般。

野君止住了脚步。他认出这只红毛狐狸正是先前将他抓到笼子里的那个红衣男子，不觉心生惧意。狄尘生怕狐狸伤到虞太倾，欲要拔刀，虞太倾却轻咳一声，说道："无妨，它无意伤我。"

虞太倾自草地上坐起身，伸手抚摸着狐狸头上蓬松柔软的毛发。红毛狐狸乖顺地依偎在他怀里，乌溜溜的眼睛弯了弯，毛茸茸的长尾巴在身后缓缓摆动着，像是燃烧的火焰。

野君有些气愤地说道："虞都监，这便是那只将我抓到笼中的狐妖。这狐狸狡猾得很，虞都监莫要被它的样子骗了。"

虞太倾手一顿，低声说道："你既是这崇吾山的狐妖，我有事问你，你何不化为人身。"

狐妖"呜呜"叫了几声，叼起虞太倾的衣角，将他往崇吾山的方向拽。

只是，要去崇吾山便要穿过眼前这条河。

"你这狐妖，怎的将我们虞都监往河中带。你会游水，虞都监又不会。"狄尘冷声说道。

"你到底在耍什么花样？"野君见狐妖迟迟不化人身，疑惑地问道。

狐妖回头瞪了野君一眼。狄尘疑惑地说道："这只狐妖真的修成人身了？我怎么

423

瞧着它不像是能化成人身的样子？"

狐妖闻言仰头望向虞太倾，神情有些落寞。虞太倾顿住脚步，沉吟着问野君："他如今的妖力很弱，野君，先前他抓你时，应当妖力很强吧？"

野君有几千年的妖力，这只狐妖眼下的妖力，绝不是野君的对手。

野君这才注意到狐妖的妖力果然弱了很多，惊讶地说道："当真奇怪，他的妖力的确弱了不少，如今恐怕化不成人身了。"要不然，依着这只红毛狐狸的性子，早化作人身对他冷嘲热讽了。

"野君，他如今妖力变弱，你要不要报先前被他擒拿之仇？"狄尘调侃道。

野君笑了笑，说道："他先前说要把我烤熟，我思量着要不然把他也烤了。"

狐妖原本正低头拽虞太倾的衣角，闻言长尾一甩，带着凛冽的风声向野君袭去。

虞太倾见状，淡声提醒道："野君，小心！"狐妖闻言，仰头望了一眼虞太倾，一双桃花眼看上去有点想哭。

野君早有准备，在狐妖出手时，人已经腾空后退。狐妖忽然冷眼如刀，蓬松的红尾一摆，巨大的气力将旁边的河水翻卷起来，朝着野君命门而去。旋转的水流中夹杂着无数道冰凌，顶端尖利如刃。野君和狄尘都未曾想到，狐妖纵然妖力弱到无法幻化人形，气势竟还如此惊人。

便在此时，一条龙头拐杖横扫过来，带起的强大气力与朝着野君袭来的水流冰刀在空中相遇。强大的气力迸散。水流冰刀转瞬化作无数水滴自空中纷纷落下，如同夏日的一场豪雨。

有那么一瞬间，野君隐约看到雨雾中狐妖背后的红尾巴现出好几条虚影，在狐妖身后如同扇形一般铺展，只是不待他数清，影子便烟消云散。她身飘落在狐妖面前，以拐杖撑地，抬眸望向狐妖。

九尾狐？上古妖狐？虽只是一瞬，但她看清了狐妖尾巴的虚影有九条。

野君一脸惊魂未定。狄尘已经喊了出来，声音中带着一丝颤音："这狐妖是一只九尾狐！"画角虽然也很意外，但她早已见怪不怪，再也不像最初见到化蛇时那般惊诧。弃马村既然是天门，昨夜里虞太倾还曾误入云墟一瞬，这里有九尾狐也便见怪不怪。

这传说中的上古妖狐妖力无边，所幸他此时妖力极弱。画角不敢怠慢，抬手捏诀，一团蓝光吞吐闪烁，瞬间将红毛狐妖卷裹在内。狐妖冷不防被光影罩住，呜呜了几声不断挣扎。

画角默念咒语，狐妖的身形乍然缩小，顷刻间化作鸟雀般大小。她随手折了一旁柳树上的枝条，三两下编成一只笼子，施法将红毛小狐狸关入笼中。

狄尘松了口气，看了野君一眼，说道："这回，盟主替你报了被囚之仇了。"

狐妖虽说化成了鸟雀大小，但在笼中却气势不减，左突右冲，似乎想要冲出来。画角伸指召出一张符咒，"啪"一声贴在笼子上，朝着狐妖威胁道："你若再敢折腾，老身今晚就拿你加菜。"

虞太倾有些不忍，缓步行至画角面前，问道："盟主，不知可否将这只狐妖交予在下。"

画角提着笼子晃了晃，眯眼笑道："虞都监，这狐妖乃本盟主所擒，而且，他先前惹过我，只怕不能将他给你。"

画角说着，一抬手，只见掌心几根胭脂色的狐狸毛。

"这只狐妖以狐毛化针偷袭本盟主，几乎将本盟主的双目扎瞎。"

虞太倾盯着画角手中的狐狸毛，目光一凝。画角低眸一看，心中一慌。她只借了嬷嬷的脸，一双手却还是自己的，纤长细白，看上去根本就不是老婆婆的手。她慌忙将手收了回来，衣袖垂落，遮住了手掌。画角偷偷瞥了眼虞太倾，见他似乎并未注意到，暗中松了口气。

"虞都监何以想要这只妖狐，莫非，你和他相识？"画角淡声问道。方才，她在暗中瞧见了狐妖赖在虞太倾怀中又蹭又挠，那样子瞧上去像是久别重逢的故人。

虞太倾的目光落在笼中的狐妖身上，摇了摇头说道："倒是并不相识，只是觉得和他有些投缘罢了。"

画角眼珠转了转，说道："难得虞都监和一个狐妖这么投缘，不如……就交给虞都监处置吧。"

画角提着笼子朝前送了送。虞太倾唇角一扬，伸手去接笼子。

画角却忽然"啊"了一声，又将笼子收了回来："我忘了，虞都监不会术法，这狐妖可不是一般的狐狸，他是九尾狐，生性狡诈至极，倘若被他逃了出来，若是伤了虞都监可不好。还是由我看管吧，你既然与他投缘，有空可到我那里探望他。"

画角说着，朝着虞太倾一笑，一手提笼，一手拄着拐杖，沿着河畔缓步而去。

狄尘和野君对视了一眼，眸中皆闪过一丝不解。

狄尘疑惑地说道："我怎么觉得这老婆婆有些不对劲。"

野君笑了笑："我也这么觉得，可能人老了脾气就是怪。"

虞太倾负手凝立在河畔，望着画角的背影若有所思。

野君有些疑惑地问道："虞都监，狐妖既然是九尾狐，为何妖力忽然变得如此弱？明明那日在山中还分外强大。"

虞太倾涩然一笑，说道："我推测，他的妖力出了崇吾山便会变弱。"

野君依然不解："这却是为何？"

虞太倾淡声说道："也许是离天门太远，也或许，是因为某种咒术。"

野君面色忽然黯淡下来，想起观讳因不是从天门自云墟回来，因此丢了性命。

"这么说，这只狐狸虽说守在天门附近，但他也许并不是从天门过来的。"野君说道。

虞太倾点了点头。

狄尘忽然问道："方才，狐妖非要拽着都监过河，莫非，是想让都监随他到山中去？有话要和都监说？"

虞太倾默然不语。这只九尾狐分明识得他，只可惜，他落在了别人手中。

夜已深，白日里喧嚣热闹的客栈这会儿已恢复了寂静。明日一早画角就要回阆安了。虞太倾他们也准备回去，只不过，她如今的身份，不方便与他们同行。

画角坐在椅子上，逗弄着笼中的狐妖。这狐狸幻成人身时，嘴贱又讨人厌，这会儿静静趴在笼子里，身子不过巴掌大小，瞧上去毛茸茸的，竟然有一点可爱。狐妖晓得自己一时半会儿出不去，情绪早已稳定，居然趴在笼中打起盹儿来。

画角凑到笼子前，低声问道："狐狸，我问你三个问题，倘若你如实回答，我便放了你，如何？"狐妖依然闭目养神，根本不屑搭理画角。

"你和虞太倾是旧相识，是不是？你只需点头和摇头便可。"

狐妖动了动身子，翻了个身，换了个姿势继续趴着。画角晓得他根本没睡，只是不想理她。

"虞太倾是不是会术法？"

这回，狐妖的耳朵动了动，缓缓抬头瞟了画角一眼，似乎有些诧异她居然问这个问题。

"是，还是不是？"画角又问道。

狐狸不屑地哼了声，又趴了下去，这回甚至发出了低低的鼾声，一副油盐不进的样子。

画角晓得一时半会儿问不出什么，便不再费神，想着待回到阆安，再慢慢拷问。她脱下外袍搭在椅子上，正待要歇下，瞥了眼笼中的狐妖，起身取了块巾帕搭在笼子上，遮住了狐妖的视线。虽说这狐妖眼下不是人形，可他的人身却是不折不扣的男人。而且，她总不能歇息时也顶着嬷嬷的脸，若是换回自己的脸，被这狐妖看到总归不好。她弹指熄灭烛火，室内顿时陷入一片黑暗。

窗外的月亮已经移到中天，淡淡的月色透过窗扉映照在屋内。画角抬手去解发髻，屋内原本平静的空气忽然好似被什么搅动，隐约有风掠过。她猛然转身，只见屋角处不知何时多了一道人影。

画角吓了一跳，不由得瞥了眼房门，却见门关得严严实实，也不知这人是如何潜入屋中的，她竟然没有察觉。那人身姿修长笔直，身着黑色连帽斗篷，兜帽很深，遮住了他的脸。他朝屋中走了两步，似乎没料到画角还醒着，隐约向后退了一步。

画角缓缓抬手，去拿靠在床榻一侧的龙头拐杖。室内一片死寂，只有月色无声流泻。两人在黑暗中对峙，画角一时猜不透此人是来做什么的。倘若是要杀她，不知为何却不动手。

画角面色一沉，忽然问道："这么晚了，没想到还有客来访，不知找我有何事？"说着，伸指一弹，一道萤光飞向桌案上的烛灯。黑衣人拂袖一挥，烛灯还未曾点燃，便再次熄灭。

画角笑笑："客人既然不让点灯，那我便不点。"她一抬手中的拐杖，指着窗畔的椅子，说道："请坐。"

黑衣人没动，也没有接她的话。画角也没动。

笼子里的狐妖忽然发出"嗷呜"的一声低鸣。画角脑子一激灵，她似乎知道黑衣人是来做什么了。她身子一拧，已是冲到了桌案前，一把拎起关着狐妖的笼子。与此同时，黑衣人也动了。他一抬掌，笼子便被一股强大的吸力笼住，朝着黑衣人的方向飞去。

画角不甘示弱，冷喝一声："回来！"

她抬手捏诀，一道白光罩住笼子。两股力道拉扯着。柳条所编的笼子，原本就不坚固，若非画角在笼子上贴的符咒加持，笼子只怕早就散架了。笼子上盖着的巾帕掉落在地，狐妖扒着笼子惊愕地望向两人。他瞬间明白来人是前来救他的，在笼中跳来跳去。

画角冷冷眯眼，说道："别得意得太早。"

她微微一笑，蓦然松手，笼子飞快地向黑衣人的方向飞去。画角人却纵身跃起，不过转瞬间就到了黑衣人面前，抬手与他同时抓住了笼子。画角另一只手中寒光一闪，一枚短匕已经刺向黑衣人胸前。两人此时凑得太近，他不得已松开笼子，伸手抓住画角的手腕。

窗外有月色，屋内并非全然地黑。画角仰头，隐约看到兜帽下露出那人秀致的下巴。她手腕一转，匕首上划，径直去挑他的兜帽。

画角动作迅疾，眼看匕首离兜帽只差一寸，黑衣人蓦然抬手，伸指夹住了匕首，微微一用力，便将匕首夺了过去，同时，伸掌一推，一股巨力袭来，画角踉跄着向后退了几步，一下子撞在了几案上，将几案撞翻在地。

寂静的夜里，几案倒地的声音分外响亮。画角摸了摸被撞得生疼的腰，抬手一招，龙头拐杖飞了过来。

"亮兵器吧。"画角冷声说道。她将笼子放在身后的床榻上，抬眼冷漠地望向黑衣人："你若胜了我，这狐妖我便送给你也无妨。"

倘若说方才的过招只是试探，接下来，画角要动真格了。不论对方是什么人，胆敢夜半潜入她房间，她姜画角便让他有来无回。

"不如出去打，如何？"画角说道。客栈这小小的斗室，施法势必束手束脚，不能畅快淋漓地打斗，否则容易把房屋摧毁。

黑衣人兜帽低垂，静立在黑暗之中，并未说话，显然不同意。画角冷冷一笑，抬手结印，在整个房间外布了一个结界。窗外的月色再也映不到屋内，同样，屋内的声响也传不到屋外。如此，两人动起手了，既不会惊扰到客栈的其他人，也阻止了黑衣人临时逃逸。屋中陷入彻底的黑暗之中。

画角还未及出手，身畔冷风擦过。虽说看不清，但也能猜到他是想越过自己去抢夺床榻上的狐狸笼。画角反应极快，右手拐杖向身侧一探，同时左手施法，指尖微芒一闪，将一旁桌案上的烛灯引燃。

黑衣人果然被她的拐杖拦住了身形，他抬手一拂，宽袍如长袖鼓风，手指忽然自袖中探出，手中流光一闪，也不知是什么兵刃，和画角的拐杖相撞，一股大力自拐杖传来，画角只觉得手腕被震得一麻，忍不住松开了手。拐杖掉落的瞬间，来人已越过她，上前提了狐狸笼。

画角大怒。趁着黑衣人俯身提笼时，她想也没想，一手扳住他的肩头，一手将腰带抽了下来，套在了他的脖颈上。

"我不是说了，只要你胜过我，狐狸就送给你，你非要抢夺，这就莫怪我不客气了。"画角杀气腾腾地说道，手上一用力，黑衣人被他勒着向后退了几步。

黑衣人松开手中的笼子，抬手扒住了缠在脖颈上的腰带，猛然一挣。画角使力一扒，两人一起滚倒在地面上，连带着床榻上的笼子也被带落在地。画角被黑衣人压在了地面上，这回不单是腰，浑身都被砸得生疼。她脑中嗡嗡的，手中却紧紧抓着缠住他脖颈的腰带不放。笼子就掉落在两人身旁，红毛狐狸在笼中瞪大眼，看着两人贴身肉搏，一脸看戏的表情。

黑衣人手中微芒一闪，将脖颈上的腰带割断，抬手结印……他的目光瞥过画角的脸，结印的手一顿。他猛然抬袖一拂，一道劲风袭去，桌案上的烛灯闪了一下，熄灭了。室内转瞬再次陷入黑暗。

待到画角将烛灯点燃，屋中已经没有了黑衣人的身影。画角起身坐在地面上，和笼中的狐妖面面相觑。黑衣人临走前，居然没有将狐狸笼提走。红毛狐狸黑亮的眼睛瞪得圆溜溜的，直直望着画角，一脸见了鬼的样子。

　　画角心中忽然"咯噔"了一下，飞快起身，拿起桌案上的菱花镜照了照。镜子中，映出画角的脸。原本橘皮一般布满了皱纹的脸，不知何时已是光洁如玉。画角闭眼叹了口气。她撤了结界，忽然意识到，那人离开时，结界还在，他到底是怎么逃走的？

　　因夜里一番打斗，画角没睡好，到了早上方迷迷糊糊睡着了。待到睡醒时，已是日上三竿。画角洗漱罢出了屋，原想与虞太倾见一面，却听罗堂说，虞太倾他们一早便离开了客栈。画角一脸失落。

　　罗堂看出她的心思，问道："盟主此番来崇吾山，不只是因为罗翼失踪之事吧？可是听闻有妖物剥皮害人，担心虞都监出事？"

　　画角没想到自己的心思被罗堂看透了，布满了皱纹的老脸一红，不好意思地说道："罗叔叔，瞧您说的，我自然是为了罗兄之事而来。不过，我们伴月盟能与天枢司合作，皆因虞都监斡旋，我自然也不能让他出事。"

　　罗堂瞥了她一眼，笑着说道："虞都监临行前倒是托狄护卫给你留了话。"

　　画角忙问道："什么话？"

　　罗堂调侃道："你如今可是伴月盟的盟主，一个八十多岁的老婆婆，你指望他给你留什么话？自然是托你先遣人留在弃马村，还说，你们还会见面的。"

　　画角一笑："倘若日后合作，自然是会再见面。"

　　一直没有说话的罗翼忽然凑过来说道："盟主，我还是觉得虞都监此人，有些深不可测，你和他共事，还是多提防些。"

　　画角点了点头。她取出阿娘留给她的舆图，摊在桌面上，说道："云墟的天门并非只有崇吾山的弃马村，在槐隐山，东海还有北部冰原都有。罗叔叔，我过几日准备回一趟槐隐山，东海和冰原你派人去一趟吧。"

　　罗堂点了点头，皱眉看着舆图，说道："崇吾山在西疆，槐隐山在南边，东海和北部冰原，这是东南西北四个方向。"

　　罗翼沉吟道："可是有什么说法？"

　　画角摇了摇头。

　　罗堂吩咐罗翼："你留在弃马村，我回去派人到东海和冰原去一趟。不过，东海和冰原太过广阔，不见得能寻到天门所在。"

画角说道:"你先派人过去探探情况,若有任何异常,让他们莫要轻举妄动。"

画角告别罗堂和罗翼,回到了阆安城。她没有想到,不过离开了两三日,府中便出了大事。

陈伯看到她回来,满面春风地迎了上来,说道:"小娘子,大喜啊。"

画角拖着有些疲累的身子向院内行去,疑惑地问道:"什么大喜?难道有喜事?"

陈伯笑得双眼眯成了一道缝:"可不是吗?是小娘子你的喜事。"

画角想起临行前朝廷选妃之事,挑眉问道:"陈伯,你何时说话也这般吞吞吐吐了?"

难道是朝廷选妃她中选了?她都还未曾去参选,这就被选中了?

陈伯笑着说道:"小娘子,是圣上为你赐婚了。"

画角心中一喜。莫非虞太倾临去崇吾山前,已经和皇帝说起他们两人的事了?

陈伯继续说道:"裴小将军到御前说,他和你早就定了亲,求圣上成全。圣上便命人把你的名字从参选的名单上撤了,还当场为你们两人赐婚了。"

画角唇角的笑容还未扬起,便蓦然凝住了。不过一瞬间,心境已从欢喜跌到怅恨的深渊。

陈伯却高兴得很,脸上的皱纹都变浅了。他一直觉得裴如寄家世人品皆不错,况且,裴如寄可是郎主在世时选中的女婿,在陈伯看来,画角嫁给裴如寄,也是在圆郎主的遗愿。自打小娘子和裴如寄退亲后,陈伯心中一直觉得惋惜。但他只是府中的老仆,自然不能干涉小娘子的亲事。好在裴小将军争气,这回请皇帝出面赐了婚,这亲事铁定是成了。

"老奴以为你和裴将军自此无缘,没想到兜兜转转,你们又在一起了。"

陈伯这话,让画角不由得想起当初在静慈寺抽的姻缘签:柳暗花明,山重水复,峰回路转。

她心中极是烦忧,问道:"陈伯,你为何不喜虞太倾?"

陈伯想了想说道:"老奴就是觉得他,生得太俊了些。一个大男人,脸比姑娘家还美,总觉得有些靠不住。"

这个理由,画角是委实没有想到。虞太倾若是晓得自己是因为容貌太俊被嫌弃,不知会作何感想。

"老奴活了这大把岁数,就没见过比他俊的男子,听说阆安城前些时日闹妖祟了,虞都监他别是什么妖……"

"陈伯!"画角冷声打断陈伯的话,说道,"虞都监可是天枢司的都监,他是专事伏妖的，前些时日的妖物也多亏他才能伏诛，你怎么能随意胡说？"

画角顿了下，又道："陈伯，你不觉得，仅凭人的相貌便随意揣测他是妖，太离谱了吗？这些话若是传扬出去或许会害死一个人，你晓得吗？"

陈伯连忙称是。画角转身气呼呼地离去。陈伯望着画角的背影长长叹了口气。他从未见过小娘子如此动怒，看来是对虞太倾动了真情。小娘子到底年岁尚轻，被男人的脸给迷惑了。

画角到底是被赐婚的消息给打击到了，躺在床榻上，连饭都吃不下。林姑和雪袖轮流安慰也无济于事。林姑也发愁，可如今她担忧的倒不是亲事，而是生怕自家小娘子一怒之下做出不妥当的事。

果然，画角似是想到了什么，一骨碌从床榻上坐起身来，说道："凭什么皇帝说句话，我就要嫁？我今晚就潜入皇宫，让皇帝撤回自己的口谕。"

林姑吓得腿一弯，差点跪了。"姑奶奶啊，你可千万莫冲动啊。那皇帝可不是你想见就能见的，皇宫守卫森严，不光有禁军，还有天枢司的伏妖师守卫，若是被抓住了，你就是犯了弑君之罪，那是要诛九族的，全府人的脑袋加起来都不够砍的。"林姑晓得画角胆大，故意将全府下人的性命都压在她身上，"出了事你一走了之，我们这些人可走不得，你行事前，可要想想我们啊。"

画角看了眼林姑，顿时泄了气。雪袖提议道："娘子，不如待虞都监回来，让他去和皇帝说岂不更好？"

画角其实也明白，此事让虞太倾出面更好。不过，她还是觉得谁惹的事谁来解决，她决定见裴如寄一面。

画角派郑信和郑恒到裴府给裴如寄传话，不料，却并未见到裴如寄的面。据裴府的下人说，他们三郎君这几日事务繁忙，待他闲下来定会登门拜访。画角等了两日，裴如寄并未露面。她心中明白，裴如寄是在故意躲着她。

第三十四章 他喜欢阿角

夜光酒肆是西市最大的胡姬酒肆，里面卖酒侍酒的皆是胡姬。胡姬酒肆的装潢也与别家不同，地面上铺着羊毛毡毯，摆着四方矮桌。这日晚间，还不到宵禁之时，酒肆中客人正多。

一名胡姬正坐在柜台后拨弄着算盘，忽觉得眼前一暗，一道疏懒清雅的声音传来："把你们酒肆最烈的酒来一坛。"

胡姬抬眸看去，只见一名小娘子正站在她面前。胡姬有些吃惊，上下打量着来人，只见她身着茜色襦裙，广袖阔带，衣裙上织绣着浅红色花纹。看衣衫的布料，显然是大户人家的小娘子。胡姬有些吃惊，不晓得天色已晚，这位小娘子为何孤身到酒肆中来。

画角见胡姬迟迟不动，朝着她轻轻一笑，挑眉问道："怎么，这里不卖酒？"

"卖，自然是卖的。"胡姬慌忙唤店小二去将店中最烈的千年醉取一坛子过来。

"这位小娘子，不知您是要在酒肆里饮酒还是带回去？"胡姬指着酒坛子问。

画角取出一锭银子放在柜上，笑道："自是在酒肆里。"顿了下又道，"给我来二十串烤羊肉，二十串烤牛蹄筋，二十串烤鸡心。"

画角说着，单手提起酒坛，转身朝大厅中而去。大厅正中，一名胡姬正弹奏着琵琶吟唱，曼妙的异域歌声夹杂着众人的欢声笑语阵阵扑面而来。一个四方矮桌旁，裴如寄和几名禁军正在饮酒。

张潜大着舌头说道："裴将军，当初，你非要和姜娘子退亲，还让属下给你出主意。如今又让圣上赐婚，这般折腾却是为了什么？"

李厚嘿嘿笑着说道："还不是将军后悔了。我早就瞧出来他待姜娘子不同。"

张潜又问道："裴将军，你们何时……何时成亲啊？"

裴如寄端起酒盏，细细品了一口，唇角浮起一抹意味不明的笑意："快了。"

忽然"咄"的一声震动，桌案正中多了一坛酒。一只纤长细腻的手探过来，拍开了酒坛的封泥，淡声说道："你们喝的这是梨花白吗？这酒喝着多没劲。来，我这是千年醉，今晚我请诸位。"

说着，来人拎起酒坛，将众人面前的酒盏皆添满了酒。她倒酒的技艺极好，一滴也未洒。千年醉果然不愧是烈酒，一时间，浓郁的酒香四溢。裴如寄原以为倒酒的是酒肆中的胡姬，待抬头看时，不免吃了一惊。只见面前的人，正抬眼懒洋洋地瞥向他，眉目如画的面庞上隐含着凛冽的肃杀之意。

"姜……姜娘子？"张潜惊讶地说道。

李厚惊得站起身来，酒意瞬间醒了一半。画角浅浅一笑，发髻上钗环的串珠在灯光下摇曳生辉，映得她眸中的凉意愈发凛人。

"我是不是扰了各位的酒兴？"画角目光流转，含笑说道。

席上诸人慌忙摆手说没有。张潜察觉到气氛不对，率先将面前酒盏中的酒水一饮而尽，说道："姜娘子来得正好，承蒙姜娘子的美意，我们又尝了千年醉，已是尽兴，这就回了。"

张潜朝着众人使了个眼色，大家有样学样，皆将盏中酒水饮尽，起身告辞。不过，他们却不肯走，挪到距这边稍远的矮桌上，好奇地看向这里。

画角也不在意，理了理衣裙，在裴如寄对面席地而坐。早有胡姬过来，将桌面上其他人的酒盏收拾走，又在画角面前新添了杯盏碗盘。画角抬眸看向裴如寄，见他正眯眼望向自己，漆黑如玉的眼珠配着飞眉修鬓，显出一种与往日不同的桀骜气质。

"裴三哥今日不当值，怎的这么晚了还不回府？"

裴如寄笑了笑，说道："你府上的仆从每日一早便到我们裴府门前候着，直到天黑宵禁前才肯回，我哪里敢回府？只是没想到，躲到这里，还是被你寻到了。"

他倒是直言不讳，直截了当承认是在躲着画角，并未找任何借口。他的坦荡反倒让画角心中有些气恼，但她忍了忍，再三斟酌，说道："三哥何必对我避而不见？

这两日，我也想过了，你如此做，也是一番好心，我原该向你致谢的。"

裴如寄"哦"了声，似乎有些意外："姜娘子不怪罪我？"

画角娓娓说道："我不在阑安长大，说是山野村妇也不为过，如何能入宫选妃？想必三哥也是如此想法，才奏请圣上撤了我参选的资格。只不过，你用的法子有些不妥当。"

不远处桌案旁的张潜和李厚皆伸长了脖子，恨不得听清两人在说什么，可惜，厅内胡姬的琵琶声和歌声将两人的话音压了下去。

裴如寄静静听着画角说完，伸指捧着酒盏转了转，含笑说道："姜娘子，你确定要在酒肆里说这件事吗？"

画角拎起酒坛，为自己斟了杯千年醉，捧着酒盏，说道："三哥，我只问你，如今陛下赐婚，你待如何？"

裴如寄垂眸，密长的睫毛遮住了他的双眸，让画角一时看不清他心中的想法。只听见他波澜不惊地说道："我对姜娘子倾慕已久，陛下赐婚，我自然欣喜若狂。我已与家父商量好，过几日便将彩礼送至贵府上。"

画角气得笑了："我与你已经退亲了，你未经我同意，擅自奏请圣上，说与我定过亲，这可是欺君之罪。"

裴如寄转了转手中杯盏，含笑说道："我并未如此说，我只说仰慕你，还说令尊的遗愿便是你我两家结亲。我说的这些可都是事实，没有一句妄言。圣上有成人之美之心，才会为你我赐婚。"

"你……"画角审视着裴如寄，不晓得他何时变得如此无赖，"我并不想与你成亲。烦请三哥奏请圣上，收回赐婚之御旨。"

裴如寄摇摇头。画角蹙眉："为何？你明知我不喜欢你，你又何必强求？"

裴如寄却并未因画角的话而生气，反而笑起来，唇角好似绽开一朵花，带着一丝邪魅之气。他傲然看向画角，说道："你嫁入我裴家，早晚有一日，也会喜欢上我。"

画角有些惊讶。在她印象中，裴如寄为人恭谦正直，且骨子里是有傲气在的。作为裴家的庶子，他凭借自身努力，做到云麾将军，丝毫不比兄长们逊色，便说明他有傲骨。这样的人，绝不会去强娶一个不喜欢自己的人。她都将话说得这么清楚了，他居然还不打算放手。

画角不得不把话说绝，免得他有所期待。她轻轻一笑，冷然说道："我不会嫁给你，也不会喜欢你，你且死了这条心吧。"

裴如寄摇了摇头，坚决地说道："不！就算圣上没有赐婚，本将军也不打算放手，你早晚会成为我的人。"

画角这时也终于明白，其实她先前对裴如寄的看法或许并不太准确，这人或许是有傲骨，但他还有另一样东西，就是脸皮，厚得堪比城墙的脸皮。她来这里之前，还指望着能说服他，让他到御前请皇帝收回成命，如今看来，倒是她痴心妄想了。

画角端起酒盏，一饮而尽，借着酒劲儿，压低了嗓音，语带哀求，说道："裴三哥，你若要娶妻，想要什么样的大家闺秀不行？我就是脸生得好看些，其余像是抚琴刺绣、相夫教子，这些我都不行。我还很会惹祸，一年中有一半时候是在外面闯荡，你不会想要我这样的夫人的。"

画角望向裴如寄，清眸中满是殷切和哀求。她平生第一次用如此语气求人。

裴如寄望向画角，目光微凝。一个向来强硬惯了的姑娘，忽然用温软的话语求你，不免让他心中很新奇。他正欲开口，画角又道："我心中另有意中人，你便成全我吧，好吗？"

裴如寄忽然笑了，眉梢一挑，看向画角，说道："你是说虞太倾吗？你对他又了解多少，他可没你想的那么好。说不定，他是你最想除掉的……"

"裴如寄！"画角猛然一拍桌子，桌案上的酒盏被震得晃了晃。

裴如寄不答应她也就算了，忽然说起虞太倾的坏话来，这让她如何能再忍下去？胡姬被画角这一声惊了一跳，胡琴的弦断了，歌声也停了，酒肆内顿时陷入一片寂静之中。张潜和李厚顿时瞪大了眼，不晓得画角为何忽然发怒，皆瞪大眼朝这里望了过来。

在柜前收银的胡姬忙端着盘子走了过来，笑语晏晏地说道："这位小娘子，您要的烤串好了。"

胡姬说着，将画角方才点的烤肉串放在桌案上。画角抬手拿起烤羊肉串，狠狠撸下一串肉。没想到，夜光酒肆的烤肉串味道甚是鲜美，外酥里嫩，不腻不膻，添加了胡椒，入口辛辣，别具风味。画角一连撸了三串，心头的火气慢慢消了下去。

胡姬的胡琴换了弦，悠扬的乐音伴随着歌声又在厅内响了起来。

画角吃得唇上油光水亮，双眸却是一眨不眨盯着裴如寄，说道："裴如寄，你变了。"

裴如寄面色一僵，脸上现出一抹不自然的神情。画角不知道，此时的裴如寄，并非裴如寄，而是妖物拈花。他在深山里蛰伏上万年，与人打交道甚少。这些年，他偶尔会附在曼陀罗花上暗中观察裴如寄，对他的为人性格已是熟识。可当他真正附身到裴如寄身上时，才发现这世间与曾经已是截然不同，令他一时不能完全适应。

他变了。这是裴如寄的父亲裴宁和同僚近日都说过的话。

不过，裴如寄的父亲那里，有裴如寄的亲娘帮着掩饰。他的阿娘虽晓得这壳子里已经不是自己的儿子裴如寄，但为了自己能年轻美貌地活下去，并不敢拆穿他的身份。裴如寄的那些同僚，纵然察觉他的变化，也并没有当回事，更不会想到妖邪。倒是眼前这位姜小娘子，她毕竟是伏妖师，倘若被她看穿了，恐怕不妙。

这时，脑中忽然响起裴如寄的声音，他慢条斯理地说道："妖孽，你被阿角妹妹看穿了，等着伏诛吧。"

这些日子，裴如寄和身体内的妖邪拈花共用自己的身体。拈花也曾想法要将他从体内驱走，但并未寻到合适的法子。

妖邪的魂魄比裴如寄的魂魄要强大，大多数时候都是拈花在掌控身体，只有当拈花歇息时，裴如寄才能趁机掌控身体。然而，他发现自己居然什么也不能做。他不敢将实情告诉父亲或兄长，生怕他们被妖邪所害。他屡次去天枢司衙门求助，却每次都在快要行至天枢司时，被拈花再次掌控身体。

此时，拈花听到他的话，冷笑的声音在脑中响起："裴如寄，你以为她一个小小的伏妖师便能诛杀本座？"

裴如寄沉默了。他虽晓得画角是伏妖师，却并不知她术法如何。而拈花，妖力到底有多强大，他亦不太清楚。

画角抬眼见裴如寄面上神情变幻，疑惑地问道："你怎么了，为何不说话？"

拈花呵呵干笑了两声，问道："我哪里变了？"

画角用帕子擦拭着唇上的油，缓缓说道："如果我猜得不错，你方才是想说虞太倾是我最想除掉的妖吧。我认识的裴三哥，不会在没有任何证据的情况下，对别人说三道四。你就算看不惯虞太倾，也不能随意猜疑他。"

拈花微微偏过头，望向画角，脸上一副倨傲的神情："我并非随意猜疑。"

画角冷然看向裴如寄："那你倒是说一说缘由。"

拈花的目光落在画角面前盘子中的烤串上，慢吞吞说道："总有一日，我会找到的。"

"呵……"画角冷笑一声。说白了，还是随意猜疑，她有些不想理睬他了。看来今夜是白费工夫了。

"我也劝你与他断了关系，如今圣上已经为你我赐婚，你若与他走得太近，只怕不太妥当。"拈花慢悠悠说道。

画角心头的火又被他拱了起来，她微微眯眼，一字一句说道："裴如寄，我还是那句话，我不会与你成亲。赐婚之事，既然你不愿到御前去说，我自会另想法子。我和谁在一起，轮不到你来管。"

拈花似乎也被画角的话激怒了，眸中暗影流转，好似跳跃着来自地狱的冥焰，让人莫名有些胆战心惊。

画角心中一凛。她抬眼审视着他，却见他忽然一笑，指着她面前碟子中的烤肉串问道："这个，瞧上去甚是美味。"

他抬手拿起一串烤羊肉串，咬了一口，嚼了嚼咽了下去。他怔了一瞬，忽然抚住喉咙咳了起来。他觉得有一股奇怪的味道在舌尖上爆开，随之而来的酥麻、鲜辣的味道充斥在口中，喉咙中好似有火焰在烧。拈花很是惊诧，人间的食物，居然还有这么怪的味道？

"这……这……怎的这般难以下咽？"拈花说着，端起面前的酒盏一饮而尽。

画角扬了扬眉，实在没料到，裴如寄居然吃不得辣。

拈花一连饮了数盏千年醉，方压下口中辛辣的味道，抬手扇风，喷出一口气。

"你觉得这肉串很是美味？"拈花不可思议地问道。

画角淡淡笑道："自然，倘若你吃不得辣，自然会觉得不美味。"

画角说着，拈起一串更辣的烤鸡心递了过去："你尝尝这个，甚是美味，不辣的。"

拈花自然不信，摆了摆手，说什么也不肯接。画角甚觉无趣，既然谈不拢，她懒得在酒肆再待下去，起身便出了夜光酒肆。

天已经全黑了，圆月挂在天边，清光流泻，照着寂静的街市。街上行人稀少，画角估摸着是快要到宵禁的时辰了。郑恒驾着马车候在酒肆对面，画角正欲走过去，忽听得身后有人喊道："阿角妹妹。"

画角回头看去，只见裴如寄斜靠在酒肆旁边的柱子上，正向她看过来。方才，他一直唤她"姜娘子"。画角还以为，因为皇帝赐婚，他不愿再与她称兄道妹，不会再喊自己"阿角妹妹"。

"阿角妹妹，我……你放心……"

他显然是有些醉意了，说出的话有些含混不清。方才他喝了太多千年醉。这种酒入口绵软，却后劲极大，很容易让人喝过头。一旦醉了，能睡上好几日。

"你说什么？"画角回身走向裴如寄，问道。

裴如寄抬眼看向画角，酒肆的灯笼在风中摇曳着，在他脸上映下一片片的光影。他醉了。可是他的酒量显然比那个妖邪的酒量要好，因此，还保有最后的一丝清醒，成功地将身体的掌控权夺了回来。

他看着画角，醉意朦胧地说道："阿角妹妹，我……我其实不是……"余下的话还未曾说出口，妖物拈花的声音便在脑中响起。

拈花的酒量显然不如裴如寄，这会儿已是醉得很了，但却不忘威胁裴如寄。

"你真以为她一个小小的不入流的伏妖师能救你？别忘了，你吃了二十年药丸，你的身体已经易骨，她只会把你当作怪物，连你一起诛杀。"

"你若不信，尽管告诉她好了。不过，待本座酒醒，第一个要诛杀的便是她。哈哈哈……"

拈花的声音猖狂至极，在他的脑海中萦绕不绝。他的话让裴如寄的酒意醒了几分，却也直接将他整个人打入了绝望的深渊。头顶上月华如练，清光流泻，可是他却觉得自己周遭一片黑暗，是那种无边无际浓稠如墨的黑，没有一丝光透入。

也许告诉她，她能救他。可是，万一呢，万一她敌不过拈花。那后果将是他不能承受的。他不敢去冒险。他喜欢她，希望她好。他已经这样了，绝对不能再连累她。

"你不是什么？"画角扬眉。

裴如寄微微侧过脸，月色忧郁，勾勒出他俊朗的侧脸轮廓。他嘴唇颤抖，喷出一团酒气，缓缓说道："我不是你想的那样的……那样的好人，你日后还是要多……提防着我。"

他忽然转头看向画角，那双原本神采飞扬，英气勃勃的双目，此时在酒意的浸润下，神采全无，一片黯淡。他抬手指着画角，嘴唇几度轻颤，断断续续说道："姜画角，别以为……我是真的喜欢你。我想娶你也不过是觉得你和阑安城其他的小娘子不一样。等我玩腻了，纵然是皇帝赐婚，我也一样会休了你。哈哈哈……"他笑得眼泪都流了出来，他也不去擦，摇摇晃晃向前走去。

裴如寄在心中默默说道："阿角妹妹，如今，我什么都不能做，只求你能离我远一点。因为我真的不晓得，自己这具身体会做出什么事情来。"月色将他的影子投在地面上，暗沉沉的，分外落寞。

张潜和李厚从酒肆中追了出来，向画角施了一礼，便朝着裴如寄追了过去。画角气得笑了。裴如寄这算酒后吐真言，终于露出了他的真面目吗？难道说，她以往都错看了他？

清风徐来，阶下榴花翻红。廊下放着关押狐狸的笼子。

回到阑安城后，画角给狐妖新换了笼子，比原先的大，如此，狐妖的身量终于变成正常大小了。这会儿狐妖刚睡醒，在笼中伸了个懒腰。他发现这笼子比原先的更坚固，上面雕琢着符咒，他想自己逃出去几乎是不可能的了。狐妖有些生无可恋，趴在笼中生闷气。

耳鼠千结蹲在笼子旁，小短爪扒着笼子，一张鼠脸几乎探到笼子里。

"我说，你当真是妖？你化不了人形，连人话也不会说？"

狐妖瞪了耳鼠一眼，桃花眼中闪过一丝不屑。一只器灵，居然还敢笑话他？！

"那你能听懂人话吗？你有话尽管与我说，我听得懂狐狸话。"耳鼠斜睨着狐妖问道。

画角从狐妖口中问不出什么，便让千结过来套话。千结虽然自己是鼠身，但却只喜欢貌美的人，对于毛茸茸的兽无甚兴趣。因此，说话的语气带着一丝倨傲。

狐妖正没好气，翻了个身，高冷地瞪了一眼耳鼠，冷冷地说道："滚！"

狐妖自出了崇吾山边界，便无法化人形，这会儿说的也是狐狸话。

千结听懂了，起身就想走，但想起画角交代的事，又转身蹲下来，好声好气地问道："嗳，红毛狐狸，听说，你先前化成人形时，甚是俊美，可是真的？"

狐妖眯着眼不搭理千结。

千结说道："我跟你说，我见过一个生得俊美的郎君，啧啧，我想这世上没有人能及得上他了。"

狐妖不屑地"哼"了一声，忽然坐了起来，傲然说道："凭他是什么人，也及不上我的主子。"

千结的耳朵顿时支棱了起来，警惕地问道："你的主子？可是妖王？"

狐妖忽然顿住，再不答千结的话，反而不屑地瞥了他一眼。千结伸爪挠了挠头，觉得自己问得太急了。

狐妖忽然转了转眼珠，凑到耳鼠跟前问道："你既然能够修成器灵，想必灵力不弱，怎的跟着一个老太婆？"

千结瞪着狐妖说道："什么老太婆，我主子是妙龄小娘子。"

狐妖眼中闪过一丝狡黠，问道："是吗？我还以为她本来是老太婆，小娘子是她变化的。那她挺厉害的啊，这么年轻就成了什么……什么盟主。"

"伴月盟盟主。"千结补充道。

狐妖眯眼又问道："你怎的修成了这副样子？你是不是不晓得美丑？"

这句话把千结彻底惹毛了。他扑闪着尾巴飞了起来，居高临下睨视着狐妖，不服气地说道："我看你才不晓得何为美丑，待改日虞都监来了，让你好生见识一番。"

狐妖愣了一瞬，激动地摇了摇红尾巴，扑到笼子边问道："他何时来？"

千结想了想说道："也就这两日吧，就算他不来，我主子也会去找他的。"

狐妖的目光在院内流转一圈，问千结："那个老太婆，啊，不是，那个年轻的小娘子，她住的院子还不错，是这府里的婢女吗？"

"说了不是老太婆了，她可不是婢女，她是府中的大小姐，整个府都是她说了算。"千结嚷着说道，顿了下又道，"就算虞都监来了，也要听她的。"

狐妖显然有些吃惊，问道："为何？"

千结抱着小爪子想了想："他喜欢她啊！"

狐妖好似被雷劈了一样，怔住不动了。千结还待要说什么，画角轻咳了一声，从屋中走了出来。

虽然画角听不懂狐语，但千结说的是人话，她却是听得一清二楚。她觉得，若是再让千结和狐妖说下去，千结可能就把她的祖宗八代都说出去了。她明明让他去套狐妖的话，没想到他却一直被狐妖反套话。

千结在画角的召唤下，扑闪着大尾巴，飞到她肩头蹲了下来。他凑在画角耳畔，将方才从狐妖嘴里问到的唯一消息告诉了画角。

"他说他主子是妖王，生得甚是俊美。"千结低声说道。

"妖王是谁，在何处，是什么妖？"画角挑眉问道。

千结哑然。画角轻叹一声看向狐妖，却见他双目一眨不眨地望着自己，眼中全是震惊。这狐妖幻成人时，风流倜傥中带着一丝邪魅，此时呆愣的样子却无端有些憨。画角觉得有些好笑，但她眼下却顾不上理睬他了。

雪袖好似脚下踩着风火轮般快速奔进了院子，气喘吁吁喊道："娘子，裴……裴小将军来了，他……他……"

画角抚摸着千结毛茸茸的大尾巴，淡淡问道："他怎么了，你慢些说。"

"他来送聘礼了，林姑让奴婢过来知会娘子，向您讨个主意，她不知该如何处置。"雪袖喘了口气，急急说道。

画角眉头蹙了起来，撂下千结就往前院而去。她足下如风，雪袖紧跑了几步才追上。

"娘子，林姑没让您出面，这种场合，您原该回避的。"

画角这会儿哪里还顾得上那些礼仪，脚下不停，快速而去。

"我话还没说完，与裴将军同来的，还有一个人。"雪袖焦急地喊道。

画角愣了一瞬，问道："是谁？"

"康……康王。"

林姑站在前厅的廊下，看着裴府的下人将聘礼一箱一箱地抬进院内。

论理说，裴家原该提前几日和林姑这边商议，定一个日子再过来送聘礼。裴如寄突然不打招呼便过来，林姑心中多少有些不满。不过，裴府送的聘礼倒是很隆盛，最重要的是，裴府还请了一个身份贵重的人作为媒人。

康王李邺笑微微地看向林姑,说道:"你便是郑府的管家林大娘子吧?裴将军和姜小娘子的亲事原是父皇赐婚,论理说,父皇才是正儿八经的大媒人,本王再做媒人有些不合适,不过,裴小将军托本王陪他过来走一趟,本王便做个见证人吧。"

林姑慌忙躬身施了个大礼:"有劳殿下了。"

康王李邺又道:"裴小将军的人品无可挑剔,裴郑两家原也是世交,这门亲事可说是门当户对。"

林姑还能说什么,只有堆了一脸假笑,连连称是。说实话,林姑对裴如寄也是极满意的。他不但相貌堂堂,且为人正直上进,和小娘子也是极般配的。只是……偏生小娘子心中的人不是他。

林姑有时也会想,倘若裴如寄当初不和小娘子退亲,情况会不会不同?小娘子会不会心仪于他?但是,她不得而知,因为已经没有如果了。

林姑瞥了一眼裴如寄,见他盛装华服而来,双目如星,唇角含笑,显是心情不错。听闻画角在选妃的名单上,裴如寄便出头将此事拦了下来,说起来也是个可靠的人。他又对她家小娘子一往情深,日后小娘子若是嫁过去,想必日子过得也不会差。林姑在心中叹了口气,愁得有些不知所措。皇帝赐婚,康王做媒。在这种情况下,她恐怕只有替小娘子应下了,总不好当着康王的面,让裴如寄将聘礼再抬回去。

林姑施了一礼,说道:"难得裴将军对我们小娘子如此珍重,定是可堪托付之人。我们做奴婢的,自然没有什么话说。还请殿下和裴将军到厅内稍坐,奴婢这就去知会小娘子一声。"

裴如寄说好。康王李邺笑道:"林管家,裴府已经着人看了日子,下月二十八是个好日子,还请林管家征询一下姜娘子的意见。"

"下……下月二十八?这,这是不是有点太急了?"林姑问道,"只怕根本筹备不过来。"

虽说她一直盼着小娘子能嫁个好人家,但这么快就出阁,她一时有些难以接受。旁的不说,光筹备嫁妆便有些来不及。

康王看了林姑一眼,沉吟着说道:"日子是有些赶,这样吧,本王命礼部派人过来相帮,如此,不至于筹备不过来。"

"这……"林姑一时再没有了话说。

这时,院门处一阵骚动,林姑看过去,不由得一愣。裴如寄和康王见状也不由得转过身子,愕然望去。只见陈伯引着一人走了进来。他素衣翩翩,一身秀骨,正是天枢司都监虞太倾。

陈伯也没想到虞太倾会在此时前来造访,本着让虞太倾看一看这满院子聘礼的目的，便殷勤地引着他入了院。虞太倾一行人脚程比画角要慢，今日刚刚从崇吾山赶回阆安城。一到府中，他便接到了太子李幻派人递过来的消息。

虞太倾临去崇吾山前，曾向太子透露过自己的意中人是姜画角。这次选妃，李幻特意留意了，看到画角有参选，原也在想法子撤掉画角的名儿，却不想被裴如寄捷足先登。

皇帝赐婚，太子李幻也无能为力，深觉有负虞太倾所托。他每日派人到都监府候着，待到虞太倾一回府，便告知了他。

虞太倾听闻此事，衣服都未换，便匆忙过来见画角。

林姑打眼看虞太倾，见他一脸风尘仆仆的样子，便晓得他刚回阆安。

裴如寄皱了皱眉，迎上前去，说道："原来是虞都监，听闻你出了一趟远门，不知何时回阆安的？"

虞太倾的目光自院内堆积的箱笼上一掠而过，似笑非笑地说道："今日刚回。"

虞太倾说着，朝着旁边的康王李邺施了一礼，说道："没想到康王殿下也在。"

康王笑着说道："倾弟，你怎么过来了？你来得正好。本王今日过来，是代表父皇过来做媒人的，不如你也与本王一道，为裴将军和姜娘子这一对做个见证。"

虞太倾双目灼灼看向康王，一向云淡风轻的神情不见了，深邃的眼眸中，好似有火焰在烧。他缓缓说道："我倒是不晓得，原来殿下居然也有做媒的雅兴。不过，恕我做不了。"

画角从月洞门穿了出来，看到前院廊下摆着一溜十几台的箱笼，其上皆装点着大红绸缎，一看便晓得是裴如寄送来的聘礼，眉头不觉蹙了起来。她正要沿着院内的青石路向正厅而去，一抬眼却看到了虞太倾。

月洞门一侧连着一条游廊，旁边栽种的葡萄爬满了架子，将游廊遮成了凉棚。画角一转身拐到了游廊下，透过绿叶间的缝隙看向他。他显然是急匆匆赶过来的，脸颊被日头晒得有些发红，但眉眼间却隐含一丝怒意，显然是气极了。

裴如寄看到虞太倾，心情不免有些复杂。那夜饮酒后，拈花醉了一夜。翌日清晨清醒过来后，又重新将身子的掌控权夺了过去。如今，他又成了自己身体的旁观者，什么都做不了。此时，拈花看向虞太倾，笑着说道："本将军也不敢劳驾虞都监做见证。"

虞太倾转向林姑问道："今日裴将军来送聘礼合婚，不晓得林姑事先可知情？"

林姑做了多年管家，第一次碰到这样的场面。她站在虞太倾的角度思忖了片刻。

虞太倾外出一趟，一回到阆安，便目睹裴如寄来送聘礼，说不定会心生误会，认为画角水性杨花，这边跟他情投意合，另一边却又和裴如寄定了亲。

林姑觉得有必要解释清楚，因此硬着头皮说道："前几日，宫中有内侍过来传了陛下的口谕，说是为小娘子和裴将军赐婚。我们小娘子当时不在场，她也是刚刚知晓赐婚之事。至于今日裴将军前来送聘礼，我们事先却是不知情的。"

虞太倾看向裴如寄："裴将军未免太心急了些，未曾知会姜娘子和林姑一声，便大张旗鼓将聘礼送了过来，这恐怕不合礼数。"

拈花朝着虞太倾笑了笑，说道："不合礼数又如何？只怕也轮不到虞都监置喙。"

虞太倾一口气憋在胸口。他不过离开阆安几日，事情居然就弄成了这样。他不在时，那是没办法。如今他既然回来了，此事便绝不能让他们再进一步，便是康王在也不行。

康王李邺笑着问虞太倾："倾弟今日来郑府，可是有事？"

虞太倾瞥了康王一眼，又转身望了眼院中装点着大红绸缎的箱子，说道："殿下，裴将军，林姑方才已经说了，今日送聘礼事先未曾知会姜娘子，要我说，这些聘礼还是先行抬回去吧。"

拈花心头怒意升腾："虞都监，你一个外人，这般插手姜娘子的亲事，是不是有些不妥？我与姜娘子的亲事可是圣上赐婚。"

作为妖物，拈花自然不把皇帝放在眼里。但是，他不介意用皇帝的名头震慑虞太倾。

虞太倾冷冷一笑，眉梢眼睫尽染霜寒："既然是陛下赐婚，裴将军更该遵守礼数。"

拈花一噎。虞太倾又冷然说道："赐婚？裴将军在陛下跟前谎称自己和姜娘子情投意合，还说，你父亲和郑中书令早已为你们定了亲，陛下才会玉成此事。如今，你敢不敢和我一道到御前再将此事说一遍？"

拈花扬声说道："有什么不敢的？"听闻皇帝都是金口玉言，他就不信到了御前，虞太倾能让皇帝收回赐婚的旨意。

虞太倾笑了笑，说道："既然如此，那我们这就进宫。这些聘礼，裴将军还是抬回去吧，本都监估摸着，你也用不着送了。"

拈花冷哼一声："便是抬走又如何，还是会抬回来，太过麻烦，便先放在这里吧。"

虞太倾淡淡笑了笑，吩咐随他一道而来的狄尘："狄尘，还记得移物咒吗？东北方向三十丈。"

狄尘会意，抬手捏诀，指尖白光闪过，犹如笆篱一样将堆在一处的箱子笼住。他默念咒语，箱子便一个个朝着东北方向飞了出去。东北方向三十丈处，恰好出了府门。

裴府随着拈花过来的下人们眼见聘礼一箱箱飞了出去，却根本无法阻拦。拈花气得脸都青了，但裴如寄这具身体不会术法，他也只能干看着，并不敢轻举妄动。康王李邺眼见两人唇枪舌剑，最后居然结伴出了府，进宫去了。他也只好随着两人出了府。

府内的下人都看傻了眼，直到人都走光了，方反应过来。

郑恒问郑信："你说，到了御前，圣上会不会收回赐婚的旨意？"

郑信愁眉苦脸地说道："别问我，我不晓得。"

"要不然，我们赌一把。"郑恒掏出几个铜板放在廊下的桌案上，说道，"我押虞都监赢。圣上会收回先前的旨意，将小娘子赐婚给虞都监。"

郑信犹豫了一瞬，权衡再三，说道："那我押裴将军赢。朝令夕改，圣上还是金口玉言吗？这赐婚的旨意圣上应当不会收回，小娘子最后还是要嫁裴小将军。"

陈伯皱着眉头，抬手在郑恒和郑信的头上各拍了一下，说道："什么时候了，你们就晓得赌，就不怕圣上降罪吗？来，我押裴将军赢。"陈伯说着，掏出几个铜板一个个放在桌案上。

画角从抄手游廊中转了出来，和站在廊下的林姑面面相觑。

林姑"哎哟"一声，说道："我的小姑奶奶，你怎么才出来？你的那个虞都监，他怎么也这么胡闹？我看我们就等着圣上降罪吧。"

画角也没想到事情会闹到这个地步。她原本还想着和虞太倾商量对策，如今，倒是不用再想了。她施施然走过去，自袖中取一块碎银，"啪"一声拍在桌案上，说道："我也押虞都监赢。"

画角眉眼含笑。这回虞太倾进宫，纵然没有说服圣上，她也心中欢喜。

林姑白了画角一眼，望着她唇角掩饰不住的笑意，问道："你说，你这会儿是不是很得意？"

画角点了点头。

"真是不知羞。"林姑叹息着说道。

画角得意地笑了笑。随身携带的联络符忽然亮了，画角召出联络符扫了一眼，只见上面慢慢显出一行字。"烟已寻到，囚在虞别苑中。"

第三十五章 我定会杀你

夕阳已经隐没在远山之后,夜幕悄然降临。

画角默然静立在山坡上的林边,眺望着眼前一大片掩映在绿树间的飞檐翘角。这是阆安城的贵人们为了方便夏日在曲江池泛舟赏荷,特意在曲江池畔所建的别苑。虽说不经常居住,但一座座院落依然建造得华美阔敞。

不远处的曲江池上,正是最热闹之时。一条条游船在水中荡漾,船舱中映出的灯火犹如星光。城外不宵禁,人们在水面上泛舟游玩,夜深便会宿到旁侧的望江楼中。画角听着游船上的丝竹声,人们的笑语声,心中不由得生出一种凄寂来。

她心心念念的表姐姜如烟寻到了,这是多么值得高兴的事,可是,寻到她的地方却偏偏是虞太倾的别苑。她心中再也欢喜不起来。这一刀杀人于无形,她承认自己被刀到了。

画角呼出一口气,转身看向身后的伊耳、章回,问道:"哪一座是虞太倾的别苑?"

伊耳这几日在望江楼做庖厨,一有机会便到这边别苑送酒菜。他暗中查探到虞太倾别苑后园中关押着人,并且有妖在外看守。他抬手指向前方,低声说道:"最北边的那座院落，前面便是静安公主的别苑，东边院落住的则是留安王李琮。"

画角凝眉："留安王？"

伊耳点了点头说道："他是当今圣上的皇弟，擅琴棋书画，尤其在弈棋和作画上颇有造诣。听说他为了画曲江池的荷花，每年夏日都会到这边别苑小住。"

画角记起来，这位留安王李琮，她在牡丹宴上是见过的。章回缓步上前，说道："我们已经打探清楚，留安王今夜不在别苑住，静安公主李琳琅这两日倒是在，不过，她每夜都会到曲江池中游玩到后半夜。我们最好是在静安公主回来前动手，免得惊动她，惹出不必要的麻烦来。"

"只是……"章回有些担忧地说道，"听周陵说，虞太倾今日进宫去了，还是为了……为了盟主的事。"

画角听章回提起虞太倾，宽袖中的手忍不住颤了颤。她沉默了一瞬，问道："你们晓得我和他的事情了？"

章回点点头，无限怜悯地看向画角。画角微微抬头，黯淡的眸中闪过一丝肃然。她沉默少顷，说道："我们过去吧，无论如何，今夜都要将人救出来。"

三人扮作望江楼送酒菜的下人，敲开了别苑的大门。一名护卫过来开门，见到三人说并没有在望江楼订酒菜。伊耳的祖传伏妖术法便是美食伏妖。他特意打开食匣，香气瞬间溢了出来。护卫的眼眸一亮，鼻翼翕动，当下便引了三人向院内而去。

虞太倾的别苑并不大，后园有些荒凉破败，显然他并不常在此居住。画角很快发现，园中最不起眼的下人房外，有数名护卫在守门。她和章回、伊耳将手中的食匣摆放到园中的凉亭中，打开食匣，将饭菜一样样摆了出来。

伊耳所做的饭菜，道行浅的妖物根本抵御不了饭菜的香气，很快，园内的好几名护卫皆循香气寻了过来。护卫们围坐在凉亭内埋头用饭，过了一会儿，便一个个捂着肚子滚倒在地，现了原形。原是几只蛊雕妖，妖物扑扇着翅膀，朝着他们扑来。

画角一抬手，铿然一声，伏妖刀出鞘，白光如练，朝着妖物斩去。园内瞬间血气四溢，代替了方才饭菜的香气。画角回首朝着章回和伊耳略一点头，说道："速战速决。"

章回和伊耳执剑迎上前，和妖物缠斗在一起。画角快步走到下人房门前，一脚踢开了房门。

门扇倒下，烛火被风一吹，微弱地闪烁着几欲熄灭。画角缓步向屋内走了几步，便忽然呆住了。屋角的床榻上躺着一名素衣女子，她瘦得厉害，瞧上去似乎承受不住身上衣裙的重量。她眼窝深陷，颧骨高耸，若不细看，简直难以相信，这便是当初清丽脱俗，巧笑嫣然的表姐姜如烟。

画角咬紧了牙，强忍着眸中流转的泪。她上前晃了晃姜如烟，却发现她一动也不动，不像是睡着的样子。

画角心中一沉，探了探表姐的鼻息，又攥住了表姐的手腕。姜如烟尚有气息，脉搏虽然微弱但却平缓，人还活着。只是，任凭她如何呼唤，她依然在昏睡中。画角焦急万分。

章回收拾完蛊雕妖，进屋看到姜如烟的样子，说道："依我看，应当是中了妖术，我们先将人救出去再说。"

伊耳也奔了进来，提议道："我在望江楼订了房间，赶快带姜娘子过去吧。"

画角点了点头："将外面的妖物和这里都收拾干净了，不要留下任何蛛丝马迹。"

她不想让虞太倾知晓，是她将表姐带走了。

虞太倾和裴如寄在御前闹了一回。

裴如寄说虞太倾阻拦他和画角的亲事，这是没将皇帝先前的赐婚瞧在眼里。虞太倾称裴如寄和画角双方父母的确曾经有意结亲，但裴如寄早已主动退亲，不存在两情相悦。裴如寄如此说，是欺君之罪，实属骗婚，并言明自己和画角才是情投意合。

皇帝震怒，撤回了裴如寄和画角的赐婚，但却并没为虞太倾和画角赐婚，而是命姜画角继续参选朝中三年一度的选妃。一番折腾下来，虞太倾和裴如寄谁也没赢。

裴如寄离开后，御书房内只留下虞太倾一人。皇帝这才叹息一声，问道："你何时这般鲁莽了？"

虞太倾也晓得今日之事自己办得有些不妥，纵然他说得有理，皇帝也不好再为他和画角赐婚。

"此番选妃，你让姜娘子放心参选，在最后落选便是。届时，你再去提亲。"

虞太倾只得应下。

皇帝又问道："此番去崇吾山，可有发现？"

虞太倾便将弃马村之事告知皇帝，又道："那位领主，为了换皮不惜和外地人成亲，只为了让新身份成为村里的女婿，名正言顺待在村中，必是有什么事是他们必须守在弃马村要做的，只可惜微臣并未查出。不过，微臣倒是发现另外一件事。"

虞太倾取出一颗红色珠子递给皇帝。那夜，他诛杀完倒寿后，发现每个妖物身上都携有此物。

皇帝大感不解："这不是上回那只……那只比翼鸟妖的珠子吗？莫非，她和这些倒寿妖也有干系？"

虞太倾摇摇头："此珠虽是观讳的珠子，但不见得是她给倒寿的。茵娘和孔玉死前皆佩戴此珠，是凶手为了让观讳精准地找到受害人。不过，倒寿们携带珠子，却是因此珠还有另一个用处，它能收敛妖气。"

皇帝吃惊地站起身来："你的意思是……这珠子能将妖物的妖气隐藏？"

虞太倾点点头，他很清楚皇帝为何如此惊惶。

"并非所有的珠子都可以，唯有观讳从比翼鸟化为蛤蜊，她的珠子与一般的珠子不同。皇宫有龙脉护佑，亦有天枢司伏妖师日夜把守，妖物很难混入。"

皇帝这才略松了一口气，问道："这些倒寿妖背后，还有其他妖物指使？"

虞太倾点点头。

望江楼。窗外鸟鸣婉转，熹微的晨光透过窗纱一点点地照亮室内。

画角坐在床榻旁的椅子上似睡非睡，鸟鸣声惊醒了她，她抬眸望去，只见表姐姜如烟静静地躺在床榻上一动不动。昨夜她将姜如烟带到望江楼，以术法探查了一番，发现姜如烟失了二魂六魄。如今体内只余一魂一魄，自然昏睡不醒。她懊悔自己没有尽快寻到她，原以为妖物关押表姐是为了制香，不会对表姐下手，却不想她错了。

画角起身，在一旁的水盆中将巾帕浸湿，拧干了水，仔细地为表姐净了脸，又握紧表姐的手腕，低声说道："阿姐，等着我。"说完，她拉开门走了出去。

唐凝和公输鱼一早也赶到了望江楼，看到画角的样子，不觉有些担忧。画角一夜未眠，发髻散乱，眼圈发黑，面色憔悴。

章回上前说道："我一早便将派人到都监府去送了信，估摸着虞太倾也快到了。"

画角点点头，便要下楼。唐凝忙拦住画角，举起手中的菱花镜，说道："盟主，你不能这样子去见他，如此，只怕他一眼便看出你不对劲。"

唐凝拽着画角洗漱了一番，又相帮着为她装扮了一番。片刻后，铜镜中映出画角分外妖娆的面容，她挽了一个平日里不怎么梳的繁复发髻，脸上薄施粉黛。画角又召出琵琶簪插在发髻上，簪环上珠串的熠熠光芒和她眸中的寒光交相辉映。她嘱托唐凝和公输鱼照顾好表姐，又命章回和伊耳不要轻举妄动，便独自去了曲江池。

清晨的曲江池如同正在沉睡还未曾苏醒的人，除了鸟鸣声，四周一片寂静。雾气有些大，笼罩着整个曲江池的水面。荷花在雾气氤氲中开得分外娇艳。放眼望去，千百朵浅红粉白在烟波浩渺中摇曳。

画角坐在一条乌篷船的船头，手中握桨拨开水面，在水畔荡来荡去。她的目光，凝在水面上的一朵清荷上，轻薄而洁白的花瓣，在晨风中轻轻颤动，冷艳中带着一种不可言喻的迷人。画角拈起荷花，举到眼前观望，思绪却早已飘远了。

——她忆起她和虞太倾的初见，彼时天色剧变，九绵山的山坳中忽降暴雪。

天色有异必有妖，可她和章回都认为，以遇渊的妖力，根本不至于如此。如今看来，那个大妖也许是虞太倾。

——那日在天枢司烈狱，她被关入幽冥阵中，祸斗那一锤即将砸到她时，有一只手只轻轻一拨，幽冥阵瞬间便被摧毁。

当时，有一束五彩的光穿透虚空中的沉沉雾霭，重重暗影波涛般退去。可惜的是，她随后便昏迷了过去，并未将此事放在心上，一直以为是被雷言所救。

——此番在崇吾山，罗翼说起，当时，他被倒寿们的吼声所迷，神志有些不清，隐约看到夜空中有五彩光芒闪过。她以为是罗翼的幻觉。

联想到幽冥阵中的五彩光芒，想来，那便是虞太倾施法时的彩光。

——崇吾山的九尾红狐妖，那也是上古大妖，却在见到虞太倾时那般亲昵地扑向他。

他和耳鼠千结说他的主人是妖王，而且容颜甚美，如今想来，他说的主人大约便是虞太倾。画角又想起那一夜，在拴马镇的客栈中，到她房中想要抢走狐妖的人，莫非就是虞太倾？

画角越想越心寒，一颗心也慢慢沉落下去，直至沉入深渊。

可是，她的理智却还在挣扎着，在寻找一些理由，去推翻她所有的猜想。

他是人，他没有妖气，而且，他也有母亲。他的母亲是大晋的文宁长公主李云裳。李云裳是人，那么，作为人的孩子，他怎么可能是妖物呢？他是天枢司都监，倘若他当真是妖王，为何要做伏妖师？他没有术法，假若他会术法，当日初见时，为何任由她非礼？这些似乎都说不通。

可是，她的表姐姜如烟却是被囚在他的别苑，这又如何解释？画角思绪乱纷纷的。

忽然，一阵清脆的马蹄声打破了曲江池的寂静。她抬眼看去，一骑快马沿着山道飞奔而来，惊起林间的飞鸟无数。到得近前，那人飞身下马，朝她望来。正是虞太倾。

画角自认识虞太倾，从未见过他骑马。他去天枢司衙门上值，或是外出游玩，无论路程远近，向来都是乘坐马车。护卫狄尘也从来近身随侍，不离左右。画角原以为，他不擅骑马，却不想今日他是独自骑马疾奔而来。

画角派人给他传话，约的是卯时在曲江池见面。他显然生怕赶不及，因此才没有乘坐马车。他穿了件莹白色绣卷草暗纹的襕袍，轻袍缓带，骑在马上疾驰而来时，衣袍当风，整个人犹如一朵轻飘飘的浮云。他那样俊雅有礼，飞身下马时，连翻卷的衣角都流泻着说不出的翩翩风致。画角简直难以想象，这样的人，居然会是妖物？

虞太倾将马儿拴在岸边的柳树干上，朝着画角翩然行来。随着他越走越近，画角心中闪过一丝不安，手指不自觉微微用力，将小船一侧的一枝荷花拽落下来。

虞太倾目光灼灼落在画角身上，笑着问道："你这是要把这朵花送我吗？"

那一夜，便是在曲江池，她送了他一船九十九朵荷花，并向他告白心意。然而，今日，她自然不会再送他什么花，一朵也不会。画角拈着荷花，唇角浮起一抹笑影，语气慵懒而戏谑地说道："我是要自己戴。"

她擎着荷花，试图戴在发髻上。只是，没有铜镜，她一时半会儿竟戴不上。乌篷船荡悠悠到了岸边，虞太倾缓步上了船头，微微一笑，朝着她俯身过来，将她手中的荷花接了过来。他取出随身携带的匕首，认真地将荷花梗的尖端细细修剪了一下，朝着画角笑道："这样才能簪得住。"

画角伸手去接，他却轻笑着说道："我给你簪。"

说着，他俯身凑到画角身前，将荷花簪在了她发髻一侧。距离太近，他身上幽冷的淡香便沁入她鼻端，不像是熏香的味道。但凡是妖，多半都是有妖气在身的。倘若敛了妖气，多多少少也会有妖物本身的体味。这般清冷淡雅的气味，难道他是花妖？

虞太倾起身，目光落在画角的脸上，见她薄施粉黛，眉黛唇红，以为画角是为了见他特意装扮，唇角微微勾起一抹笑意来。他的面容在清晨的雾气中看上去有一点氤氲，但望着她的目光却熠熠生辉。

画角有意避开他热切的目光，垂下了头。虞太倾长臂伸展间，已是揽住了她的腰身，低声问道："等我很久了吗？"

画角身子僵了一瞬，隐约有一簇愤怒的火苗，在心房深处无人察觉的角落，悄悄地燃烧起来。

在他心中，两人见的最后一面，是在他府中定情的那一日。也许对他而言，两人此时见面，是一对相互爱慕的情人小别重逢。但对画角而言，曾经的情热是她此时竭力要摒弃要忘记的。她宁愿她和他从未相识，那么，此刻，她心中那簇愤恨的火苗，便不会如此烧灼她的心。

她不着痕迹地推开他的手臂，敛眉一笑，语带责备地说道："别乱动，你去那边船头坐着，不然船会翻的。"

虞太倾终于察觉到她的冷淡，低眸望着她的眼睛，叫了声她的名字，柔声问道："你可是生我的气了？我原该昨夜便派人去给你送信，又怕扰了你歇息。"

画角拿起船桨，不动声色地说道："你快坐过去，我要划船了。"说着，她握着船桨划了几下，窄细的小船便穿过荷花丛，向着曲江池深处荡去。

虞太倾瞥了眼画角的脸色，问道："你不想知道，圣上是不是收回了你和裴如寄的赐婚之令？"

小船在荷花丛中荡来荡去，船两侧荷花摇曳，散发出好闻的幽幽香气。画角有些茫然地看了他一眼，终于想起，他昨日进宫是为了什么。昨日她还心心念念的事情，不过隔了一夜，便如隔了千山万水，几欲想不起来。

她"哦"了声，说道："你既如此问，想必圣上是收回成命了。不过……"

画角心中忽然有些忐忑，试探着问道："圣上，同意为你我赐婚了？"

虞太倾摇了摇头。

"此事是我思虑不周，只和太子提过你我之事，我该在临走之前便去御前请婚。如今，只有委屈你再去选妃，不过，我已和各处打好招呼，在二选前会让你通不过。"

画角点点头，专心致志地划着船。

虞太倾半开玩笑地问道："你是想在才选上通不过，还是在貌选上通不过？"

画角此时根本没有心情和他调侃，随口说道："都可。"

虞太倾坐在船头，疑惑地瞥了画角一眼。画角忽而放下船桨，起身到船舱中提了一个食匣出来。这是画角让伊耳特意做的毕罗。

伊耳祖上原是宫中御厨，做伏妖师后，不用符咒，也不用法宝，专靠吃食伏妖。这两笼特制毕罗，人吃了无事，妖却会当场现原身。

画角打开食匣，说道："今日是我太心急了，不该让你这么早打马扬鞭过来，你还没来得及用朝食吧，我特意带了两笼毕罗，你先垫垫肚子。"

画角说着，朝着虞太倾淡淡笑了笑，水面上荷花的艳色仿佛浸润到她脸颊上的笑靥中，透出一丝别样的娇艳。

画角这一笑，撞进了虞太倾的心坎里。他微微眯眼，似笑非笑地看着她。

画角打开食匣，第一层是樱桃毕罗，浅红色半透明的面皮，透出里面樱桃的果酱来。

画角拈起一个毕罗送到虞太倾唇边，问道："这个是甜口的，你尝一尝？"她生怕虞太倾挑拣，樱桃毕罗，天花毕罗，蟹黄毕罗，每一样都带了几个，甜味咸味皆有。

虞太倾二话不说，就着画角的手，朝着毕罗一口咬了下去。他又拈起一个毕罗，喂到画角嘴里。画角看着他将毕罗吃下，唇角的笑意缓缓凝住。

伊耳说，一般的妖物食用了特制毕罗，不出一炷香的工夫，必是会现原形。画角静静等待着。等待着看在他俊美绝艳、儒雅温和的外表下，到底还隐藏着怎样难以想象的、可怕而狰狞的另一张面孔。

清晨的曲江池静悄悄的，只有他们这一条小船在水面上穿梭。如此甚好，倘若他现了原形，她和他打斗时，也不会伤及无辜。不过，画角还是竭力划船远离岸边，向着水中央而去。这里荷花渐少，水也深了起来，放眼望去，一片烟波浩渺。

画角估摸着一炷香的工夫已经过去了，她放下船桨，看向虞太倾。他坐在船头，雾气流云一般自他身边漫过，他的眉眼好似沾染了雾气，看上去有一丝朦胧。他并没有现原形，甚至连一丝不适的样子都没有。

画角望着他，却并未欢喜，而是陷入到更深的绝望中。伊耳也说了，倘若食用特制毕罗并没有什么变化。那么，只有两种可能。一，他毫无疑问是人。二，他是妖，是连他的特制毕罗都验不出来的妖。假若是后者，伊耳建议画角不要轻举妄动，更不要让对方起疑，最好是脚底抹油，尽快回来。她，他们，都不会是他的对手。

画角多么希望虞太倾是第一种，然而，理智却告诉他，不太可能。她问虞太倾："你在这边可是有别苑？"

虞太倾指着河堤上密林掩映的飞檐翘角，说道："就在那边，最后面的一处院落，是我刚来阆安城时，圣上赐给我的。你怎的问起这个了？"

他说得如此坦荡，倘若画角不是亲自从他的别苑将表姐救出来，几乎便要怀疑自己弄错了。

画角问道："别苑的园子想必建得不错，我一会儿能过去观赏一下吗？"

虞太倾踯躅了下，蹙紧了眉头，说道："这边别苑我不常过来住，一应物事都没有，园子里想必也荒废得不成样子，没什么好瞧的，还是不要去了。"

画角看着他，唇角勾起一抹苦涩的冷笑。园子里关着她的表姐，他自然不能让自己去。看样子，他还未曾得到表姐被救的消息。画角放下手中的船桨，任由小船在水面上漂荡，心中却在思忖着如何对付他。

虞太倾早已察觉到画角不对劲，瞥了眼她的面色，问道："你今日怎么了？可是身子不舒服？"

画角摇摇头。虞太倾见画角不言语，起身向她这边走了过来。他生怕小船翻了，挪动得小心谨慎。画角眯眼望着他，忽然问道："你怕水吗？"

虞太倾轻笑："我不会游水。"

画角没说话，看着他一点点行至自己面前，看着他在自己面前俯身，看着他伸出手，将她的袖子撸了起来，伸出手指探了探她的脉搏。

他微凉的手指按在她的手腕上,蹙着眉头问她:"昨夜可是没歇好?"

自然是没歇好,一夜未曾安眠。

虞太倾说道:"你把船桨给我,我来划船,我们还是早些回去,你也好回府去歇息。"

画角淡淡冷笑,表姐的魂魄寻不回来,她是注定不能好好歇息了。

虞太倾说完,起身去取画角身侧的船桨。

画角微微眯眼,忽然身子一倾,一股巨大的力道压下小船的侧边。小船晃了两晃,很快翻船了。虞太倾来不及反应,整个人便径直跌入水中。冰凉的湖水,一瞬间便没过了他的头顶。不会游水的人,在水中天生会有一种恐惧感。虞太倾也是,好在他方才吸了一口气,暂时闭气,不至于很快便呛水。

他原本可以用瞬移离开这儿,但想到画角必定也落入了水中,不晓得她会不会游水,因此他并未离开。他手脚扑腾着四处观望,然而,水面下一片暗沉沉的,并不能看到画角的身影。一口气憋尽,虞太倾呛了一口水,身子在水中半沉半浮。

这时,水下忽然出现了一点亮光。亮光自远而近,他很快看清,那是画角发髻上簪的明珠发出的亮光。她宛若游鱼般缓缓游到他面前,温润如玉的珠光笼罩着她整个人,层层叠叠的衣裙在水中漂浮着,好似一朵初绽的兰花。

她绕着他游了几圈,最后在他面前停住。明珠的亮光照亮了她的脸,虞太倾看到她面色冷凝,盯着他的目光泛着凛冽的寒意。她不说话,目光牢牢地盯着他,看着他呛了水,她似乎也不为所动。

"虞太倾,你若是会术法,为何不用,难道要淹死在这里?"她忽然问道。

虞太倾终于晓得她对他有所误解,但并不太清楚她在气恨什么。他也终于明白方才为何她一副心事重重的样子。他想开口问她,却根本不能张口。

但他不预备用术法,他很想知道,她是不是恨他恨到眼睁睁看着他淹死在她面前。他静静地望着她,口鼻中不断地呛入水来。

他隐约听到她气急败坏的声音在耳畔响起:"虞太倾,你难道想死在这里吗?"

他缓缓闭上眼睛,神思渐渐沉入到黑暗中,一旦放弃了挣扎,人也慢慢向水下沉去。恍恍惚惚中,一只柔软的胳膊搂住了他的腰,带着他向上浮去。唇上忽然有柔软的触感压下,清新的空气渡入到他的口中,窒息的感觉瞬间得到缓解。虞太倾醒来时,人已经躺在了小船上。

四周水光潋滟,画角坐在他身侧静静望着远处,她的衣衫和乌发浸了水,湿淋淋地贴在身上,但她却不管不顾,不晓得在想什么。如描如画的眉眼在清晨的烟水迷蒙间,愈发清冽。他动了动身子,这才发现双手被缚妖绳缠住了,根本动弹不得。

画角听见他的动静，手腕一抬，伏妖刀已是压在他脖颈上。她侧眸看向他，清澈的双眸中，映着凛冽的刀光。

"别动，别以为我不会杀你。"她柔美的声音从未像此时这般冷冽。

虞太倾长睫轻颤，缓缓说道："阿角，你的衣衫湿了，为何不用术法将衣衫烘干，不然……不然会得风寒的。"

画角目光一凝，手下的伏妖刀微微用力，眯眼冷冷说道："别叫我阿角。"

虞太倾只觉得脖颈间一阵刺痛，有血沿着脖颈蜿蜒淌了下来。

虞太倾轻呼一声，眉头蹙了起来，眼尾好似被那抹血浸染了一般，微微有些发红。

画角手中的伏妖刀向外移了移，说道："我们谈谈吧。"

虞太倾透过湿淋淋的发丝瞥了画角一眼，沉默少顷，眉梢挑了挑，低眸望着抵在自己脖颈间的伏妖刀，问道："就这样谈？"他此时是侧躺在小船上，双手捆缚在背后，头被伏妖刀抵着向后仰，整个人的姿势看上去很是不好受。

"我手无缚鸡之力，都被你用缚妖绳捆住了，你难道还怕我跑掉吗？"虞太倾见画角不说话，又道，"你放心，能待在你身边是我所愿，我绝不会逃走的。"

画角看了虞太倾一眼，以前，她只晓得虞太倾的嘴很毒，从未发现，他居然也会说甜言蜜语。只是，这话说得不合时宜，倒让她心头愈发烦闷。她不动声色地将伏妖刀收了回来，起身拽住他，将他推搡着带入了船舱。

虞太倾席地坐在垫子上，画角就坐在他对面。船舱很小，空间有些逼仄，两人之间只隔着一张窄窄的几案。画角将方才簪在发髻上的荷花摘了下来，随手扔在了案上。她目光灼灼看向他，问道："虞太倾，我只问你一件事，我表姐的二魂六魄可是你收走的？"

事到如今，既然已撕破了脸，画角觉得也没有必要再和他打哑谜。其实，他是妖也好，是人也罢，她打心眼里希望他是清白的。她真的难以想象，他是一个一边和她搂搂抱抱柔情万千，一边却去伤害她表姐的恶妖。

虞太倾已猜到画角对他有些误解，却怎么也没料到居然和她的表姐有关。

他讶然地看向画角，问道："你是说你那一晚在西市寻找的表姐？你找到她了？"

画角牢牢盯着他的眼睛，他的目光清澈，看不出一丝作伪的样子。只能说，假若他是装的，那装得也太像了。她摸了摸伏妖刀刀柄上的暗纹，目光微冷："是在你的曲江池别苑找到的，她被关在你别苑后园的下人房中，失了二魂六魄，你敢说和你没有一点关系？"

到了此时，虞太倾总算明白画角这一早上的别扭是因何而起。他微微苦笑，挑眉说道："我很庆幸，方才你没有真的淹死我或者直接诛杀我，否则，我岂不是死得很冤枉？"

其实，内心深处，他还有一点欢喜。她在亲眼看到表姐姜如烟被囚禁在他的别苑后，纵然怀疑他，却并没有下得去手杀他。

"方才我说的都是实话，这处别苑，虽然名义上是我的别苑，但我只在去年来过一次，也并未派人在此打理，与荒宅无异。"虞太倾蹙眉说道，"你的表姐，不是我所囚，她的魂魄，也不是我所拘。"

画角手中把玩着方才摘下来的荷花，冷笑着问道："我如何能信，你说的都是实情？"

虞太倾双目微眯，纤长的睫毛密密垂落，眼底划过一丝幽光："你给我个期限，我会将真正作恶的凶犯擒拿，将你表姐的魂魄寻到。"他抬眸看向画角，船舱内光线黯淡，他的目光却灼亮宛若星子。

"十五日。"画角定定说道。

人的魂魄不能离体太久，最好能早日寻回。

"倘若你能做到，我便信你。倘若不能，倘若让我发现一切皆是你所为……"画角顿了下，伸指捏诀，伏妖刀出鞘，刀刃贴着虞太倾的脸，冷冷说道，"虞太倾，我一定会杀了你的。"

虞太倾的目光越过伏妖刀，直视着画角的眼睛，忽而一笑："好。"

"你笑什么？"画角眯眼问道。

虞太倾目光微黯，说道："我只是想起了那一夜，也是在曲江池，也是在船上，你说的那些话。"

画角目光微凝，她自然没有忘记。她说要和他长相厮守，还说要护着他，不让人欺凌他。她轻笑道："我说过的话，自然是作数的，倘若你不是恶妖，我还是会护你周全。"

"那长相厮守，此生不渝呢？"虞太倾不假思索地问道。

他的目光落在她脸上，看得她心头有些发慌。画角调开视线，看向船舱外，日头出来了，朝雾已慢慢散去。她淡淡一笑说道："再说吧。"

虞太倾淡淡笑了笑，她没有回绝，那就是他还有希望。他动了动被捆缚的手，问画角："如此，我身上的绳子，你总该解开了吧。"

画角抬眼看向他，眼睫微挑，唇角勾起一抹邪笑，让她的脸平添了一丝疏狂。

"你说你不会术法，我有些不信。我瞧你今日并未带狄尘来，稍后我会在这里设上结界，来游玩的人也不会发现你这条小船，你没有别的法子，唯有自救。否则，你只有困在这条小船上。"

虞太倾轻轻叹息一声。在这样光线迷蒙的船舱内，两人面对面微笑。只不过，一个是微微苦笑，一个是淡淡冷笑。

其实，两个人心中都有些别扭，都在暗暗置气。他有些怪她不信他。她有些恨他到如今还在隐瞒他会术法的事。

画角起身出了船舱，日头已经升高了，朝雾已散尽，水面上波光潋滟，朵朵荷花沐浴在清晨的日光中，舒展着花瓣，开得甚是娇艳。她伸指捏诀，在小船周围布上了结界，与当初在拴马镇客栈所布结界一样。那一夜，他能毫不费力地破了她的结界，今日便也同样可以。画角最后瞥了一眼小船，施法离开了小船。

一直到日头偏西，虞太倾才等到狄尘过来相救。他原想施法离开，可想到为此付出的代价是剔骨噬心刑，便决定再等等。

这些日子，随着他施法的次数愈来愈多，剔骨噬心刑每次发作的时间也愈来愈久。久到他怀疑，总有一日，他会被此刑折磨而死。因此，倘若有一线希望，他轻易不会再施法。

他今日出门前，曾告知狄尘自己是要去曲江池。狄尘能寻到曲江池并不奇怪，但依着狄尘的修为，要破除结界并不容易。

第三十六章 凡事有因果

好在，与狄尘同来的，还有周陵。他相帮着狄尘寻到了小船，破了结界，将虞太倾救了出来。两人将船划到岸边，扶着虞太倾下了船。

狄尘分外疑惑地问道："虞都监，到底是何人将你捆缚在小船上的？"

虞太倾摇头不语。

狄尘是真的疑惑，今日清晨，虞太倾出门前，明明说是去见姜娘子，还特意没让他跟着。姜娘子是个会术法的，怎的虞都监和她在一起居然还被人抓了？狄尘百思不得其解，瞥了眼虞太倾，见他神色淡淡的，并不见多么愤恨。狄尘脑中灵光一闪，好似明白了些什么。

虞都监虽说不轻易动用术法，但也不是谁都能将他捆缚住的，除非他愿意被捆。狄尘不得不慨叹，情之一物，的确玄妙。一旦沾了，居然就如换了个人一般。他没想到连虞都监居然也变得这么会玩。三人上了岸，周陵提议让虞太倾先去用膳食，毕竟一日未进水米了。

虞太倾摇摇头："去别苑。"

曲江池畔的别苑，由朝廷统一建造，每一座别苑的房屋格局基本上都一样。只有两进的院落，前院是五间厢房，俱是青瓦粉墙，后院便是园子。因着不常住人，园中草木无人修剪，肆意生长，入眼处都是绿意。

园中有打斗过的痕迹，想必是画角带人救她表姐时，和那几只蛊雕妖物厮斗过。西墙处有两间下人房，虞太倾带着狄尘和周陵，沿着青石铺就的小径向前走去。小径两侧，种着数株木槿花，此时正是花开之时，紫色的花开得正艳。

虞太倾走了几步，忽然发现花树下，还有几株曼陀罗花。这些花点缀在草丛中，看上去并不像是别苑建造之初花匠特意栽种的，而是后来野生的。相比木槿花，这曼陀罗花开得更艳，红金蓝白粉各色皆有，在夕阳的霞光笼罩下，看上去娇艳中带着一丝妖异。虞太倾顿住脚步，忽然记起，自己曾经见过此花，不过，那时不到时令，花还未曾绽放。

"周陵，你可还记得，在九绵山的林隐寺中，曾见过此花？"虞太倾问道。

周陵凝神看了看，点了点头说道："记得，就在那株大树下。"

狄尘走上前，蹲下身子看了看，说道："这不是曼陀罗花吗？又叫'大喇叭花'，这种野花很常见，田间、沟旁、河岸，随处可见，没什么稀罕的。"

这倒也是。虞太倾扫了一眼，便向下人房走去。

别苑不常住人，因此虞太倾也并未安排下人看守院子，这几间下人房从未住过人。但此时，狄尘推开房门，房间的窗幔低垂，将窗户掩得严严实实，外面的光线一丝也不能透入。狄尘施法燃亮烛火，便见屋内角落的窄榻上，铺着被褥，桌案上，有数支燃烧过的火烛，还有一个食匣，里面是未曾用完的饭菜，处处都是有人住过的痕迹。

狄尘惊了一跳："这里……这里难道有人居住过？"

虞太倾凝眉不语，走到床榻前看了看，只见床头案上放着一个雕花木匣。他抬手打开，只见里面放着许多香料，龙涎香、零陵香、檀香，多是名贵香料。看样子，画角的表姐被关在这里，是为了制香。虞太倾又在屋内转了转，见再没什么发现，便出了别苑。

此时，太阳已经落山，月亮还未曾升起，正是天色将黑不黑的时候。曲江池畔依然很热闹，湖面上游船灯光点点，丝竹声不断。一处凉亭内，一群人聚在那里，不晓得在看什么。虞太倾瞥了一眼，自人缝中看到留安王李琮正站在石桌前，手中执着朱笔，显然是在作画。

周陵看到留安王，说道："原来是留安王，听闻他每年夏日，都会在曲江池的别苑小住。"

虞太倾缓步走向凉亭。凉亭四角挂着灯笼，此时已经燃亮，皎洁的灯光映在亭内。

一个小娘子坐在石椅上,她生得倒不是甚美,但年轻稚气,目光清澈,唇角带着一丝含羞带怯的笑意。她大约是曲江池的采莲女,身着粉色绣有桃花的衣裙,手中擎着一枝粉荷,衣袖垂落,露出被晒成小麦色的手腕。

留安王李琮便是在画她。他已过不惑之年,但面白如玉,双颊清癯,看上去依然清俊俏傥。他并未着锦衣华服,只穿了一件素色襕袍,束发未戴冠,看上去颇有几分仙气飘飘的样子。虞太倾知晓他应当是微服在此消遣,围观众人大约也不晓得作画之人是当朝皇叔留安王。因此,虞太倾也并未上前见礼,只是站在人群外观望。

虞太倾前面的一个男子感慨道:"画得真好啊。"

他身旁的女子也说道:"就是,价钱还不贵,只十文钱便可作一幅画。要不然,我也来一幅?"

男子瞥了她一眼,指着她脸上的麻子,说道:"娘子,咱还是算了吧。"

女子不悦,瞪了男子一眼,两人低声吵了起来。留安王李琮收了最后一笔,将画举了起来。只见画中正是坐在石椅上的小娘子,梳着简单的发髻,眉眼清秀,笑容腼腆,画得惟妙惟肖,最重要的是,比本人似乎还要美几分。小娘子很满意,收起画作喜滋滋地走了。

李琮抬起头来,不经意般瞥见人群中的虞太倾,笑着问道:"阿倾,你可是也要画像?"

虞太倾摆摆手,施礼道:"见过……阿舅,我并不是来求画像的,倒是有件事想向阿舅打听打听。"

他生怕留安王不愿暴露身份,因此并未称王爷。他如今的身份虽然不再是文宁长公主的孩子,但皇帝将此事压了下来,除了皇帝和太后,在旁人眼中,他依然是文宁长公主之子。

李琮笑了笑,一面收拾笔墨纸砚,一面说道:"今日便到这里吧,大伙儿若还想求画像,明日一早再过来。"

围观众人颇感遗憾地散去,李琮走上前说道:"走,到望江楼吃杯酒去,本王请客。"

画角原想趁天将黑将表姐姜如烟送至城中隐蔽之处,还未曾动身,便自周陵处获悉虞太倾和留安王李琮要来望江楼的消息。她从雅阁内步出,斜倚在三层的围栏前,望向一楼大门处。恰好有宴散场,几个醉醺醺的食客在仆从搀扶下,摇摇晃晃向外行去。留安王和虞太倾在望江楼的仆从引领下,一前一后步入楼内,两人的清嘉气度与那几个摇摇晃晃的食客形成了鲜明的对比。

或许是感应到了画角的目光，虞太倾抬头望了一眼，画角忙隐在柱子后。她倒也不是生怕虞太倾知晓她住在望江楼，只是暂时不想面对他。她原本已笃定他会术法了，但没想到他竟在小船上熬了一白日，这让她有些怀疑是自己弄错了。最后还是她暗中传话给周陵，相帮着狄尘找到了他。

"咦？这不是姜小娘子吗？"一道清澈姣美的声音自身后响起。

画角回头望去，见静安公主李琳琅带着两名宫娥从曲廊上经过。她身着华美的五色裙裾，高髻上簪着凤钗，眼眸中带着一丝惊讶，含笑望着画角。

"姜娘子也是到曲江池赏荷的吗？"静安公主问道。

当日在牡丹宴上，画角遇见静安公主时，她正在和假萧素君，也就是她的姑母李云裳在修剪花木，当时她身着朴素衫裙，这会儿衣饰华丽，通身的贵气逼人。

画角转身施礼道："听闻曲江池的荷花开得正盛，我前些年在阆安住的时日少，不曾得闲来看过，此番是特意过来赏荷的。"

静安公主淡淡"哦"了声，那双美丽的眼睛目光流转，带着一丝帝王家的尊贵和疏离。她举步欲走，目光不经意间向下瞥了一眼，瞧见了虞太倾和留安王。静安公主又瞥了画角一眼，唇角扬起一抹意味深长的笑意。画角的事情她略有耳闻，原本对画角无甚兴趣，这会儿倒提起兴致来。

她直视着画角，说话的声气儿也变得和煦起来："那日在牡丹宴上，我原以为你和裴小将军……"

静安公主顿了下，话题一转，笑道："如今看来，你倒是和倾弟更是般配。"

画角淡淡笑了笑，一时不知如何回她的话。

静安公主平日里和假萧素君走得很近，不知她是不是知道那个假萧素君其实是她的姑母李云裳。听他唤虞太倾"阿弟"，画角也不知她是故意的，还是真心的。

静安公主又笑道："你是住在望江楼吧？今儿好不容易遇到倾弟，说什么也得他摆宴，稍后你也来天字一号雅阁吧。"

画角施礼说道："谢公主殿下。"

画角遥遥看着静安公主下楼去和虞太倾、留安王说话，遂转身回了姜如烟居住的雅阁。唐凝和公输鱼正守在姜如烟身畔。她走到临江的槛窗前，朝着曲江池中扫了眼，说道："你们俩和章舵主稍后一道带我阿姐离开吧。"

"盟主你呢？"唐凝问道。

"静安公主方才邀我去用晚膳，席间还有虞太倾和留安王，我过去会会他们。"

公输鱼有些担忧："会不会有些危险？要不然我也留下？"

画角告诉唐凝和公输鱼，事情还未曾完全查明，不见得就是虞太倾害的表姐，但两人却半信半疑，觉得画角也许是被情爱迷了心窍。

画角摇摇头，说道："还有周陵和伊耳在呢，你们放心吧。"

画角收拾妥当，便去了天字一号的雅阁。狄尘和周陵在门前守着，看到画角都有些惊讶。

狄尘转身进去禀告，画角趁机问周陵："席间除了留安王、虞都监，还有旁人吗？"

周陵低声说道："开伯侯府的薛世子和薛娘子也在，他们是随静安公主过来的。"

画角有些吃惊。因着前些日子的案件，太后引咎去了庙中清修，李云裳自尽，她的夫君薛祥也被免了官职。薛棣和薛槿想必受到了极大的打击，这些日子极少听闻他们的消息。

开伯侯府的爵位还在，薛棣如今还是世子，并未受到影响，毕竟，他和薛槿是文宁长公主李云裳的孩子，身上流着皇室的血脉。皇帝尚且不知此事时，就已经因太后对假萧素君的偏爱，而对薛府屡加照拂。这会儿自然不会对他们置之不理，毕竟他们才是皇帝的亲外甥和外甥女。

不过，皇帝为了隐瞒太后和李云裳当年所做之事，并未将李云裳和萧素君换脸之事昭告天下，因此，如今在世人眼中，皇帝的外甥还是虞太倾。静安公主居然让他们三人同席，也不知是无心，还是有意。

狄尘推门出来，引着画角入了雅阁。

静安公主笑着说道："倾弟，我瞧你平日里循规蹈矩，没料到你居然约了姜娘子来曲江池，今日可巧让我逮到了，这顿饭可得你请。"说着，拍了拍身侧的座椅，示意画角坐下。

虞太倾瞥了画角一眼，垂眸说道："不过一顿饭而已，阿姐便是不说，我也会请的。"

画角坐在静安公主身旁，听到虞太倾特意称呼静安公主"阿姐"，抬眸瞥了一眼坐在旁边的薛棣和薛槿。薛棣唇角挂着淡淡的笑意，面色波澜不惊。

薛槿淡淡"哼"了一声，瞥了画角一眼，忽然冒出一句话："姜娘子还记得当初在静慈寺抽的姻缘签吗？"

薛槿变化很大，整个人瘦了一圈，面色憔悴中带着一丝郁色。她向来心高气傲，当日抽的签文不好，她原本不信。如今，自从她母亲出事，想必她是信了。

虞太倾不晓得画角曾经抽过姻缘签，闻言看了眼画角。

画角笑了笑说道："那个签不太灵，我原是不信的。"

薛槿冷笑道："我的签倒是灵了，你的签似乎也灵了几分。"

画角知晓她是在暗讽裴如寄和虞太倾都请旨赐婚之事。她晓得薛槿是心情不佳，将气撒在了她身上。

画角淡淡笑了笑说道："多谢薛娘子提点，你若不提，我差点忘记此事了。我虽然不信，但倘若能灵验也不错，毕竟那签文也不算太坏。"她说的是实情，那日的签文，虽说不好，但也算不上最坏的。

薛槿闻言皱眉嚷道："你是在暗指我抽的签不好吗？你是想说因为我抽了下下签，所以我母亲不在了，是吗？"

她说话的声音有些大，听上去好像是在吵架。

画角摆手说道："薛娘子不要误会，我并没有这个意思。"

薛槿抽的签的确不好，但这和她母亲过世没有任何关系，画角心知肚明，自然不会这么想。

"你明明就是在说我！"薛槿高声嚷道，忽然捂脸哭了起来，边哭边看向静安公主，"琳琅姐，您评评理。"

静安公主不动声色挑了挑眉，淡笑道："薛娘子，这便是你的不对了，姜娘子可只字未提你的签文，是你自己想多了。"

薛槿听到静安公主的话，愣了一瞬。她母亲在世时，是太后的干女儿，平日里静安公主对她母亲也极敬重。她和静安公主称姐道妹惯了，第一次听静安公主唤她"薛娘子"。

一旁的薛棣拉了薛槿一把，自袖中取出一块帕子，将薛槿脸上的泪水拭去，低声说道："槿妹休要胡闹！快向姜娘子赔罪！"

薛槿看了眼薛棣，果然不再闹，不甘不愿地朝着画角欠了欠身，说道："姜娘子，方才……是我莽撞了。"

画角没想到，薛槿倒是对薛棣言听计从。

薛棣也举起酒盏说道："姜娘子，自从母亲过世，舍妹一直抑郁难解，疑心甚重。倘有得罪，还请你多担待。我自罚一杯，就当替她赔罪吧。"他举起酒盏，一饮而尽。

画角说道："不妨事，世子言重了。其实，令妹大约是将令堂的事怪在了自己身上。至亲过世时，人都会胡思乱想，我能理解薛娘子的心情。"

薛槿瞥了画角一眼，大约是画角的话说中了她的心思，垂首再没有说话。

留安王坐在席间，静静看着几人并未言语，他斟了杯酒，手指捏着杯盏转了转，忽然意味深长地说了一句："凡事有因果。"

这句话一出，席间的气氛瞬间有些凝重。留安王话里的意思再明白不过，很容易让人想到李云裳之死是罪有应得。

画角望向薛槿，见她一脸愤恨地看向留安王。她以为薛槿又要发疯了，没想到，她唇角一沉，居然忍了下来。画角在心中冷冷笑了笑，看来，薛槿的骄纵也因人而异，惯会欺软怕硬。

薛棣面色波澜不惊，连眉梢都没挑一下，朝着留安王李琮笑了笑说道："王爷所言极是。"

这时，雅阁的房门推开，几名望江楼的侍从捧着托盘鱼贯而入，将各色菜肴呈上桌。

静安公主热情地招呼着："酒菜来了，望江楼的酒菜是一绝，比城中凤阳楼的酒菜也不差，尤其是这道荷叶鸡和清蒸莲子，是望江楼的名菜。"

画角很是捧场地用了几口，笑了笑说道："果然美味。"

静安公主瞥了眼虞太倾，见他手中把玩着酒盏，不时看画角一眼，也不知在想什么。她笑意吟吟地问道："都监大人，今日可是你做东，你不尝可莫要后悔。"

虞太倾已是一日未曾用饭，早已饥肠辘辘，但自去了别苑一趟后，便有些心事重重。

此时见静安公主问起，放下手中酒盏，执起箸子，说道："既是招牌菜，自然要尝一尝。"

画角笑着问道："几位可是在附近的别苑居住？"

薛棣端起酒盏，品了一口，淡声说道："正是。"

静安公主挑眉说道："我倒忘了，姜娘子在这边没有别苑，那你今夜是要住在望江楼吗？"

画角点了点头。

虞太倾问道："公主殿下在别苑住了几日了？"

静安公主嘴一撇，却是看向留安王，不满地说道："四叔，你瞧瞧他，连个表姐也不叫。"

留安王淡淡笑了笑，说道："阿倾一向如此，你别和他计较。"

他温煦一笑，问虞太倾："你方才说有话问我，是何事？"

虞太倾放下箸子，说道："不是什么大事，我平日里不在别苑居住，今日去瞧了眼，见后园的草木肆意生长，前院的房屋也该修葺了。原想着这两日命人拾掇一番，把房屋翻修一下，生怕扰了您清静。"

留安王笑道:"无碍的,我白日里不在别苑,只要你不在夜里动工便没事,扰不到我的。"

静安公主"哼"了一声,说道:"四叔你一早便跑去曲江池作画,要不然就是在凉亭中与人弈棋,自然扰不到你。不过……"静安公主转向虞太倾,不满地说道,"我的别苑就在你前面,你不会不晓得吧?我可不像四叔那般早起,我夜里睡得晚,到晌午才能起身,你最好是在午后动工。不然,你那里但凡有动静就会吵到我。"

虞太倾笑了笑,说道:"不一定能听到吧。"

静安公主蹙眉:"是真的。前几日,我还听到你别苑里有动静呢。"

虞太倾目光微闪,挑眉说道:"我那园子里又没有住人,怎会有动静?你是听错了吧?"

静安公主摇了摇头,扳着手指数了数,说道:"从五日前,你那园子里就时有响动。"

"你确定是从五日前开始的?"虞太倾问道。

静安公主点头。虞太倾瞥了眼画角,两人心照不宣地对视了一眼。

自从西市那次见面后,画角已寻了表姐多日,从伊耳他们追踪表姐到曲江池畔,也有十来日了,只是那时他们并没有查到姜如烟被囚在哪一座别苑。倘若姜如烟一直被关在虞太倾的别苑,算起来怎么也有十日以上了。可是,静安公主却说只有五日。

望江楼的后面临着曲江池。此时,水面上游船荡来荡去,煞是热闹。

在临着望江楼后窗处的水面上,泊着一条乌篷船,章回头戴斗笠坐在船头。片刻后,唐凝和公输鱼便一左一右护着昏迷中的姜如烟从窗子里飞落在船上。章回待两人安置好姜如烟,便持桨划船,向着岸边而去。

在小船后方的水面上,一层层的波浪在夜色掩护下,追随着小船的方向无声无息地向前飞速推移。水面下,隐约有一道黑影在移动。

曲江池中,桨声灯影,丝竹声从游船的舷窗中透出来,煞是热闹。公输鱼和唐凝守在船舱内,舱内没点灯,一片暗沉。

公输鱼低声问道:"唐凝姐,你觉得囚禁姜如烟的人,会是虞都监吗?"

唐凝沉默了一瞬,说道:"我只能说,目前,他嫌疑是最大的。"

公输鱼轻叹一声:"倘若真的是他,那盟主可怎么办?"

这个问题,唐凝回答不了。船舱内陷入一片沉静。忽听得外面划船的章回在船舷上轻轻叩了三下,这是事先约好的信号,一旦发现异常,便叩击船舷示警。唐凝和公输鱼对视了一眼，顿时警觉起来。

公输鱼压低声音问道："我们的小船被追踪了？"

唐凝打开舷窗，留意着外面的动静，轻声说道："假若囚禁姜如烟的是虞都监，那他自然晓得人已被劫走，纵然此时不下手，也定会派人追踪。如果不是虞都监，而是其他人囚禁了她，这会儿他们应当也晓得人被劫走了，自然也会追踪。"

公输鱼冷冷一笑："也好，他们倘若敢来，我必定让他们有来无回。"

唐凝点点头："倘若能抓到人，倒不用我们再费心去查。"

章回慢悠悠地划着桨，小船在水面上悠悠打着转。小船后方那道波纹也停了下来，不再向前。

公输鱼低语道："对方似乎并不想攻击我们。"

章回也意识到了，他划船的速度蓦然加快，小船飞一般向岸边驶去。河岸上，早已事先安排好了马车在候着。船一靠岸，公输鱼和唐凝便搀着姜如烟上了马车。章回亲自驾车，马车快速沿着山路向下奔驰而去。

山路一侧是河水，一侧则是密林。夏日，正是林木茂盛之时，黑压压的林子连月色也不能映照而入。三人看不清林中的情况，也听不到林中有丝毫的动静，只听得夜风漫过密林，树叶簌簌作响。但他们却都有预感，那妖物必定是在林中。到了远离曲江池的一处坡岗，章回忽然勒马，唐凝和公输鱼跳下了马车，奔向林中。

林中空气有些闷，充斥着草木和泥土混合的气味。忽然，头顶上有什么东西窜了过去，体形并不大。唐凝擅长使毒，闻风而动，长袖一甩，千万根淬了毒的牛毛细针刹那间飞出，向着黑影喷薄而去。

不料，那妖身形甚是灵活，速度奇快，不但躲过了毒针，反而施法将毒针收拢在一起，伸掌一拍，朝着唐凝迸射而来。唐凝吃了一惊，抬手解下披风，幻化成伞，遮挡住了毒针。妖物力道极大，未曾被挡住的毒针，没入到树干中，不过片刻，树干便中毒而枯萎。

公输鱼纵身上树，试图从上方攻击妖物。忽听得身后传来几声磔磔怪笑，不过转瞬间，妖物便如鬼魅般到了公输鱼身后，利爪如风，朝着她后心处掏去。

公输鱼想要躲闪却已是来不及了。妖物的利爪穿透公输鱼的后心，自胸前探了出来。没有血流出来，公输鱼也仿若未曾察觉到疼痛般，扭过头看向身后的妖物。

妖物吃了一惊，蓦然察觉到公输鱼手中的剑已如同鬼魅般刺向他胸前。嗷！妖物惨呼一声，飞身向树下坠去。

唐凝在树下已做好了准备伏击的准备，却不料那妖物很是厉害，居然在半空翻了个身，纵身飞向旁侧的树枝上，转瞬间便踪影全无。公输鱼直挺挺地掉下树，唐凝忙上前接住了她。

公输鱼望着唐凝微微一笑："唐姐姐，我要死了。"

说着，两眼一翻，垂下了头。

唐凝胆战心惊地四处看了看，拎着僵直的公输鱼慌忙出了密林。

章回因守护着马车中的姜如烟，并未离马车左右，见唐凝安然回来，松了口气，目光落到唐凝手中拎着的公输鱼，不觉吃了一惊，问道："这个傀儡鱼儿怎么了？"

唐凝蹙眉说道："不中用了。"她撩开车帘上了马车。

真正的公输鱼正守在姜如烟身畔，方才，跟着唐凝进入林中的公输鱼是她的傀儡人。公输鱼接过傀儡人，只见她胸前的衣衫尽碎，胸腹部被穿了个透心凉，机关弹簧还有布帛翻了出来，一动便有做得惟妙惟肖的碎骨碴掉落下来，看着有点惨不忍睹。她心疼地摸着傀儡人，说道："该死的妖物，把你伤得这么严重，这回可让我怎么修啊。"

唐凝抬手为躺在榻上的姜如烟盖了盖锦被，问公输鱼："若不是她，你能捡回一条命？你应当看清了吧，那妖物是什么样儿的？"

方才，妖物抓向傀儡人公输鱼时，她回头那一瞬，是和妖物面对面的。公输鱼操纵着傀儡人，她的五识早已附在了傀儡人身上，有幸看到了妖物。

"他长得像一只猿猴，塌鼻秃额头，头上的毛是白色的，刚开始我还以为他是白头老者，这么看，也许是只猿猴精？这妖可凶得很，方才若不是傀儡人，而是我在那里，这条命恐怕这会儿就没了。"

"你说他长得像猿猴，头上还是白毛？"章回在车厢外忽然问道。

公输鱼点头称是。

唐凝说道："他似乎不是一般的妖物，力道奇大，动辄如风，他逃走时，不过一个瞬间，便踪影全无。"

章回的脸色忽然变得凝重起来，低声说道："我们要即刻离开，那妖虽受了伤逃走了，就怕他再回来。"

章回说着，抬手一招，手中多了一张隐身符纸，他抬手拍在马车上。夜色朦胧，沿着山路向下而行的马车逐渐模糊起来，便如隐入了夜雾之中一般，逐渐消失不见。夜风中，隐隐传来公输鱼好奇的声音，那究竟是什么妖？

夜深宴散。其他人都去了自家别苑，画角自然是留在了望江楼，虞太倾因别苑久未住人，便也在望江楼入住。

待众人都离开后，虞太倾问画角："你的表姐可是还在楼中？"

"做什么？"

"我想亲眼看一眼你表姐的伤情，如此也好追回她的魂魄。"虞太倾说道。

画角却漠然一笑："如今，还不能让你见我表姐。"

虞太倾轻叹一声，静静望着画角，说道："你还是不信我？"

画角抬眸看向他，淡淡说道："我如何能信你？静安公主说，你的别苑有动静是在五日前。这能说明什么？说明那些人是临时将我表姐转移到你的别苑去的？只为了嫁祸你？"

虞太倾目光微黯："我没有做过的事，那些人试图让你相信是我做的，自然是嫁祸。"

画角"哦"了一声，笑吟吟地望向他，只是目光中却带着几分凄凉："也许你说得对。可是，我怎么晓得静安公主此话是真是假？倘若是你们事先串通好这样骗我呢？方才，她可是口口声声唤你'倾弟'呢。"

虞太倾一时竟无言以对。他在廊下缓缓踱步，灯笼的微光在他脸上投下影影绰绰的暗影。

"也罢，我不去也行。但你最好尽快将你表姐安置到安全之地，多派些人守护。倘若需要我相助，自管说话。"

画角点头："这就不劳你费心了，你既说十五日内会将我表姐的魂魄寻回，还望你遵守诺言。"

画角的意思，姜如烟的事不用虞太倾插手，他只管去寻表姐的魂魄便是。言罢，她看向虞太倾，却见他直直地盯着她，目光中隐含着那么一丝哀怨。画角瞥了一眼，便仓促地移开了视线。只能说，他真的很能蛊惑人，她生怕自己再看下去会心软。画角毅然转身，头也不回地离开了。

虞太倾负手凝立在廊上，微微偏头望着她。看她在走廊间步履匆匆，不自觉地向前追了几步，随后又略有踌躇地顿住脚步。

狄尘从旁侧廊上转了过来，看了眼走远的画角，顿时明白发生了何事。他走上前劝道："都监，有时该追还是应当追上去的，这会儿可不是顾及面子之时。"

虞太倾偏头看了狄尘一眼，面上浮起一抹倨傲的神情，轻哼一声说道："你懂什么！"

狄尘认真地说道："我的确是不懂，但你和姜娘子之间的事，属下可是看得清楚明白。先前都是姜小娘子来寻你，如今，姜娘子生气了，自然该您主动些，便是厚着脸皮追上去，也要说清楚。"

虞太倾摇摇头："没用的。"

狄尘说的他自然知晓，可是，这回的事，偏生是他说不清的。他隐约意识到，这次姜如烟出事，就是冲着他来的。

　　夜色渐深，曲江池中游船已是散去，山野间归于沉寂。
　　山林间渐次起了灰蒙蒙的雾气，一些妖邪便在夜色掩护下，开始作祟。
　　城外不比城内，有天枢司的伏妖师日夜巡视，妖邪大多是不敢进城，便是不怕死的，也是夹着尾巴作妖。
　　曲江池畔，一座别苑的后园中，空气中散发着浓郁的血腥之气。下人房中，烛火影影绰绰照亮缩在床榻上的一道人影。他胸前受了伤，血浸湿了身上的灰麻衣，看上去分外血腥。因为失血过多，他面色惨白，衬得一双眼黑幽幽的。
　　他面前站着一个衣衫华丽的男子，神色幽冷地瞪着他，冷声说道："让你跟踪他们，谁让你擅自动手，和他们打起来的？"
　　灰麻衣的男子抬手捂着胸前的伤口，气恨地说道："那些伏妖师，杀掉一个难道不是好事？"
　　"说得倒好听，可是你杀死了吗？"锦衣人冷笑一声，负着手在屋内踱了几步，"他们三个人，你孤身一人竟然敢动手，当真是不知天高地厚，你以为如今这世道还似以前那般？且不说云沧派和团华谷，只阆安城就有天枢司十数名伏妖师，你便是再神通广大，也不能轻举妄动。如今吃亏了吧，被一个小丫头给伤了。"
　　麻衣人不服气地哼了一声，说道："再是厉害，他们也不过是人。今晚还不是那丫头使诈，居然使唤一个假人，若非如此，我早已将她的心掏了出来。"
　　锦衣人细看了眼麻衣人胸口的伤势，又道："想必那丫头的剑上施了咒法，你这伤只怕一时半会儿好不得，近日便老实待在这里养伤，莫要再出去乱跑。今夜幸亏你没有被抓到，否则，只怕会坏了主上的大事。届时，恐怕你要吃不了兜着走。"
　　"少拿主上来压我。"麻衣人高声喊道，因用力过猛，牵动了伤口，疼得"嘶"了一声，遂放低了声音，"天天说主上，我何时能见到他，他又在何处？我来到阆安也有十几日了，主上为何不见我？"
　　"还有你。"麻衣人目光如刃落在锦衣人的华美衣衫上，又垂眼看了眼自己身上的粗布麻衣，不满地说道，"你倒是好，给自己弄了个高贵的身份，却让我天天穿这破旧衣衫和那些叫花子为伍，连个身份都没有。如今，竟然还让我住在这囚过人的下人房中，你居心何在？"
　　锦衣人拢了拢织锦宽袖，修长的手缓缓探出，抬手转了转指上的玉扳指："我来得比你早，自该如此。你初来乍到，自然要从最底层开始。我若是给你一个世家子弟的身份，你做得来吗？你若是露出马脚可怎么办。还有，你若是住在前院，很容易被人发现。"

麻衣人说不过他，不耐烦地皱眉，嚷着说道："罢了罢了，莫要再说了。"

锦衣人满意地笑笑，又问道："他们将姜如烟带到了何处，你可追踪到了？"

麻衣人指着自己胸前的伤口说道："我这都半死了，如何能再追？不过，我倒是晓得他们大概去了哪个方向。"

锦衣人皱眉："也好，待你好了，再去查。"

他转身正欲离开，忽然想起什么，颤声问道："无支祁，你……你今夜被他们看到真身没有？"

无支祁一惊，脸色微变。他本就是以真身攻击唐凝和公输鱼，不过，他自诩动作快如闪电，对方根本看不清他，于是摇头道："没有。"

锦衣人松了口气，叮嘱道："给你的红珠好生收好，此物可隐藏你的妖气。"说着，自去了。

阆安城外洛音山上。画角穿过一处偏僻的林子，便看到一座庵堂，牌匾上书着三个字：远尘庵。庵主空念师太与画角的母亲有些私交，年轻时，也是一位嫉妖如仇的伏妖师。后因看不惯天枢司在阆安城作威作福，便遁入空门。

画角曾招揽她入伴月盟，她笑言若再年轻十岁必会答应。不过，她说伴月盟倘若有难，必倾力相助。画角不敢带表姐回府，便让章回他们把姜如烟送到了远尘庵。她惦记着表姐，一大早便过来探望。

空念四十左右的年纪，身着素衣，眉眼娟秀，端庄圣洁。

画角欣喜地朝着空念施礼，问道："师太，好久不见了，这两年您过得还好吗？"

空念淡然道："佛家弟子，自遁入空门，便潜心修行，早已没了世俗的欲念，没什么好与不好。"

画角轻叹道："这些日子，要给师太添麻烦了。"

空念双手合十道："我佛慈悲，救人一命，胜造七级浮屠，贫尼不嫌麻烦。"

空念引着画角走向后院的厢房，只见章回和唐凝、公输鱼正在等着画角。

公输鱼一见画角，便将昨夜的事复述了一遍，末了说道："倘若不是傀儡人，昨夜死的就是我了。"

画角看向章回，问道："章兄，你觉得，这是个什么妖物？"

章回沉吟了片刻，说道："听鱼儿的描述，此妖或许是无支祁。"

画角点了点头，她也觉得像。

一旁的空念闻言，念了声佛号，问道："贫尼也觉得像无支祁，可是，他不是被压在龟山下吗，是谁救了他出来？"

关于无支祁，作为伏妖师，画角多少听说过他的传闻。他是淮河水神，样子像猿猴，白发青身，力大无穷，身形迅疾飘忽如电。当年大禹神君治水时，无支祁出来作乱，其后便被龙神庚辰给降伏了。至于是被诛杀还是囚禁，画角却不得而知，听空念说是压在龟山下，不觉有些惊异。

公输鱼显然是第一次听闻无支祁，好奇地问道："他先前真的是被压在龟山下？怎的我没听说过？"

画角也问道："师太是如何知晓的？"

空念柔和一笑，说道："二十多年前，楚州有一个渔夫夜间在淮水垂钓，后来，鱼钩不知被什么挂住，怎么也拽不上来。他潜游至水底，想瞧瞧是怎么回事。不料，在水底，大约是五十丈深的地方，看到一条大锁链盘绕在龟山的山根下。"

公输鱼听得入了神，问道："那锁链锁着的必是无支祁了。"

空念点点头，说道："第二日，渔夫便将此事禀报给了当地刺史。刺史怀疑有妖祟，便四处张贴告示，请伏妖师前来降妖。恰好有两位团华谷的伏妖师游历到楚州，揭了告示前去水底查看，结果发现在锁链的末端拴着一只水怪，形若猿猴，两人认了出来，那就是传说中的无支祁。原来当年大禹神君并未让人诛杀他，而是将他压在了龟山下。"

唐凝问道："那两位团华谷的伏妖师为何没有将无支祁诛杀，即使打不过，也可以传信让更多的伏妖师过来啊？"

倘若，二十年前，趁着无支祁被囚禁在龟山时将他诛杀，便不会有昨夜之祸。

空念摇摇头："淮水下布有上古阵法，无支祁因阵法被困于淮水不得出，但伏妖师若想诛杀他，便要破阵而入，可那阵法高深繁复，却不是我等能破除的。既然诛杀不得，两人便索性将此事隐瞒了下来，一则生怕事情传出去，引得伏妖师竞相来瞧，引起恐慌。二则，也怕万一引来了道行高的妖物，将无支祁救出去。"

公输鱼担忧地问道："可是，如今，又是谁将他放了出来？"

画角凝眉说道："以师太所言，那阵法高深，只怕一般的伏妖师是解不开的。"

空念沉吟着说道："我听说，当时无支祁向伏妖师们叫嚣着说他的主人会来救他，还说待他出来了，定要将人间所有的伏妖师全部诛杀。那两位伏妖师问他的主人是谁，他却又闭口不言。只是反复说，他的主人神通广大，连大禹神君也能擒拿。"

公输鱼瞪大眼："这么说，莫非是他的主人救的他？"

空念摇头笑道："不可能。此妖被压在龟山日久，连外面世道变了都不知道。还说要让他主人擒拿大禹神君，这世上哪里还有大禹神君？由此可见，他的主人只怕也早已化为尘埃了。救他的人，怎么也不可能是他的主人。"

画角和章回对视一眼，两人皆面色凝重。空念不知化蛇、穷奇都已现世，倘若她知晓，便不会如此说了。

上古的妖物都已从云墟而来，只怕无支祁的主人也是一样。如今，穷奇已被诛杀，但化蛇尚且不知在何处，又出来一个无支祁，还有他背后的主人。画角隐隐觉得，无支祁背后的主人和化蛇背后的主人也许是同一个。

"师太，以你所见，他的主人会是什么妖？"画角认真地问道。

空念沉吟片刻，说道："这我就不晓得了，不过，无支祁被压在龟山这么多年了，也没见他主人来救他，我估摸他的主人应当在当年众神合力诛杀的那些恶妖之中。"

画角点点头，忽然有些疑惑。无支祁的事，空念为何知道得这般清楚。方才，她也说了，那两名伏妖师特意隐瞒了此事。莫非……画角忽然想起，阿娘曾说过，空念当年也是大派弟子。

"师太，那两名伏妖师，莫非是你相熟的人？"

空念微微凝神，淡淡笑了笑，说道："那两名伏妖师是我的师兄。"

果然，庵主空念是团华谷的弟子。团华谷弟子一向避世而居，近年来极少听闻他们的行踪。谁能想到这偏僻尼庵中的庵主，居然是团华谷弟子。

画角先前还有些犹豫，是不是将上古大妖已从云墟来到世间这些事告诉空念，但又因事情太过重大，生怕空念被吓到。如今知晓她是团华谷伏妖师，画角便斟酌着将关于云墟的事说了出来。

"师太，梼杌、穷奇出没，化蛇暗隐，如今无支祁又被放出，这些恶妖背后的主人或许都是同一个妖。"

空念惊得目瞪口呆，不觉双掌合十，念了声"阿弥陀佛"。她低喃着说道："云墟，如此便说得通了，无支祁当年那般猖狂，想必是知晓他主人并没有死。"

画角又道："有些话不知当讲不当讲。团华谷的弟子也许都避世而居，不再过问世间之事，可是，云墟天门若开，世间妖物横行，恐怕不是我等伏妖师乐于见到的，想必师太也不忍生灵涂炭。"

空念轻叹一声，说道："若果真如此，我们团华谷自不会袖手旁观。"

画角轻轻舒了一口气，看了公输鱼和唐凝一眼，说道："她两人留在庵中，为了避人耳目，还是扮成出家人为好，免得被妖物发现，给师太添麻烦。"

空念摇摇头，说道："无碍的，妖物若是敢来庵中，我自不会放过他们。"

一直未曾说话的章回忽然问道："师太，我听闻贵派中，有一门术法叫'搜魂'，不知师太可会？"

"我只略通一二，不过，我派中其他弟子有精通此术者。"空念沉吟了一会儿，说道，"我这便给她传信，请她过来施法。不过，此术搜寻魂魄，靠的是魂魄间的感应，如今，姜娘子体内只余一魂一魄，要感应到其余魂魄的去向，只怕不会太精准，只能知晓大致位置。"

这对画角而言，已比大海捞针搜寻好多了。

第三十七章 俯首拜君上

搜魂之术，禁忌颇多。需在夜里子时进行，倘若在白日，周围熙攘纷扰，容易惊扰魂魄。但夜间也有不好之处，夜深百魅生，施法亦容易引来孤魂野鬼，必须有人护法。画角因此便留在了远尘庵，两日后，空念师太的同门来到了庵中。

这位团华谷伏妖师岁数应当比空念略大，空念称呼她"宁师姐"。宁师姐身着天青色罗裳，头戴幂篱，很是神秘。她听空念说了事情原委，"哼"了一声说道："师妹这些年在庵中清修，我还道你已看破红尘，不再理世间之事。"

空念轻叹一声说道："宁师姐，此事虽是故友之女所托，但却不仅仅是她自己的事，她表姐被妖物拘走了魂魄，擒拿此妖可与天下安危有关啊。"

宁师姐幽幽一笑："天下安危乃是云沧派操心之事，关我们团华谷何事？"

这位宁师姐怨气甚重。自从大晋开国，数十年来，历任皇帝都重用云沧派弟子，团华谷弟子这些年被云沧派打压得踪迹全无，宁师姐怎么能不怨？空念再三规劝，宁师姐终于应了下来。

当夜子时，开坛施法。姜如烟体内虽只余一魂一魄，但所余残魂意念却甚强，搜魂术施展得很是顺利，最终宁师姐说出所余魂魄的大致所在。东北方向五十里左右。

画角当即依着宁师姐所言，一路追踪而去，最后停了下来。这夜的天色有些阴沉，空中不但没有月亮，连颗星星都没有。但这并不影响她看清眼前这一片在夜色中绵延没有尽头的宫城。虽说夜色黑沉，但宫城中却灯火点点，宫殿巍峨华美，好似在夜色中舒卷开的绝美画卷。然而，此时看在画角眼中，却不亚于暗藏妖邪的深渊。

这是皇宫。画角先前早已设想过，一旦知晓姜如烟的魂魄在何处，无论是哪里，她都会杀进去，将表姐的魂魄夺回来。

然而，她怎么也没想到，居然是皇宫。这么大的宫城，三宫六院，宫殿无数，她便是此刻闯进去，又去哪里寻姜如烟的魂魄？

画角站在皇宫对面的屋脊上，只眺望了这么一会儿，便被对面宫墙上巡视的天枢司伏妖师察觉到。几名伏妖师御风朝着她这边飞跃过来，还有禁卫军也朝着她追了过来。她抬眼再看了宫城一眼，转身施展术法，在屋脊上飞跃而去。看来，过两日的选妃她是必须要去了。或许，这是她唯一能光明正大住在宫中寻找表姐魂魄的途径。

画角对入宫选妃忽然上心起来。她让林姑和雪袖为她准备时新的衣衫和饰品，还特意让林姑为她请了一位宫中出来的嬷嬷，教习她宫中礼仪。这让林姑和雪袖甚是意外，自家娘子如此认真备选，万一被选中了可如何是好？关于姜如烟的事，画角也不好对她们言明，只让她们放心便是，自己总会落选的。

很快便到了初选这一日。皇宫大门敞开，一众参选的小娘子在内廷司的引领下，入了宫门。

初选分貌选和才选，大多数小娘子爱面子，纵然自认为貌若天仙，也多会报才选。画角则不然，她知晓自己若是报才选，旁的且不说，女红织绣那一关势必过不了。虽说她本就没想着最后入选，但初选还是要过的，如此才可以留在宫中等待二选。这期间她也好想法子，去寻一寻表姐的魂魄。

这回入宫参选的小娘子们，有些是画角在牡丹宴上见过的，比如崔兰妹，还有她大伯家的郑敏和郑惠。郑惠是郑山的妾室柳氏所出，画角只在那次去西府时见过一回，印象中她还是一个尚有些稚气的小丫头。画角诧异祖母为何让郑惠前来参选，不过，在见到郑惠后，画角瞬间便明白原因了。

不过数日没见，郑惠已是脱去稚气，出落得明媚艳丽，眉眼还是那个眉眼，但是人却变得极有韵味。郑敏容色娴雅明丽，如今与郑惠站在一处，竟然隐隐被比了下去。

郑惠性子也极好，不似郑敏那般眼高于顶，与参选的其他小娘子们相处和谐，见了画角也是含笑称呼"二姐姐"，丝毫没有因为画角和西府断了来往，而对她不理不睬。

初选有几百人，由内廷司的内侍裁决，但凡太高太矮或过胖过瘦者都会落选，当然五官但凡有一样生得不标准，或者有一颗痣生的地方不好，也会落选。据说，如此下来，初选会有一半人落选。而通过初选的，则会留在宫中，等待二选。

画角和一众小娘子随着内侍入了内廷司，向大殿而去。忽听得身畔的崔兰姝低低"咦"了一声，画角不觉抬头瞥了她一眼，却见崔兰姝面露诧异看向前方。

画角随着她的目光看去，只见前面殿堂的廊下，几名内侍簇拥着一个年轻郎君站在那里。他身着天枢司官服，锦袍绣履，精致而不失威严，长裾在风中悠悠飞扬，却正是虞太倾。一众小娘子没想到还能在内廷司看到这么年轻俊美的小郎君，不觉都含羞带怯地向他望去。

虞太倾毫无所觉，朝她们这里瞥了几眼，便回身和站在他身旁的内侍在说什么。

画角忽然想起一事。那夜虞太倾曾经说过，倘若她入宫参选，他自会提前和各处打好招呼，不会令她过选的。那时，她并不想入选，自然便应了他。但如今事情有变，她又想初选留下了，却未曾事先知会虞太倾。

这会儿，他不会是在和内侍说此事吧？

初选全由内廷司的内侍掌事做主，让她落选很容易。画角心中有些焦急，必须在初选前，和虞太倾说上话。可是，这众目睽睽之下，她又如何与他搭讪？

闺秀们根据才选和貌选分成了两队，到了殿门前，报才选的人被内侍引着入了其他殿内，余下报貌选的不足一百人。一名内侍在殿前喊了四人的名字，随后，与虞太倾说话的那位内侍便入了殿内，看样子他便是掌事。眼瞅着四人一组进去，这样下去，很快就会轮到自己。

画角思前想后，忽然"哎哟"一声，佯装扭伤了脚，摔倒在地。前来参选的小娘子们大多都娴静知礼，便是有个别性子鲁莽的，在这会儿还是要装一下的。是以，殿前寂然无声，气氛肃穆。如此，便衬得画角摔倒的动静有些大。闺秀们听到声音皆朝她这边望了过来。一旁的郑惠忙俯身将画角搀了起来，低声问道："二姐姐，你怎么样？"

廊下传话的内侍刚念完接下来要进去的人名，听到这边的动静，合上手中的册子带着几名内侍走了过来。他尖着嗓音问道："这是怎么回事？"

画角笑了笑道："方才没站稳，崴到了脚。"

内侍打量了画角一番，说道："小娘子是进宫参选的，举手投足都在考察之列，还未曾……"

话没说完，便见原本站在远处廊下的虞太倾已快步走了过来。

内侍换了一副笑脸，招呼道："虞都监。"

虞太倾淡淡"哼"了一声，目光落在画角脸上，牵唇笑了笑。画角很快便晓得他看穿她的伎俩了。他转向内侍，提议道："既然是崴到了脚，不若到旁边偏殿歇息片刻。"

内侍闻言，慌忙附和道："好说好说，如此，请这位娘子到偏殿稍事歇息，咱家将你的名字排在最后。"

小内侍引着画角到了一旁偏殿中，随后，虞太倾指使随行小内侍去请御医。

待殿内再无他人，虞太倾含笑看向画角。"找我有何事？"他的目光落在画角的脚腕上，"你指使个小内侍给我递个话便可，怎的还故意摔倒？"

画角弯腰揉了揉脚踝，方才那一下扭得狠了，还真有些疼。

虞太倾见状，目光一凝，问道："怎么，真的扭到了？"

他说着，便要俯身查看。画角起身避过，后退两步坐在椅子上。

"我无碍，便是真的扭到了也撑得住。我是想跟你说，初选便不劳你费心了，倘若你向掌事打过招呼，不让我入选，还请你收回，我是必须要入选的。"

这番话一说完，虞太倾面上神色微黯，小心翼翼问道："你此话的意思是，初选要过，在二选或三选上落选？"

他觑了眼画角的神色，继续说道："也好，倘若在初选过不了，说出去的确没有面子。这样，那我便让你在二选上落选，可好？"

画角抬手打断虞太倾的话，说道："不用了。"

倘若寻不到表姐的魂魄，她也许还要在皇宫多待些日子，那么她也许还需要通过二选。

"我的意思是，以后也不劳你费心了。"画角缓缓说道。

虞太倾微微一愣。到了此时，他才注意到，画角今日装扮得很是隆重。

她敷了粉点了唇，身上的衣衫也是时下流行的高腰襦裙，绣花交领，轻纱的披帛自肩头飘过。或许是因为敷了胭脂，微微一笑时，笑靥中透着明丽的艳色。让他心动，也让他心伤。她这是，想要过二选，然后再过三选？

虞太倾心头升起一股无可遏制的恼恨，这些日子，她对他不理不睬，将他当作仇敌，原本就让他很是委屈，可是偏生他眼下还无法自证清白。当然，最让他生气的是，此时，画角说话的语气，是那样云淡风轻，好像根本就没有将他们之间的事放在心上。

他想起那一夜，他从天枢司烈狱中将她救出来时，在府中为她治伤，那时她在迷迷糊糊中，说过一句话。你不就是脸好看点吗？那时，他就觉得她也许只是看上了他这张脸。可是，他还是在她一次次的示好中沦陷。然而，现在，她这是终于看腻了他吗？终于要弃了他吗？

他笔直地站着，唇角勾起一抹冷笑："姜画角，说好给我十五日之期自证清白的，你这是要做什么？你最好把话说明白，你晓得我的手段。倘若我不同意，有的是法子让你落选。莫说初选，我此时一句话便能打发你回府。"

画角没想到他突然就翻脸，气得一愣："虞太倾，你凭什么这么做？你不能随意让我落选。"

虞太倾哼笑出声，声音里透着无尽的嘲讽："我想知道，你是看上了太子，还是康王？别怪我事先没提醒你，康王吃喝玩乐样样精通，唯一不精通的便是对女子专情，你若是想做康王妃，先做好和那么多女子共事一夫的准备。"

画角气笑了："你说什么？"

"还有，太子殿下倒是不像康王，但他心中只有政事，没有任何女子的位置。而且，以你的身份，做不了太子妃，或许勉强做个侧妃，也要做好独守空房的准备。"

画角晓得他想多了。可是，他说的话也太难听了，画角忍不住想抬手给他一掌。举起手来，这才发现今日这身衣衫太过繁丽，想要动手不太适宜。她压下心头火气，冷笑着说道："虞太倾，你发什么疯？我不过是想留在宫中找我表姐的魂魄。"

虞太倾顿时愣住。

"你是说，你表姐的魂魄在皇宫中？"原本冷凝的面容微微缓和，他不觉放软了声气儿，说道，"你怎么不早说，你放心，初选包你过，至于二选，你想通过也行，三选是万万不能的。"

画角终于松了一口气，起身说道："如此可说好了？"

虞太倾又担忧地说道："你在宫中，最好还是安分些，有些事若不方便，可以交给我来做。"

画角心中还有气，不愿意搭理他，站起身径直向外走去。

这时，方才出去请御医的小内侍走了进来，身后跟着一位太医院的御医。

御医一进门就问："是哪位崴了脚啊？"

画角顿住脚步，一脸歉意地笑了笑，说道："是我，不过，这会儿已是不碍事了。"她说完，急匆匆地退了出去。

御医一脸莫名其妙："不是，她这……"

虞太倾上前说道："崴得并不严重，歇了一会儿便好了。不过，我这几日恰有些不舒服,你既来了,且给我瞧瞧吧。"

御医上前诊脉,片刻后沉吟着说道:"虞都监,您内火旺盛,气旺而血亦旺,容易引心火,我给您开两服药吧。切记,气大伤身啊!"

虞太倾的确被画角气到了,但他心中却很清楚,这不是两服药就能治好的,遂拒绝了御医的好意。将御医打发走后,他招手让小内侍过来,嘱咐他给内侍掌事传个话,让画角初选顺利通过,随后便出宫回天枢司去了。

恰好楚宪和周陵在天枢司候着他,说是有事禀告。

虞太倾这两日一直在别苑居住,借着修葺房屋的由头,将别苑彻底探查了一番。

后园确实有蛊雕的痕迹,但除了这些,他还在房梁上发现了两撮白色毛发。梁柱年久裂了缝,那白毛便是挂在裂缝处的。

他起初以为是野猫留下的,但想着后园若是有蛊雕,野猫恐也不敢来,便收集了起来,命楚宪去查这是什么东西的毛发。

楚宪将熟知的白色毛发寻了个遍,用手中的白毛比对了一番,并没有什么发现。

"虞都监,只凭这两撮毛很难寻到毛发的主人。"楚宪说道。

虞太倾点了点头,他也知并不好查。

"能剔除掉一些便好。"

楚宪迟疑了一瞬,忽然又说道:"虞都监,听闻传说中的无支祁是白发,这会不会是他的毛发?"

虞太倾惊讶地瞥了楚宪一眼,问道:"无支祁可不是能在世间随意出现的妖物,你怎么会想到他?"

楚宪看了周陵一眼:"我只是偶然听周兄弟提了一嘴无支祁,才想到的。"

虞太倾问周陵:"你又是如何想到的?"

周陵自然是从章回那儿听说的,眼看楚宪寻找得很辛苦,不自觉提了一句。他在天枢司和虞太倾接触颇多,并不认为他是囚禁姜如烟的人。他也想虞太倾能早日寻到妖物,和画角言归于好。

周陵见虞太倾问起,想了想说道:"属下自从晓得化蛇和穷奇来到世间后,便特意去查了古籍,好熟悉那些上古恶妖,因此才会想到无支祁。"

虞太倾笑了笑,晓得周陵并未说实情。既然他提起了无支祁,那必定不会错。

"倘若真是无支祁,我们绝不能再掉以轻心。楚宪,你派人在阆安内外暗中搜寻无支祁。"虞太倾说着,看向周陵,又问道,"我命你去查看阆安城的曼陀罗花,结果怎么样?"

虞太倾自从在别苑后园见到了曼陀罗,联想起林隐寺也有,总觉得不是很放心。

周陵道:"曼陀罗原本是生长在野外的花,很是常见,路旁山坡随处可见,我专程去了一趟林隐寺,那里也还有。阑安城的百姓原本是不喜这种花的,但是最近一些人家院落,街巷墙角,曼陀罗花却越来越多。我问了几户人家,说是此花有一种金色花,谁家种的花若是开了金色,必有好事发生。"

楚宪有些吃惊:"曼陀罗花色是挺多,红黄紫碧我都见过,但金色的却从未见过,是不是谣言?"

虞太倾点点头,沉吟道:"不过,传此谣言的人,只怕是别有居心。先不管这些,命天枢司的枢卫们平日里多留意这些花,必要时,将这些花暗中全部拔除。"

楚宪点了点头。

虞太倾看向周陵:"我记得咱们天枢司有一种宝物叫'搜魂灯'。周陵,你去库房取来。"

周陵应了声,转身自去了。

楚宪疑惑地问道:"虞都监,周兄弟自己去拿搜魂灯,恐怕是要不出来的,不如我陪他去。"

虞太倾摇摇头:"我另有事和你说。"

楚宪瞬间明了,这是故意将周陵支走的。

"周陵说的无支祁的事,你且不可以掉以轻心,十有八九是真的。"

楚宪吃惊地挑眉:"都监,周兄弟不过是随意猜测的,你怎知就一定是无支祁?"

虞太倾笑了笑:"周陵应当是从伴月盟那里得来的消息。"

楚宪瞪大眼:"周兄弟是伴月盟的人,都监是如何得知的?"

"你忘记了,我和周陵是如何认识的?"

楚宪回忆了一下,说道:"是在九绵山,遇到穷奇那次?可这和伴月盟有什么关系?"

"当初在九绵山上,他起初当画角是妖,一副随时要诛杀她的样子。后来却忽然变了,想必是知晓了她也是伴月盟的人。"

"原来如此。"楚宪点点头,忽然一愣,"姜娘子……也是伴月盟的人?"

虞太倾扬眉笑了笑。她不但是伴月盟的人,还是盟主。倘若那夜他没去偷狐,或许还不知此事,也不会知道周陵是她的人。

想起那只狐狸,虞太倾说道:"这些日子,姜娘子会住在皇宫中,你去她府中,将那日在崇吾山见到的狐妖偷过来。"

楚宪以为自己听错了。

"狐妖不是在伴月盟盟主手里吗？"此话一出口，楚宪便反应了过来。他是着实没想到，姜娘子一个小小姑娘家，居然如此能耐。

"当真要偷？"楚宪有些想不通，不过是一只狐妖，虞都监为何贼心不死。

"记住，不求一次得手，但求不要惊动府中任何人，更不要伤到任何人。我只是想问狐妖一些事，回头还要将狐妖送回去。"虞太倾叮嘱道。

楚宪点点头："都监放心，我一定神不知鬼不觉地将狐妖偷回来。"

虞太倾又道："对了，莫让周陵知晓此事。"

皇宫里，这会儿初选已结束了。

初选只是身高容貌粗略地过一遍，画角对自己的容貌有信心，只要虞太倾没有提前打招呼故意让自己落选，她绝对是能入选的。但是，她没想到，掌事扫了一眼她手掌上习武落下的老茧，特意说了一句："姜娘子，在二选前，还是把您这双手好生养一养吧。俗话说，手是女子的第二张脸，您报的可是貌选。"

敢情靠她自个儿，这初选还指不定能不能过。她特意去看了其他小娘子的手，果然个个肤如凝脂，手如柔荑。画角决定尽快去寻表姐的魂魄，要不然，她还要费尽心思养这双手。

初选落选了一半人，报貌选的，不过余下几十人，有宫女过来，引着她们到住处去。报才选和貌选的都在一个院儿住，就是位于皇宫最西边的韶华宫。韶华宫平日里闲置，只有三年一度选妃时，这里才会热闹起来。画角一行人到来时，天色正是将暗不暗时。

内侍们正在掌灯，用带铁钩的竹竿将燃亮的宫灯挑到屋檐下，一盏盏的灯亮起来，映出站在院内的一个个如花似玉的娇颜。原本死气沉沉的韶华宫因为年轻小娘子们的到来，鲜活了起来。一位女官带着两名宫女走了过来，引着画角过来的内侍上前称呼她为宁掌事。

宁掌事看上去四十来岁的样子，模样端庄。她身姿挺拔地站在那里，梳着高髻的头高高仰着，一副拒人于千里之外的姿态。她唇角微抿，锐利的目光自一行人脸上掠过，那目光便如一把开了刃的刀，扫到哪里，哪里的嬉笑声便生生被斩断。小娘子们瞬时恭身凝立，敛神倾听。

宁掌事声音平和地说道："自今日起，各位就要在韶华宫暂居五日，待二选结束，各有去留。这几日，不管你们在自家府中如何，在韶华宫便要守这里的规矩，但凡有违规者，定罚不饶。"

言罢，她命身旁的小宫女一项项宣读韶华宫的规矩。待读完，她转身欲走，却忽然有些诧异地微微一愣。画角察觉到她的目光落在了自己身上，待到抬头看时，她却已经转过脸，快步离去。

众人皆松了一口气，画角身畔的一个小娘子低声说道："这位宁姑姑很是严厉呢。"

另一个小娘子说道："听闻宁姑姑是太后跟前的红人，太后如今不在宫中，特意留宁姑姑在宫中掌管选妃事宜。"

画角盯着宁掌事的背影，隐约觉得她的姿态有些熟悉，尤其是挺直的肩背和时时后仰的头，但那张脸自己却从未见过。

房间分好了，画角与一名叫宋圆的小娘子同屋，她人如其名，脸如满月，杏眼圆溜溜的，秀美中带着一丝俏皮。她见到画角，便是一副剑拔弩张的姿态，说自己此番参选是一定要入选的，便是做不得太子妃、康王妃，能做太子良媛、康王侧妃也是好的。

画角笑言自己不会和她争，此番参选只是走个过场，宋圆这才和她热乎起来。宋圆性子直爽，画角对有这样一个室友很满意，至少她在宫中这几日不想因同屋之人多生事端。

但老天好似不想让她如意，郑惠就住在她邻屋。对于这位大伯家半路接回来的三妹妹，画角不熟识，甚至是陌生的，但郑惠却与她甚是亲近。

郑敏和崔兰姝报的是才选，早在初选前就已与画角分开，此时，尚不知两人的居所分在了何处。郑惠也报的貌选，也许是因为寻不到郑敏，很快便过来黏着画角没话找话。画角对这种不亲假亲，不熟装熟的行为有些反感。她不愿应付郑惠，便借口有事避了出来。

韶华宫好几进的院子，远远望去，重重月亮门一个套一个。画角凝立在院内的银杏树下，看着又有一队闺秀穿过月亮门鱼贯而入，垂首聆听宁掌事的教诲。

画角倚在树后灯光的暗影里，悄然打量着宁掌事。到底在何时何地见过她呢？

画角将近日见过的人想了一遍，若说年岁相近的也就远尘庵的庵主空念和她的宁师姐。宁师姐？画角心中一惊。那一夜，空念的宁师姐是戴着幂篱的，她并未看到她的脸，不能断言她就是眼前的宁掌事。然而，方才，宁掌事看向自己时，神色明显一愣，对于一个从未见过的人，她不该有这样的神情。

倘若当真是她，这个皇宫可是比她想象中要热闹多了。一向避世而居的团华谷弟子居然隐在宫中多年，拘了表姐魂魄的妖物深藏宫中，天枢司伏妖师在宫中四处巡视，还有皇宫东北角的观星楼上，说不定有云沧派的高人在居住。这个看似繁华的皇宫，似乎有一股看不见的暗流在涌动。

有那么一瞬，画角甚至怀疑，倘若宁掌事便是空念的宁师姐，那么，会不会是她故意说姜如烟的魂魄在宫中，引她前来宫中搜寻？但她很快便否了这个想法。

空念师太是临时起意寻找的宁师姐，且方才宁师姐看到她时，神色明显意外，不像是早已布好的局。或者说，纵然是有人布局，也不会是她。

画角回到屋中时，郑惠和宋圆正相谈甚欢。郑惠今年才十六岁，但已经出落得身姿窈窕，和宋圆坐在一处，越发衬得宋圆身材平板。画角那日去西府，并未见到郑惠的生母柳氏，想必也是一位美貌佳人。

郑惠见画角回来，起身朝她盈盈施礼，叫了声"二姐姐"。

画角淡淡应了声，说道："今日天色将晚，我有些累了，你且也回去歇息吧。"

郑惠笑着说好，和宋圆打了个招呼，便自离去了。

画角瞥了眼宋圆脸上的笑意，诧异她这么一会儿怎的竟然与郑惠如此亲近。

"你不觉得她会是成为太子妃还有康王妃的强大阻力吗？"画角问道。

方才面对她时那股剑拔弩张的劲头怎的在郑惠面前却没有？难不成郑惠也说她无意做太子妃？

宋圆嫣然笑道："惠妹妹做了太子妃我高兴还来不及呢。"

画角意外地挑眉，这么一会儿，两人竟然就称姐道妹了。

"你这么喜欢她了？还是说，她做了太子妃，会许你什么好处？"

宋圆摇了摇头："我就是替惠妹妹高兴而已，不要什么好处。"

不得不说，在讨人喜爱这一点上，画角觉得自己远不如郑惠。

两人洗漱罢便上了炕，熄了烛火歇息。

夜渐渐深了，过了子时，画角见旁边榻上的宋圆睡得正酣，但以防万一，她还是给宋圆用了张安眠符，这才起身出了屋。整个韶华宫都沉浸在夜的寂静之中，廊下的宫灯熄了一多半，余下几只被风吹动，将院内照得影影绰绰。

院内四处无人，画角自暗影中穿过，飞身上了银杏树，凝立在枝丫间，放眼整个皇宫。

画角在进宫前，对皇宫的整个布局以及后宫的妃嫔已打探清楚。

此时自树上俯瞰整个皇城，最巍峨的那座殿宇是整个皇宫的主殿宣政殿，乃皇帝朝见群臣、处理政务之地。其后便是皇帝的御书房，后宫有皇帝的寝宫清凉殿，太后的兴庆宫。不过，太后如今不在宫中，兴庆宫中灯火寥寥，一片黑沉。

旁边的另一座宫殿倒是灯火辉煌，那是贤妃的荣华宫。贤妃是康王母妃，自先皇后过世，整个后宫便数她最得荣宠。她还有一女，便是最小的常庆公主。静安公主已在宫外开府,但偶尔会在宫中留宿,因此她所居的丹华宫还为她留着。

画角将所有宫殿的位置一一记在心中。

琵琶器灵千结悄无声息地出现,尾巴一摆,飞落在她肩头。

千结顺着她的目光望向夜色中的宫苑,低声说道:"皇宫守卫森严,还是我去吧。"

画角抬手摸了摸千结毛茸茸的头,取出一个金腕镯,套在了千结的脖子上。这是姜如烟的腕镯。画角进宫前,特意将姜如烟仅余下的魂魄附在了腕镯上,为的是利用魂魄间的感应,去寻找丢失的魂魄。

她低声嘱咐千结:"皇宫中形势复杂,今日只是去探一探情况,切不可轻举妄动。倘若发现有危险,即刻回转。"

千结应了声是,长尾扇动着,宛若夜鸟般没入夜空中。虽是夏日,但夜已深,白日里热气已退去。在树顶上待久了,只觉得扑面的风里凉意沁人。画角正欲下树,蓦然看到了紧挨着皇宫东北角的观星楼。

观星楼在整个阑安城,也是数得上的高楼,遥望宛如古塔一般高耸着。她知晓这是云沧派的掌门和长老们自鹤羽山下山后,到阑安城的落脚之地,据说最高一层设有观星台。方才,观星楼中还是一片黑沉,这会儿其中一层突然灯火憧憧。

冷月挂在楼角飞檐旁,此时被观星楼的灯光一映,看上去似乎黯淡了几分。画角心中微微一怔,莫非,鹤羽山来人了?她不禁有些担心千结,抬眼环顾,却早已看不见千结的身影。

与此同时,崇仁坊槐落巷的郑宅进了贼。

这贼正是楚宪。他遵照虞太倾的命令去偷狐狸。作为一名天枢司校尉,他所学术法是用来诛妖的,还是第一次用术法翻墙夜入私宅偷窃。好在郑宅的护卫并非伏妖师,他神不知鬼不觉地潜进去,将囚着狐狸的笼子偷了出来,送到了都监府。

临水的轩阁中,亮着一盏烛灯。

虞太倾负手凝立在水畔,眯眼打量着笼中的狐狸。狐妖早在崇吾山时便和楚宪动过手,晓得他是虞太倾的人,是以,一声不响任由楚宪将他从画角的府中带了过来。此时看到虞太倾,自然兴奋不已,在笼中不断地兜着圈子。

楚宪从袖中又掏出一块玉佩递到虞太倾手中,说道:"都监,这玉佩可让我好找,不过,总算寻到了。"

虞太倾接过玉佩,看了眼上面的花纹,正是那夜画角在西市捡到的,听她说是表姐姜如烟的玉佩。他从天枢司库房借了搜魂灯,若是没有姜如烟的贴身之物,是无法搜寻姜如烟魂魄的。

"没惊动郑府的人吧？"虞太倾摩挲着玉佩上的花纹，淡淡问道。

楚宪点头："不曾。这块玉佩是放在姜娘子绣枕下的，想来姜娘子很是珍爱，都监用过之后，我再偷偷放回去。"

虞太倾摇摇头："不用了，我亲自还给她。"

偷玉佩是无奈之举，因画角虽让她寻姜如烟的魂魄，但却不曾给他任何姜如烟的贴身物件。他也是不得已而为之，待寻到姜如烟的魂魄，他再亲手将玉佩奉还，顺便向她赔罪。

楚宪想起什么，又道："都监，您从曲江池别苑发现的白毛应当就是无支祁的。听闻，今日午时，在阆安城郊外有一只白发青身类猿的妖物出没，死了好几个人。雷指挥使派人去抓，被他给逃了。听说，那模样确实像传说的无支祁，雷指挥使吓坏了。"

"此事，雷言定是传信到鹤羽山了，到不了明日，鹤羽山便会派人到阆安城了。"虞太倾神色凝重地说道，"不过，如今正值宫中选妃，此事，雷言应当没有禀告圣上。"

"都监猜得分毫不错，圣上的确尚不知此事。"

狐狸见两人自顾自说话，并不理睬自己，趴在笼子边叫了两声。

虞太倾的目光落在笼子上，眉头蹙了起来："楚宪，看来偷狐狸这件事想要瞒着她恐是不能了。"

楚宪这才留意到笼子上刻有咒文，狐妖若是出笼，施咒者势必能感应到。没想到，姜画角为了防止狐妖偷溜出去，居然还留了一手。

楚宪看向虞太倾，虽不知虞太倾偷狐狸做什么，但还是说道："都监，您最好还是不要把狐狸从笼中放出来，一会儿我再将狐狸送回去，这样，姜娘子就不会察觉。"

只要狐狸不出笼子，画角就不会知道狐狸被偷过。狐狸闻言，前爪扑在笼子上，整个狐身人立起来，黑溜溜的狐狸眼盯着虞太倾，"嗷嗷"叫了起来，显然并不想再被送回去。

虞太倾轻叹一声，示意楚宪将笼子放在轩阁的石桌上，隔着笼子问道："你可是认识我？"

红毛狐狸虽然不能言语，但却连连点头。

"我们在崇吾山见过此狐，他当然认得都监。"楚宪说道，他并不知，虞太倾所说的认识，和他认为的并不一样。

"在崇吾山，他明明能化作人身，如今却为何又不能了？"楚宪奇怪地问道。

虞太倾沉吟片刻，转身对楚宪道："此狐便先留在府中吧，姜娘子出宫前再送回去也不迟。"

楚宪点点头："那属下便先回去了。"

轩阁中只余一人一狐。虞太倾在一旁的石椅上落座，静静地打量着笼子中的狐狸。

狐狸不能说话，只能冲着虞太倾不断地呜呜叫着，眼见虞太倾望着他似是无动于衷，狐狸眼中逐渐现出焦灼之色，叫声也渐转哀怨。

虞太倾晓得狐狸有话对他说。当日在拴马镇，这狐狸一直拽着他往崇吾山的方向走，大约便是因为在崇吾山能化作人身。

虞太倾明白，狐狸也中了咒，说不定，和他身上所中的剔骨噬心刑有些关联。这也是他执意要将狐狸偷过来的缘故。

夜色如化不开的浓墨，轩阁石桌上的烛灯在风中摇曳。栖息在岸边草地上的鸭群忽然被什么惊动，嘎嘎乱叫着四处逃窜。草丛中，一条青色的小蛇蜿蜒爬进了轩阁，又爬到了石桌上。

狐狸一眼看到青蛇，哀叫声忽然凝滞。他愣愣地看着青蛇，忽然抬爪朝着青蛇拍了过去。

虞太倾眉头一凝，以为狐狸要和青蛇干架。

然而，并没有。狐狸的爪子轻轻按在青蛇身上，原本哀怨的叫声忽然充满了得意，便好似在嘲讽小青蛇一般。

小青蛇也不甘示弱，似乎也并不怕狐狸，从狐狸的爪下轻松脱困，爬到了笼中。一狐一蛇闹将起来。乍看好似在干架，但其实却是在嬉闹。

虞太倾靠坐在石椅上，静静看着狐狸和青蛇，脑中忽然走马灯般闪现出一幅幅的画面。

那似乎是与如今的世间浑然不同的地界，天空云雾蒸腾，五彩霞飞。有一棵巨大的树耸立在天地间，高逾千仞，看上去顶天立地，其树冠撑开好似一把巨伞，遮天蔽日。

树枝上有珍禽栖息，树下有异兽奔腾。那些异兽中便有红毛九尾狐，通体白色的麒麟，还有在云雾中盘旋翻腾的青龙……原以为是梦境的这些场景，如今看来，或许不是梦。

那棵树，虞太倾自从梦到后，便查阅过古籍，晓得是建木。这是上古时期的一种神树，是天地之间的桥梁。这绝对不是存在于世间的一种树，也许只有云墟才会有。

只是，云墟的场景，为何会出现在他的脑海中？

虞太倾望着狐狸和青蛇，神色变幻。过了良久，他伸指在桌面上轻轻叩了叩。

狐狸和青蛇顿时停止了嬉闹，皆抬头望向他，一副洗耳恭听的样子。

虞太倾沉下脸，语气严肃地问道："你们两个，可晓得我是谁？千寂又是谁？"

狐狸和青蛇对视了一眼，皆连连点头。虞太倾神色犹豫。

这些日子，每当剔骨噬心刑发作，他便不断地叩问自己，他到底是谁？他是不是罪大恶极？要不然，为何要受这样残酷的刑罚？如今，知道他身份的居然是两只妖物，而其中那只狐妖，还是来自云墟的。他们看上去和自己很亲近。这让虞太倾觉得，他也不会是什么好东西。

他忽然极其恐惧，甚至有些不敢去揭开呼之欲出的答案。他心中明白，一旦答案揭晓，他便再也回不去了。他或许不再是虞太倾，甚至不再是人！到那时，他和画角之间，恐怕就不是可以解开的误会，而是不可逾越的鸿沟。

他面色变幻，最终神色一凝，抬手捏诀，破了画角附在笼子上的咒文，将狐狸从笼中放了出来。他将狐狸放在地面上，再次抬手，掌心迸出一道五色彩光，笼住了狐狸和青蛇。

不过转瞬间，狐狸便化作一个年轻郎君。他身着胭脂色衫袍，模样俊美，尤其一双桃花眼甚是撩人。小青蛇身形变幻，化作一个青衫女郎，黛眉杏目，眉眼间英气逼人，明眸流转间，隐含着一股让人胆寒的威严。两人齐齐朝着虞太倾俯首跪拜。

"卑职胡桃拜见君上。"

"末将庚辰拜见君上。"